ZHONGGUO XIAOSHUO
100 QIANG

中国小说100强（1978—2022）

白卵石海滩

马 原 著

北京联合出版公司
Beijing United Publishing Co.,Ltd.

图书在版编目（CIP）数据

白卵石海滩 / 马原著. -- 北京：北京联合出版公司，2023.9
（中国小说100强）
ISBN 978-7-5596-7178-3

Ⅰ.①白… Ⅱ.①马… Ⅲ.①长篇小说－中国－当代 Ⅳ.①I247.5

中国国家版本馆CIP数据核字(2023)第150856号

白卵石海滩

作　　者：马　原
出　品　人：赵红仕
出版监制：张晓冬　范晓潮
责任编辑：徐　鹏
特约编辑：和庚方　张　颖
封面设计：武　一

北京联合出版公司出版
（北京市西城区德外大街83号楼9层　100088）
北京兴星伟业印刷有限公司印刷　新华书店经销
字数205千字　650毫米×920毫米　1/16　24印张
2023年9月第1版　2023年9月第1次印刷
ISBN 978-7-5596-7178-3
定价：78.00元

版权所有，侵权必究
未经书面许可，不得以任何方式转载、复制、翻印本书部分或全部内容。
本书若有质量问题，请与本公司图书销售中心联系调换。
电话：010-65868687

中国小说100强（1978—2022）丛书

编委会

丛书总策划

张　明　著名出版人
张　英　资深媒体人

编委主任

吴义勤　中国作协副主席
　　　　中国小说学会会长

编　委

吴义勤　中国作协副主席、中国小说学会会长
宗仁发　《作家》杂志主编
谢有顺　中山大学教授、中国小说学会副会长
顾建平　《小说选刊》副主编
张　英　资深媒体人
文　欢　作家、出版人

总　序

"中国小说100强"（1978—2022）是资深出版人张明先生和腾讯读书知名记者张英先生共同策划发起的一套大型文学丛书。他们邀请我和宗仁发、谢有顺、顾建平、文欢一起组成编委会，并特邀徐晨亮参与，经过认真研讨和多轮投票最终评定了100人的入选小说家目录。由于编委们大多都是长期在中国文学现场与中国文学一路同行的一线编辑、出版家、评论家和文学记者，可以说都是最专业的文学读者，因此，本套书对专业性的追求是理所当然的，编委们的个人趣味、审美爱好虽有不同，但对作家和文学本身的尊重、对小说艺术的尊重、对文学史和阅读史的尊重，决定了丛书编选的原则、方向和基本逻辑。

从文学史的角度来说，1978年以后开启的新时期文学是中国当代文学的黄金时代，不仅涌现了一批至今享誉世界的优秀作家，而且创造了许多脍炙人口的文学经典，并某种程度上改写了20世纪中国文学史的版图。而在中国新时期文学的经典家族中，小说和小说家无疑是艺术成就最高、影响力最大的部分。"中国小说100强"（1978—2022）就是试图将这个时期的具有经典性的小说家和中国小说的经典之作完整、系统地筛选和呈现出来，并以此构成对新时期文学史的某种回顾与重读、观察与评判。呈现在读者面前的这套丛书是对1978—2022年间中国当代小说发展历程的一次全面、系统的整体性回顾与检阅，是中国当代文学经典化的重要成果，从特定的角度集中展示了中国新时期文学在小说创作方面的巨大成就。需要说明的是，与1978—2022年新时期文学繁荣兴盛的局面相比，100位作家和100本书还远远不能涵盖中国当代小说的全貌，很多堪称经典的小说也许因为各种原因并未能进入。莫言、苏童、余华等作家本来都在编委投票评定的名单里，但因为他们已与某些出版社签下了专有出版合同，不允许其他出版社另出小说集，因而只能因不可抗原因而割爱，遗珠之憾实难避免，而且文学的审美本身也是多元的，我们的判断、评价、选择也许与有些读者的认知和判断是冲突的，但我们绝无把自己的标准强加于别人的意思。我们呈现的只是我们观察中国这个时期当代小说的一个角度、一种标准，我们坚持文学性、学术性、专业性、民间性，注重作家个体的生活体验、叙事能力和艺术功力，我们突破代际局限，老、中、青小说家都平等对待，王蒙、冯骥才、梁晓声、铁凝、阿来等名家名作蔚为大观，徐则臣、阿乙、弋舟、鲁敏、林森等新人新作也是目不暇接，我们特别关注文学的新生力量，尤其是近10年作品多次获国家大奖、市场人气爆棚的新生代小说家，我们禀持包容、开放、多元的审美立场，无论是专注用现实题材传达个人迥异驳杂人生经验、用心用情书写和表现时代精神的现实主义作家，还是执着于艺术探索和个体风格的实验性作家，在丛书里都是一视同仁。我们坚信我们是忠实于自己的艺术理想、艺术原则和艺术良心的，但我们并不认为自己的角度和标准是唯一的，我们期待并尊重各种各样的观察角度和文学判断。

当然，编选和出版"中国小说100强"（1978—2022）这套大型丛书，除了上述对文学史、小说史成就的整体呈现这一追求之外，我们还有更深远、更宏大的学术目标，那就是全力推进中国当代文学"经典化"的历程和"全民阅读·书香中国"建设。

从1949年发端的中国当代文学已经有了70多年的发展历程，但对这70多年文学的评价一直存在巨大的分歧，"极端的否定"与"极端的肯定"常常让我们看不到当代文学的真相。有人认为中国当代文学达到了前所未有的高度和水平。王蒙先生在法兰克福书展上就说：中国当代文学现在是有史以来最繁荣的时期。余秋雨、刘再复甚至认为中国当代文学的成就远远超过了现代文学。也有人极端否定中国当代文学，认为中国当代文学都是垃圾。他们认为现代文学要远远超过当代文学，中国当代文学连与现代文学比较的资格都没有。比如说，相对于鲁（迅）、郭（沫若）、茅（盾）、巴（金）、老（舍）、曹（禺）这样大师级的人物，中国当代作家都是渺小的侏儒，根本不能相提并论，两者比较就是对大师的亵渎。应该说，与对中国当代文学的肯定之声相比，对当代文学的否定和轻视显然更成气候、更为普遍也更有市场。尽管否定者各自的角度和出发点不同，但中国当代作家、作品与中外文学大师、文学经典之间不可比拟的巨大距离却是唱衰中国当代文学者的主要论据。这种判断通常沿着两个逻辑展开：一是对中外文学大师精神价值、道德价值和人格价值的夸大与拔高，对文学大师的不证自明的宗教化、神性化的崇拜。二是对文学经典的神秘化、神圣化、绝对化、空洞化的理解与阐释。在此，我们看到了一个非常有趣的悖论：当谈论经典作家和文学大师时我们总是仰视而崇拜，他们的局限我们要么视而不见要么宽容原谅，但当我们谈论身边作家和身边作品时，我们总是专注于其弱点和局限，反而对其优点视而不见。问题还不在于这种姿态本身的厚此薄彼与伦理偏见，而是这种姿态背后所蕴含的"当代虚无主义"。这种"虚无主义"的最大后果就是对当代作家作品"经典化"的阻滞，对当代文学经典化历程的阻隔与拖延。一方面，我们视当下作家作品为"无物",拒绝对其进行"经典化"的工作,另一方面又以早就完全"经典化"了的大师和经典来作为贬低当下泥沙俱下的文学现实的依据。这种不在同一个层面上的比较,不仅毫无意义,而且只能使得文学评价上的不公正以及各种偏激的怪论愈演愈烈。

其实,说中国当代文学如何不堪或如何优秀都没有说服力。关键是要进行"经典化"的工作,只有"经典化"的工作完成了才有可能比较客观地对当代的作家作品形成文学史的判断。对当代的"经典化"不是对过往经典、大师的否定,也不是对当代文学唱赞歌,而是要建立一个既立足文学史又与时俱进并与当代文学发展同步的认识评价体系和筛选体系。当然,我们也要承认,"经典化"问题是一个非常复杂的问题,并不是凭热情和冲动一下子就能完成的,但我们至少应该完成认识论上的"转变"并真正启动这样一个"过程"。

现在媒体上流行一些对于中国当代文学经典化冷嘲热讽的稀奇古怪的言论,其核心一是否定中国当代文学有经典、有大师,其二是否定批评界、学术界有关"经典化"的主张,认为在一个无经典的时代,"经典"是怎么"化"也"化"不出来的,"经典化"是一个实实在在的"伪命题"。其实,对于文学,每个人有不同的判断、不同的理解这很正常,每一种观点也都值得尊重。但是,在"经典"和"经典化"这个问题上,我却不能不说,上述观点存在对"经典"和"经典化"的双重误解,因而具有严重的误导性和危害性。

首先,就"经典"而言,否定中国当代文学早就不是什么新鲜事,对当代文学的虚无主义态度在很多人那里早已根深蒂固。我不想争论这背后的是与非,也不想分析这种观点背后的社会基础与人性基础。我只想指出,这种观点单从学理层面上看就已陷入了三个巨大误区:

第一个误区,是对经典的神圣化和神秘化的误区。很多人把经典想象为一个绝对的、神圣的、遥远的文学存在,觉得文学经典就是一个绝对的、乌托邦化的、十全十美的、所有人都喜欢的东西。这其实是为了阻隔当代文学和"经典"这个词发生关系。因为经典既然是绝对的、神圣的、乌托邦的、十全十美的,那我们今天哪一部作品会有这样的特性呢?如果回顾一下人类文学史,有这样特性的作品好像也没有。事实上,没有一部作品可以十全十美,也没有一部作品能让所有人喜欢。在这个问题上,我们应该明确的是,"经典"不是十全十美、无可挑剔的代名词,在人类文学史上似乎并不存在毫无缺点并能被任何人所认同的"经典"。因此,对每一个时代来说,"经典"并不是指那些高不可攀的神圣的、神秘的存在,只不过是那些比较优秀、能被比较多的人喜爱的作品而已。从这个意义上说,当今中国文坛谈论"经典"时那种神圣化、莫测高深的乌托邦姿态,不过是遮蔽和否定当代文学的一种不自觉的方式,他们假定了一种遥远、神秘、绝对、完美的"经典形象",并以对此一本正经的信仰、崇拜和无限拔高,建立了一整套关于中国当代文学的伦理话语体系与道德话语体系,从而充满正义感地宣判着中国当代文学的死刑。

第二个误区,是经典会自动呈现的误区。很多人会说,是金子总是会发光的。但对文学来说,文学经典的产生有着特殊性,即,它不是一个"标签",它一定是在阅读的意义上才会产生意义和价值的,也只有在阅读的意义上才能够实现价值,没有被阅读的作品没有被发现的作品就没有价值,就不会发光。而且经典的价值本身也不是固定不变的。如果一个作品的价值一开始就是固定不变的,那这个作品的价值就一定是有限的。经典一定会在不同的时代面对不同的读者呈现出完全不同的价值。这也是所谓文学永恒性的来源。也就是说,文学的永恒性不是指它的某一个意义、某一个价值的永恒,而是指它具有意义、价值的永恒再生性,它可以不断地延伸价值,可以不断地被创造、不断地被发现,这才是经典价值的根本。所以说,经典不但不会自动呈现,而且一定要在读者的阅读或者阐释、评价中才会呈现其价值。

第三个误区，是经典命名权的误区。很多人把经典的命名视为一种特殊权力。这有两个层面的问题：一，是现代人还是后代人具有命名权；二，是权威还是普通人具有命名权。说一个时代的作品是经典，是当代人说了算还是后代人说了算？从理论上来说当然是后代人说了算。我们宁愿把一切交给时间。但是，时间本身是不可信的，它不是客观的，是意识形态化的。某种意义上，时间确会消除文学的很多污染包括意识形态的污染，时间会让我们更清楚地看清模糊的、被掩盖的真相，但是时间同时也会使文学的现场感和鲜活性受到磨损与侵蚀，甚至时间本身也难逃意识形态的污染。此外，如果把一切交给时间，还有一个前提，那就是对后代的读者要有足够的信任，要相信他们能够完成对我们这个时代文学的经典化使命。但我们对后代的读者，其实是没有信心的。我们今天已经陷入了严重的阅读危机，我们怎么能寄希望后代人有更大的阅读热情呢？幻想后代的人用考古的方式对我们这个时代的文学进行经典命名，这现实吗？我不相信后人对我们身处时代"考古"式的阐释会比我们亲历的"经验"更可靠，也不相信，后人对我们身处时代文学的理解会比我们亲历者更准确。我觉得，一部被后代命名为"经典"的作品，在它所处的时代也一定会是被认可为"经典"的作品，我不相信，在当代默默无闻的作品在后代会被"考古"挖掘为"经典"。也许有人会举张爱玲、钱钟书、沈从文的例子，但我要说的是，他们的文学价值早在他们生活的时代就已被认可了，只不过很长时间由于意识形态的原因我们的文学史不谈及他们罢了。此外，在经典命名的问题上，我们还要回答的是当代作家究竟为谁写作的问题。当代作家是为同代人写作还是为后代人写作？幻想同代人不阅读、不接受的作品后代人会接受，这本身就是非常乌托邦的。更何况，当代作家所表现的经验以及对世界的认识，是当代人更能理解还是后代人更能理解？当然是当代人更能理解当代作家所表达的生活和经验，更能够产生共鸣。因此，从这个角度来说，当代人对一个时代经典的命名显然比后代人更重要。第二个层面，就是普通人、普通读者和权威的关系。理论上，我们都相信文学权威对一个时代文学经典命名的重要性，权威当然更有价值。但我们又不能够迷信文学权威。如果把一个时代文学经典的命名权仅仅交给几个权威，那也是非常危险的。这个危险表现在什么地方呢？就是几个人的错误会放大为整个时代的错误，几个人的偏见会放大为整个时代的偏见。我们有很多这样的文学史教训。在这个问题上，我们既要相信权威又不能迷信权威，我们要追求文学经典评价的民主化、民主性。对一个时代文学的判断应该是全体阅读者共同参与的民主化的过程，各种文学声音都应该能够有效地发出。这个时代的文学阅读，最理想的状态应该是一种互补性的阅读。为什么叫"互补性的阅读"？因为一个批评家再敬业，再劳动模范，一个人也读不过来所有的作品。举个例子：现在我们一年有5000部以上的长篇小说，一个批评家如果很敬业，每天在家读二十四小时，他能读多少部？一天读一部，一年也只能读三百部。但他一个人读不完，不等于我们整个时代的读者都读不完。这就需要互补性阅读。所有的读者互补性地读完所有作品。在所有作品都被阅读过的情况下，所有的声音都能发出来的情况下，各种声音的碰撞、妥协、对话，就会形成对这个时代文学比较客观、科学的判断。因此，文学的经典不是由某一个"权威"命名的，而是由一个时代所有的阅读者共同命名的，可以说，每一个阅读者都是一个命名者，他都有对经典进行命名的使命、责任和"权力"。而作为一个文学研究者或一个文学出版者，参与当代文学的进程，参与当代文学经典的筛选、淘洗和确立过程，更是一种义不容辞的责任和使命。说到底，"经典"是主观的，"经典"的确立是一个持续不断的"过程"，"经典"的价值是逐步呈现的，对于一部经典作品来说，它的当代认可、当代评价是不可或缺的。尽管这种认可和评价也许有偏颇，但是没有这种认可和评价，它就无法从浩如烟海的文本世界中突围而出，它就会永久地被埋没。从这个意义上说，在当代任何一部能够被阅读、谈论的文本都是幸运的，这是它变成"经典"的必要洗礼和必然路径。

总之，我们所提倡的"经典化"不是要简单地呈现一种结果，不是要简单地对一个时代的文学作品排座次，不是要武断地指出某部作品是"经典"，某部作品不是"经典"，不是要颁发一个"谁是经典"的荣誉证书，而是要进入一个发现文学价值、感受文学价值、呈现文学价值的过程。所谓"经典化"的"化"实际上就是文学价值影响人的精神生活的过程，就是通过文学阅读发现和呈现文学价值的过程。可以说，文学的经典化过程，既是一个历史化的过程，更是一个当代化的过程。文学的经典化时时刻刻都在进行着，它需要当代人的积极参与和实践。因此，哪怕你是一个对当代文学的虚无主义者，你可以不承认当代文学有经典，但只要你还承认有文学，你还需要和相信文学，还承认当代文学对人的精神生活具有影响力，你就不应该否定当代文学经典化的重要性。没有这个"经典化"，当代文学就不会进入和影响当代人的生活，就失去了存在的意义。每一个人，哪怕你是权威，你也不能以自己的好恶剥夺他人阅读文学和享受文学的权利。

从这个意义上说，当代文学的经典化当然是一个真命题而不是一个伪命题。在一个资讯泛滥的时代，给读者以经典的指引是文学界、出版界共同的责任，而这也是我们编辑出版这套书的意义所在。

最后，感谢张明和张英先生为本套书付出的辛劳，感谢北京立丰天文化传播有限公司、北京金圣典文化有限公司的资金支持，感谢全体编委和北京联合出版公司各位编辑，感谢所有对本套丛书的出版给予大力支持的作家和他们的家人。

是为序。

吴义勤

2022年冬于北京

目 录
Contents

上下都很平坦____1

零公里处____244

虚　构____296

白卵石海滩____350

上下都很平坦

这本书献给我妻子冯力
献给我未出世的孩子

你只要稍稍离开江岸
就会发现大路笔直
上下都很平坦
　　——一九八四年四月

第一部　弹子游戏

我清楚记得
就在堤坡上

> 那颗三色弹子
> 显得自由自在

第一章

　　这本书里要讲的故事早就开始讲了，那时我比现在年轻，可能比现在更相信我能一丝不苟地还原真实。现在我不那么相信了，我像个局外人一样更相信我虚构的那些远离所谓真实的幻想故事。

　　我说是时间给历史抹上了发黄的油膏，历史曾经多么遥远，似乎只是教科书上的神话，可是现在竟由我的这支秃笔来创造历史了，不是更伟大更叫人诧异的神话吗？我想不好，那时我为什么一定要还原真实呢？我已经到了无可救药的年龄，我不再试图还原所谓真实。我知道这正是时间的造化，也是时间的残酷。

　　我认识姚亮的时候他只有十六岁稍多，陆高十八岁。我现在甚至不在乎他们实际年龄，就像我不在乎黄山迎客松到底活了一千年还是只活了六百年。用我现在的眼睛去看他们当时都还是少年，血气方刚，自以为是。我得说他们两人中给我印象深一点的是姚亮，所说的第一印象。当时姚亮一跃身利落地爬上卡车厢，后脑朝着车下流泪的母亲和小妹，车轮转动以前他一直没回过头，我以为他哭了。车子开动以后他微笑着大人气十足地举起手臂，回过头向母亲小妹摆手告别。我那时就发现了他摆手时姿态很特别，小臂高抬不动，只是手掌摇动手腕轻晃，对相别的人来说这样摆手有一种莫名的慰藉，后来我才意识到这种手势是典型的伟人动作。小动作中透出了不同凡响。

　　那是夏末，那段路很长。开车以前驾驶员曾经开口让车上的那两个女孩子坐到驾驶室，其中个子高的那个说车上风凉，还可以一路看风景,看来矮的那个一切都听高个的,她们拂逆了司机的好意。驾驶室旁边的座位空着,姚亮认定司机一路肯定非常寂寞。

我想姚亮当时还不知道那高的叫什么,矮的就更不用说了。他也一定想不起主动跟她们搭话,那时他还是个百分之一百二十五的清教徒,身心都还是处子。

不是我要把全部故事从头开始,我不是那种着意讨读者厌的傻瓜作家,我当然不会事无巨细地向读者描述姚亮走进知青点走进知青农场那一天的全部过程。是那个高的很快走进了我的虚构故事,从姚亮走进来的同一个瞬间她也走进来了。是她先开口的,她当时面朝姚亮坐在自己的行李上,两腿叉得很开。

"哎,你叫什么?"

姚亮正给迎面风吹得惬意,也许不屑理睬她,也许根本没听到有人在对他说话,第一个回合姚亮冷落了这个高个子女人。

在省略了许多时间过程以后,她毫不容情地质问姚亮:"那次我问你叫什么你没听见?"

"哪一次?"

"第一次,在卡车上的那一次!"

"你问我什么?"

"问你叫什么?你别装傻!"

"你说你在卡车上问我叫什么了?"

"别碰我!坏种!装疯卖傻!"

"我说瓶子,你怎么啦?"

她叫李华,谁也不知道她又为什么叫这个绰号:瓶子。据姚亮说,她比姚亮大一岁。

她跟姚亮说过不止一次,说她喜欢陆高,说陆高个头块头都像男子汉，尤其陆高对女人从不瞟上一眼，姚亮打断她的话："可惜陆高不那么喜欢你。第一次见面我看过你一眼吗？"她气急了，蹿上姚亮的肩头狠狠咬了一口。

事后也是她扒开姚亮的衬衫，用红药水轻轻为他的伤口擦拭，一边嘴里含混不清地嘟囔着："我是怎么搞的？你看这牙印，三排，清清楚楚的三排，我是怎么搞的？这么多血。我一发急就真发狠，真是的，怎么搞的……"

这些事陆高一无所知，或者是他装得一无所知。姚亮平时总是觉得陆高虽然不爱说话，可陆高知道有关他的一切秘密。他也想过把他和瓶子的事告诉陆高，想是想，要开口的时候他又缄口了。姚亮和我同样不知道是什么原因阻止他对陆高开口。

有些事情的实际情况姚亮不想讲，有关瓶子的事对瓶子也不讲。比如他最初就发现她叉得很开的两腿又长又丰满，他没有多看是不好意思，他不希望自己的那种可鄙的关注被她或她的同伴发现。瓶子可是把什么都告诉他了。

"我当时就觉到了开车那家伙的眼睛里色劲儿十足；还有我发现我很希望和你在一起度过那几个小时，说说话，不说话也行，后来我们不是一句话也没说吗？"

"说了。你说——哎，你叫什么？"

"你这个坏种！我就知道你故意不理我。装高傲！装正人君子！装狗杂种！装聋！"

在一起的时候，姚亮觉得中了圈套，是这个瓶子把他装到里面去了。他说不好自己是不是真的爱她，爱也罢不爱也罢，她的死仍然使姚亮震动，那个晚上他喝了酒，整整一瓶凌川白酒他一口气就干了，之后他跑到大堤上在割脸的腊月风里躺了通宵。他没冻死真是奇迹。

如果说姚亮这一生里有可能杀人的话，那么他就一定在这个夜里去杀，这个夜里这个男人是什么事都干得出来的。

瓶子是这里的第一个冤死鬼。也许正是这个机缘使姚亮开始绘画和写小说，姚亮对陆高隐藏最深的就是写作这桩勾当。他一定是怕陆高笑他。陆高很少嘲笑人这一点姚亮知道，可有一次陆高无意中说他是"情种""小男人"。陆高的无意刺伤了有心的姚亮。

平心而论，姚亮没有因此耿耿于怀，倒是变得小心了，他怕陆高第二次这么叫他。

第二章

卡车把他们三个扔下来就走了，是个人模狗样的家伙帮他们把行李弄进院子，队长也来了，安排姚亮住西屋男人的房间，那两个女的住东屋。姚亮说他想让司机进屋来坐一坐，喝杯茶什么的，可连他自己该到谁的屋子里去坐都没有着落。司机在路上颠簸了小半天，最后三十多公里都是乡村土路，带马车辙印沟的，他扶方向盘的手腕子一定又酸又疼。姚亮进屋就发现房间里已经住进了两个。

"嘻嘻，嘻嘻我叫二狗。比你早来四天，我十八，你呢？你叫什么？"

姚亮看两铺行李都摆在炕头一边，心里气不打一处来，把自己行李卷往炕梢儿一摔，外面沾来的尘土立刻沸散了满屋子。

"轻点轻点你轻点，你小子轻点行不？"

"谁他妈的先把炕头占了？一会儿回来了大家抓阄儿，抓哪儿住哪儿！"

"我说你叫什么？你哪个学校的？"

"无业游民！你还问什么？"

"你叫什么？我问三遍了？"

"叫你祖宗！"

姚亮这时看来存心找茬儿打架，倒是二狗脾气随和，想了一下，慢声慢语地说："哦，这名字真怪，头一回听说有姓你的。"

二狗口气一本正经，把姚亮也逗笑了。

二狗歪头朝窗外看了一下，说："老刘头来了，做饭的，贫下中——农儿——"最后那个农字被他拉长又读出了儿化音，听来非常滑稽。差不多同时老刘头走进了外间。

外间是厨房，门边两侧各一口大灶，后门两侧堆满了柴草。老刘头没进里间，在外间嘟囔了一句什么话，二狗马上翻译给姚亮。

"他问你晚饭吃几两？苞米面饼子，新下来的苞米，城里吃不到这么新鲜的，几两？"

姚亮不知道一两有多少，又是二狗一边比划一边说明。"这么大的一个二两，我一顿吃三个，你先订六两试试，有头一次就知道下一次了。订四两也行，你刚来，没干活，不干活吃不下饭，等下了地我估摸着你一顿得吃四个，四个就是八两！我们定量比老农高，他们一年三百多斤，我们六百，国家定的。就这一点他们也气死了。订四两吧，老刘——大爷！他订四两。"

无论如何，二狗第一面给姚亮的印象还算说得过去，人热情只是长相卑琐，尖嘴猴腮又矮小，天生一副偷鸡摸狗的下作相。

"姓你的，今天跟你同车来的那俩女的你熟吗？那高的挺不错的？"

"不熟，不认识。这儿原来有女的吗？"

"有两个了，这下好，又来两个，咱们哥仨不愁找不着老婆啦。"

当时姚亮差一点脱口说出："你不看你那份德行？也不撒泡尿照照？八个女的能轮到你头上？"幸亏没说。后话。初次见面，话不能太损,不管对方怎么不顺眼。

二狗后来真就跟小秀好上了,就是和姚亮和瓶子同车来的那个矮个姑娘。二狗小秀也一齐在八个月后去了知青农场,他一直是姚亮陆高的伙伴,只不过因为物以类聚平时他们之间来往不多。二狗一生是个大悲剧,只是家里太穷从小手脚不利索就被人们当作坏种,人格也没了,他除了小偷小摸没干过出格的坏事,他只活了二十三岁,而且后几年他是怎么挨过来的只有天知道!

开始不单姚亮,连我也认为他长得瘦小是营养不良造成的,后来我才发现了秘密。他根本没读过中学,小学毕业一年多就报名随初中毕业生下乡了,他说他十八岁,其实十五多一点,不过他人精明,早谙世事,冒充十八岁竟瞒过了绝大多数人,而且一瞒就是三年。

二狗不是胆小,跟胆大的在一起他比谁都胆大,但他一个人就瘪了。他敢开口骂随便什么生人,如果对方骂得还要凶或者干脆动起手来,他立刻就像三孙子一样道歉服软赔不是。我在写小说的时候,当年的那些事像走马灯似的在我眼前转起来,尤其关于二狗转得非常之多。二狗是被毁掉的,他应该还有别的命运。我因此永远背着这笔命债,终生也不会被赦免了。当然我也要想办法尽力摆脱,一个好作家总有办法从任何看来毫无希望的困境中解脱出来。不,不是通过写小说来把责任转移掉,欲盖弥彰这一层我还不至于不明白。聪明的读者一定会想到反面去,对了,就那么做,还没明白过来的读者设身处地一想就明白了。

第三章

就是睡炕头儿的那个家伙。他已经来了一整年,眼下他在大队里看青。秋收以前这两三个月，没有比看青更俏更神气的活儿了。

他除了脖子长还有一条人看了吃饭噎睡觉做噩梦的水蛇腰。而且他这种身形个子不高就更难看，看了难受。他也不算很矮，光脚板站直了，头可以顶到陆高下巴。关于陆高，以前和以后都有重墨提及。他和陆高一个车来的，他性情随和到叫姚亮吃惊的地步。

"可以可以，抓阄儿，抓哪住哪，哪都一样，你说是不是二狗？"

"是不是都叫你说了。"二狗嘴贫。

"我说你说也都一样。谁做阄儿？"

姚亮自认晦气，命里没有不可强求，这话是姚亮姥爷的口头禅。顺次依旧，炕头长脖，第二个二狗，姚亮还是睡炕梢。长脖这时拍拍姚亮肩膀："我说小哥们儿，这炕头就你住，我跟你换换。"

"我不换。抓哪住哪，先说好的。"

"得啦得啦，我嫌炕头热，平时老刘头烧开水都用这边的灶，炕热得屁股都烙糊巴了。我说真的。你刚来，热炕省得跑了马。"

姚亮不懂长脖后面那句话，以后慢慢就懂了，这些男人们的知识要掌握也需要时间。姚亮不想再推辞了，不能拿别人的好心当驴肝肺——不能不识抬举。可是长脖又加了一句："也许你住不了几天，要是陆高回来了，那位置是他的。他不在我才搬过去的。"

"他是干什么的这个陆高？"

"跟我一个车来的。他走了很久了。"

"凭什么让他？他算老几？"

"这个得他回来你问他。"

二狗这时才发现这个房间里还有第四个居民，也插嘴了。"那这房间可够挤的，一铺小炕四个人睡，够呛啊！"

长脖说："挤点热乎。平时我一个人也怪难过的，早早地天就黑了，点灯熬油也没什么意思，就早早躺下。有时候睡不着，连说说话的人都没有。你们想想那滋味。"

长脖晚上不在这里睡，他们看青的白天大多睡觉，晚上出动，提着多节手电筒在待收割的高粱地玉米地里转来转去。他临走时说他半夜回来给二狗姚亮带几棒烧青苞米，"苞米有浆的才嫩，放热灰堆里烧得焦黄，味儿绝了。"

长脖出去以后，二狗对姚亮说："哥们儿借你光儿了。这几天长脖从来没说给哥们儿带一棒青苞米回来。看他挺瞧得起你。"

姚亮不免得意。后来他吃亏也吃在这上。

姚亮很快就发现长脖在村里很有人缘儿，老人孩子姑娘媳妇见了他都打招呼，这种礼遇村民们只给长脖一个人，其他知青完全没这个幸运。一起一年多时间，姚亮从没见长脖和什么人红过脸。那天夜里他果然吃到了长脖带回来的烧青苞米，那股奇异的奶香味使初来乍到的新知青姚亮胃口大开。这第一个乡村之夜因为长脖的关照变得难忘了。姚亮认定他将喜欢这个濒海靠山的小村，喜欢这里的生活。

后来长脖事件叫他愕然。都说谁也没曾想他会干出这种事来。长脖结局最惨，当然他罪有应得。不过就是到现在，时间过去了整整十七年，我仍然对那件事表示疑问；我想当时什么都不正规，公检法系统一团糟，是不是有可能弄错了，或者有人趁乱把这桩恶行栽到长脖头上？谁知道呢，我们这伙人里专门出冤死的鬼魂，长脖是否也在其中当然也只有天知道。

不过那毕竟太残酷了，是他干的杀他三次也不算多。我总不信能干这种事的人平时能隐藏得那么成功，如果说在我熟识的人当中有一个干了这种事，我肯定猜遍所有人也想不到长脖。我相信我知道他，不是表面的肤浅的，是从骨子里知道。如果我连这点直觉都没有，我还敢妄称自己是个好作家吗?

第四章

江梅是和长脖他们一道来的,住东屋两个女的当中的一个,是长得比较媚气的一个。江梅在下了工以后先到西屋来看新来的小老弟姚亮,说"李华说和她们同来的是个特帅的小伙子,就是不爱说话,李华叽里呱啦地说个没完。"

姚亮说:"李华是谁?"

江梅说:"你不认识?这就奇了!她说你们是同一辆卡车来的嘛。"

姚亮说:"就是那个叫瓶子的高个儿?"

江梅说:"我不知道。是那个高的。"

这时李华撩开门上的布帘接上话:"谁叫瓶子?高的叫李华。"

姚亮说:"我听那些同学可都叫瓶子。"

李华说:"是背后叫吧?"

姚亮说:"你的记性真差劲,你忘了上午你上车以后刘芝喊——瓶子,到了就来信——?"

李华说:"你怎么认识刘芝?"

姚亮说:"一年级和她同班。"

李华说:"那么说你也是山口中学的?"

姚亮说:"所以我早就知道大名鼎鼎的瓶子,山口中学的人没有不知道你的。"

李华说:"原来我寻思换个地方也得换个外号,看来没希望了。老外号一有人叫就扔不掉啦,算我倒霉碰到你这个倒霉鬼。哎,大家听着,我不爱听别人叫我李华,就管我叫瓶子吧,以后都这么叫。听清了没，二狗？"

二狗乖乖地应声："是，瓶子！"

江梅的口气像个大姐："李华，你真逗，要是有人给我起外号，我肯定得气哭。"

瓶子说："你有十八了吧？"

江梅说："七月就十八了。"

瓶子说："十八年你连外号都没有一个？"

江梅摇头，表情有些茫然。

这些少女很难使人联想起生殖繁衍，江梅比较丰腴，然而她年龄还太小。江梅如果在正常情况下一定会生养一大群孩子，做一个慈爱的母亲，一个尽责能干的家庭主妇，一个本分男人所希冀的好妻子。后来的事实证明她丰腴的身体呈现的恰好是健全的生育能力，而这种女人的天分却在不那么正常的环境里造孽了，我想说假如老天换一种安排，比如让她不那么丰腴不那么美不那么容易就怀孩子，虽然看来残酷，但对她却无疑更仁慈些。事实上她还算不上漂亮，只是比较媚气而已。

在一起的那段我和江梅有过几次交谈，江梅不擅言辞然而心地温柔，用一般的看法可以说她头脑比较简单，大概也正是因为这，我才发现我比较喜欢她，也愿意把一些不想对别人讲的话讲给她。我想这个世界上她对我的个人秘密知道得最多了，比任何别的人都要多。而且我相信那些秘密她对任何人都不会讲，就烂到她肚子里直到她把它们带到另外那个世界去。

她成了我心中的圣母，我于是不顾姚亮的再三反对，一而再再而三地把她放进了我的小说。她永远是受害者，永远与该诅咒的淫欲有关，她是牺牲品，她的结局最终显示了罪恶。

我想我是爱过她的。

第五章

另外一个女的就是她了。她身体不舒服，下了工就躺倒了，所以姚亮是第二天见到她的。

姚亮这时虽然对男人女人之间的事还不太了然，作为一个漂亮的小伙子他还是分得出漂亮女人跟一般女人的不同。他第一眼就已经认定了肖丽是四个女人中最美的，相当美，身材举止动态无一不美。

肖丽脸色不好，那时姚亮还不知道女人每个月都有这么一回。她不太想讲话，打招呼的时候声音也显得孱弱。"你好。听说你来了。身体还适应吧？我叫肖丽，也是刚来的，比你们早三天来的。有时间过来坐吧。"

当然也是事出偶然，姚亮刚到这里认识的这些人在那段时间都死了，活下来的只有他姚亮和尚未在场的陆高。还有我。不算我。这样只活了两个人，姚亮成了全部死亡的目击者，因而他记得他们所有人的名字。

瓶子。

二狗。小秀。

长脖。

江梅。

和肖丽。

一共六个。还没算江梅肖丽各自肚子里的那个。也许瓶子小秀肚子里也都有了，谁知道？

我知道姚亮心里不是滋味。我不知道陆高怎么想的，我认识他也许多年了，我实在说不出这个寡言少语的怪物心里尽想些什么。

那位胡强现在也还活着，肖丽可是死了十几年了。据一部记录肖丽死前那段生活的小说讲，肖丽是自杀的，是在被村民游斗之后上吊死的。那部小说的作者也叫马原，不知道那个马原是否还活着。

说肖丽跟胡强私奔是一个充满戏剧性的偶然事件，也许吧。那个胡强嫉恶如仇，于是命运把这个男子汉推向悬崖，说得具体一点是把如花似玉的肖丽推到他怀里。总之他做好人，又交了桃花运，他三十九岁且独眼，有老婆有孩子都顾不上了，他祖宗十八代都是农民，贫下中农。抓回来斗了几次也就算惩罚啦。他又和他老婆生了两个孩子，原来的那个大女儿已经结婚也生了孩子，胡强成了老太爷万元户，家里盖了楼房。捏着手指算三遍也不过十五年时间，因为他而死的那个女人就白死啦？我知道的事实跟那部小说有大出入。

我就此事几次找过陆高，每次谈话时间都很短，基本上是我一个人在谈，陆高听着也没做出不耐烦的表示，我说完了他听完了，没有下文，就这么个结果。

姚亮说肖丽不是好东西，我以为这是受了表面现象的迷惑产生的错误结论。

"她跟每个男人都睡过。"

"包括你？""除了我。""那么陆高也在内了？""也、也除了陆高。""二狗？""二狗沾不上边，轮不到他。""看来长脖一个人得手了？""长脖只对进嘴的东西感兴趣。他有病，阳痿，小时候踢球碰了弹子。"

"那么每个人指的哪些男人？"

"去你妈的咬文嚼字！"姚亮骂了。

我不能不咬文嚼字。要骂人我比他便利，我让他骂人他才骂人，我可以要他死。我在虚构小说的时间里神气十足，就像上帝本人。

说肖丽是为逃避淫棍的纠缠闯进胡强家里的，说胡强老婆带了孩子回娘家，说肖丽吓坏了便一头扑进胡强怀里，这里运用了形式逻辑的方法。那个作者也叫马原的小说里还说肖丽痛悔害了胡强坑了胡强的老婆孩子，她和胡强的性爱使她觉得短暂的幸福有着无上的价值，有了那段逃亡生活以后，即使去死也无憾无怨。她于是怀着胡强的孩子自缢了。

我和胡强很熟，我不想举实例反证他人品方面卑俗恶劣，我把他当出纳贪污公款被判了三年监外执行这类劣迹抖出来又有什么用呢？我只想讲一个足以推翻那个谎言的小问题，就是他那男人的家什是废的，他名下三个小杂种都是借的种。跟他老婆搞大了肚子是要在他那里领钱的，这事在那一带农村相当普遍，在我们村里胡强是骡子可以说家喻户晓。

我不知道那个也叫马原的写这部小说时对我们那里的实际情况知道多少？

那一次胡强没受刑律制裁，原因很简单，姚亮一语破的："他是作为队里的贫下中农代表把她从黑龙江接回来的。"他当时不是被斗，他是队里的秀才军师，在一旁出鬼点子，如果不是他追问肖丽那些说不出口的事，肖丽也许不至于被逼死。这种连阉人都不如的垃圾货，心里比谁都花花儿，这几年他心眼儿活门槛儿精，买进卖出发了大财，竟穿起西装打上领带了。

我当然知道穿西装打领带不是他的过错，他有钱。那些不那么有钱的流窜小贩也都打了领带，我不打领带没有西装只是好恶问题。

聪明的读者（特别是熟悉我其他作品的老读者）一定已经预感到事情有点复杂。

第六章

我也是在同一个秋天里认识了高粱、玉米和豆子，割豆子要戴手套，工厂发的翻毛皮手套最好，实在没有线的也凑合，比没有强。

我没有。主要是没有准备，头一天下来满手是血，指肚和掌心给豆秸戳得稀烂。握镰刀的右手也好不了多少，三个大血疱，周围也都红赤赤的看了吓人。后来我一直很想知道姚亮那一天的情况，我一直想着问他一次。说来也怪，平时想了再想，碰到一起就想不起来，这样一拖就是十几近二十年。今天，1987年2月15日上午，我终于在见到姚亮的当时想到了问他，他竟完全记不得下乡后第一天参加劳动的情形了。

"我就记得那天下工时走过老狼的房子，他可真自在，一个人坐在枣树底下摆棋谱，那枣红得真馋人。我记得他低着头全神贯注，一边吹着口哨，我走过来肯定吓了他一跳。"

根据回忆，姚亮说老狼当时一副典型的农民装扮，"他手指枯黄且又细又长，挪动棋子时那种有点痉挛的动作叫人忘不了。当时我以为他就是当地的农民，他只有很少几根胡子可是很长，我看了差点笑出声来，很滑稽。"

根据推算他现在约四十五岁，当时近三十岁的样子。我们那时候都觉得二十岁还远，三十来岁的人应该老得不能再老了。

我们也是后来才知道老狼也是锦州知青，六二年来的，那一批来的回城的回城结婚的结婚，只剩他一个人住着当时的三间土坯房。他很少参加队里的农活，姚亮刚到的那些日子只是每天看到他在房前树下一个人下两边棋，玩得心平气和专心致志。

姚亮问他:"没有人和你对着下吗?"

老狼说:"秋天都忙着收割庄稼,你在干什么?你刚来就让你割豆子?你肯定是个狗崽子。你是吗?!"

姚亮干脆地点头。

又问:"你要是愿意,我和你下两盘。"

姚亮在锦州蹲过公园里的下棋地摊,中学同学里没一个人下得过他。可是他马上发现自己根本不是老狼的对手,他明白了老狼一个人下棋不是因为没有闲人跟他对弈,实在是他根本没有对手。

因为再三思索,这盘棋也下了很久,其间姚亮口干舌燥,便起身向房门走去说要喝水,冷不防听到老狼的呼喝。

"嗨!你等着,我去拿!"

姚亮还是没在乎地往前走。"不用了,我用瓢舀着喝点凉水就行啦……"

"站——住!"

这件事姚亮讲给长脖,长脖笑了。"还没有一个人走进过他的房子呢,你刚来,能让你破了这个规矩?"

姚亮说:"他那破房子里有什么大不了的值钱玩意儿?"

长脖说:"他拔根汗毛比你腰粗。老狼可不是寻常之辈,你以后就知道啦。"

姚亮说:"什么大不了的狗屁人?"

长脖说:"我像你这么大也尽说这种话,没人在我眼里。慢慢就知道啦,天外有天。"

姚亮说:"狗屁天!"心里可说的是另外一句:"就你?没人在你眼里?吹吧?"长脖待他不错,不能无缘无故伤了和气。

长脖说:"记着兄弟,有些东西碰不得,这里说四大娇中最要紧的是后两娇——光棍的行李大姑娘腰——特别老狼那种人，又是多年光棍了。"

姚亮还是不懂，不过不再问了。

姚亮不知道是谁为他说了好话，干活的第五天早上，队长派工时让姚亮也去看青。

于是他白天留在房里睡觉。他在长脖就出去，长脖人缘儿好，有的是去处。江梅也没去干活，留下来帮老刘头烧火做饭。江梅发现姚亮没去干活过来探望，以为姚亮病了。

姚亮说："没病。我死了也病不了。长这么大除了拉稀闹肚子不知道什么叫得病。叫我看青，谁知道好差事怎么落到我头上了？"

江梅说："听说是老规矩了。看青是俏，可是容易得罪人，本村人都怕得罪人，一个村里亲连亲友连友的，一得罪就是一大片。别的村里也都是知青看青，都是男的，女的不行。"

姚亮说："你怎么也没上班？病了？"

江梅脸微红了一下。"啊……歇一天，我有点不舒服。"

姚亮不知其然，条件反射地脸也红了。这样一来江梅脸更红得厉害，两个人好半天没说一句话。最后还是江梅开口："那你睡吧，我帮刘大爷烧火去。"说完就出去了。

吃了晚饭，姚亮提了镰刀出去，没留意瓶子也跟在他后面，姚亮走得快，瓶子有点跟不上了才喊他。

"嗳，嗳。"

姚亮停下来等她，再走时就慢下来，一路没话，只有四只脚踏地面的声音。

姚亮分派的地段在河边，他俩保持着距离走上河堤，这时候天正黑下来，到处都是蛙虫的欢鸣。姚亮没转脸就觉到了瓶子在呜咽，他还是没转过脸去,这样又慢慢走了一段。

姚亮说:"你怎么啦?想家啦?"

瓶子说:"我……我累……我都受不了啦……你看,满手血疱……浑身都疼……"

姚亮没说话,估计是不知道说什么才好,瓶子仍然抽泣。后来瓶子抽抽搭搭地说:"我挺累的,我走不动了,坐会儿吧。"

他们先坐在堤顶,后来瓶子说坐得高太显眼,说老远就能看到剪影,他们就一道往堤坡下移动。瓶子的情绪时好时坏,过一阵又哭了起来。姚亮后来终于伸过手去为她擦泪,她一下把他的手紧按在自己脸上,哭得更凶了。

我敢肯定,这是姚亮第一次触摸异性,我不能猜测他当时的感受,我知道他的手掌手指与瓶子的小脸贴合了,且轻轻滑动,滑过来又滑过去,像没滑一样,幅度很小速度也慢。

天黑以后,姚亮把瓶子送回住处。姚亮没偷懒睡觉,散散漫漫地提着镰刀在自己的地段上踱了个通宵。长脖来了一次,两个人在一起遛了一段时间,长脖掏出旱烟口袋,先用旧报纸卷了支烟递给姚亮,自己接着卷了第二支。

第一次抽烟,姚亮呛了一下。

长脖说:"是青烟,这里叫蛤蟆癞,闻着挺冲的可是没痰,青烟是好东西,烤烟黄烟都不行。你刚来,你没经验。得学着抽烟,我刚来也不会,现在离不了啦。再卷一根?"

到了后半夜天冷得多了,姚亮的旧棉袄外面扎了条草绳。这时他抱着肩胛,如果他知道长脖在什么地方逡巡,也许他要去找长脖再卷上一支蛤蟆癞。他不知道长脖这时早睡了。打更没有不睡觉的,喂牲口没有不偷料的。

第七章

姚亮无论如何没想到,他捉到的第一个偷青的人居然是二狗。

他先是听到声音,自己轻手轻脚摸过去,离得近了就拼命拨开玉米叶子冲过去。他看不清被追的是二狗,追到近处二狗先开口了。

"是我二狗,手下留情!"

说完一屁股坐到地上大口喘气。姚亮也把镰刀摔到地上,站到二狗身边。"妈的,算你小子捡条命。你再晚点儿吭声,我镰刀就飞过去了。你他妈的,找死啊?"

二狗说:"我说姓你的,你就不兴也给咱哥们儿弄几棒青苞米烧烧吃?哥们儿馋死啦。"

这片庄稼全部是玉米田,沿着河堤非常开阔的一片。是从外国传进来的矮棵品种,每棵至少结两个玉米棒。姚亮个子高,站在玉米地里正好高出半个脑袋。

姚亮说:"你小子什么屎都拉。"

二狗说:"你吃高粱面,也得拉红屎。"

"你干吗非搞到我地段上来?"

"你总不至于跟我动真格的,你知道了是二狗还能飞镰刀吗?"

"你这么干不是坑我吗?"

"这你就不懂啦。小小不然的丢个一星半点,队长连问都懒得问。烧青苞米撑死你能吃几棒?有五棒打发你回老家够不够?"

"你干吗非偷不可?你说一下我带回去几棒不就得啦?"

"谁知道你呀?你看青五六天了,你带回过一棒吗?哥们儿一想你在地里烧苞米吃,觉都睡不实了。你也不是不知道长脖他们都这么干，你小子有自己吃的想不到哥们儿，哥们儿自己不来等天上掉馅饼啊？"

姚亮这几天真就没想到这上面来，不过他没对二狗辩白，他只是告诉二狗，他可以往回带青苞米，不过要二狗自己想办法烧；特别嘱咐二狗别让做饭的老刘头知道，姚亮一直是个正人君子。

姚亮说："你还挺委屈呢。"

二狗说："哥们儿就没你这么好的运气，肯定队长用得着你，要不就是想招你上门女婿，哎，队长闺女肥呀，小不点个头儿一身肉，叫小桂的。哥们儿借你光呗，你说呢姓你的？"

"谁该你的呀？快弄几棒回去得啦。"

"嗨，你晚上不回去，到哪儿猫觉儿？"

"猫个屁，你看不见老子白天一睡一天？我猫觉儿庄稼丢了找你呀？长脖也没回去过。"

"这你外行了。他人熟，在哪个场院小屋不能猫一会？打更没有不睡觉的，没几个人像你这么死心眼。"

"那真丢了怎么办？"

"真丢了谁也办不了你的罪，你又不是监守自盗，你怕什么？再说也不是随便就丢的，你得把握好时机，比如晚饭天傍黑这段时间就比较容易丢，偷青的都懂得钻空子的窍门，还有就是天亮前那段人犯困，你只要把握好这两段时间，一般情况丢不了。前半夜没人干，你放心。哥们儿不会耍你。"

姚亮于是每天上半夜到长脖的地段，他俩再一道或者找一处场院房子进去烤火烧苞米，或者裹紧破棉袄躺到背风的堤坡下聊天，有时索性弄点青苞米回到住处去，叫醒二狗一道享用。这当然也是二狗最喜欢的格局。

长脖说:"现在白天也得出去了。我那块地昨天丢了一小片高粱,昨天晚上我刚出去就发现了,我肯定是白天偷的,胆子可够大的。还就在往常屯去的那条小路道边上。"

二狗说:"你今天白天出去了?"

长脖说:"出去了。"

二狗说:"又丢了吗?"

长脖说:"又丢了。"

二狗说:"你没抓着?"

长脖说:"抓着了。是刘保管家里的。"

"叫狗宝咸菜那个女人?"

"是她。"

二狗显然来了兴致。他说这村里最滥的就是这个女人,都说谁拿她也没办法。"说她脱裤子最快,村里半数男人都跟她睡过,长脖,你没跟她……"二狗做了个手势,"来一回?"

长脖淡淡一笑。"她看我来了,忙往地里退了两条垄,褪下裤子蹲到地上,不知道是装撒尿还是给我亮相,她那玩意儿就朝着我,我也没走,扭过脸等她把裤子穿上。"

二狗说:"她穿了吗?"

长脖说:"我等了半天,她说——大兄弟我等你呢——我说,你把裤子穿上。她吭叽了半天,说——大兄弟,放我一回,我以后再也不干了。"

二狗说:"你就那么便宜她了?"

长脖说:"我背着脸叫她穿上裤子快走,她走时还一个劲儿说——谢谢大兄弟啦。"

二狗说:"我怎么碰不上这好事?"

姚亮说:"你不是说她脱裤子快吗?你想碰上好事就上门去找哇。"

二狗说:"我哪有那份闲钱?"

长脖说:"你干脆找队长说说,也过来看青,这种事多多有啦。"

二狗说:"真的呀?你得手几回?"

姚亮说:"你想看青跟我换,我正不爱干这活呢。你去找队长说吧。"

二狗一下瘪了。"就是你们俩都不干也轮不上我,什么俏活也轮不到我头上。"

长脖说:"你得罪队长啦?"

二狗说:"得罪狗宝咸菜还不够呛?我到他们家菜园子里偷几个柿子,叫这个臊×逮住了,她臭骂我一顿,我说我再也不敢了。隔天我碰到刘保管,他没事似的跟我打招呼,倒是队长找到我剋了我一顿。真他妈的绝!这臊×有事不告诉她男人倒告诉队长!绝不绝?"

姚亮说:"跟当官的告状叫当官的治你。"

二狗说:"才不是那么回事。你说队长说我什么?他说——你小子手脚利索点,再犯到我手里我对你就没这么客气啦——你听听他这口气!队长肯定没少占狗宝咸菜的便宜。"

姚亮说:"我看你小子是憋坏了。无论什么事都能联想到肚脐下边,真难为你。"

二狗说:"我可不硬装正人君子。"

第八章

来了十几天,我也是一直不知道队里还种了花生、芝麻、线麻籽。油料作物凡是生的可以吃的都不让我们知青沾边,大概是怕我们偷吃吧。我得说这是队长失策。

后来我知道参加收割这几宗油料作物的农民都没少往家捞,他们就不仅仅是当时吃个肚儿圆了。队里有一个小场,专门用来为这些油料打场的,是水门汀铺地,平展光洁,旁边也有一座看场的土屋。

我也是后来才知道,看那个小场的老头子叫陈老道,说是村里过去有个土地庙,后来因为六六年的动乱拆掉了,住持老道只好参加队里的劳动。他跟村里人关系很好,他至少有七十岁了,大光脑袋锃亮。他做不来农活,又没有住处,队里就安排他住到那个看场小屋。秋冬季节他看场院,夏天随他,他养了一群鸡,也常下河去摸鱼,到集市用鸡蛋小鱼换一点零用钱,他日子过得不错。

秋收以后他可以分到一份口粮,平时到村里今天东家明天西家的要一点园里种的青菜。他没有胡须,长长的眉毛全白了。

当那哥儿几个听说了队里的这个所在后,二狗先就想到了该去弄一家伙。长脖说,听村里年龄大的人说陈老道会武术。这可有点吓人。不过姚亮不吃这一套。"他七老八十的,会武术有个屁用,我们好胳膊好腿怕他?就是打不过他,他也抓不着我们,干!"

长脖说:"怕不那么简单。咱们有一个人叫他认出来,大家谁都跑不了。"

二狗说:"这倒好办,戴个面罩就得了,问题是——你们说,弄来了东西往哪儿放?"

这是个非常具体的问题,他们三个人只有那么一小间屋子,平时又都不锁门,老刘头进来进去的,要是突然上锁加上场院丢了东西,不是明摆着有鬼吗?明摆着让人疑心吗?

姚亮把这事私下里告诉给瓶子,瓶子马上问他:"偷那些东西干吗呀?"

"吃呗。还能干什么？"

"怎么吃？趁没人的时候偷着往嘴里塞几粒？我还寻思你们要偷出去卖钱呢。"

"你真傻。都是好东西，花生可以炒可以用盐水煮，芝麻烙饼最香，线麻籽磨豆腐比豆子豆腐香一百倍。有好东西还愁没法吃？"

"叫老刘头给你做呀？"

姚亮一下凉了。三个男人怎么就没想到这么简单的问题呢？"那，那就卖了，反正都是值钱的东西。"

瓶子说："那可不行！我就怕这个。抓住了还得了哇？我说什么也不让你干。"

姚亮说："行啊，那就不干。我们说的时候也没多想，也没说非干不可。"

瓶子说："你说话算话！"

姚亮说："你凭什么用这样的口气跟我说话？你是我什么？是我妈呀？"

每天晚上他和瓶子总要单独说几句话，时间或长或短，姚亮一般没有什么话要背人，他经常声音很大，瓶子总是低声叫他也低声点。

再没有机缘叫他们有进一步的身体接触，他们关系清白。这段关系持续了近四个月。

几乎就在同一时间，二狗和小秀成了好朋友。姚亮懵懂，还是瓶子提醒他注意他们。

瓶子说："我看你洗衣服的样子真费劲，那么大男子汉连衣服都不会洗。"

姚亮在这种时候毫无幽默感。"从小没干过。洗衣服这种事你有力气使不上，气死人。"

瓶子说："你没看看二狗是怎么洗的？"

姚亮说："真是。我怎么没看二狗洗过衣服呢？这小子肯定从来不换洗衣服。"

瓶子扑哧一下笑了。"你是个缺心眼，二百五，瞎子聋子傻大个，你就看不见二狗衣服都是小秀在洗？"

"小秀凭什么给他洗？"姚亮不懂。

瓶子不笑了："你什么时候能开开窍啊？"

"你是说小秀跟他好上了？"

据姚亮说，这是他最不能理解的事。他说他无论如何不知道二狗身上还有优点，任何意义的优点。他不知道殷勤也是优点，随和也是优点，胆小也是优点。那时的姚亮还年轻，爱憎好恶极端分明，所谓眼里容不得沙子。

小秀不算好看，毕竟人还顺眼，配二狗则无异于鲜花插到牛粪上，这是姚亮当年的看法——他现在早不那么看了。小秀恬静温和，平时寡言少语，她一直凡事靠瓶子拿主意。瓶子告诉姚亮，二狗自己的活干完了总过来接应小秀，"我看得眼气，就没有人过来接应我。"

"从明天起我去行吗？"

"可不敢劳你大驾。"

"咱俩谁和谁呀？"

"李华和姚亮。"

"你要是真不用我就算了。"姚亮停了一下，又加上一句，"我也不用你洗衣服。"

"别自作多情！谁要给你洗衣服了？"

"那你那么说什么意思？"

"没意思。我不跟你说了。跟你说这些顶没意思了。谁像你那么混？那么傻？那么坏？"

以姚亮的智力恐怕永远猜不透女人，说着说着瓶子就又哭起来，什么意思嘛？

四个女的，属瓶子最能。姚亮也看得出其他三个都听她的。也不，肖丽平时话少，从不逞强要尖，但是谁都比较尊重她，姚亮以为这是她长得美的缘故。

姚亮还认定肖丽是个本分的女孩。

第九章

那个晚上先是李树来了。

二狗向姚亮和长脖介绍，说是他的朋友，在离这里不远的常屯插队。姚亮没兴趣吭声，只从鼻子里哼一下算是打过招呼。

李树和二狗同样獐头鼠目，一副卑琐相，大概从第一印象中没人会喜欢这样的人。

常屯在北面，靠山。靠山吃山，那里以果树为主要收益。正是下果的季节，李树用布袋背了许多苹果。他在看果园。二狗心细，想着该给女人们送些苹果，他站在灶间："嗨，你们出来一个，江梅，瓶子也行。"

瓶子在里间应道："小秀行吗？"

二狗说："也行，谁都行，肖丽也行。"

结果出来的江梅也带出了嬉笑，女人们在房里互相打趣调侃，闹得不亦乐乎。

二狗颇为得意地告诉江梅，说他的一个朋友带了苹果，说那个朋友是常屯看果园的，二狗把李树带来的苹果足足分了一半给她们，她们自然高兴得谢了再三。

　　这个晚上二狗话特别多，他俨然成了大人物。是那个李树给他带来了面子，他的瘦脸陡生光彩。两个房间都在大嚼大咽的时候，那个叫老狼的中年男人走进了西屋。

　　没人知道老狼当时是怎么想的，我也不知道。不过据我猜测他有意图的可能性很小，很可能只是无事无聊过来闲坐。不过他这一来，结果却非同小可。这里一个人的命运轨迹因此完全改变了。我是说长脖。

　　那时长脖还不认识老狼，与老狼相熟的只有姚亮。后来姚亮多半时间跟陆高在一起，所谓物以类聚。

　　二狗到底殷勤懂事，自己站起身腾出地方让老狼坐了，又马上抓了个大苹果递到老狼手上。这里知青们对年龄大些的人习惯称大哥，这类称谓使人很容易联想到黑社会。

　　后来还是二狗张罗着连夜到李树那里去，姚亮说不行，说夜里还要出去看地；长脖让姚亮尽管跟他们去，看地的事他两面跑一跑照应一下就可以。姚亮一想也是，本来出去弄苹果也有长脖一份，这样正好。临走时他没忘了跟老狼招呼。"大哥你坐吧，长脖在这陪你。明天过来吃苹果，上午下午来都行，我在家。"

　　他们三个出了门一路向北，沿着马车道不出声音地快走。风吹动两边的高粱玉米叶子，哗啦啦的非常悦耳。村子远了，田野里没有一点人的声音，夜空晴和。

　　听到了水声。眼前一道黑乎乎的屏障，姚亮知道要上河堤了。

　　李树说："把裤子脱下来，裤脚用鞋带扎紧，装了苹果以后两条裤腿正好骑到肩膀上，一条裤子这样可以装五十斤。"

　　姚亮和二狗不声不响地照办，把鞋子塞到堤下路边的玉米地里藏好，跟在提着鞋子挽了裤脚的李树后面上了河堤。一股湿凉的风迎面而来，惬意一下灌进姚亮的肺腑五脏。

河水浅浅的，缓缓地在眼前流过。夜幕上本来就不甚清晰的星落到水面更朦胧了，闪闪烁烁的一片。水有点凉，正好使人打起精神。

李树压低声音告诉他们过河就不要再说话了。趟动的水声轻柔得像诗。

第十章

他们先进了村子，村子很大，住房分布得很散。时而有一两只狗从黑处窜出来，拧着嗓子嚎上一两声，觉得没趣又把身体缩进暗处。姚亮走过的一路没看到一幢有光亮的房子，如果没有狗吠，整个村子就像一片坟场。

姚亮到底年轻，那种超常的寂静使他浑身不舒服，汗毛孔发夯，他于是抬眼望天，细汗已经浸上他脊背。

还没有走出村子，他们已经在爬山了。看来一些住房就建在有较大起伏的坡坎上。

李树带他们钻进了果树林，借着微弱的星光可以看到枝头的累累硕果。"都是红香蕉，这片林子没别的，三千多棵清一色。"

李树的话逗出了姚亮的口水，姚亮心里很气，偏不咽下口水而一口吐到地下，听声音跟吐痰也没什么两样。红香蕉，屁股分五瓣。

李树把他们带到自己的小窝棚，静卧在旁边的黑狗吓了二狗一下。"妈的，吓你哥一大跳。你养的？"

是李树的狗，姚亮觉得这狗不错，不咋咋呼呼，只是过分矮小了。大概就因为这，姚亮心里开始萌发了养条好狗的念头。

二狗对李树的枪很感兴趣。是杆长枪，很旧。李树说是民兵发的，只发给看果园的七个民兵。"有子弹吗？""有是有几颗，不知道是不是臭子儿。枪也不行，老掉牙了。"

姚亮无意多耽搁。李树把他和二狗带向西南边，在李树的指挥下他们很快摘了满满两裤兜子，李树帮他俩上肩，裤子上面又用皮带扎紧。姚亮用右手抱住右胸前的裤腿，又一条裤腿搭在背部右侧，裤裆以上部分向头微倾，他觉得有一个苹果压住了耳廓。不重也不算轻，姚亮怀疑二狗是否扛得动。

一路下坡，李树在前面引路。他们渐渐出了林子。这里已经绕开了常屯，向南不远就是河堤了。李树的小狗一直跟在他身边，它真是个好伙伴，一路轻盈而灵活，且一声不响。

趟水过河的时候，姚亮回头看了看站在堤岸的李树。李树的剪影印在夜幕上，竟那么矮小。李树这个晚上总共说不过十句话，姚亮喜欢说得少做得多的男人。

"二狗，你怎么样？扛得动吗？"

"管你自己吧姓你的，哥们儿有点干巴劲，另外我裤子小装的也没你多。走你的吧。"

"李树不错。"

"绝对够哥们儿，讲义气！"

"他话不多，不像你那么咋呼。"

"你老说哥们儿咋呼，哥们儿咋呼啥了？"

过了水是一片干滩，以后上了南岸。下了堤以后他们又向东走，走到来时走的马车道找出鞋子穿好。姚亮这时才真正放松了，心里充满了莫名的欣喜。红香蕉国光两种。

这个晚上他和长脖的地段都丢了庄稼，当然这是天亮以后才发现的。长脖跟老狼到他住处去了,一个通宵没出来。这是第一次。

第十一章

丢了好几大片,面积都不小。是偷青老手干的,活计干净利索,都是高粱,都是齐穗头被刀子掐断了。丢的几片都在路边堤边。

队长估了一下,说:"有一千多棵,三个麻袋吧,我看有二百多斤高粱。"

姚亮说:"队长你看是一个人干的吗?"

队长说:"是一伙人。你睡觉啦?"

姚亮只好违心点头认倒霉。

"长脖哪去啦?你没见长脖?"

姚亮心里正骂长脖坑他,他比队长更急于找到长脖。不过他不能马上走开,他不知道出了这种事该怎么办,怎么处理。

队长说:"丢得不多,不过都在路边,太难看了。"姚亮也正觉着那些没头的高粱显得滑稽。"姚亮,你一会儿拿镰刀把没穗头的高粱秸放倒,就弄到你们院子里当柴禾。"

姚亮把自己地段的没头高粱割倒捆了,一捆一捆扛回到他们住的院子里,来回走了四五趟。原来他还想帮长脖也干了,回来看长脖不在,气不打一处来,索性干完了自己的事,回到屋里躺倒了生闷气。

吃午饭的时候长脖回来了。

长脖一进门就把姚亮捅醒了。"嗨,我说兄弟,苹果弄回来没有?"

姚亮眼睛半睁半闭,声音也无精打采。

"你看青有功了。都在二狗箱子里,你自己拿吧。"

长脖边翻边问:"怎么你们没吃?"

姚亮说："吃完了，吃够了，吃倒牙了。"

"你小子没一句正经话。"

"你小子一点正经事不干！"

"你怎么啦？哪来这么大的火气？"

"庄稼丢了你还装什么糊涂？"

"庄稼丢了？我的还是你的？"

"我的还有你的。谁也没跑了。"

"真的呀？不是你小子吓唬我吧？"

"你瞎呀！你看不见院里的青高粱秸？"

"我也纳闷？老刘头弄这些青秫秸烧得着吗？原来你弄回来的。"

"队长也在找你。丢了不少，弄回来那些是我地里的，你地里丢得不比我少。你跑哪去了？真在村里找着相好啦？"

"上老狼家玩去了。"

"他妈妈的是不是老狼做的圈套？他知道我不在又把你拢住，正好别的人下手，绝对不用担心有人来抓。"

"别瞎说。老狼不是那种人。"

"你刚认识他，你怎么知道他是什么人？"

"我又不瞎。我是三岁小孩？"

"那他干吗留你待这么久？"

"就实话跟你说了吧，你千万不要跟任何人讲，讲出去大家都麻烦。老狼家里是个窝子，每天都有人在那打牌。这一通宵我和他一伙，你说赢了多少？"

"我说打牌是假，扣住你以后偷青才是真格的，你叫人装进去了，卖了你你都不知道。"

"你得了吧。丢几穗高粱？"

"几穗?！队长说有三麻袋！"

"三麻袋高粱头值几个钱？告诉你吧，昨晚我们俩赢了一千三百多元。"

姚亮一听傻了。

后来长脖详细讲了老狼怎么要他去玩牌，他怎么犹豫后来怎么又去了；长脖说，老狼不让他带一分钱，老狼要和他一伙，输赢都算他老狼的。说老狼本来是找姚亮，见姚亮要出去就没多说。老狼要在本村找个搭档，看来初次合作他对长脖基本满意。

长脖再三嘱咐姚亮不能说出去："连二狗也不能说，那小子嘴不严。"

姚亮这才明白了，老狼为什么从来不下地干活。姚亮自己也没有把握，他不知道如果昨天夜里他不出去而老狼又找上他他会怎样？

姚亮不知道可是我知道，这是一次机缘，这次机缘阴差阳错由姚亮转向长脖，不然也许姚亮完全是另一种命运。因为我知道一个更大时间长度里发生的事情，所以我敢说这是一个命运的转折机缘，我这么说的时候，那种仿佛上帝本人的自豪感又光顾我了。

第十二章

想讲讲一直没讲的这个院子的另外一半。

这排房子一溜十几间，只有最西边三间给了下乡的知青，其余的全都是村里的公房，是村里的养老院。因此可以想见这个院子很大，非常之大，有两个门，一个是知青们出入的小门，另一个门大到可以进出马车。

养老院有一挂马车，三个溜光水滑的大牲口——两马一骡。一个约五十岁的驼背当车把式，赶车喂牲口他包了。另外一个叫院长的其实就是管理员，看来他捞足了老人的油水，满脸油光鼻头通红。姚亮说一看这家伙就不是好东西。第三个工作人员是位哑巴，做饭的。

院里住了十几位老人，多数已经完全丧失了劳动能力。大概都是五保户吧。大门楼上一块木漆牌匾大字写着"幸福院"三个字。不过据姚亮说，这十几位老人的生活无论如何跟那个奢侈的字眼是不搭界的。

看得出来，做饭的老刘头跟养老院院长关系不错。这边的事老刘头是不大操心的，那个哑巴似乎有点巴结老刘头，这一点是二狗发现的。"我亲眼看见哑巴从锅里弄出一大块肉送到老刘头嘴边，脸上还赔着笑，好像生怕老刘头不给面子不肯吃。老刘头有什么背景？你知道吗长脖？"

姚亮说："就是。要不这么美的差事能落到他头上？糊弄三顿饭，再就是买点粮。"

二狗说："商品粮吃一年，明年分粮，这下他更轻巧了。"

长脖也不知道他的背景。不过看得出队长也敬着院长几分，而院长待老刘头极亲密，绝无尊卑之分。院长鼻头又大又红，姚亮二狗长脖后来发展到四个女的背后都叫他老红。

老红人还勤快，每天多数时间都耗在养老院里，买进卖出这类事不用说了，连洗菜和面烧火这类小事他也伸手。喂猪是哑巴的分内，却常常由老红提着猪食桶往来于猪圈厨房。

长脖告诉姚亮，队长也找了他，让他把高粱秸割倒弄回来，别的也没多说。不过老狼说队长不会追查，老狼说得绝对有把握。"我猜队长有什么把柄抓在老狼手里。"

尽管如此，姚亮再遇见队长时仍然很不舒服。队长从这边小门走进来，姚亮看着他向东去了，估计是到养老院。隔着窗玻璃队长不会看到他，但他本能地缩下身子趴到铺盖上。

他躺了一阵，又睡不着，后来听到队长在对老刘头说话，大意是快过端午节了，过节时让老刘头抽时间帮院长忙忙。队长又问了诸如买粮买菜这类话，突然抬高了声音。

"哎，回来啦？"

姚亮听到一声低哑的"啊！"他条件反射地坐起来回头从窗子望出去。已经晚了。

那个人脚步很重地进了外间，很快拉开里间的门迈了进来。是个块头很大的男人，满脸胡子，头发乱糟糟的。他毫不吃惊地对呆坐在炕上的姚亮点了点头，姚亮也下意识地把头对点了几下。"是陆高吧？"

"啊！"还是那么低哑短促的一声。

"我是新来的，我叫姚亮。"

"啊！"

陆高自顾自卸下肩上鼓溜溜的地质包，转身到外间水缸里舀了半瓢凉水回到屋里，坐到炕沿不紧不慢地喝起来。那瓢非常大，足足可以盛一升多高粱米，姚亮眼瞅着陆高把大半瓢凉水一口一口慢慢喝光。看来他渴坏了。

他喝完了没有马上站起身，右手拿着水瓢垂在身体一侧，左手大把擦了一下嘴巴，姚亮看着水珠被他的手掌赶到他膝上、地上。

姚亮说："我去告诉老刘头多做一份饭。"

陆高说："他知道啦。"

到了中午大家都回来，都凑到男宿舍来。陆高还是没什么话，大家站了一下也就散去。多了一个人，午饭反而吃得闷气，主要是陆高的寡言少语影响了大家的情绪。

下午长脖没回来，房间里还是只有陆高和姚亮两个人。姚亮搬过枕头睡下，醒来时发现陆高也在睡。姚亮想起刚来时长脖说炕头是陆高的，现在陆高正枕着炕头长脖的铺盖卷，看来今晚他们三个的行李都要往炕梢挪了。

　　结果陆高把自己的行李放到了炕梢，靠墙也挨着姚亮。姚亮认定这就是缘分。

　　所谓命里注定。

第十三章

　　转眼就到冬天。

　　秋粮都进场院了。

第十四章

　　看青的姚亮和长脖都撤下来了。

　　姚亮不愿意承认自己想家了，但是他没来由地每天都想家，有时想得多也想得具体，想耳朵聋得尽打岔的姥姥，想留在城里工作的几个同学，想和同学聚一聚聊一聊，想吃妈妈擅长的雪里蕻炖小豆腐。他不承认这是想家，事实是他不知道这就是想家。

　　男子汉的自尊意识使他对谁都不说他想家了。于是他不愿意一个人闲下来，他把每天的日程都安排得很满，早上不用说了，忙着吃饭下地，只有晚饭后才有可能空闲下来。

　　那段时间他和瓶子无端地疏远了。他们甚至三五天才能说一说话，往往是三言两语就卡住了，姚亮找不到话，闷一阵就只好说一声："我走了。"然后走掉。

看得出瓶子心里很苦。瓶子自然不会知道姚亮情绪不好的原因。姚亮自己也不知道，姚亮只是想找个人打一架，可是没人惹他甚至没人注意他。他越发憋得难受，就一个人跑过大堤在河滩上唱歌，唱近期的，唱早些时候的，唱更早时残留在记忆里的儿歌，唱那些年里普及了的京剧现代戏。有时唱着唱着就哭了，哭得伤心且尽兴。冷风吹得耳廓发烧，心里可是畅快了。

这种状况持续的时间不长。

先是他发现陆高的旧木箱里有支双筒猎枪。是陆高自己拿出来的，陆高擦了又擦，那支枪亮得不能再亮。后来陆高开始制土火药。陆高自己有一盘小磨，用来自做豆腐小豆腐，姚亮简直爱上了这盘石磨。那段时间陆高很少参加队里劳动，姚亮也借病隔三岔五地休息。姚亮跟陈老道熟识以后经常去小场里搞一点豆子线麻籽回来，每次用帽子装半下，拢在掌心里就回来了。晚饭以后老刘头回家。姚亮摇动小石磨悠悠地转，之后是瓶子江梅烧火炖小豆腐，经常在夜里聚餐的是陆高姚亮瓶子和江梅四个人。肖丽经常不在，长脖每天跑老狼家，小秀和二狗已经公开了恋爱关系到收割过的田野里恩恩爱爱。只剩这四个人，其中瓶子是最不情愿留在宿舍里的。

姚亮热衷每天磨豆腐狠狠地伤了她的心，她忍了再忍，她不愿意表现得过分主动，但是看来姚亮是铁了心了。她终于忍无可忍。

吃晚饭的时候，当着大伙的面她对姚亮坦坦然然地说："吃了饭别走，我找你有事。"

这天他们也走上了河滩。河水只剩了窄窄的一条，沙滩在脚下变软了也像有了情分。瓶子先是赌气不说话，后来说话了又火气十足，姚亮只一味闷声不响，瓶子想炸也炸不起来。月亮慢慢从东边偏北的堤岸后爬上来，月亮又大又圆，只是黄而不亮，看上去软软的一碰就会流出汁液。

"你是哑巴呀？你哑巴啦？"

"你让我说什么？"

"说什么都行！跟我吵架，像我跟你吵架这样！要不就唱歌，你不是总到这儿来唱吗？我来你就哑巴啦？"

"你听谁说我来唱歌？"

"听谁？！听你，你自己唱，我听。就我一个人听！你每次出来我都在你身后跟着你，唱完了你又哭，哭得我也哭了，听你哭我心里头好难受。我一来你就不唱了，你怎么不唱啦？"

姚亮心里一酸又掉泪了。他以为有夜色遮掩瓶子看不见，自己转过脸伸手去擦眼，瓶子的手却先他一瞬探摸到他眼下，轻轻地为他拭去了泪水。他的头被瓶子的小手顺从地搬了过去，他把头给了她，同时双手把她的身体搬向自己。姚亮的手搭在她的腰和臀之间，规规矩矩一点不敢乱动。他肯定感受到了她身体的起伏很大的曲线过渡，他给吓着了。她抱着他的头，在他脸上吮来吮去，她的嘴唇又软又热，他完全给吓坏了。他觉得整个身体里都在痉挛。

他们就那么站着，他的双手仍然规规矩矩不松不紧地放在原来的部位，月亮冉冉上升，河滩罩上了一层轻雾。后来她不再动作，只把自己的脸右侧贴住他的眼、鼻子和嘴唇，她好像就这么睡着了。月亮到了中天，西移。再西移。再西移。

东方泛白，村里的第一声鸡啼把她催醒，这时他们发现全身都凉透了，大脑发僵四肢麻木，无欲的愉悦使他们精力充沛地走回村子。

姚亮的孤独期就这么过去了。

开始我也奇怪，姚亮自尊心那么强，怎么就佩服起陆高了？

当然是陆高的那支枪使姚亮开了眼界，姚亮关于打猎的全部实地经验都因陆高的回来而获得。姚亮同时学会了做土火药，做土霰弹枪砂。然而光凭这些就能使姚亮的心折服？很难这么说。

姚亮跟陆高出去打猎多次，收获最大的一次是打烂了那只臭屁熏天的火狐狸。一般只有又呆又肥的野兔子，也有空手而归的时候。

陆高不偷不摸不搞女人不赌钱。

姚亮是个很重品德的人吗？应该说是。不过仅有好品德未必会使姚亮这样的男子汉心悦诚服这一点是显而易见的。

内里肯定还有些我不知道的因由。

说来也许没人相信，姚亮的第一次真正意义的性经验竟是从另外一个女人身上获得的。他和瓶子当时已经进入实质性阶段，只要他想伸手瓶子会让他把手伸到任何地方，只要他要瓶子肯定毫无条件毫无保留地给他。

障碍在他，他一直裹足不前。原因当然复杂，但最主要的我分析是自我心理抑制。如果瓶子再主动一点或者再用行动鼓励他一下，他应该完完全全是瓶子的。

他被村里派到邻村去宣讲一份文件，主要因为他平时读书识字有点文化人的样子，又是男的。其他村子也有派到他们村来宣讲的。

他住在村长家里。村长四十多岁，早死了老伴，家里只有一个孤女儿，是村里小卖店的售货员。这个女孩子矮胖丰腴，十五六岁就懂得风情。平时总穿着俗艳的花衣服，衣服紧巴巴绷到身上勒出高高的乳房轮廓。村长家里是两间打通的住人房间，一铺大炕横贯东西，女孩睡炕梢，中间隔着一道布帘，这边是村长和客人姚亮。村长把炕头让给客人。

白天把铺盖统一叠放到炕梢的炕柜上，布帘拿掉，让阳光从满面的大窗里进来铺满炕。

村里没电,晚上天黑了没事就早早睡下。

平时女孩叫姚亮大哥,女孩和村长谁有时间谁烧饭,姚亮就吃现成的派饭。女孩活泼好动好说,她炕上地下来来去去,他们吃饭时用一个三条腿的小炕桌,三个人盘起腿围着方桌还挺有家庭气氛的。姚亮在这里住了十几天。每顿有纯豆子做的大酱,有菜窖里贮的青萝卜大红萝卜蘸酱吃,姚亮下乡以后就没有过这么可口的饭菜。他们总是边吃边聊。

有时他膝盖感到贴上了她的膝,他看她没想躲自己也就挺住不躲。都说膝盖是凉的,可他分明感到了她的体温。一定是她太胖的缘故吧,或许她的膝盖骨上也都是肉呢。也有时她在他身边经过时她的屁股擦到他,那种时候他简直不知道那是怎样一种感受。

他的工作量很小,就是两三天一次的晚饭后由村长召集大家聚到一大间公房里,由他来读一段文件,然后是大家提问题,他尽自己的理解逐一加以解答。村里开会要求每户一人,每次开会的总有五六十人。大家蹲着挤到一起抽旱烟低声聊天,也有人真细心听文件然后提一些大家都关心的问题。

白天他没事,有时就到小卖店去坐,跟女孩天南海北地说闲话。女孩总是从家带了许多炒熟的向日葵瓜子,他们边嗑边唠,经常引起一群光屁股娃在门口围观。小孩怕她,她吼一声就都吓跑了,过一阵又小心翼翼地聚拢来。她这种时候非常开心,等他们聚得差不多齐了就再吼一声,把他们的小胆再一次吓飞。

那天晚上吃饭时,姚亮告诉村长说他后天就要回去了,村长说多住几天,女孩没说。刚才她还有说有笑的,一下就冷场了。姚亮说不住了,该回去了。这顿饭大家都没吃多少。

饭后姚亮跟村长去开会，回来时女孩早躺下了。他们一进来就听到她在抽泣呻吟，村长问怎么啦，她说肚子疼，说疼了好长时间了。村长说要去找赤脚卫生员，她气得大叫。

"你想让他把我治死呀？他会什么？他会看病吗？你去找韩先生嘛！"

村长告诉姚亮，说韩先生是西村的草医，是他的老朋友。姚亮知道西村有七里远，就说要陪村长一起去。女孩又叫起来！

"我一个人害怕！天那么黑！"

村长也不让姚亮去，说黑灯瞎火的路不好走，说自己路熟快去快回。

村长走了。姚亮问她想吃点什么不？她说什么也不想吃，她不再呻吟了。

"大哥，灯晃我眼睛，你把灯吹了。"

姚亮就吹了油灯，坐到离女孩一步远的炕沿上陪她。她又说话了，这次声调降了八度，竟柔声柔气的。

"大哥，我肚子又疼了。"

"怎么办呢？我也不懂医。"

"哎呀！哎，哎，哎——"

姚亮也不知该怎样才好，只能过去把手掌轻放到她脸上。这样待了一些时间，她把手从被窝里悄悄拿出来握住姚亮的手，慢慢用力往被窝里拉："你帮我揉揉，帮我揉揉……"她声音低下去，低得不能再低。

姚亮心里打鼓，手已经在她肥厚结实的肚子上了。他为她轻揉，小臂不时触到她同样结实多肉的乳房。她早不喊疼了，只急促地轻轻喘息，也不叫他停下手。"往上摸，往上啊！"他就往上，手指惬意地在两峰间游动。"往下，往下……"他就往下，手回到最初的部位上轻摸轻揉。"再往下……"他的心里抖得不行浑身抖得不行。她力气大得叫他吃惊，竟一下把他拽到炕上，他们完全发疯了，不管不顾地翻上翻下折腾，她在他身下快意地叫着叫着，直到他突然意识到村长可能该回来了他们才清醒过来。

他匆匆穿了衣服。他听说应该有红，他摸了她身下的褥子竟干爽爽的，他不知道这在她已经不是第一次了。她推他下炕，自己缩进被窝嘤嘤地哭了起来。他慌了，问她哭什么怎么啦，她低声说着："我好受我好受好受才哭的，你别管我让我哭一会儿就好啦。"

"你肚子还疼吗？"

她扑哧一声笑了："谁肚子疼啦？"

姚亮这时才最终明白过来。

第十五章

韩先生随村长来的时候她已经睡了。

姚亮说："她好了，已经睡了好半天了，就不要叫醒她了吧？"

韩先生用手指轻切在她脉上，姚亮和村长站在一边。姚亮不懂医，他只能看着这位老先生切脉，他心里有点慌，他希望这种神秘莫测的治病方法不会发现刚才的狂乱。

韩先生说："没事，血脉旺着哩。不过脉不大稳，刚才她疼得厉害吧？"

他是问村长，可姚亮迫不及待地抢着说："厉害厉害。疼得打滚呢。"

韩先生说："一定吃了什么东西不对头，不过没大问题，你放心吧村长。"

村长要送韩先生，韩先生说不用。

村长说："我不远送，到村口，到村口。"

韩先生只得同意了。他们刚出了院子，女孩就睁开眼，轻声说："走啦？""你没睡呀？""我看你吓坏啦。过来——上来。"

"不行，你爸马上就回来啦。"

"要等一会儿呢，快上来——"

第二天晚上村长做了几个家常菜，还特意买一斤烧酒，最后姚亮喝倒了，睁开眼时已经天亮到了他该动身上路的时辰。

村长一直在旁边，他甚至没有机会和女孩单独说上一句话就走啦。他后来知道她跟县里一个干部结了婚，他到县里时总感到紧张，生怕再碰上她。正是这次经验促使他和瓶子的关系迅速发展了。

许多年以后，我的朋友鲁一玮讲了一个故事，说他在农村的时候村里死了一匹毛驴，全村人分了驴肉高兴了一回，可是马上被瘟疫笼罩了全村，死了许多人。那时鲁一玮还小，恰好他母亲是下放医生，他每天跟母亲出去为村民看病，他眼见自己一个小朋友的父亲死了，他受了震动，夜里接二连三做起了噩梦。

他的故事使我回忆起当年的一件小事。正在打场的季节，全村劳动力都在忙，这天黄昏时不知从什么地方飞来了许许多多乌鸦。队长有些着急，叫全村人拿了脸盆守在场院附近，结果大群乌鸦只是在村子上空盘旋，看来无意落下来吞啮秋粮，村子里一夜没人合眼，乌鸦在天空聒噪到天明才陆续飞离。整个一个白天全队休息，村里村外只有小孩子和猪鸡狗是活动着的。因此又到黄昏时出了一件大事，一头五个月的小牛犊吃了一个拳头大的干巴萝卜，卡在嗓子里憋得喘不过气来，眼看着就要不行了。

全村人都围过来，队长在中间，脚下就是那头抽搐着呜咽着的可怜畜生。大家七嘴八舌出了无数个主意，没有一个派得上用场。

我也挤到前面，可以看到牛犊的脖子在食道管中部隆起了一个大疙瘩。

这天晚霞灿烂，半边天空横铺着绚丽无比的火烧云，老老小小几百口人和卧在地上的小牛都被霞色浸染得一派绯红。这时我正从人群里层退出，我听到有人低声说："有灾呀，有大难啦。"我朝发出声音的方向看去，是村里唯一戴眼镜的人，风水先生吴老锦。

后来小牛犊死了。姚亮回忆说，它死时队长掉泪了。队长是个五十岁的老庄稼汉，个子高大，很瘦很结实，背微驼，这样的男人掉泪这个事实本身比其他任何事都更催人泪下。

队长安排了夜里打场的人员，又让姚亮协助陆高给牛犊放血扒皮，说牛头牛下货给今晚打场的人犒劳一下，其余的肉按户分了，让大家包一顿牛肉馅饺子。姚亮也是这时才知道陆高有把长尖刀，刀刃足有一肘加半手那么长，刀子从油污的牛皮鞘里抽出来时的印象他说他一生一世也不会忘。姚亮说也许是因为灯光的缘故，刀面上闪着发青又发黄的光，看上去非常森人，带着凶气。"那刀子锋利极了，那么厚的牛皮一沾上刀锋就破开了。陆高的手也特别大，手劲大得没法说，那么长的刀子在他手里像玩具似的，他几乎用不着帮忙，一个人轻而易举地翻动那头牛。那牛再小也有几百斤，至少三百斤。"

我说："在这以前陆高不是打过兔子吗？"

姚亮说："还有野鸭子。我记得我说过，有一次打了一只火狐狸。那狐狸放屁臭死人了。"

我说："他是怎么剥狐狸皮的？"

"没要皮，他把整个狐狸扔海沟里了。"

"兔子呢？都连皮连毛吃了？"

"你老外了，吃兔子都得扒皮，他动手扒兔子皮才麻利呢，两分钟都用不了……"

"你不是说这一次你才知道他那把长刀子吗？""是啊，扒兔子不怎么用刀，有菜刀就够了，先把四条兔爪割掉，然后……"

然后全村人几乎都吃到牛肉饺子了，据老刘头说，因为国家严禁宰杀大牲畜，村里人至少有十几年没闻过牛肉味了。那天夜里打场的十个男劳力额外饱餐一顿肠子肚子心肝肺外加牛头牛蹄子，那种待遇绝不比当上部长赴一席国宴更使他们满意了。

我奇异地把这件事跟鲁一玮的故事一道联想起来，我因此很沮丧，因为那顿牛犊肉竟没有任何后果，没有瘟疫没有吴老锦所预言的灾变。不过我仍然记住了那个夜里场院上的真正意义的狂欢。夜餐前那段时间，活儿干得相当多，比平时相应时间里干得要多得多！大家一边干一边谈着即将开始的牛下货宴席，真是兴致好到了极点，边谈边咽唾沫，一点不掩饰自己的馋相。老刘头也来帮忙了，帮陆高卸肉烧火，最终也将大饱口福。大概连陆高也没注意到姚亮不见了。

第十六章

这个夜里没别人留在男宿舍，姚亮把瓶子拽进屋反手把门闩死了，开始了他和她生命的又一段航程。许多蛊惑的雷声／许多跑向雨里的想望／就此走进透风的柴房／点燃窗前的半截蜡烛／然后轻声歌唱

"你好狠！你力量好大！"

"我弄疼了你啦？"

"我是说你一镰刀就把那么大的猪给砍死了。你不知道，那些天

村里人都骂死你了，也骂我们，骂你们男的抢了他们的收入，骂我们女的勾了他们的男人。你是怎么一下就把猪砍死了？"

"不是一下。我本来要砍它屁股，它吓得一缩头就砍它肋条上了。它叫的声音简直难听死了，我镰刀头一拔出来，伤口就噗噗地喷血沫子，它叫着疯跑，我就在后面追。我知道我闯祸了，可我早就想收拾那头猪了，我撵过它一百次也不止，也跟队长讲过，队长还特地在会上强调——谁的猪放出来吃了庄稼，后果由个人负责——队长说再见了就砍，不客气。"

"那你就砍？你那么傻？得罪人的事，你干了后果只有你自己负责。"

"队长也没说叫我赔嘛。"

"这比赔还要命呐，你以后怎么在这里吃这碗饭？村里人亲连亲友连友的，你砍了田洪一头猪，可是得罪了半村人！队长说是说，这种事他也不敢干，你信不信？"

"其实田洪也没吃亏，二狗说现在杀猪的少猪肉卖得贵，说他那猪出了一百七十斤肉卖了三百来块钱。说到了过年时家家杀猪，他想卖也卖不上这么好的价钱。"

"这么说他倒该来谢谢你啦？！他在村里可不是好惹的，都说他阴着呢，阴坏阴坏的，别看就是个出纳员，听说队长会计他们也轻易不敢得罪他。你注意点没坏处。"

"我不怕他。我光棍一条没牵挂，他把我惹急了我一把火烧了他家的柴禾垛！"

姚亮在这种时候说这样的话，狠狠地伤了瓶子。瓶子刚刚把自己给了他，瓶子像所有那时候的汉族少女一样，心理上自然而然地把性爱指向婚姻。她认定她总有一天要嫁给姚亮或姚亮总有一天要娶她作老婆。她自想她是了解他的，她知道他不是那种见了女人走不动道的男的，她绝对认定姚亮只对她一个人好。

可惜她不明白，即使过十年以后，姚亮作为一个男人也未必有充分的精神准备去充当一个丈夫角色。当然这不能表明姚亮当时对瓶子是不负责任的，我相信那时姚亮随时可能会为瓶子姑娘去和任何人拼命（只要那个人敢冒犯瓶子）！他绝对认真。

那个晚上接下去的时间发生了一点小小的尴尬。先是姚亮听到院子门发出声音，他撩窗帘什么也看不清，外面太黑。他和瓶子慌里慌张地穿裤子，这时外间房门被推开了，听得出推门声音很轻，接着可以听到有人用极低的嗓音说话；忙中有错瓶子皮带上的铜环响了，姚亮紧张得心都不跳了，猛一把攥住她胳膊。她倒镇静了，同样用最低的声音附在他耳边说："我听出来了是小秀他们，没事。"接着她把声音回复到正常说话的音量，隔着闩紧的门问了一句："是小秀吧？我和姚亮等你们呐。"她借着话音跳到地上顺手整好衣裤。她大大方方拉开门闩，小秀倒不好意思了："我还以为大家都睡了呢。""没，都没睡，姚亮刚才帮陆高剥牛皮，也是刚回来，说是明早上分牛肉包饺子。""什么牛肉哇？""那个大牛犊子吃干巴萝卜噎死了你不知道？"小秀很抱歉地说："我们早就出去了，一点也不知道。"

瓶子说："二狗，还不进去？"又转向小秀："咱们进去睡吧。"

"肖丽和江梅睡了吧？""不知道。"

姚亮心里说不出的憋气。他气瓶子那么不小心，更气这事让二狗撞上了。二狗进屋先问了他一句："没睡呐？"

他不理二狗，自己赌着气铺行李，然后一声不吭地脱了衣服钻进被子，头也钻进去了。

第二天早上他卷行李时发现了炕席上的血斑，他心里有点慌，就推说不舒服又放下行李躺倒了。二狗下地去了，陆高回来又背着枪走出去,长脖根本连早饭也没回来吃。姚亮睡过去时自己一点都不知道,他不知道睡了多长时间,也许只有几分钟,他突然醒了,睁开眼就看见瓶子坐在他头边上。他问:"谁在外屋?""没人。""昨晚上你出血了。""我知道了。""疼吗?""没关系。"姚亮把手从被里拿出来,揽住了眼前那条圆滚滚的大腿,他全身都痉挛了:"我爱你瓶子。我真爱你。"

瓶子用手轻轻抚弄他的头发:"我爱你,我那么爱你,我爱你,啊,老刘头来了。"

瓶子跳到地上,迅速出了门穿过外间进了女宿舍的屋门,姚亮听到一声重重的关门声。

第十七章

这一天队长派姚亮给养老院出工,说是要干十几天,一直到放年假。刚过了腊七腊八,正是东北农村最冷最难挨的那段时间。

老红相当热情地招呼姚亮,说:"这里比队里轻俏,活不多,也不用卖大力气,就是打打杂,干点零活,没事你回屋里待着,有了事我叫你。在我这干活不论干什么,队里都给你记一等劳力的工分。"

"院长,队里给你们派工怎么算呐?是不是每年固定派多少个工?"

"不,不固定。一般我找他他都会派,我很少不找他。我们自己有菜地,我和哑巴加上几个爱动弹的老头,人手够了。队里固定分派粮食,另外每个老人每年拨一百二十元公益金,我、哑巴和驼子我们三个挣队里工分,除了很需要,我不去找队里。这不是快过大年了,我怕有些事忙不过来,我看你平时踏踏实实的,就跟队长叫了你,你可以干到过年以后。过大年你不打算回城吧?"

"不回去。院长,我现在干什么?"

"回去歇着,有事我吆喝你。"

"好——咧!"

这些天长脖基本上不大回来,回来除了吃饭就是小睡一下,他不上工队长从来不过问。他脸灰得要命,情绪委顿,他不再跟姚亮谈赌钱的事。他不知什么事得罪了狗宝咸菜,那个女人竟堵着门来骂他,骂他良心给狗吃了,骂他黑了心了,骂得他一个劲赔小话,点头哈腰的,姚亮气他把知青的脸都丢尽了。院长过来劝架,真看不出她那么泼的女人居然也听老红的,姚亮就更认定红鼻头院长不是寻常之辈。姚亮还认定长脖占了狗宝咸菜的便宜,不然她敢那么放肆?而长脖竟至没一点脾气?

姚亮也注意到连村里小孩子都喊他长脖,而且长脖从不动怒,笑嘻嘻地跟孩子们搭讪,这无疑又助长了孩子的兴致。姚亮经常可以看到三五个光腚娃一齐朝长脖大喊"一、二,长脖!一、二,长脖!"

这天中午吃过午饭以后,长脖对陆高和姚亮说他要走一段时间,姚亮问:"跟老狼?"长脖点点头:"往北去,过年前后这一个来月正是时候。"陆高说:"北面现在抓得紧了,别去齐齐哈尔加格达奇那边,去佳木斯,再往东也行,听说那边松。""那我走啦。"

陆高跟长脖平时没话,这时倒变得絮絮叨叨了:"自己留点心。黑道上混不容易。"

长脖眼圈马上红了:"知道——知道。"

他走以后姚亮问陆高:"他们是出去赌钱吧?""这些事你不要问了。""长脖早就告诉我了。""他想说你就听着,不要问,问了没好处。""再问最后一句,你不想回答就不要回答,你也赌吗?"陆高笑了:"不,不赌。"

姚亮不知为什么也笑了，是从心底笑的，他信陆高的话，陆高不赌让他从心里高兴。

这天老红让姚亮跟驼子套上马车去小场拉三百斤黄豆，然后去加工厂榨油换豆饼，姚亮拿了老红开的领单，驼子只套了辕马，蹄声一路伴着铜铃声一路，姚亮坐在车外辕板上，心情好得没法说。地里早收干净了，连茬子都刨回家了，有的地块已经在阴处积了薄雪壳。

从洼地爬上一个漫坡就可以看到小场，场院上空无一人。姚亮腰间扎了条细草绳，他还是觉到了清冷的小风钻了棉袄。场院小房的烟囱里正冒出淡灰色的烟缕，姚亮想起了陈老道那铺总是烧得滚烫的小炕。他有一段时间没到这里来了。

马蹄踏在冻得铁板一样的车道上，那种急促有致的节奏像一首愉悦的打击乐曲，铃声是绝妙的伴奏。阳光很好，天灰白，地褐白。

马车停在小场边上。姚亮跳下车风风火火地拉开小房的小门。"嗨，陈大爷！"

屋里光线很暗，姚亮还没看清先听到一阵女人的哄笑。他有点愣了。那铺窄小的炕上居然坐着四个人，另外三个都是村里的女人，有老高家的刘老七家的和狗宝咸菜。那种哄笑使姚亮觉到了说不清的某种下流意味，他自己也不了然但凭他男性的直觉他感到了。

狗宝咸菜说："这小子多壮实。"

刘老七家的说："你看那个头儿，看那大腿！"

狗宝咸菜说："你叫姚亮是吧？"

姚亮点头时很茫然。他不知道该称呼这些三十来岁的女人叫什么合适。也许该叫大嫂？或者叫大婶子？不，叫大嫂好一点。他把领单交给陈老道，这时老高家的拉了他一把："大兄弟，坐一会儿嘛，你忙啥的？不忙。"

姚亮还没反应过来已经贴着老高家的腿边坐到小炕上了。他说："驼子还在外面呐。"

陈老道说："叫他待着吧。"

狗宝咸菜说："你们那个长脖上哪啦？"

姚亮说："是不是回家啦？"

刘老七家的说："看这大腿，多粗！老七那两条麻秆，绑一起还没他一条腿粗呢。"说着这女人竟动手捏了又捏，捏得姚亮痒酥酥的心里挺不自在。她又说："真硬实。结实。"

姚亮说："陈大爷，装豆子吧。"

陈老道说："你忙啥吗？"

姚亮说："得赶在吃晌饭以前把油榨好弄回去呢。院长说让快去快回。"

陈老道走到阳光下显得红光满面，大秃头上油亮。他和姚亮一道装了两个多半麻袋，又和姚亮一人一边用木杠扛着抬秤称了重量。姚亮惊诧于老人的健壮，随口问了一句："你老多大年纪啦？有六十吗？"

陈老道哈哈大笑，声音洪亮浑厚。"早就没有六十啦！七十三啦！"

姚亮大吃一惊。从刚才装袋称重时老人那满不在乎的样子，姚亮自认不如老人力大。而且是七十三岁高龄的老人。

他们赶车往回走的时候，姚亮问驼子那几个女人到那儿去干什么？小场离村也有二三里远呢。驼子很奇怪地笑了一下："玩嘛。"

"那里有什么玩的？"他更不懂了。

第十八章

几天时间姚亮就和养老院的老人们熟了。

开始他试着猜哪位老人年龄最大，他猜了两位都错了，倒是一位头发胡子还没全白的老头据说竟已经九十六岁（马上过了年还要长一岁）了。那位老人每天早早就起来，和另外几位身体尚好的老人一道扫院子。"黎明即起，洒扫庭除。"他的亲戚在很远的地方，这次过年来看他的是他一位侄孙，也是个六十多岁的老汉。听着一个老汉叫另一个老汉"二爷爷"，姚亮觉得滑稽到了极点。

　　他把这事讲给陆高，说"怎么人一老了，年龄差距就没了？这两个老头给外人看，绝对分辨不出谁大谁小，可是来的那个管咱们这个叫爷爷，他俩差了两辈！"

　　陆高说："我来那年，啊，就是去年，说他九十九了，也不知道怎么搞的过了年他变成九十六了。再过几天又过年了，也许他只有八十多岁，谁知道呢？"

　　姚亮说："听老红说，老人过了百岁都不说百岁，都说九十九，他说人老了怕死，越老越怕，百岁就是百年，百年之后没法再数了，老人都不说一百岁，讨个吉利。"

　　陆高说："这么说齐白石也是怕死。"

　　姚亮说："齐白石怎么啦？讲讲。"

　　"说到坎儿他就跳过去。六十六，以后是七十三，八十四，九十九。他过了六十五就过六十七，过了七十二就过七十四，过了八十三就过八十五。他实际活了九十四岁，可他许多作品题款上却是九十五岁、九十六岁、九十七岁。"

　　"真不明白，他名成功就这辈子什么都有了，他要活那几个半死不活的年头图什么？"

　　"这恐怕得等你自己活到那个年龄你才能知道。你刚才不是说，老红说人越老越怕死嘛——老红跟老人打了多年交道，他肯定比你我知道得多吧。"

"哎,你知不知道,为什么队长对老红那么和气?队长见别人从来没个笑脸。"

"老红从县里下来,听说是民政局的副局长,听说是地主出身,六六年底就下放回老家了,他爷爷就是咱村的。"

"怪不得我看他不怎么顺眼,原来是地主的狗崽子啊。"

陆高微笑着说:"我也是狗崽子。"

姚亮以为他开玩笑,但是看到他满脸正经相就不再说了。陆高又说:"我爷爷解放前开染坊,我和我父亲都是狗崽子是孝子贤孙。"

"资本家?"

"就是。"

"戴帽了吗?"

"解放前就死啦。我妈也没见着。"

"那你父亲不是资本家?"

"父亲那时候年轻,解放时还在大学里读书。"

姚亮哑了好半天,陆高早把这话题忘了,姚亮又突然冒出一句:

"是吗?"

养老院总共七间正房四间厢房。七间正房中有五间是老人宿舍,一间厨房一间办公室。四间厢房比较简陋,一间是马厩,一间是驼子住室另外两间作了仓库。

老人宿舍每间都是间隔开的,靠北墙是一溜走廊,北墙没窗因此走廊里很黑。最里面也是最靠西面的一间住的是一对老夫妇,这间房的西隔壁就是女知青宿舍了。不过这边不通,要走另一个门。另外四间每间都住了三四位老人,从东往西,第一间三个老头,第二间三个老头,第三间四个老太太,第四间四个老太太。老人宿舍一律是临窗的南炕、北门。

驼子的住室与马厩有一个小门相通，这种格局是东北农村牲畜房的通行格局，这样可以方便夜间喂牲畜。马无夜草不肥。

姚亮在这些老人这儿第一次看到了纸牌，又像扑克又不像扑克，比扑克要窄且长。这是一种找伙伴的游戏，很简单也很有趣。他们玩牌也带赌博性质。经常参加玩的几位老人都有一种无孔的旧铜钱，每个人都有一些，这些铜钱因为常常在小范围流通早被手摩挲得溜光锃亮了。姚亮没事的时候就坐在旁边，看他们兴致勃勃地抓牌调牌，看这些其实早就失去性别的老人互相打趣调侃，开一些带点下流意味的玩笑。在经常凑成一桌的四个老人中有一个是老太太，说七十九到年就满八十岁，居然是这张小牌桌上的公主。

姚亮曾为此做过一首小诗。叫作《众星捧月》。

> 田野闪过夜的清冷，
> 于是就有三颗微弱的小星，
> 泛动紫光，泛动紫光，
> 等残月出了午夜，
> 再款款地上升。

姚亮把它拿给瓶子看，瓶子马上就把它背下来了。看瓶子把那张小纸条细心折起的神态姚亮知道事情出了差错。瓶子肯定把小诗当作姚亮的爱意了。

他也拿给陆高看了，他不作解释，希望陆高自己能够理解，陆高想也不想就说他是"情种"，姚亮认为陆高也把它当成情诗了；他本来对陆高非常信服，这次使他大失所望。

他不知道可是我知道，陆高说他"情种"是说他酸气十足，陆高的意思完全被罩在情网里的小男人姚亮理解拧了。南辕北辙吧。

也只有那个热衷摸纸牌的老太太还比较好动，其余八个都很少出门活动。那老太太早上和几个老头一道扫院，还抽自卷的旱烟，她卷烟时枯僵的手指竟也显出几分灵活。

姚亮主动跟她搭话，她看来相当高兴，絮叨起来就没完没了。她讲民国时候的事，讲民国以前她儿时的事，讲她裹小脚疼得哭了两天一夜，讲她出嫁时穿过的缎子棉袄是她老妈的箱子底儿，讲她也生过儿子可小时候就死了，讲她生孩子着凉坐下病根以后不能再生孩子，"上辈子准是作了孽，这辈子绝户啦。"她自我解嘲时爽爽快快地笑着，她嘴里牙齿也没几颗了，这里的人因为饮用水的缘故牙齿焦黑。"小伙子，你几岁啦？"

"快二十啦。"姚亮咬住牙往多说一点。

"该娶媳妇啦。我十七岁就嫁过去了。早娶媳妇早生儿子，早生儿子早得福。"

"奶奶，你老过了年就八十啦？"

"八十啦。我年轻时身子骨不好，那时候怎么也没想到能活这么大岁数。"

"你老现在精神这么好，准能活一百岁。"

"要过年啦，你尽说过年话。老了就废物啦，活那么大岁数干吗？"她还附耳压低声音跟姚亮说起悄悄话，"那些老家伙呀，全都怕死，真的，全怕，就我不怕，有什么好怕的？"

老红告诉姚亮，说这些老人越老越像小孩子，每天打饭时总是盯住哑巴盛饭盛菜的勺子——谁多了一点谁少了一点就会引起小纠纷，有的当面提意见，有的背后嘀嘀咕咕。这就使得哑巴的勺子要有准儿要绝对平均。

"所以我们发衣服都一起发，开饭要等到所有的人到齐。包括赤脚卫生员来送药，有病没病的都得分上几粒。"

这十六位老人中身体最差的是东边第三间一位患肺病的老太太，她年纪比较轻些，还不到七十岁，几年来一直半死不活地撑着，她勉强可以下地，经常跌倒在厕所里，她几乎每时每刻都呼噜呼噜地喘着，在旁边看她听她对姚亮是一种莫大的折磨。

大年三十下午。这边知青们一道帮老刘头忙活了十二个菜，怎么挽留老刘头也不肯留下来说是家里人在等他。陆高买了两瓶果酒一瓶白酒，七个少男少女围定了圆桌（姚亮从养老院那边借过来的）斟了酒，姚亮二狗都喊着："举杯举杯！"陆高扫兴地说了一句："就少长脖子。"

这时东边忽然喧嚷起来，二狗守着门便探出头："院长！怎么啦？"
老红高声说："刘老太太不行啦。"

第十九章

姚亮心里咯噔一下。他知道刘老太太就是那个得肺痨的。他随着二狗和陆高、江梅一道出了屋门跑向养老院。

老红吩咐姚亮去找老刘头的老伴，说让她来帮刘老太太穿衣服。

姚亮是跑着去的，他气喘吁吁地总算把话说清楚了，倒逗得刘大娘笑起来："你急什么呀？没那么快的。"

姚亮说："真是的，她连年都过不去了。"

刘大娘说："傻小子，是好事儿。她六十六，今年是坎儿，大年三十热热闹闹地死，阴曹地府里也高高兴兴的。"

叫她这么一说，姚亮一直揪紧的心这下放松了。是啊，看她那么活着受罪，还不如早点去了好。

等他和刘大娘到了养老院，他竟一眼看见了得肺痨的刘老太太站在门里看热闹，原来是那个有老头丈夫的老太太突然不行了。那老头姓刘，老太太自然也叫刘老太太。

老红说："大概是因为喝了点白酒，她刚才脉都没了。这阵又缓过来一点。刘嫂，我看你还是帮着把新衣服穿好，我就怕突然再不行了，怕一口气上不来……"

刘大娘是乐天派，并不因为马上要过年了而有任何不悦。村里也还来了其他人，大家相帮着为刘老太太换好了新衣。经过这段时间的折腾，刚刚奄奄一息的刘老太太又逐渐好起来了，居然开口说话，说饿了，问怎么到现在还不开饭？老红才想到，他们喝了酒还没吃饭她就不行了，他马上亲自为她盛了满碗高粱米干饭送到她手里，她拿起筷子，大家也就散了。

回到西屋桌前，二狗说："虚惊一场，我还寻思这顿好饭吃不上了呢。"

陆高说："喝酒吧，大家过年好！"

众人都端起了酒杯站起身来，互相把杯子碰了碰。"过年好——过年好——过年好……"

三个男人都一仰脖干了满杯，女的则象征性地用嘴唇沾了沾。姚亮生平第一次喝白酒，但他不想示弱。他只感到火一样的热流从嗓子冲下食道，胃里立刻一片温暖。

二狗问陆高开了多少钱，陆高说他一年没怎么在村里，说他开得不多，"没你们多。"

二狗开了七十五元，姚亮九十二元，四个女的都六十多元。这是九月中旬他们下乡到十二月末的工分结算款，这也是六个青年男女第一次拿到自己挣的钱。

接下来大家都不再干杯，陆高说："谁能喝的就多喝，不能多喝的不要勉强，酒不是好东西。"

二狗说："多了就伤人。"

姚亮喝着喝着，心里没来由地发酸，还没闹清怎么回事眼泪已经落下来了。他低下头怕别人笑他，其实除了陆高其余人也都哭了。

天黑下来以后桌上点了三根蜡烛。虽然过除夕，大家都没有好兴致。二狗不无遗憾地说早几天发钱就好了，就可以托人到县里买几挂鞭炮："每到过年我就想放鞭炮——小鞭，二踢脚，麻雷子，钢鞭，什么都买点。那时候咱家一年见不着几回肉腥味儿，可是到了过年我爸准得花几块钱买鞭炮，那个娘儿们见了就嘟囔，我爸气火了臭骂一顿她就老实了。"

姚亮说："你后妈一分钱都不给你？"

二狗说："给个屁！我下乡那天我寻思她怎么还不给几块？一辈子就这么一回。吃了早饭我收拾好行李，特地叫了声：妈，那我就走啦。可那娘儿们哼一声就转身进厨房了。我走时使劲摔上门，眼泪噼里啪啦往下掉，心里那份难受哇……"说着他眼圈又潮了，"我爸不死她敢？！"姚亮偷眼看小秀，小秀真的一往情深地盯住二狗，满眼泪水正犹豫着往下流。他怕小秀难为情，忙又把目光移开。

瓶子说："今晚咱们干什么？"

江梅说："一会儿包饺子吧。刘大爷不来，咱们正好自己动手，你说呢肖丽？"

肖丽说："我一会儿要出去一下，要包饺子你们包吧。我大概不回来吃了。"

二狗说:"我说还是打扑克,打娘娘,两伙,一伙三个,我箱子里有扑克牌。"

肖丽说:"我说了我不玩,我有事。"

二狗说:"好好,我们五个来,俩皇上俩娘娘一个中间派,各打各的。"

陆高说:"你们四个来吧,两人一伙,我不会玩扑克。"

二狗说:"哪能不会呢?还是五个人来,人多热闹,大年三十总要玩通宵。来来!"

姚亮说:"就咱们四个来吧。陆高的确不会。"

瓶子说:"你们都说四个五个,除了肖丽还有谁有事?"都没事。"那不正好三个人一伙吗?咱们不是六个吗?你们这么一吵,真把我给搞糊涂了。"

真的,除了肖丽他们还有六个,怎么大家都少数了一个人呢?陆高二狗姚亮三个男的,江梅小秀瓶子三个女的,是酒喝得多了?

肖丽前脚出门二狗随后就骂:"骚×。丧门星。大除夕她也不老实。"

二狗骂脏话像喝凉水那么顺畅,可听他骂人的小秀脸全羞红了。

二狗找出三红三黑六张牌,翻过去倒了几遍的,让大家摸牌色分帮。结果姚亮和江梅小秀三个一帮,姚亮只能从心里叫晦气。他还看出了陆高心不在扑克上,他自作聪明地认定陆高是和肖丽有什么事。

江梅问怎么惩罚?

二狗说:"弹脑壳。"

瓶子说:"男的弹女的一个,女的弹男的三个。"

二狗说:"两个吧。一比二。"

瓶子说:"一比三。"

姚亮说:"一比三就一比三。"

二狗说:"自己一伙的当皇上,当了娘娘的就全解放。对方当皇上了,自己这边抓一个娘娘弹一个,抓两个弹两个,抓三个弹三个。"

小秀问:"是弹一个人还是三个人每人弹一个?我没听明白。"

二狗说:"当然是三个人每人弹一个了,也许要弹两个或者要弹三个呢!"

瓶子说:"我们女的就弹九个!"

小秀说:"你挨弹的时候,三个可就要命了。陆高手指头那么粗,还不得弹起疱来?"

瓶子说:"你坐二狗下家嘛,二狗可舍不得用力弹你。"

结果小秀坐二狗下家,陆高坐小秀下家,姚亮坐陆高下家,瓶子坐姚亮下家,江梅坐瓶子下家,二狗坐江梅下家。如此循环往复。

费了半天周折总算把座次规矩等等一系列事情落实了,还没抓牌就听到外面敲响了有板有眼的钟声。"是陈老道。每年除夕午夜都是陈老道敲钟。"陆高说了上面的话,话声没落院子里已经乱作一团。

刘老太太这次真的不行了。

第二十章

她是活过了这个年才咽气的,村里几个年龄大的都说她命好。我是弄不懂的,人死了怎么反而说命好呢?那我们这些还活着的岂不是命不好了吗?

我知道这是命数,他们这六个人本来该有另外的命运,他们的将来绝对不应该这么惨。我认定这与那次没玩一把的扑克牌局有关,我相信如果那个除夕平安无事过渡到天亮的话,每个人的命运都将会重新写过，会是另外一种结局，也许会皆大欢喜。我深信那局没开始就结束了的扑克牌已经在预示那几个未来才发生的故事。残酷的故事。残酷的预示。

开始乱哄哄的，许多人都来了。探问，帮忙，看热闹。停人的就是原来她和丈夫住的那间房，从窗子看进去里面灯火通明，至少点燃着二十根粗蜡烛。老丈夫坐在死者身边，表情麻木，似乎对已经发生的事并不了然。

队长和老红站在炕下，两人交头接耳在低声商量事情。围观的人群渐渐散去，知青里只有姚亮还留在养老院厨房间里，他想他也许能在需要人的时候帮上一把，干点什么。

队长安排人到队部去抬木板做棺材，养老院宽敞的院落正好做了临时木工作坊，几盏高挂在房檐上的马灯把整个院子照亮了。

老红、队长、老刘头和姚亮都一直守在干活的木工们旁边。老刘头说死者是他一个远房婶子，姚亮这时才知道做饭的刘大爷还有一位叔叔守在刚死的老太太身边。什么叫远房呢？

西屋也都没睡，是江梅在指挥瓶子小秀二狗包饺子。谁也不知道陆高是什么时候走的，到什么地方去了。

天亮以前瓶子出来喊姚亮。当着队长他们的面姚亮很不好意思，光答应了并没有马上拔脚，他在瓶子进去以后磨蹭了一阵才回去的，就这样他还认为队长老红刘大爷木匠这些人指着后脊梁笑他呢，他没有勇气回头去证实。

队里杀猪，按人头每人三斤肉，他们三八二十四斤猪肉可以过个肥年了。从那次噎死牛犊到现在已经过了近三个月，他们早忘了肉味儿了。除夕夜开荤，大年初一早上开荤！

江梅数了一下，五百零六个全肉饺子！

姚亮吃现成饺子不好意思，就主动提出烧火。大锅大灶，秫秸茬子干爽，加上晴透了的冬天清晨，烧火简直是桩惬意的美差！本来烈火干柴，姚亮还要拉动风匣，多半大锅带冰碴的冷水很快就沸腾了，翻动巨大的水泡，大团白汽腾满灶间，给清冷的年夜带来了暖意。

江梅一次拨下了一百多个饺子，饺子争先恐后冲下沸水锅，五个人在这个时刻被同一种神圣的感受攫住了，像将军在阅兵。

二狗说："嗨，真够味！我从来没看过这么多饺子一次下到这么大的锅里！"

瓶子说："我也是。"

江梅说："我也是。我们家的锅一次连三十个都下不了。"

小秀："我家也是。"

姚亮说："谁家有这么大的锅？谁家有这么多年轻人？谁也没见过。"

那大锅盖立起来有半人高，瓶子一个人盖到锅上显得很吃力。姚亮把灶里塞满柴禾，风匣拉得抑扬顿挫。

江梅说："咱们是不是等等肖丽陆高？"

二狗说："肖丽就算了吧，她不是说她不回来吃了嘛！"

小秀说："她说大概不回来，没说一定。"

姚亮说："我看我和二狗出去找找，找不着我们就不等了，先吃，给他们留出生的，他们回来了现吃现煮。"

二狗说："那我找陆高。"

瓶子说："这里也没什么活了，我和姚亮出去找肖丽。"

江梅说："你们可得快点啊，饺子马上就要出锅了！"

姚亮说："我们快去快回，找着找不着都抓紧回来，走吧二狗。"

出了屋门，姚亮扭头瞥了东院一眼，那尊白木棺已经初具规模。

女宿舍东隔壁的房间里仍然烛光通明，房上东边天际已经泛白了。

第二十一章

姚亮说："你说我们应该到哪去找？"

瓶子说："我以为你知道呢。"

姚亮说："你说她能不能跟陆高在一起？"

瓶子说："你怎么想到那儿去了？"

"我也不知道。我总觉得陆高好像有点喜欢她，陆高这人平时有事都藏在心里。"

瓶子说："我说不可能，肖丽心不在我们知青身上，她对陆高没兴趣。"

姚亮说："她跟你说的？"

瓶子说："这种事女人一眼就能看出来，不用谁说。我看你对她倒是挺关心的。"

"晚上她要出去时我发现陆高一点玩儿的心思也没有。后来刘老太太死了，一乱他就不见了，他不是一直没回屋？"

"没。谁还不兴有点自己的事？"

"那你说到哪能找到肖丽？"

"我们多余操这个心，她不想回来，小鸡崽儿不撒尿，肯定有道儿。你太关心她了。"

"你吃醋吃得也不是地方。"

"谁吃醋？吃她的醋？"

"不说了，越说越没意思。"

走了一阵，瓶子偷偷看了姚亮一眼："你生气啦？"声音很低。

姚亮笑了。"生什么气？"

瓶子也笑了。他们一道回去吃饺子。二狗已经把陆高找回来了，陆高坐在灶前拉风匣，火苗一闪一闪他的脸一明一暗。姚亮克制了一下，把想问陆高的话咽了回去。江梅正在往第三锅饺子里点凉水，她说："准备啦，剥蒜，把碗筷再洗一趟，这锅饺子出锅就开饭。"

二狗说："碗筷都是干净的，不用洗。"

小秀说："真懒。大年初一头一顿饺子，用新洗的碗筷心里也舒服。我去洗。"

二狗说："我洗我洗。哪来那么多的穷讲究？好吃不如饺子，好受不如倒着。吃饺子不用碗筷也一样香。"

小秀说："那就不给你用！"

这种小两口当众甜甜蜜蜜的拌嘴在另外四个少男少女看来还是新鲜事，四个人都抿着嘴偷笑，眼里互相传递着可以意会的流波。

天大亮了。

因为江梅纪律严明，从第一锅煮好到第三锅端上桌，没有谁动手先抓一个吃。这很像未婚妻不准未婚夫越轨，说是那样到了新婚第一夜就没意思了。很郑重，正儿八经的。

大家几乎是同时动手拿筷子，同时把筷子伸到盛饺子的盆里，同时夹起第一个饺子，在往嘴里送的时候二狗抢马了。他连醋和蒜都忘了蘸，一下把饺子吞进嘴里，至多滚了一下又咽下喉咙，我敢说连饺子皮他都没咬破。"真他妈妈的香！"

三个男人吃得明显快得多，一口一个。女的到底斯文，再馋也要做做样子，一个饺子要三口四口才吃掉。

第一个冲刺过去以后，二狗开始饶舌了。"现在全村的人大概都在吃饺子吧。"

江梅说:"全中国的人都在吃饺子。"

姚亮说:"陈老道怎么办?谁给他包饺子啊?他应该到养老院来吃。"

陆高说:"陈老道不用别人操心。村里有个笑话专门讲陈老道吃饺子。是前几年的事,也是大年初一,陈老道上午到刘保管家去,狗宝咸菜问他吃饭没有,他说自己也包了饺子,刚刚吃完。狗宝咸菜说——再尝几个,尝尝我们家的饺子,俗话说,一家的饺子一个味儿。陈老道说那就尝尝,结果他一尝就是一锅七八十个,刘保管家里人吃的都不够了。"

姚亮说:"也难怪陈老道身体那么好,他比我力气都大。七十多岁还那么能吃。"

二狗说:"也不算能吃。我们三个谁不得吃七八十个?"

姚亮说:"他刚吃过呀。"

二狗说:"你真是个虎头!他一个人吃个屁了!那么说说吧。他根本不会做饭做菜,村里人说他一辈子都吃现成的,甩手大爷当了一辈子,除了敲钟他什么也不会干。"

瓶子说:"还是过年好。要是老过年就好了。我小时候就盼着过年,过年吃好的,穿新衣服,给爷爷奶奶磕头还给压岁钱。平时家里人总吵嘴,一过年也不吵了,大家一团和气。"

这时院长老红在外面喊姚亮,姚亮忙推开碗筷起身出去,热情地把老红让进门,大家一定让他吃几个饺子,他再三推让还是吃了一个才算了事。姚亮问他:"有什么事吗?"

老红说:"是这样。已经摊上这种事也没办法,想看你吃完饭有事没事,没事想让你和另外几个人去挖坑。队长说了,今天干木工活和挖坑的都记三天工分,大过年的,冰天冻地真不容易。你看你有别的事吗？"

姚亮说："没有。行。没说的。我吃了就去。还有谁？"

老红说："我再到村里去找两个。"

陆高说："不用了。我们三个去就行了，二狗，你没事吧？"

二狗犹豫了一下，还是说："没事。"

老红说："哎呀，那就太谢谢你们啦。"

老红走以后，二狗说："大年初一，这三天工分挣得也不容易。"

陆高说："人死都死啦，说那些干啥。主要是人得埋，工分多少小意思。"

这时瓶子说了一句："我看吃好了咱们六个都去吧。别要工分，就算为刘老太太献工。"

姚亮说："你们女的要去可以，工分我看该要还是要，反正是队里记工，吃大锅饭。"

瓶子说："不。那样他们准以为我们是为了工分才去干的。要真是为工分，给我十天工分我也不干。一年就这么一天过年，这一天抵得上那三百六十天。"

江梅说："这样也好。大家都不要工分。要不队里会觉得挖这么一个坑，给了十八个工的工分太不划算了。会计出纳都是小算盘，我的意思是咱们不让他们瞧不起咱们。"

小秀说："我没意见。人多干得快，早干完早回来接着过年……"

二狗接上说："接着吃饺子，接着打扑克。"

第二十二章

小北风嗖嗖的，晴和的冬日里仍然暗藏凶兆。坟地里那几棵杨树柳树的枯枝在摇动，摇出单调的声响。乏味，又带着几分不祥。最高的那棵白杨树顶树杈上赫然挂着一蓬老鸹窝，两只大黑老鸹的笑声使坟地更像坟地了。

正是最冷的时间，冰冻三尺。二狗扶着一头尖一头平秃的倒粪镐，陆高和姚亮轮流用一柄十二磅大锤猛击镐的平背。因为冻得太狠，土层像玻璃一样发脆，大锤推着镐头很快把铁板一块的地表土凿了一个尺把深的坑。三个女的随时用锹把新凿下来的冻土块清出坑外。

二狗说："姓你的，我换换你。"

姚亮说："你换陆高。"

陆高说："不换，就这么干。"

又干了一阵，二狗说："还是换换吧，我手震得受不了啦。"

陆高说："你抡锤更受不了。"

二狗说："没问题。别看我瘦，瘦人骨头里有肌肉，我有干巴劲，你不信问姚亮。哎，姓你的，那次偷苹果我怎么样？你说——"

姚亮真是有点抡不动了，自尊心让他说不出口，这下好啦，二狗给了他下台阶的机会。他说："咱们俩换换。你不行了再换回来。"

二狗有点冷，把扎棉袄的绳子重新扎紧，精神抖擞地举起大锤；陆高正相反，停锤脱了棉袄，只穿一件厚秋衣。姚亮本来也热了，可是怕下来扶镐会冷，他不脱棉袄就对了。

本来吴老锦是跟他们一起来的，队长让他指点一下地址，说给他记一个工的工分。他居然煞有介事地带了风水罗盘来，六个年轻人做观众使他对自己的表演充满热情。他转来转去几趟，嘴里嘟嘟囔囔，表情神神鬼鬼，最后终于在坟堆中的一小块空地上跺脚拍板。他走后姚亮说："如果不往外占用耕地，我看这片坟地也只有这儿能挖个埋得下棺材的坑，这老家伙弄鬼弄神闹了半天，也没别的主意嘛。"

陆高说:"即便如此,作法的总要遵循那套仪式,别的村也都这样。"

二狗说:"唬人呗,要不以后还怎么吃这碗饭?黑老鸹叫得人心烦。"

陆高说:"也不一定他就为了唬人。这像求雨,明明许多人也不真信,每年到了该下雨的时候不下雨的话,村里老老少少一个不少都在河堤上求雨。我看吴老锦是遵从一种沿袭下来的习惯仪式,他有点滑稽,但绝不狡诈。"

坑已经凿到第三层的时候,吴老锦跌跌撞撞地又跑到坟场来了。二狗低声猜测,说:"他肯定为了表示拿这一天工分问心无愧才来的,要不就刚才那么一会儿就得了一天工分也太便宜他了。你们听老鸹笑着欢迎他呢。"

二狗猜错了。

来回也有七八里路程,他六十来岁的人跑一趟也不容易。

"嗨,你们慢慢来,别着急,别着急嘛。这事情又有变化了——"

二狗忙问:"什么变化?刘老太太活了?"

"非也——非也——不是刘老太活了,而是相反——"

"相反——?"

"是刘老头也死啦!"

姚亮说:"哪个刘老头?"这村里有半数人家姓刘。吴老锦说:"当然是死去的刘老太的男人喽。"姚亮说:"怎么会呢?"

吴老锦说:"怎么不会呢?"

二狗说:"这下我明白了,你是来告诉我们,再挖一个坑,给刘老头预备一个。"

吴老锦说:"算你小子聪明。不过不是再挖一下,是把现在的这个往西扩宽,我早上来时就算好了,左东右西,男左女右。你们看,我早上划地方的时候先就留出了西边,这就叫先见之明。"

不管他的话是真是假,这块做新坟的地方确实在这块空地的偏东,而西边宽出来的部分也差不多正好容得下一口单棺。

姚亮说:"怎么这么惨,死人也赶到一块儿了?大年初一的。"

吴老锦说:"小伙子,这你就不懂啦,这叫鸿运,叫天作之合,这种事百年不遇。虽不是同年同月同日生,可是却真正做到了同年同月同日死。到了天上要做贵人的,贵人找好时辰上天,这两位选在大年初一,都是贵人,到了天堂还是夫妻。重新托生也还是夫妻,天上地下他们俩要做六代夫妻呢。"

这种事情确实罕见,这件事现在已经变得极其久远,连当事人姚亮也不能确认它曾经真的发生过。不过它已经成了我个体直接经验的密不可分的一部分。我对它的真实性可以说深信不疑。我还要说他们那天干得很快,过了晌午不久就全部挖好了。他们没参加送葬下土,累不是主要的,主要是造物的意志安排他们在此之后迅速忘掉它。他们确实累了,回去以后没接着过年,没接着吃饺子,没接着打扑克,他们六个都刚熬过一整夜又干了大半天,他们把这个春节的第一天余下来的时间用来补充睡眠了。他们都一觉睡到了第二天大亮。

装殓到封棺到装车运送到下葬,这个全过程我都是目击者。老红是主持人,他自始至终张罗着任何一件细小的事项,他几乎没有情感表露,沉稳庄重本身也许是志哀最恰当的表现了。他的组织才能是无可挑剔的,整个工作过程全无纰漏,有条不紊像他人一样保持着平衡缓慢的节奏。

死者没有嫡亲后裔,也没有雇请别的人代哭;正是过年,况且他们双双平安地去了,没有一点痛苦的死亡过程不是悲伤的。丧葬仪式因此也不是悲伤的，只是极端的肃穆。是一次节哀的丧事。匆匆涂红的棺木随着马车的颠荡左右晃动，两驾马车一前一后慢慢走出村子，走向坟场，从人的世界走进鬼的世界。

养老院的马车只套了辕马，拉着老刘头的棺椁走在前面，跟在后面的车是一匹精瘦的白马拉车，是队里的车把式刘三赶车。

栖在高枝上的两个大黑老鸹扇着巨翅离开杨树，滑翔着慢慢掠过送葬人群的头顶，怪叫着声音像笑也像哭，逐渐降低高度落到一座坟头上，远远地看着人群和车马。

我这种年龄的城里人很少有在近处看到过棺材的，真的用来装殓死人的漆红棺材。我原来想象它应该很高很大，气象森严。我在小说里知道，有钱人的棺材应该用柏木做，四寸厚的柏木板材，大头高翘像一座小宫殿。

这两具寿材合在一起比我想象中的棺椁的体积还要小，这不免使我有些失望，它们被人们一先一后托到坑里，并排放好，高头朝北，大家撒了一些白色剪纸的纸钱以后就上土了。我看着冻土把它们渐渐掩埋，心里感到许多凄凉。这是我第一次看到我认识的人去世，死显得绝不真实，我想到的只是他们以后就留在这里，跟那些不相干的坟包做伴，还有近旁那一对半哭半笑的黑瘟神。他们一定会寂寞的。

两具棺离得极近，这使我觉到一点宽慰。

第二十三章

陆高有时一个人出去是到大祥子家里。后来陆高说他刚来时住在大祥子家。

那幢旧房在村子最西南角上，从养老院走过去至少七分钟路程。

他说他刚去时大祥子的娘还没死，不过瘫到炕上好几年了，炕上吃炕上拉，全靠大祥子一个人照料。大祥子比陆高大七岁。因为有个瘫老娘的缘故，他一直没娶上媳妇。他人憨实，五短身材相当强壮，名副其实的车轴汉子。

他娘活着的时候人虽瘫倒，精神还不错。陆高去了跟老太太相处得很好，后来陆高搬进现在的住处也经常回去探望老人。陆高叫她大妈，叫得老太太心里舒服。

老太太死得有点蹊跷。那时候大祥子正在家门前院子里挖一方鱼池。一人来深的土坑隔断了屋门到院门的路，大祥子准备以后造一座两米多长的水泥小桥做通道，当时在土坑上临时搭了原木跳板，年轻人当中踩一脚，另一只脚跨大步一下就迈出去了。正是春天种高粱那段时间，小雨淅淅沥沥每晚都下一阵。

他们住三间屋，中间开门当外间做厨房，娘住西间儿子住东间。白天活累夜里大祥子睡得死，竟一点没听见声音。早上起来推门首先看见房门两扇硬木厚门板放在外间地上，房门洞开，他走到门前时傻了——他娘吊在院墙跟前的大枣树上，他发疯地跑出去一跃跳过两米多宽的土坑，来到树下看着发僵的尸体大哭不止。

号啕声惊动了房后的邻居，大家帮着把老太太从树上解下来，安葬了。事后有人发现不对头，就详细问了情况，使人无法理解的是她半瘫已久，怎么能来到外面？怎么能把那么重的门板摘下来？特别是怎么能越过那道圆滚又滑窄的独木桥？还有，系绳子的树丫有两个人高，她是怎么把绳子系上去的？

村里有人背后说，可能是大祥子害了娘，久病床前无孝子，说他娘的病拖得他受不了啦——他要他娘死了以后娶媳妇生孩子。

另有吴老锦一口咬定这房子闹鬼，说这幢房子是村里最老的房子。

"老房都闹鬼。死在这房子里的老房主们经常要聚到一起;听说这房有一百多年了,经了好几个朝代,土改以前住的是村里刘大户的一个偏房,土改时分给大祥子他爹,这房里死的人多啦,死鬼们就合伙把大祥子娘送到外面去死。谁让她病了那么多时候,病鬼在阴间也不受欢迎哩。"

无论哪种说法都对大祥子产生了坏结果。大祥子仍然找不到老婆,没有人肯把女儿嫁给有杀亲娘嫌疑的男人,没有姑娘敢到闹鬼的房子里当主妇。大祥子好上酒,喝得很凶,陆高常过去陪他一道喝喝闷酒,也没话找话地唠上几句闲话。

陆高也是后来才告诉我,说除夕夜里他就想和大祥子两个人动手包点饺子,他知道大祥子一个人除了喝闷酒醉倒睡觉没别的,这样过年可是有点太惨了。但他又没法拂逆众人的盛情,后来刘老太死了扑克也不打了,他就跑过去找大祥子。

大祥子不在。那时鱼池早就修好,冬天把水抽干,池里用砖砌了后又抹了水泥,一座简单的水泥板桥横跨池上。陆高说他喊了两声,竟听到大妈在应声,让陆高进屋里等大祥子。大妈死了半年多,可他说他听到的绝对是大妈的声音,非常清楚。他汗毛孔发奓,又从心底里不信有鬼,就愣是守在大祥子家院门口等开了大祥子,直到二狗来把他喊回去吃饺子。

我说:"你第二天一早没再去找大祥子?"

陆高说:"一早就上坟地了。下午回来太累也忘了,没去。一睡就天亮了,睡了十几个小时,炕太热,睡得太舒服了。"

我说:"初二你去了?"

陆高说:"去了。"

我说:"你怎么跟他说的?"

"说夜里去找过他,他说到常屯一个朋友家过年去了。"

"那事呢?"

"我没说。"

"怎么没说?"

"有什么说的?"

姚亮说:"大祥子够倒霉的了,再跟他说那些他还活不活?"

陆高说:"说了他也死不了。"

姚亮说:"那你怎么不说?"

"有什么好说的?"

我说:"也许是你神经过敏,出幻觉了?"

陆高说:"就是。"

对姚亮来说,这里过年就是这么回事。不管怎样这个年过得跟他以往过年完全两样。初五这天刚吃过晌饭,两辆警车从大堤下来开进村里,都是吉普车,共有七个警察在车上。

村里人都说这是村里第一次来警察。

第二十四章

这在村里是史无前例的大事。我先不说这件事,卖个小关子。不过读者朋友也别寄太大的希望,我说时大概也只能三言两语。我一直认定那些对许多人的总和来说是大事的事,其实对个人往往意义不大。而另外一些看来不是什么了不起的大事的小事件,倒经常对某个当事人有着绝顶重要的关系,甚至可能会关乎一个人的一生命运。比如那对老夫妇在大年初一双双归天的故事,我敢说那个村里没有一个人记得了,可是我这个局外人旁观者的命运却由此发生了在此之前绝对无法预料的剧变。

我讲那段故事用几千近一万字。下面我叙述有关警车警察的事件时，读者朋友可以看到我是多么吝惜笔墨。

我现在不讲它，先讲别的。

讲在以后的几个月里发生的另外一些看来无关痛痒的小故事。算留点悬念吧。

出了阴历正月长脖就回来了。长脖自己不想多说，姚亮也不便问。那次二狗不在，长脖简单地告诉陆高姚亮，说赢了一点，说一路还算顺利，说只有一次差点被逮进去，幸亏有人知道来报信，大家提前散了。"嗨，后来听说那次出了五辆警车，警察枪里都顶了子弹的，只要被兜进去谁也跑不了，跑就开枪。"

只剩姚亮自己的时候，长脖说："老狼手面真大，一伸手就给了报信那小子三千，说一声——谢了——转身就走。我回头看那小子，他都傻了。"

姚亮记住了陆高的嘱咐，把好奇心一而再再而三地咽到肚子里去，不问一句。

换了一个场合长脖又告诉姚亮："老狼手里有颗真家伙，出门就带在身上，你可千万不能讲出去，玩命的勾当啊！"

是枪还是手榴弹？姚亮忍住了没问。

又一次。

"姚亮，你想不想跟着出去跑一趟？我可以跟老狼说我不去，他信得过你。出去了可真开眼，别看老狼在村里屁都不放一个，到了外面真牛皮，大爷份儿的，到哪都有孙子供着，走遍东北没人敢咳嗽一声。"

又一次。

"绝对不骗你。"低声。虽然附近绝对没人听得见。"老狼有人命。

黄泥河一个赌客说的,有个小子给警察告密,第二年老狼把他找到老林子里一枪就撂倒了。黄泥河你知道不?吉林东北边靠黑龙江,原始森林,一个挺大的林业局,好几个大林场。"

也就是说真家伙是棵枪了?姚亮发现他有问题根本不必问,只要出耳朵就行,长脖看来心里有话装不住,狗肚子里装不了二两香油。看来姚亮是他信得过的唯一的人。

姚亮由此想起小时候听过的一个童话。说有个理发师被叫去为国王理发,他惊讶地发现国王头上长了一只角,国王警告他不许乱说,说出去就砍他的脑袋,他忍了又忍,后来实在忍不住就跑到林子里对准一个树洞,说:"国王头上长只角——国王头上长只角。"后来这棵树被砍伐做了王室仪仗队的鼓,国王出行时仪仗队锣鼓齐鸣,全城响彻"国王头上长只角——国王头上长只角——"的鼓声。

长脖很像那个理发师,而姚亮自己成了那棵有树洞后来被伐掉做了鼓的树。

长脖自己可还是那么老实,老实得近乎窝囊。村里不光是孩子,随便什么人都可以对他吆三喝四。他从不逞强,从没有任何愤或怨的表示。姚亮要不是真听他讲了那些,无论如何想不出他是个混过大世面的赌徒。

二狗私下里跟姚亮说长脖没长胡子,姚亮不以为然,说还没到年龄。"不对,没到年龄嘴巴上也不至于一点绒毛都没有?你看你自己,看我,多少总有几根,他半根也没有,我细看过的,他上下嘴唇光溜得跟鼻子没什么两样;还有他说话尖细,脖子底下也没疙瘩,你仔细看他的脸,一点都不像男人。"

"扯你妈屁蛋!你说他不像男的,难道他是女的?女的站着撒尿?"

"他撒尿的那玩意儿可小了,这么一点点,"二狗比划着,"我估摸他是阴阳人。"

姚亮不懂。"什么叫阴阳人？"

二狗说："半男半女呀。我也是听说的。"

这以后姚亮开始对长脖格外留心起来。他不得不佩服二狗观察之细致。如果长脖把头发留长，完全可能被当作女人。没有喉结，四肢纤长柔弱，还有他解手时尽量避开别人视线。

姚亮也觉得长脖做一个男人，实在是太缺少火气了。另外看来他对女人完全没兴趣。

姚亮后来听陆高说长脖从小下身挨踢，蛋子坏了，所以小鸡鸡就像小时候一样大小。姚亮说："怪不得他没长胡子。"

"人家缺陷的方面不要去碰，人都有自尊，这事让长脖苦恼坏了。"

"还有二狗说老狼他们干那事，说是听村里人讲的。真的吗？"

陆高说："我也听说过。"

姚亮说："那长脖跟他混还有个好吗？"

陆高说："话不能这么说，人各有志，各有各的想法。你说什么是好？规规矩矩地娶老婆生孩子就算好了吗？这些事情很难说的。"

"那不是鸡奸吗？"

"你也不必要说得那么难听。"

"真他妈的败兴。长脖干吗给人当那个？要叫我，我说什么也不干。刀架脖子上我也不干。就为了那几个臭钱？"

"不那么简单。中国有句老话，叫——物以类聚。"

"什么意思？"

"我不会说意思。"

姚亮说："长脖告诉我，说老狼当初本来要找的是我，我那天晚上跟二狗到常屯果园去弄苹果，结果老狼才临时拉上他长脖的。现在想起来真有点后怕,那天我要是不去弄苹果,后果简直不敢设想。"

陆高说:"后果还是一样,早晚长脖都得去,早晚你都得出来,物以类聚就是这意思。"

"不一定。许多偶然的事看起来偶然,其实呢……"姚亮觉得自己有什么意思要表达,话到嘴边却又找不到话了。

"你说这个我信,我另外还信人跟人到底不一样,人呐!你是你,我是我,不一样。"

"可是我觉得我对自己是没把握的,一点把握都没有,我也说不上我会干出什么事。"

这次谈话让姚亮受了震动。

更叫姚亮震动的,是二狗很快也加入到老狼的队伍当中去。二狗明说是为了钱,他说他只有那六十多元本钱,能赢就捞点,输了也就认了。结果他一连小赢了几次,很快手里竟有三百多元了。

二狗不像长脖那么着迷,他恋着小秀,隔天才去一次,一般过了午夜就回来睡觉,第二天晚上的全部时间则属于小秀。那么痴迷的恋情叫姚亮都嫉妒了。他和瓶子也好,但他感觉不到那种离了瓶子不行的激情,什么原因呢?

陆高经常住到大祥子家里去,长脖基本不回来睡觉,两天里总有个前半夜二狗去玩掷骰子,西屋这铺热炕就留给了姚亮和瓶子。姚亮已经完全熟悉了瓶子的身体,熟悉了怎样会让瓶子和自己一道进入极境。两天一次的荡魄销魂使姚亮很快就长成真正的男人。熟悉女人是一个漫长的过程,除了需要无数次达到顶点的快感,除了携同她一道攀缘上升,我以为还有更多的无欲的拥抱和抚摸,有更多更多注视、思念和幻想。就是这样,你也只是熟悉了这个女人,譬如姚亮熟悉瓶子。

以后许多年,姚亮像其他男人一样以随便的口吻谈论女人,谈到女人的妙处时,不止一个男人说——女人是奇迹。是妙不可言这句成语本身——这种时候姚亮总要想起远在另一个世界里的瓶子,想到瓶子的肘腕,想到瓶子的腰和臀之间柔软的曲线过渡,想到瓶子紧实的大腿和乳,想到瓶子细瘦的脚踝,他想得更多的是瓶子着衣时的动势动态。对于姚亮,瓶子就是奇迹,是这个世界里唯一完美的造物,只有瓶子才可以说——妙不可言。妙,不,可,言。

瓶子犹如美酒最久最醇。无论是嗔怨是调笑还是撒娇,无论是臀峰还是浓荫掩映的谷底,无论是真实的记忆还是想象,总之。

第二十五章

很长一段时间里,姚亮竟不知道小凌河就在村东十几里远处安静地流向东南的渤海。

村后的河是一条支流也是在前面十几里处汇入那条大河。而且这一段是小凌河接临入海口的一段,河床宽冰面浩瀚,远非锦州城环绕的那条细水可比。

姚亮在小学时就知道了凌水有大小两川,小大凌河孕育了辽西地区悠远的文化。这里是古战场,从古到今一直是兵家必争之地,是两条大河涤净兵戈车马上的血污,凌河是辽西历史的见证者。

这些教科书上的神话对儿时的姚亮有着非凡的蛊惑力,姚亮心里早就印上了小凌河这尊大神的肖像。初春天还冷,河面的坚冰却已经在嘎嘎作响,准备着借上游的桃花春水东向入海了。

是老红张罗着去凿冰窟窿捕鱼,他说开河以前是最好的捕鱼时节,地已经热了,天还冷水面冰面还冷,蛰伏在水下的鱼群已经活了,温差对流使它们不停地上下浮游觅食，再有就是冰封已久，水里也正缺氧，那些爱活动的鱼格外喜欢蹿到水面来补充氧气。

老红大概看出了姚亮和陆高关系不错，就通过姚亮邀陆高同去，说他跟队长打招呼。陆高也成了派工。

这是个机缘，不然姚亮没办法知道陆高是弄鱼好手。还有老红，老红真不简单，姚亮嘴上不说心里可是服服的了。还是平时倒粪和那次挖坟坑的家伙，倒粪镐加大锤。宽阔的冰面看上去凹凸不平，河心呈低洼而两边越接近河岸越高。老红指点着在水深的河湾处打洞，老红扶钢镐，哑巴和姚亮轮流点大锤。

天气正在转暖，这天没风，太阳也好。

这比那次挖坟坑容易多了，冰脆，十几次锤击以后镐尖就可以洞穿冰层了。在老红指挥下很快就凿出了十几个冰洞，排成一个回转形突然一下断开沉到水里，现出了一个大约三平方米的冰洞。下面水波晃动并且立即扬起白色的水汽。

姚亮发现冰面是悬在水面之上的，并没有紧贴着水面，水面和冰壳之间有约一拳高的空隙。他兴奋地叫了一声，显然由于少见多怪。

陆高在刚才的时间里一直在岸上不停地跑动，这时过来脱了衣服，脱得光光的，连袜子也脱掉了，又在冰洞边跳了又跳，等身体充分发热后才抓起酒瓶一气喝了小半瓶白酒。

他不紧不慢地用一条绳子拴在自己腰间，另一端递给哑巴，哑巴牵着绳子向后退到土岸上。绳子很长，是尼龙绳。姚亮明白了，也跑过去接应哑巴，陆高把他叫回来了。

"他一个人行啦，一会儿你和老院长拽另一条。"

他把另一条绳一端递给老红，另一端自己手攥着小心地下了冰洞。姚亮从心里抖了，咬住牙关仍然抖得完全禁不住。他看着陆高在冰水里有板有眼地把那块坠下去的大冰块敲成几块，然后用抓在手里的绳子牢牢地拴住其中的一块。

老红说："要不要上来暖一下？"

陆高摇头，脸已经紫红色了。

老红和姚亮手忙脚乱地把那块冰拽上来，扔下绳子，又拽上第二块。这时陆高摆手，哑巴就把他拉上冰面来。陆高披着皮大衣站到另一件皮大衣上暖脚，又大口喝了两次白酒。

姚亮说："冷吧？"说完马上就后悔了。

陆高龇牙咧嘴地点点头，就这样过了一阵他重新扔掉皮大衣，在冰面上又跑又跳。第二次下水时间不长就把另外三块大一点的冰都弄上来了。陆高点头示意，老红马上把挂网扔给他，他竟深吸一口气钻到水下，大约半分钟才重新钻出水面，这次他冻坏了，把他拉出来以后他再也坚持不住，裹紧两件皮大衣跑到岸上卧下了。

老红过去照看陆高，姚亮和哑巴拉住渔网缰绳守在冰洞边上。这时奇观出现了，竟有那么多大鱼小鱼从水底浮起，浮在网漂圈住的大半圆之内。姚亮兴奋坏了。

"嗨，快来呀，这么多鱼！一会儿跑啦。"

老红高声说："跑不了，一会儿越来越多，你擎好吧。"

果然，一些新浮上的更大的鱼挤开了较小的同类，真是越来越多，整个露出来的水面简直塞满了，看上去就要塞不下了。

半小时以后起网，网里有一条鱼大得没法形容，老红说那一条至少有六十斤重，是姚亮做梦也梦不到的奇迹。他们四个人一起用力，喊着号子把兜得满满的渔网拽上冰面。

姚亮接下来的记忆是混乱的，他说他们好像只弄了这么一网，后来天就黑了。他们把鱼用马车拉到集上卖掉，八角钱一斤，卖了差不多三百元钱。我问他天黑了怎么还能到集上去卖？姚亮又说天没黑。我问没黑怎么只弄了一网？姚亮说再就是黑了，上集卖鱼是第二天的事。他比较肯定是卖了将近三百元钱，老红请陆高姚亮哑巴驼子一起在集上馆子里吃炒菜喝红葡萄酒，一顿饭花了十八块钱。老红交给陆高四十五元，姚亮十元哑巴十元，驼子没去弄鱼也给了二元。

剩下的钱老红当大家面点清，姚亮说他记得是二百零三元。回到养老院老红又亲自把这笔钱如数下账，找来姚亮在一旁监督做证。

姚亮说："你也应该得一份补助，至少应该拿二十元。"

老红说："我是干这个的就算了。我一个人，钱没用。一个人眼睛要是在钱上，这义就没了。你还年轻，这些事你以后慢慢就懂了。"

姚亮说："什么义？"

老红说："忠义。仁义。正义。"

这些话对当时的姚亮来说是太深奥了。

姚亮觉得奇怪的是鱼看来这么好弄，村里人为什么都不去弄？

老红说："每年也都有人弄鱼，但是去年前年连着两年都有人冻死淹死，吴老锦便说是河神要年轻小伙子上供，一年一个，今年就没人敢冒这个险了。"

姚亮想起书上讲的河神要年轻貌美的姑娘上供，这里怎么专要小伙子呢？老红说，按吴老锦的说法，小凌河的河神是女的，大凌河河神是男的。女神要小伙子，男神才要姑娘。

原来如此。

"可是，是真的吗？"

"反正我不信。我要是信就不找你们去弄鱼了。出了事我要负责任的。"

"院长，你怎么不结婚呢？"

老红笑了一下，过了很久才说："也结婚了，儿子快三十岁了，女儿二十一，都跟他妈在县里。"停了一阵，"我早离婚了。"

这时候的姚亮，已经感到了第一印象的不可靠。他记得非常清楚。第一眼看到老红他对这个红鼻头男人相当反感。现在他的看法完全变了。他曾经一度认定老红在养老院没少捞油水。老红现在是他的朋友。至少姚亮当时自己是这么认为的。

也是姚亮提醒我讲一讲那个人。胡强，那个美丽又多有坎坷的肖丽的灾星。

这时我看我没法绕开那两辆警车去讲了。我先前说了，两辆车一共七个荷枪实弹的武装警察。进了村先问是不是有个陈老道，问住在什么地方，问清以后两辆车一齐加大油门冲向村西的油料小场院。

警察不由分说带走了陈老道。

后来听说证据都是现成的，当时小屋里有四个女人加陈老道，其中老高家的连裤子都没来得及穿好。陈老道以流氓罪被逮捕。

后来警察也来过几次，到村里许多人家做案情调查，立案不久县里张贴了宣判布告，判处流氓犯陈一和有期徒刑二十年！

布告写明：陈一和，又名陈老道，男，现年七十四岁。陈犯多年来以猥亵、舌奸、诱奸等手段污辱本村及外村妇女五十七名；尤其恶劣的是他在进行流氓犯罪活动的当时，经常拢集多名妇女在一旁围观，造成极其恶劣的严重后果。被其污辱的妇女中有六十三岁的老人，有十六岁的少年，其中还有一名响应祖国号召自愿报名下乡接受贫下中农再教育的女知青。陈犯罪行严重，民愤很大，依照中华人民共和国法律，依法判处流氓犯陈一和有期徒刑二十年。此布。

云云。

出了事以后，这个村开始了史无前例的悄悄话时代。每天在各种时间各种人际接触中，谈论的话题全都与此有关。

"说是他干这个干一辈子了，说是没一个上岁数的女人没让他玩过。"

"不一定有多少人是他生的呢。"

"听说他比那些年轻力壮的男人还能干，说女人们找他，多半是家里男人不如他。他七十多岁，真还能行？"

"这就是他舔盘子的好处喽。一般男的五十多岁就不行了。咱吃啥？人家吃啥？"

"说是他玩女人的花样多着呐，咱们想都想不到。咱们就那么一下子，说他不是，翻过来掉过去，女人叫他玩酥啦。"

"你们谁知道，布告上说那个下乡知青是哪一个？"

"不知道。那几个都挺水灵，我看是哪个都算是这老家伙有艳福。"

不用我说读者朋友一定也猜到了，那个人就是我们的肖丽。最美的那个命运最悲惨的那个。我相信就是因为肖丽写上告信揭发陈老道她才交下了厄运。她是个漂亮女人。假如你是个男人，假如你被一个漂亮的女人吸引，假如你发疯地爱上她以后又发现另外几个人同样发疯地爱她，这时你会觉得整个世界都是为了她才存在的，你会觉得这个世界里没有什么东西抵得上她的一次笑一个手势。只有当她猝死的时候你才会觉到真正的悲哀，她竟那么脆弱随随便便就死掉了，了无声息。那么简单。连同你有过的激情和幻想，马上都没了。

她还没有死。但是厄运已经开始了。

第二十六章

据我所知，她一个人出去都是到独眼胡强家。胡强老婆跟她要好，她跟胡强一家关系不错，这都是真的。胡强老婆比她大十几岁，婆婆妈妈的很琐碎，心地坦白且善良。

胡嫂的三个孩子三个模样，最小的一个是秋粮进场才生的，还在吃奶。大女次男三男，俩儿子一个闺女，最佳阵容。

我还知道两个儿子中大一点的那个是陈老道的，这是胡强自己亲口告诉我的。他说陈老道有时要来吃饭，有这么点交情，因此给了他儿子也没要他的报答。胡强说："我就喜欢儿子，做女人太吃亏所以我不喜欢女儿，我想我至少要有两个儿子，我这辈子亏了让我儿子替我补上。"

我说："问题他不是你的儿子啊。"

他说："姓我的姓吃我的饭，管我叫爹，就是我的儿子。"

我说："我想说的是——不是你的骨血。"

他说："我这是跟你说呀，只要我女人跟我一个心眼，骨血不骨血我才不在乎呢。女人跟谁睡都一样，关键是她得跟我一个心眼。儿子大了懂事了，只要他妈不告诉他谁是他亲爹，他总得管我叫爹，你说是不？这一点我对我女人有把握，她永远不会对儿子说这个。"

我说："你怎么知道她不说？"

"这个就不能告诉你啦。我有秘法。告诉你，我女人跟我算享福了，她跟别人睡觉我不管，要不是跟我她有这个福分？她劲头才大着呢，闲一晚上也受不住。其实除了她自己，别人谁也不知道她怀上了谁的。现在得了，政府不让再多生，她也劁了。"

"结扎手术？"

"就是那个名堂。听说像劁猪，把老母猪花肠摘掉就可以当肥猪养了。"

"我说胡强，问句过头的话你别生气。"

"你操我亲妈我都不生气。"

"都说给你生孩子的全在你那拿了钱?"

"糟践我呗。我他妈的都不知道这三个谁是谁的杂种,我不管谁的,管我叫爹就行。倒是常来的几个人多少都受过我女人的好处,有时候两瓶香油,有时候十个鸡蛋,只要我女人愿意给他,我没说的。我女人平时还是收的东西多,送那么一星半点不算回事。"

我等他说完了才又问他,我不想打断他的兴致。

"你刚才不是说有个儿子是陈老道的吗?怎么现在又说不知道是谁的?"

"是我女人告诉我是陈老道的,她的话我这耳听那耳冒,谁知道她说的真的还是假的?她说她算出来的,那个月中间那几天除了陈老道她没别人,到月头血就没来。我不明白她是怎么算的,什么月头月中间?我记着好像那些日子也有别人来,她硬说别人来的日子里怀不上。她说的那些我闹不明白。"

"她跟别人睡觉,还对你好吗?"

"绝对没说的,绝对好,她人好。你问问村里谁不说她人好?她守着我时就讲那些事,讲那些男人怎么着怎么着,她什么都不瞒我。她跟村里的女人也没红过脸,不信你问问。她才白呢,白胖白胖的,肉皮儿又细又嫩。男人没有不喜欢她的。陈老道就说过,说她肥乎乎像箭杆儿虫子似的,说她又白又嫩,一把就能掐出水来。信不信由你。"

我费尽心机,仍然想不出法子把话题引到肖丽身上来。我光是听说胡强把肖丽引见给陈老道。我以为这种下作事他绝对干得出来。

可是为什么呢?难道他会得到好处?

我也曾设想过,他这种性残废肯定有特异的性变态心理,比如他让他老婆讲种种细节。我认定他有狂暴的观淫癖,我甚至认定他会扒着门缝和窗缝看他老婆和别人如何作乐。我知道他的孩子睡西边两间,他老婆有外来人就领到东边那间屋，中间隔着外间过堂。

也许他就是为了看热闹把肖丽毁了？他竟没有受到一点惩罚真让我气炸了肺。

我决心把这个"朋友"角色扮演下去，我一定要知道肖丽第一次落进厄运陷阱的真相始末。为了这个我决心付出任何代价。

我简单一点说。

任何代价。

我决心从他老婆那里打开缺口。那个女人真是少见的好脾性，问什么就说什么，只要你自己好意思问得出口。有些话只有非常亲近的人才说得出，就不要问我是怎么把关系近到无话不说的程度吧，我想知道的我都问了，她知道的她都说了，总之我在这个女人身上大获全胜（不要从下流想法中理解这句话）。

只是结果跟我预想的有很大不同。

肖丽是她的好朋友这一点没问题。

是肖丽自己去找陈老道的（这一点叫我震惊。我从县里一个当内勤警察的朋友处得知，肖丽两次投书上告陈一和犯罪行为，言辞极为激烈，说如果上边不管，她要自己杀死这个老坏蛋）。她说她平时给肖丽讲过男人和女人干的那些事，特别讲了陈老道能干，她说肖丽比那个独眼（她丈夫胡强）还爱听这些事。她说她是女人，女人才真正知道女人，她说从肖丽发亮光的眼神里就知道。后来她叫肖丽避开陈老道。因为陈老道在胡强家时遇到肖丽时的神情使她意识到陈老道在打肖丽的主意。"我把这话告诉她了，我没想到她自己会去找陈老道。她去了回来就告诉我她已经去过了。"

她去过几次以后，又回到胡强老婆身边，她说她以后再不去了。胡强老婆问她，她什么也不说。也许那时她就写上告信了。

最阴暗的是她恋上了胡强老婆。据胡强老婆的介绍,肖丽是个极其偏执的同性恋患者,细节就不说了,反正相当骇人听闻。

我说:"这些事情你跟你男人说了吗?"

她说:"肖丽不让我说。"

我说:"你没说吗?"

她说:"是她不让我说。"

我说:"她不让你说,你就没说?"

她说:"他一定要知道我就说了。"

我说:"你男人一定要知道?"

她说:"是我男人。"

我说:"你什么都说了?"

她说:"他什么都要知道。"

我说:"对别人呢?那些涮你的男人?"

她说:"没说。都没说。"

我说:"你为什么对我说呢?你能对我说就不能对那些男人说?"

她说:"肖丽说她死了以后,别人问不要说,你要是问了就把什么都告诉你。"

天呐!天呐——天呐——天呐——

我真是个蠢得不能再蠢的男人了。

第二十七章

这个世界里无疑到处都在讲述着各自的故事。一个人有一个人的故事,一群人有一群人的故事。这本来就是个色彩丰富的故事世界。

而每一个故事又都有完全不同的讲述方式——像瞎子摸象,或见一叶自以为知秋。

我是带着还愿的想法去找陆高和姚亮的,我知道至少他们两个对那段奇异的生活不会忘却,我谈了我的写一写这些鬼魂的心思,我以为这两个仅存的家伙会投我的赞成票。

用了许多时间,我们三个详详细细地讨论了每一个鬼魂的真实或虚拟的历史。

争议比较大的是肖丽,她的命运里有许多我们三个当事人也猜不透的阴暗部分。比如她的美丽和落落寡合之间到底有什么联系?她从开始就很少加入知青伙伴们的生活,她一个人走进黑处使她的伙伴们不能窥其隐秘的内心生活和外在生活。她是个擅长制谜的女人,她不一定着意要人去猜,但事实上她引起周围所有人的兴趣和关注。人们都在猜,都试图最终猜破肖丽这个大谜团。

而最少争议的要算瓶子了。她的那段生活短暂而清晰,又有和她距离最近的姚亮仍然活着,所以我比较地不那么着急去写她。我愿意把那些较难写的部分放到前面来或放到后面去,这大概也是一般人做小说的办法。

长脖在这个故事里的角色不重,他是那时候那种情形下的一个特例。他的生活没有太多的死角,几个人从几个角度一起来塑造,我自想可以捏出个立体的活的跟长脖本人不差毫厘的泥人来。问题在于你把有关这个人的全部信息集合起来之后,你仍然很难洞察这个人做他一生中最后那件事的动机。

再就是瓶子的女友小秀。关于这个女孩子的情况陆高几乎一无所知,姚亮知道的部分也是通过瓶子讲述间接得来的。她后来的生活变化很大,性格变化更大,她的灵魂原本闭合的宁静的,后来被一系列的突然事变打破了,变成躁动的漫天飞舞的碎末。被击碎的三色玻璃弹子给扔进了暴虐的龙卷风中心。

　　二狗。我的关注重心之一，他的死我并不一定要负责任，我的责任在于我亲手毁掉了他死以前的那段时间。这就是当一个作家的潜在难过点。在整理自己的生活历史过程中，你想避也避不开的就是责任观念。当然所有好作家都是天才诡辩家，我可以用这样也可以不用这样用那样的方式把自己洗刷得一干二净。譬如我马上就可以说，是我把二狗从常人的惯常生活中拯救出来，使他过上了与常人不同的全新生活。我说这话绝无半点玩笑意味。

　　我把江梅放到最后，我决定了在这里我最后一次写她，了却我许多年里的一份情意。江梅是这部童话诗篇的精粹和光彩，是小太阳，许多年里一直辉映着我的脾脏和脑白质，照耀我大肠以上的生活。我甚至没有碰过她的皮肤，我有过许多性爱的疯狂经验，而她则生了别人的孩子，以后又怀了第二个孽种，她的找不到父亲的儿子和不知道性别的腹胎等等一系列有关她的故事全数与我无缘。这成了我去不掉的心病，成了我意识里的毒瘤，成了可怕到可笑地步的心理癌。

　　而这个一系列大起大落的故事群落在那个濒河的小村里是很难展开的，我打定主意把这出大戏的舞台搬到海边去，姚亮同意了，陆高没有反对的表示。

　　我以为那个人物的背景圈也过狭窄了，我从心里不喜欢那个刘姓占了大半的小村庄。我认定封闭的生活形态造成了无法回避的近亲繁衍，那是个在退化中走向衰亡的小世界。如果由它自行消亡也许还需要几百几千年，我于是从骨髓的蛋白分子里感激造物的伟力。

　　五月。老狼，陆高，长脖，姚亮，二狗，江梅，肖丽，小秀，连同刘保管夫妇，胡强和田洪，院长老红。这一行浩浩荡荡东渡小凌河来到处于大小凌河之间的濒海碱滩上。这是一个国家新兴办的大农场，全地区几千知青连同几百农民开赴到这里，拓荒种地要粮食。

七月。一场热病在刘姓为主的小村里横行肆虐，二十天里死掉了百分之九十二的村民。苟活下来的人投亲靠友搬离这片无名疫病区，小村的房屋在几年里陆续坍塌。我若干年后旧地重游时，只看到颓壁残垣，田野里满是蓬勃的荒蒿杂草。造化。也是天意吧。

于是记忆便也飘忽了，我竟完全分辨不出想象与实际的差别，我正好天马行空，信口开河而可以不受任何约束。

那时我拉着我年轻的妻子和更年轻的儿子一道漫步田野，听秋虫鸣唱，听蛙声一片，我们坐在河堤上，等着清爽的晚风吹来。儿子眨眼看我，妻子催我接着杜撰海的故事。

她说："可是到海边去的人没有瓶子。"

我说："那时候她已经死了。"

她说："我喜欢瓶子。我希望我过去曾经认识她，曾经跟她在一起生活了一段时间。"

我说："你要知道她是怎么死的吗？"

她说："哦——当然。"

第二部　木马

　　我在原地驰骋

　　有时我退得很远

　　我回到我儿时的达达

　　回到我的好木马

第一章

十六个人住在两间房子里,到了早上那气味可想而知。这是中间打通的两间,对面大炕,一边八头烂蒜。

早晨气味不好气氛还好。南边炕头的赵老屁起得最早,出去练腿功,马步蹲裆,歇步亮掌,弓步冲拳,金鸡独立,总之是一些使男子汉更男子汉气的名堂。赵老屁年龄大一些,又会拳又会跤,说话口气自然也大。

哨响了的时候赵老屁通常不在屋里,这时大家玩笑就多。胡强隔着窗子在外面喊:"起床啦起床啦!"

抽巴从被窝里探出脑袋,"丧门星!"他声音很低,恰好能让屋里的听见而屋外的又听不见。大耳朵小声对身边的二小子说他不起来了,要问就说他病了。"拉稀。一夜拉八次。"窗子被胡强敲得山响。

"起来起来起来!"

二狗说:"什么味?什么味?谁放了一宿萝卜屁?恶臭!"

半拉瓢懒洋洋地说:"我——我放的——屁是人生之气,哪有不放之理?"

抽巴嘻嘻一笑:"放屁者精神焕发,闻屁者垂头丧气。"

二狗说:"我说半拉瓢,你小子放屁时候就不兴把被窝捂严实点?"

小个子说:"对,被窝放屁,你独吞吧,吃独食。"

胡强隔着窗子在叫:"告诉你们,大眼皮来啦,再不起来可是没事找事。"

半拉瓢说:"算啦,胡队长,大眼皮要真来了,你敢一口一个——大眼皮?"

大小子说:"胡队长,今天啥活?"

胡强说:"水平地。"

大小子说:"我请假队长,我一清早跑马了,着凉坐病可是一辈子事啊。"

胡强进屋的时候,除大耳朵用被蒙住头,其余的人都坐起来在往身上套衣服。赵老屁跟在胡强后面,浑身热气腾腾,脸红红的。

二小子对胡强说:"他昨天吃什么东西不对劲儿了,天没黑就趴在炕上打滚,肚子疼了一通宵,一会儿跑一趟外头,我数了一下,十三趟,拉稀拉得裤子都提不起来了,闹得我一宿都没睡好。跟他住邻居倒八辈子霉了,他来回一趟带趟稀屎味,呛死我了,胡队长,不信你趴他被窝边上闻闻,来呀。"

胡强说:"你说的都是真的吗?"

二小子说:"唬你王八犊子。"

胡强说:"你小子说什么?"

"我说,谁唬你,我是王八犊子。"

胡强说:"他屎拉哪啦?我刚从厕所出来——我怎么没看到有人拉稀屎?"

二小子说:"是不是拉房后啦?"

胡强说:"拉房后?他敢?怪不得后排房说你们前排吃人饭不拉人屎,闹了半天都是你们干的!"

姚亮说:"胡强,你说明白点,别含糊其辞的,你们是谁?"

胡强说:"我也没说你呀。"

陆高说:"你说谁?"

小个子说:"对,那你说谁?"

胡强一时语塞,马上又来了灵感。"谁到房后拉屎我说谁!你们想怎么的？"

陆高说："我想叫你滚出去。"

赵老屁说："口气别那么大嘛，是我叫他进屋来的，有什么话对我说。"

陆高不看赵老屁，看定胡强说："我说胡强，我还得说第三遍吗？"

胡强用力眨了眨独眼，把一肚子话咽回肚子，悄没声息地走了。姚亮偷眼看赵老屁，老屁脸都青了，一转身跟胡强出了屋子。

过了几分钟大眼皮来了，问谁肚子疼，没人吭声，后来大耳朵从被下探出脑袋说"我"。

大眼皮说："你对组织要讲真话。"

大耳朵说："真话，我拉了八次。"

大眼皮说："不是说十三次吗？"

大耳朵说："八次，没错。"

大眼皮黑下脸叫大小子去找胡强，胡强进屋的时候战战兢兢大家都看出来了。

大眼皮说："谁说的十三次？"

胡强马上来了精神，指着二小子说："就是他，他说十三趟。"

二小子说："我说八趟，你听错了。"

胡强说："你怎么瞪着眼说瞎话？刚才大家都在这，都听见你说十三趟。"

陆高说："我听见他说八趟。"

姚亮说："二小子是说八趟。"

小个子说："肯定是胡队长听错了。"

半拉瓢说："没错。"

胡强说："怎么样场长，你看——"

半拉瓢说:"是八趟。他不说我也给他数着呢,要不他又赖账了。"

胡强说:"场长,不信你问赵老屁——"

赵老屁本来站在门口外,这下胡强扯上他可把他气坏了。"我不知道!别他妈问我!"

大眼皮说:"你对组织要诚实。你说你拉八次,你拉在什么地方了?"

大耳朵说:"南边草甸子里。"

大眼皮说:"你怎么不到厕所去?"

大耳朵说:"我怕传染给别人,全农场一百七十多口子,传染上痢疾可不得了。"

二小子说:"就是,场长,前几天杀猪,杀出豆猪也不告诉大家一声,也太缺德了。大耳朵这才叫人道主义,够意思。"

大眼皮说:"你老实点,咋呼啥?"

陆高说:"场长,食堂给大家吃豆猪肉这件事,你能不能给大家解释一下?"

大眼皮说:"这事以后要解释,现在着重解决今早上怠工破坏生产的问题。你说你拉在南边草甸子上了,你拉一泡屎跑几百米远?"

大耳朵说:"对,我拉屎以前一般小跑十分钟,这样可以收缩肛门肌肉,对治疗痔疮有好处。我有痔疮。"

二小子问:"对,十男九痔,我也有。"

大眼皮说:"你在这里要是不能老实点,我帮你另找一个地方。"

二小子问:"我咋的了场长?"

大眼皮说:"你挺好。哎,"转向大耳朵问,"你叫什么?"

大耳朵说:"大耳朵。"

大眼皮说:"一会儿你带胡队长到南边甸子上把你拉屎的地方找

到。胡强，找到以后到场部向我汇报。"

大耳朵说："场长，你别欺人太甚吧。你管天管地，管得着我拉屎放屁？别说我病了，没病也不侍候你这份！要找你们去找，找着了你们趴地上闻闻是不是新拉的？不是的话再来找我，然后我告诉你们再去找，我看今天我拉稀拉出孽来了，是不？"

大眼皮说："好。要是找不到怎么办？"

大耳朵说："找不到再找嘛。反正我是拉了，找不着你总不能让我再给你拉八泡。"

陆高说："场长，你家胡队长家，其他几户贫下中农老师家都养狗，那么多条狗还不早把大耳朵的稀屎吃啦？一条狗连一泡屎都摊不上，你们不养狗就好了，狗把物证都吃了。"

大眼皮："你严肃点！严肃点！！"

陆高说："行啊，你一瞪眼珠子，我是怕你。不说了。"

大眼皮说："我告诉你们，今天早上你们二队有意怠工这件事，场部要追查，要从严处理。"

陆高说："这你就得找队长了，首先是队长领导不力，其次是队长谎报军情。"

大眼皮："你把嘴闭上！"

陆高："闭上就闭上呗。"

大眼皮说："好！好！好你们二队——等着瞧！胡强！"

"我在。"

"胡强你听好，今天上午二队不用下地干活了，全体坐下来开路线分析会，不找出思想根源不散会。"

"二队全体开会，不从灵魂深处挖出剥削阶级的思想根源绝不散会。"

半拉瓢说："场长，午饭照开吧？"

大眼皮想了一下，说："早饭不是还没开吗？"

半拉瓢说："我看这架势，还以为你老人家不让我们吃早饭了呢。"

大眼皮说："开饭。开过饭马上开会。"

二小子说："我早饿得前心贴后心了。"

半拉瓢说："大眼皮要是再不走，我实在憋不住笑了。得，这回大家泡它两天会，好好歇歇，这些天真他妈的累死了。"

姚亮说："胡强这个杂种，就得像这样整他，今天他可尿裤子啦。屁啦。"

陆高说："像胡强这种人，你非骑他脖颈拉屎他才老实。"

小个子说："就是。你不操他妈，他不管你叫爹。"

黑枣从始至终没开口，这时说："赵老屁太他奶奶的了，这种人也不能再给他面子。"

大耳朵说："我好几回看到他用别人的香皂洗他的臭袜子跑马裤衩，我就装没看见。"

二小子说："我就堵住过他用我香皂，操他奶奶我自己都舍不得用，他用香皂洗袜子，我当面不敢说啥，背后都气哭了。"

姚亮说："他跤到底咋样？"

陆高说："你跟他会会嘛，别怕，有我们呢。就说跟他学几招，说请教请教。"

姚亮说："我心里没底。我平时都是胡乱摔着玩，真格的一招也不会。听说他正儿八经地拜师学跤，另外他又会武术，武术加跤太凶了。"

黑枣说："唬人。我今晚就跟他会会。"

大个子说："你要是不会还是别胡来，摔跤这行当玩不好要出事，折胳膊断腿常事儿。"

黑枣说:"没事。我玩单杠这么多年,手上劲不错,另外我身子轻,抓住他,他轻易放不倒我,我心里有数。"

陆高说:"只要别让他砸你身上,别的问题不大。要不我先跟他来?"

黑枣说:"要不今晚上咱俩先试试,谁行明晚找他叫号。别让他知道啦。"

陆高说:"知道了也没关系。他要在这站脚,谁叫号他都不能不应。"

姚亮附耳对陆高说:"注意点抽巴,他平时跟赵老屁关系不错。"

陆高同样低声说:"我就是说给他听的,叫他给赵老屁传个口信。明人不做暗事。"

姚亮说:"你行吗?"

陆高相当自信地笑笑。

吃过了早饭,大家懒懒洋洋地回到宿舍,先是二小子、小个子和半拉瓢,接着姚亮和陆高也回来了。小个子说:"这苞米面糊听说是御膳,是皇上吃的,叫玉米羹。"

二小子说:"大耳朵,你咋办?这一装病不要紧,皇上吃的玉米羹你就吃不上了。是不是我到北面韭菜坨子小卖部跑一趟,给你买一斤糖和面烧饼?"

大耳朵从被窝里钻出脑袋:"你真他妈是个二小子,韭菜坨子来回二八一十六里,哥们儿饿也饿死了。你脑袋就这么不开窍?"

陆高笑了。"你去找老红,让他安排厨房给做病号饭,给擀面条煮鸡蛋。"

半拉瓢说："望天花板等着掉馅饼吧。大眼皮不把大耳朵弄到总场保卫科算便宜他了，还想吃病号饭？想得倒美！"

姚亮说："要装病就得装得像点样子，大装起来，休他一个礼拜，天天要病号饭吃。我跟老红说得上话，我去找他。"

抽巴从外面进来，马上接住姚亮的话。"找谁？"

"管理员老红。"

"哎，我刚跟他走个碰头。"抽巴一脚门里一脚门外大喊："管理员！管理员！"

陆高说："姚亮，你出去，跟他单独说。"

姚亮出去了，迎住老红，把他拉到一边。

抽巴说："找管理员干吗？"

二小子说："叫他给大耳朵做病号饭。"

抽巴说："你真病啦？"

大耳朵说："病还有什么真的假的？"

抽巴说："我寻思你装的呢。"

姚亮回来了，说："没问题，半个钟头，大耳朵你这下干着啦。"

大耳朵说："有鸡蛋没？"

姚亮说："一个鸡蛋。"

小个子说："比没有强多了。"

大耳朵说："半拉瓢，怎么样？"

半拉瓢说："算你小子有福。"

大耳朵说："哥们儿天生福相，跟刘备一样的命，刘备就是大耳朵，别看没能耐，可有关羽张飞帮忙。"

二小子说："还有诸葛亮呢。诸葛亮那么大本事，也不过就当个狗屁军师。"

陆高说:"我困了,睡觉。"说着脱鞋上炕,拉过枕头躺下了,很快响起鼾声。

姚亮说:"前几天杀猪的时候谁在场?"

二小子说:"没一个知青。我是后来听二狗告诉我的。二狗说小秀听老红和大眼皮和大师傅三个小声商量,小秀平时不爱说话,他们也没太防备她。"

姚亮说:"小秀听见什么了?"

二小子说:"二狗也没细说。"

姚亮说:"我去找小秀问问。"

大耳朵说:"不行。厨房就那么几个人,你找小秀,事情闹出去不是把小秀卖出去啦?要找她也得偷偷摸摸的,晚上可以。"

半拉瓢说:"得啦得啦,来人啦。"

胡强和其他一些人都挤进了屋子。大个子说:"胡队长,怎么那屋的和女的都没来?"

胡强说:"大眼皮说他们下地,光你们这些人开会就得啦。"

半拉瓢说:"胡队长不去,他们能好好干活吗?胡队长,队里没有你可不行。"

胡强说:"我让一队长替我安排一下,说实在的,他真拨拉不开咱们二队。"

二小子说:"那可不,没你绝对不行。"

胡强说:"看看还缺谁?"

大小子说:"老狼和长脖昨晚没回来。"

胡强说:"他们跟我请假了。"

大小子说:"那就不缺啦。"

胡强说:"大眼皮今早上的安排……"

姚亮说:"你是不是严肃点?你一口一个大眼皮,像话吗?你是不是对革命领导干部有意见?大眼皮是你随便叫的吗?"

大耳朵说:"我看这件事是不是得向场长郑重其事地反映一下?"

小个子说:"胡队长,你背后骂皇上,没好结果啊,场长知道了要咒你不得好死。"

胡强说:"好了好了我检讨,我以后注意就是了,下面开会了……谁打呼噜?"

姚亮说:"陆高。叫醒吗?"

"不用啦。早上场长安排的,大家都听到了,现在大家就这几个问题发表自己的看法,特别注意要提到路线斗争的高度来认识。"

二小子说:"大耳朵拉稀这件事,场长说要查出根源,我认为根源就是三天前吃了豆猪肉,我认为厨房里面有阶级斗争,是阶级敌人有意捣乱破坏,阻挠我们广大革命知青下乡接受贫下中农再教育,我建议对食堂全部工作人员重新政治审查,不然隐藏在食堂内部的阶级敌人会更加猖狂,今天让大家吃豆猪肉,明天就会往菜锅里下毒药。"

黑枣说:"二小子,少扯鸡巴蛋。"

大耳朵说:"我认为二小子说得有道理。国家严格禁止吃豆猪肉,为什么咱们农场发现了豆猪不立刻深埋或者烧毁?我认为这里面有阶级斗争,今天我一个人受害,明天也许有更多的人……"

老红端着大碗走进来:"病号饭来啦!"

大耳朵说:"来了正好,我饿得不行了,肚子都拉空了,稀瘪溜薄。"

老红说:"这一大碗够不够?"

大耳朵说:"足够足够。谢谢你管理员。"

老红说:"没说的。吃药没?我一会到韭菜坨子请赤脚医生给你看看。叫他带点药来。"

大耳朵说:"谢了谢了。"

老红说:"没说的。你们开会吧。"

老红出去以后,大耳朵先把鸡蛋咬到嘴里然后咕噜着问胡强:"胡队长,我刚才说到哪儿啦?"

半拉瓢说:"鸡蛋也堵不住你嘴?场长不是说要派人去找大耳朵的稀屎吗?找到了吗?"

胡强说:"我还没腾出时间。等上下午的会都结束了,你和我一起去找。"

半拉瓢说:"给工分吗?"

胡强说:"怎么不给?我说了算。"

小个子说:"今天开会呢?"

胡强说:"这要请示场长了。"

二小子说:"不能好事都让你们占去了,我也要去找稀屎,敢情这工分好挣!"

胡强说:"羡慕可以眼气不得,我派你你去,我不派你你就挣不上这么好挣的工分。"

二小子说:"好你个独眼龙,我二小子记你一辈子。"

胡强说:"你骂谁?你个小狗崽子!"

二小子说:"狗崽子是独眼龙八辈祖宗。"

胡强说:"好哇,我叫你这辈子回不了锦州!你敢骂贫下中农!你这个地主阶级的孝子贤孙!你就在这儿等死吧!"

姚亮说:"你是队长,你破口大骂扰乱路线分析会怎么说?"

胡强说:"他骂我你没听见?!"

姚亮说："他什么时候骂你了？"

二小子说："谁骂你了？谁操你家八辈祖宗啦？谁往你家坟头上拉屎啦？"

胡强说："你听听你们听听！"

姚亮说："就听你连吵带嚷，一口一个狗崽子，狗崽子怎么啦？这屋里十四个人有九个狗崽子，你有能耐把我们九个都毙啦！"

赵老屁说："你也太狂了吧？地主出身还有理啦？"

陆高腾地坐起来："我也地主出身，有理就是有理，你说你想怎么样？"

抽巴说："大家何苦呢？"

赵老屁说："姓陆的，咱们开完会见。"

陆高说："行啊。到时候你打个招呼。"

胡强说："下面接着开会。"

半拉瓢跳到地上，举起右手用食指按住太阳穴朝上一挑："我说！"紧接着咬住牙，用力放了一个响屁。"糟糕，我肚子也坏啦，准是吃豆猪肉吃的，胡队长，请告诉管理员，晚上病号饭带我一份！"

小个子说："我揭发呀，半拉瓢是个屁篓子，中学上他天天独吃饼，撑出屁来赖别人。"

小个子一本正经，把大家都逗笑了。

半拉瓢说："小个子，是不是看哥们儿吃病号饭你眼气了？"

胡强说："谁批准你吃病号饭了？"

小个子说："就是。臭不要鼻子！"

半拉瓢说："谁规定的吃病号饭还得请示批准？大耳朵请示谁啦？"

胡强说："场长规定的，吃病号饭一定要场长亲自批。食堂既然给他做了，就说明场长批准了。"

半拉瓢说:"是嘛大耳朵?"

大耳朵说:"那当然。"

胡强说:"下面接着开会。"

黑枣说:"我提一个阶级斗争新动向,刚才好几个人反映,说他们的香皂越来越小,肯定有阶级敌人在暗中捣乱破坏。"

胡强说:"跟谁反映的?我怎么没听说?"

黑枣呀:"跟我呀。"

胡强说:"你算干什么吃的?"

黑枣说:"你听好独眼龙,我干什么——我专门操你媳妇。听好了没有?"

二小子说:"胡队长你忘了,黑枣是团小组长,团员和青年向他反映情况不对吗?"

赵老屁说:"这么说是你反映的了?我用你香皂不是你同意了吗?"

二小子说:"是啊是啊。啊不是,不是我反映的。是我同意了。我什么也没说,不信你问黑枣?"

黑枣说:"你听清楚了没有独眼龙?要不要我告诉你你媳妇大腿里子有个疤瘌?你说我是干什么吃的?"

胡强说:"就算我没说还不行吗?"

黑枣说:"行。就算我没操。"

赵老屁说:"我看差不多得啦,杀人不过头点地,还想怎的?"

黑枣说:"不想怎的。半拉瓢,怎么好半天没听到你放屁了?来个带响的。"

"好嘞!"说完就又是一个响屁。

胡强说:"下面接着开会。"

陆高说:"我看呐,根源就在于咱们农场出身好的太少,阶级成分不纯。你们想,出身好的都留锦州当工人当干部了,剩下我们这些狗崽子撵到农村来,还这么多人凑到一起,不反动才怪呢。我光知道咱们这些知青大半出身不好,还不知道谁出身好,我提议大家自己报一下家庭出身,让大家做到心中有数,行不?"

赵老屁说:"老子雇农。我爷爷没饭吃没地种到锦州城里捡破烂,我爸铁匠,到现在家里屌毛没有。铁杆红五类。"

姚亮说:"这么说就不合适了,解放二十二年了,你这是诉谁的苦哇?"

大小子说:"二十一年。"

姚亮说:"二十二年行不?东北四八年就解放了。我是小地主出身,我太爷他们一大家子看要土改,就急急忙忙把家分了,以为分了每户地不多,定个中农什么的,结果上面说要从严掌握,我太爷分了五十多亩也定了个地主分子,一大家人定了二十多个分子,还不如不分了。不分最多定个地主子弟。"

胡强说:"你爷呢?"

姚亮说:"我爷当时在县城税务局里当文书,刚土改就死了,比我太爷死得还早。我太爷比我爷晚死三年。"

陆高说:"死有余辜。"

姚亮说:"谁说不是呢。我妈也没见过我爷,我妈说她的孩子还得跟着吃挂落。我妈说她这辈子算倒了血霉了,公公婆婆是地主子弟——丈夫是地主子弟——"

胡强说:"还是臭老九。臭知识分子。"

姚亮说:"儿子还是地主子弟——看来这子子孙孙是没有穷尽了。将来要是有了孙子,孙子还不得是地主出身?"

半拉瓢说:"我小资本家。"

二狗说:"资本家还有大有小?"

半拉瓢说:"那当然了。我爸开了个小锁厂,解放以后公私合营了,我爸是副厂长,原来户口本上写出身小业主,文革一审查说是漏划资本家,我爸也上吊了。"

抽巴说:"我家贫农。"

小个子说:"我家市贫,我爸我爷都是自由职业者,打零工,倒腾买卖什么都干。"

赵老屁说:"市贫成分最复杂,有不少是农村里的地主逃避土改钻进城里的。"

小个子说:"我爸说他一辈子穷命,谁知道他是不是个逃避土改的地主?"

陆高说:"我小地主。小时候我胖,加上出身小地主,托儿所里阿姨和小朋友也都管我叫小地主。"

黑枣说:"我没爹,没成分。"

胡强说:"怎么没成分?你户口上写的是市贫。"

黑枣说:"那是我妈的成分。谁知道我爹是干什么的?还兴许是个当官的呢。"

二狗说:"我家大伙都知道了……"

胡强说:"大耳朵,你呢?"

大耳朵说:"非常对不起,大资本家。"

抽巴说:"哎呀!你小子不简单呐,真没看出来!"

大耳朵说:"不好意思不好意思。"

大小子说:"我富农。"

赵老屁说:"看看,都是些什么乌龟王八蛋!"

陆高说:"就是。咱们农场这么多牛鬼蛇神兴风作浪,还有个好?"

胡强说:"今天上午的会很有成效,下午上班时间接着开。半拉瓢,咱俩到南边草甸子上找大耳朵的稀屎去,记三分工。"

半拉瓢脆快地应道:

"是。三分是不是少了点?"

陆高像个巫师一样预言了结果。

比较有趣的是大耳朵真的开始闹肚子,二小子认定是那只倒霉的鸡蛋的功能。因为在午饭前大耳朵提着裤子从厕所出来时,正巧碰上了大眼皮,所以胡强郑重其事地汇报说"让狗吃了,我敢保证"已经没有任何实际意义了。

姚亮极认真地跟二小子争辩,说即使是那只鸡蛋可能坏事也绝不会这么快,从大耳朵吞啮掉它到跑厕所拉稀总共是四小时以内的事,姚亮说大耳朵就是长了条像鸡那样的直肠子也不可能把鸡蛋面条变成稀屎。

大耳朵气得大叫,说别再拿他寻开心了。

下午开会的时间大家都到了,胡强传达了大眼皮的指示,大意是讨论一下二队在两天后主干渠放水时的工作安排。这好像没什么可讨论的,结论只有一个,一切服从组织安排,老老实实接受贫下中农再教育。

二狗出去解手时顺便探听到大眼皮随一队下地了,于是大家一致要求提前散会,胡强也看出到了这一步他再坚持会也开不下去了,不如顺水推舟,讨大家一个高兴。在结束路线分析会之前,他郑重宣布大眼皮场长的又一个指令:二队开会人员以出勤记一整天工分。

这个下午阳光灿烂,五月是一年里最温柔的季节。这个下午又是五月里难得的无风无云的天气。于是那些天生有着艺术家禀赋的人借着五月里美妙绝伦的下午派生出许多想象力。

以二狗的提议为纲的一伙里有姚亮、二小子，有我、小个子和抽巴，他们去海。海在向南十里以外，平时只有午夜才听得见涛声。

老狼长脖回来以后成立了另一伙，参加者有赵老屁和卧床吃病号饭的大耳朵。玩牌。

黑枣拉陆高到育苗温室后面试跤。

半拉瓢和大小子他们向北，到韭菜坨子村里去窜老乡家，不知道是干什么勾当。

所以我只能叙述去海的一群，眼见为实。而且要不是因为海，我相信许多人都不会到农场来，他们可以安静地在生产队里度过命定的若干时间长度的农村生活，然后回锦州去当个工人当个职员，娶老婆生孩子打发掉余生。

据说都是因为海，海把他们勾来了。

他们先是沿着农场边上那道海沟走，正在退潮的海水引出了许多猜测。小个子一口咬定这水是淡的，要和姚亮打赌，姚亮当然绝不肯示弱，而二狗是唯恐天下不热闹的角色，积极出谋划策为赌局做中人。二狗提出一个双方都能接受的方案：输家不论回来是什么时间，都要跑韭菜坨小卖部买一斤糖和点心犒劳赢家。裁判规则里规定了双方必须服从判决，并且要求姚亮和小个子每人掏出一元钱交给中人。

海沟像小河一样凹下地表，两岸高出沟底大约两米多，沟西是他们农场的领地，沟东是一个部队经营的养马场。隔了一道三四十米的细水，两边完全是两个不同的世界。

这边是一望十里的盐白色碱滩，只有少许矮棵多肉质的耐盐碱植物。另一边却水草丰盈繁茂，而且沟边就有粗大的柳树。

二小子抱怨说上帝不公平，说大概只有上帝才造得出这么大的差别，一水之差。一衣带水划开天壤之别。二小子又催促二狗下沟，说他捞不到油水连积极性都没了。二狗其实是在找合适的地段。这里一段沟底泥泞，长满翠绿的新三棱草，只有中间浅窄的一条水流，如果下去势必蹚过一片三棱草丛。而且这里水太浅了，二狗说再往前走一段，到水深一点的地方再说。五月上旬水还凉，只是空气已经被春阳晒暖。右手方向的西边地里有灰百灵在歌唱。渐渐地向前，他们听到了刚从冬眠中苏醒不久的大面积的蛙鸣。

我以后要拿出专门一章来写蛙，因此在这里我把有关这种小动物的故事放下。是姚亮不那么明智，本来从一看到宏观的蛙阵时我已经认定姚亮输了。我不信这么多淡水蛙类会聚到咸涩的海水区域来。二狗从这一段下水，他努力不使鞋子沾湿，他撩起一捧流水送到嘴边，小个子和姚亮屏住呼吸等待他做出判决。

二狗居然没有表示。第二次撩水，第二次伸出舌头，第二次也没有表示。小个子急了，先跳下陡坎奔到水边，接着是姚亮。

他们三个在下面低声说了些什么，然后一齐爬上沟坎回到我们中间。我故意不问，作出不关心状，我知道二小子总要问，他们三个总要说。这次我错了。直到深夜回农场，五个人居然谁都没提过这件事。

一路不时有野兔子、田鼠和绕尾巴兔子蹿起，很快又窜出视野，消失在起伏不平的丘洼地带。二狗不时惊呼，说要是陆高在这就好啦，小个子和二小子这才知道陆高有枪，而且是双筒德国造。姚亮也是这才记起陆高到农场以后从没把枪拿出来过。可是为什么呢？抽巴不说话。他们竟没料到，看上去平展无垠的盐碱滩上其实沟壑纵横，一道完全无来由的东西走向的小海沟在前面汇入刚才他们一路走过来的那道已经变得宽阔的海沟。而且这横亘在面前的小沟虽然水不多，淤面却相当宽，总有五十多米吧。没有别的办法，只有脱鞋蹚过去。

这里出现了第一次有关海的奇观，整个淤泥滩上斑斑驳驳地爬动着无法计数的小蟹，随着他们走近它们迅速隐入泥里，只在光滑的泥地上留下一分硬币大小的孔洞。而随着他们的远去，它们重新出现在那一长溜脚印周围，它们虽然机警但是动作不紧不慢，显出真正意义的从容不迫。

二狗说回去时搞点小蟹，说这种东西当地叫驴粪球子，到了晚上用马灯一照它们就都来了，你只要带个水桶去，只管往里捡，一会儿就是满满一桶。姚亮问二狗是听谁说的，二狗说他早吃过不止一次。小个子问好吃吗？二狗说吃头一次还行，不过得有思想准备要拉肚子。二狗说谁要是想吃病号饭，只管先吃几个水煮驴粪球子保证没错，保证不用一夜就可以在厕所外面布上八泡稀屎阵。

再向前没有多远就可以看见海了。这时回头向北，本来该兀立在地平线上的农场的那三排房子完全不知去向。

姚亮低声嘟囔了一句，说地球真是圆的。

抽巴说："赵老屁和陆高没事吧？"

二小子说："人脑袋打出狗脑袋才好呐，关我们什么事？"

姚亮说："咱们是不是上船去看看？"

小个子说："水太深吧。"

姚亮说："没多深，你没看有人站在船边水里？刚没他膝盖。你们还谁去？"

抽巴说："我担心他们打起来。我想先回去。陆高也不是个肯让人的家伙。"

二小子说:"你纯粹是吃饱撑的。"

小个子说:"太晃眼了,我怎么什么也看不清楚?"

姚亮说:"往西走走就好了,这个位置看船正好晃眼。你往东看,一点事没有。"

二小子说:"这里海滩这么埋汰,怪不得没人到这来游泳。都是烂泥。"

抽巴说:"我去过北戴河,北戴河全是白色的细沙滩,光脚踩上去贼舒服,哪像这儿?"

小个子说:"姚亮,你跟陆高不错,陆高是不是跟大魔怔不错?"

姚亮说:"没有的事。我说你们几个还谁上船?"

"二小子你上不?你上我就上。"

"要上大家都上。就咱们五个,干吗还要分两帮?"

"抽巴不是要回去吗?"

"陆高要是跟大魔怔没啥,我小个子可就要往上冲啦。我一看大魔怔那两个大奶子心里就发慌,她肯定不戴奶罩,要不不可能一走路就乱颤。妈的真馋人。"

"我说小个子,你也没看你这个头?大魔怔比你高半头,大魔怔真就配陆高还差不离。"

"陆高是君子,我也看出陆高对她没什么意思,她一厢情愿。这种事上不能尽拿君子风度,我小个子是小人,我就喜欢大魔怔那样的大块儿。个高个矮中间找齐,没问题。"

几个人把裤子脱掉放在干滩上,姚亮率先下水,几乎同时大喊一声:"好凉啊!"

海水沉着地涌动着,阳光随着起伏闪烁,东南远处有许多鸥鸟在海天之间上下翻飞,再远处还有小船,也许是大船因为看不真切,太远了。海天几近一色，海似乎颜色更深些，海平线是一道微茫的细线，海和天只是在远离了海平线的地方才显出了绿和蓝的差别。姚亮后来为了这片海这片晴和的天空作了一首诗。

辉煌的斜阳染亮了西南方向宽宽的一道海水，从海平线开始直到他们脚下，而且这么闪亮的海水居然这么沁凉，简直不可思议。姚亮后来不止一次地回顾当时的印象，说他因此觉到了某种启示，说那是一次全新的感受，说他获得以后才认识到其价值的特殊经验。他那时还不能确定，自己已经相信了的到底是个什么怪物。虽然在那以前他早就知道了上帝或造物主一类的字眼，但他还不能在那个时刻把这类字眼同那次特殊经验联想到一起。

当时那一刻里的感受马上被已经临近的渔船冲开了，他只是后来凭记忆还原了当时所得到的精义。这是一条只能徘徊在近海的小木划子，船老大和他年轻的帮手经常担着鱼挑从农场边上经过。他们彼此都看着眼熟。

二狗先喊了一声："金老大。"

金老大点头算是答应过了。我看出了他有几分紧张，后来才知道他几次被一些知青抢了鱼和渔具，虽然渔具还给他了，但作为交换条件，他每隔半个月就要给他们送一次鱼。

姚亮说："哪个分场的？"

金老大说："青林分场。你们是韭坨分场的吧？过了沟是养马场，再向东就是青林，青林那帮大爷们不好惹，远近都知道他们。"

抽巴问："你家在哪儿？"

二狗说："就是咱们北面韭坨村里的，过了主干渠不远，第一家是吧？在村子最南头。"

金老大说："就是，小老弟怎么知道的？"

二狗说:"我什么不知道?你老婆养了两头小猪子,二十多个芦花鸡,这是你的哑巴儿子,对不?"

二狗把金老大说懵了,只一个劲点头。

二狗说:"你和村里人没亲戚,你是六二年外来户对不?村里开始不留你,你没办法只好到南头自己盖了现在那幢泥巴房对不?你现在户口也落不下,你没地,只好弄个小划子到海里挂网插兜子弄鱼卖,你分不到口粮只好买黑市高价粮对不?不过你弄鱼弄了不少钱,用钱在村里交下一些朋友,现在村里人挺给你面子对不?告诉你,韭坨的事情没我不知道的。"

二小子说:"你真神,二狗,你怎么知道这些事?"

小个子说:"怎么知道的?二狗,你小子撅屁股拉几个粪蛋我都知道,要不要给你抖搂出来?"

二狗说:"哥儿俩不错,干啥呀?要埋汰你兄弟呀?我知道这点事不都在你心里嘛。"

金老大说:"你们哥儿几个今天来了,算跟我有缘分,就都别走,我马上弄点冷水梭鱼大伙尝尝。春梭夏鲈,白眼割谷,正是吃梭鱼的时候。哥儿几个一定给我个面子。"

金老大说着离了船,在不远处海面上拢起兜子网。好家伙,一个比人头大点的网兜里竟有两条一肘长的白肚梭鱼,鱼儿在阳光下挺了几下马上硬了。金老大连着起了三网,五条刚出水的大梭鱼把五个好汉看得眼珠子发直。

哑巴儿子抽开舱板拿出煤油炉,手脚利落地点燃了又把一个烧得焦黑的小铁桶坐上,从另一个有塞的木酒桶里倒了一些水在铁桶里。金老大收拾鱼的功夫更叫他们惊诧。他先用一个铁皮箍套在拇指上像个铁指甲,就用这铁指甲几下就刮净了鱼鳞,然后用食指插入鱼鳃用力一拉,肠子鱼鳔什么的马上随着拉开的鱼肚皮流下海水,他拽出几片软鳃,把鱼在海水里涮几下扔进小铁桶。收拾五条大鱼总共用不到十分钟就完了。他说鱼头最香,梭鱼头,鲇鱼尾,篦笆腰,塔麻嘴。马上开锅泛出白气了。

我估了一下,这五条鱼少说也有三斤多。当时市价一元二,叫金老大破财了。

那顿鱼印象太深了,我至死不渝地认定梭鱼是海里的第一美味。其实金老大的方法连烹饪二字也说不上,他只是把鱼煮沸以后从炉子上拿下来,倒了一点酱汤在里面。他有几双筷子和一个大饭勺,我们五条饿狼连客气一下都忘了,一人夹起一条鱼连吞带嚼,酱汤从那一刻起成了我心里最理想的调味佳品。小个子最先解决战斗,得以最先操大勺喝鱼汤,小个子在许多事上都显出了高人一头的聪明。

那以后许多年里我走了许许多多地方,该说是遍尝天下美味;姚亮说那次他印象最深的是被阳光照沸了的海水,他实在太高雅太哲学太精神了;我是个俗人,我只记住了那顿梭鱼酱汤,记住了咀嚼鱼头时的奇香,我一直认为那是我有生以来最深刻的一顿美味,比这以后我吃过的刺参鲍鱼鲨鱼翅牡蛎龙虾蛇羹大闸蟹飞龙熊掌的总和还要深刻二十七倍。俗人只记口腹之乐。

金老大提醒我们早点动身赶路,说天黑就要涨潮,他委婉地下了逐客令。这些知青大爷真是惹也惹不起,躲也躲不开,只好硬着头皮出点血破点财。破财消灾自古就是农民信奉的哲学。我为我们自己的形象感到悲哀。

舒舒服服坐在小船上荡漾,喝着美味的梭鱼酱汤,也被渤海湾里五月的太阳亲切地沐浴着,我那时并不知道这是仅有的一次,是以后再也找不到了的高级奢侈,我得说我那时根本不懂那就是所谓的幸福,绝对意义的幸福。而且那时候我——我们——是多么纯洁和天真，还完完全全没被后来的生活所玷污。

我们走了，蹚着海水，带着一点点不清晰的遗憾。二狗说这几条鱼对金老大来说，不过九牛一毛，说金老大早就有一巴掌了。

二小子问："五千?!"

二狗说："留着你五千吧。五万是少说，金老大最怕别人知道他有钱，所以到处哭穷，有人给他算过，他一个集就卖了三百多元，他到这里八年了，你们想想。"

抽巴说："我说还是早点回去吧。我心里总觉着今天要出点事。"

二狗说："驴粪球子螃蟹也不弄了？"

小个子说："要弄以后有的是时间，我挺想知道陆高和黑枣谁行？"

抽巴说："你们真想看热闹哇？那太不够意思了。大家都是一趟车来的，何苦呢？"

小个子说："他要是念一个车来的，也不能这么欺侮人呐！那次他半夜起来，就站到炕里对着窗户往外尿，大小子醒了就说——谁这么损？也不怕烂鸡巴？结果赵老屁一大头鞋砸过去，把大小子眼眶干了个鸟眼青，后来大小子也不敢说，大家都以为真像他说的撞到门框上了。大小子后来偷摸告诉我，说赵老屁当时就警告他说要是叫别人知道了找他算账。他说他当时连眼睛也没睁开，听有人在屋里撒尿就骂了一句，他说要知道是赵老屁也就不骂了。"

姚亮说："这事陆高知道。陆高也没睡。"

抽巴说："老屁有些事的确过分，但是咱们自己动起手会让别人看笑话。要打肯定两败俱伤。老屁在青林分场还有几个师兄弟，都不好惹，老屁手黑，我下乡跟他一个村，南北工屯没有不怕他的。我也听说陆高胆大，胆大也怕不要命的。我说咱们还是劝和不劝打，你们看呢?"

二小子说:"我有些话当着大伙的面说不出口,赵老屁让我给他洗好几回骚裤衩,真他妈的不是人。这次要砸他我第一个上手。"

抽巴说:"伤了谁也不好。弄不好没准要出人命呐。"

姚亮说:"该死该活屌朝上!顾那么多?"

小个子说:"抽巴,你放心吧。黑枣和陆高今天自己玩,要出事也不是今天。"

二狗说:"谁打谁咱都看热闹,离远点,省得甩一身血。咱没能耐,谁都可以骑咱脖颈拉屎,咱不敢吱声。"

小个子说:"姚亮,你看谁行?"

姚亮说:"肯定陆高。"

抽巴说:"那可难说。老屁……"

小个子说:"你扯哪去了?我问姚亮的是黑枣和陆高。"

姚亮说:"陆高。"

陆高和黑枣的摔跤结果保密,只是决定第二天晚上由黑枣和赵老屁叫号。当天天黑以前去海边的五条汉子回到场部。这个晚上姚亮不在屋里,其他人便催促二狗讲了瓶子的死。

姚亮去找出了小秀,详详细细地盘问了关于杀猪的前前后后。小秀像信赖兄长一样把她知道的全部都对姚亮说了。

先是大师傅给猪放了血,也吹圆刮了,膛开了以后看热闹的人都走了,就剩下老红和大师傅两个,小秀离得不远在井沿淘米。大师傅跟老红说发现豆了,老红问还有谁知道,大师傅说没别人,他发现了就用刀背沾血盖住了,老红就说先别声张。后来老红找到大眼皮一起和大师傅商量，说伙食上亏空得那么厉害本来想靠杀这头猪弥补一下，这头猪带皮带骨至少有三百斤，就算本场吃便宜些一斤一元，也可以出三百元堵亏空的大洞。大眼皮想了再三最后嘱咐千万不能透出风去。就这么多。小秀本不想讲出去，她知道讲了后果不堪设想。但她特别怕二狗也吃了豆猪肉，她含含糊糊叫二狗千万别吃肉，又让二狗告诉陆高姚亮也别吃，结果二狗不听，说好不容易杀回猪非吃不可，小秀无奈对他讲了实情。

二狗全不知道这事泄露出去的严重性，他也忘了小秀嘱他告诉陆高姚亮。他玩了一点小聪明，在开饭时他像大家一样打了一份大肉，他对小秀挤挤眼，然后一口没吃只是上下翻来翻去，他突然大叫起来："伙计们，别吃！这肉里怎么都是大米粒子？"

他这一喊全农场都炸了，有的人已经吃了不少，这时只有干呕的份了。二狗千不该万不该就是不该把这事告诉二小子，而二小子知道以后根本没想到要保密又在宿舍里讲了。

当然在很长一段时间里这件事每个知青都知道，而每个社员都不知道。这件事的后遗症很久以后才显露出来。姚亮觉得自己有责任，其实责任在二狗，二狗最终坏了事，尽管他完全是无意的，同时他又那么深地爱着小秀。

姚亮针对这件事把大眼皮他们狠狠教训了一顿，那是后话。姚亮回到房间以前，透过窗子看大家围着二狗听他讲瓶子，姚亮因此驻了脚，站在窗下听二狗讲完。

在过去的几个月里，姚亮拼命地忘掉她，他甚至也多少做到了。当然他知道他不会很快爱上什么人，但瓶子事实上离他很远了，他经常性地有意识与人吵架以至作对，他也不知道他为什么这样。我认为他需要刺激，如果少了刺激他就会无聊，觉得无事可做便不可避免地陷入冥想，他心底里一定是这样。惧怕平静。特别使他感动的是大家。平时没有人当着他的面提到瓶子，他也知道许多人都认识她，知道她和他的事。这时二狗一扫平时的油腔滑调，在听的大小子二小子小个子半拉瓢黑枣抽巴等等许多人也都神情整肃。所有这些家伙平日里绝对没有上帝，二小子就说过："即使毛主席本人来了，我也保证不了半小时不开玩笑。"

那天晚上发生的另一件事有些滑稽，半拉瓢讲的，本来大小子拉他到韭坨去买蛤蟆癞青烟，到了村里大小子突然变了主意，叫半拉瓢一个人去找种烟的几户人家。半拉瓢走东家串西家，总算以比较便宜的价钱买了半斤，他想找到大小子一起回去，他当然找不到大小子，但他打听到大小子是在张寡妇家里，村里人说那个叫大小子的常来常往。半拉瓢一个人回来以后睡了一阵起身吃晚饭，吃过晚饭他看大小子还没回来就第二次踱到韭坨，当时天刚黑，他直接奔张寡妇在村西头的房子。走到近处时刚巧看到大小子推门探出头张望，然后一个人出来，轻轻关上门。大小子走出院门的当时才看到半拉瓢，半拉瓢说他脸都不是色了。他先说："你还没回去呐？"半拉瓢不置可否地应了一声。大小子说："我到这家问问有烟没？这家不种烟。"这时张寡妇的六岁儿子推门跑出来，跑出院门抓住大小子的裤腿，说："我妈让我给你送袜子，她说你忘穿袜子了。"

大小子叫大家笑得脸上挂不住了，说："半拉瓢小子真能编。张寡妇给人家缝缝洗洗谁不知道？我袜子坏了，叫她补补，给她一角钱，可让半拉瓢抓住话柄了。"

半拉瓢说："得啦得啦。我编你啥了？会说不如会听的。我不就说张寡妇小儿子给你送袜子吗？你心惊啥？你再说说，今晚上你在哪吃的饭？你能说出来我输你一块钱！"

大小子说:"我没吃。没吃饭还犯法啊?"

半拉瓢说:"你小子饭量最大,哪顿少不了八两,每天不到开饭时间就你先喊饿,你没吃饭谁信?糊弄鬼吧。今晚上怎么没见你饿?饿了吱声,我箱子里还有两块糖和面。"

见半拉瓢这么一说,另外几个小子马上喊着"快拿出来!"扑向半拉瓢。半拉瓢眼疾手快地把箱子钥匙扔到大小子怀里。姚亮这时才推门进来。

这天晚上四个打牌的在马厩里不大愉快,据大耳朵说是长脖搞鬼,可长脖说赵老屁输红眼睛了。赵老屁和大耳朵一帮,是临时凑的,自然不是对手。好在输赢不大,到赵老屁发火时他和大耳朵两个人也不过输掉六块钱。赵老屁痛骂长脖,老狼从头到尾不置一词,还是长脖胆怯,怎么挨骂也都忍了,只再二再三地解释,直到把三块钱还到赵老屁手里了,才由大耳朵劝着把赵老屁拉回宿舍。他们回去时大家都睡了,他们也都没再出声。后半夜没故事。

天亮以后一切正常,起床上早工、早饭、上午工、午饭、下午工。晚饭时黑枣在食堂当着全体男女的面跟赵老屁说:"吃完饭想跟你玩玩跤,学几招,怕你不给面子。"

这时恰好长脖站在黑枣旁边,长脖听黑枣说话时眼盯盯地看着赵老屁的脸。我估计这是促使赵老屁爽快答应下来的关键一环。平时饭后也有人在房前干滩上摔着玩,但那是另外一回事。赵老屁会跤早就名声在外,可是除了原来跟他同村的抽巴以外别人都是听说。耳听为虚。又何况主动叫号的是平时少话的黑枣,跟五短身材的车轴汉子赵老屁相比,黑枣实在是过分干巴了。大概只有极少几个人知道黑枣虽瘦力量却极好,比如他可以双手勾住上门框连续做七十次引体向上。这是个无法逾越的小纪录,农场半百号小伙子没有第二个人能连续做上三十个。二小子亲眼看到蚊子落到黑枣肚皮上吸血，黑枣突然绷紧腹肌夹住蚊子的吸管，二小子用力吹直到把蚊子吹掉，可是那根芒针一样的吸管却仍然留在黑枣肚皮上。二小子和大耳朵和黑枣加上另外几个女的在一个村里插队，他们也是整个知青集体户连锅端到农场来的。多数人觉得黑枣不自量力，另有少数几个对黑枣是有信心的。

除了社员，全部男的都来看热闹，也有些比较放得开的女孩子也来了。

结果可以想象，没有任何戏剧色彩。总归黑枣一直被动，赵老屁进招，每进一招抽巴就在旁边加以说明："这叫手别子。""这叫小开门儿。""这叫大背……可惜。黑枣太灵，别人无论如何躲不过去。""这叫得合乐。"结果只有一次赵老屁进招失利，反被黑枣弄栽了，其余的都是黑枣输。有人在旁边记数了，说是七比一。赵老屁七胜一负。虽然赵老屁赢的次数多，但没有一次真正把黑枣摔狠，也许他是君子风度点到为止，也许的确是黑枣身轻力大不容易被伤。

大家围着低声议论，有趣的是整个舆论完全一面倒偏向黑枣。主要是说黑枣不简单，说平时一点看不出来，真人不露相。这很像某个业余爱好者偶然一局赢了世界冠军庄则栋。虽然这么说有点过分抬举赵老屁了，但是事实如此。黑枣以悬殊比分输了反而成了英雄。

事情还没有完。

赵老屁准备穿衣服了，这时陆高过来同样当着大伙的面对赵老屁说："本来我想接着也跟你玩玩，也学两招，看你太累了，咱们明天吧？怎么样？"

赵老屁兴致正浓，马上说："我没问题——现在来吧。正好我刚活动开，来吧。"

陆高推托，赵老屁执意不肯。陆高无奈只好脱衣服了。这次赵老屁跑出人圈回到宿舍，他抱来了正规跤服，锦州人俗称"褡裢"。

抽巴真有点紧张了，此地无银三百两地走到两人中间："就算了，有什么说不开的？"

陆高笑了："你犯毛病啦？大家玩玩，你说什么说开说不开的？"

赵老屁说："抽巴，你一边去！"

抽巴讨了个没趣只好退到人群外圈。

赵老屁看来信心十足，倒是叫号的陆高看起来情绪不高。褡裢比较便于抓握，是多层厚帆布做的，很结实，又有一条结实的长腰带系在腰上。我敢说，赵老屁从一搭上把就知道全都完了，但既已上阵，也就已经断了退路。

赵老屁采取主动，想走起跤步以后寻找机会，陆高开始还勉勉强强跟了几步，后来索性驻脚，以不变应万变。赵老屁两面扯动然而扯不动一丝一毫，无奈只得试探单踢，陆高仍然不动，看上去相当迟钝。在赵老屁又一次试踢的同时陆高双手猛拉，脚下配合单踢只一下就把猝不及防的赵老屁扫了个单膝着地。周围一片叫好，这是今晚的第一个高潮。

赵老屁脸色不对了，两人撒开手，重新拉开架势。这一次赵老屁不再小心翼翼，一上来就低探身去抢陆高腰带，得手后用大气力拖动陆高走起滑步，趁陆高立足未稳突然偏身，臀部甩过去抵在陆高大腿外侧——大背！这一招可以说有胆有力极其快捷。

据他后来说，那一下足可以把一个势均力敌的对手砸个半死，那是他的一个绝活，而且他又用了全力。他矮而粗壮，重心很低天生是个摔跤的身胚。他急了，所以孤注一掷。

谁也没看清陆高是怎么把右手从赵老屁两股间插进去的，陆高竟一下抱住赵老屁左大腿把他凭空提起来，而且只一次就把他抡圆了。

眼看陆高要把赵老屄抛出去时黑枣大叫一声：

"陆高！"

陆高没有松手，赵老屄只在空中悠了一下就被陆高轻轻放到地上。陆高轻声说："今天你太累了，明天玩吧。"

他不等赵老屄有所表示，先就转身解了腰带扔到地上，又脱下褡裢，说："抽巴，你帮着把褡裢拿进去吧。"

因为两个人都在屋里，大家就都没再谈今晚摔跤的事，而在这以后谈别的又太乏味，所以这天这间屋子里早早就睡了，鼾声与鼾声互不相扰，此起彼伏。那伙人大概是午夜以后来的，这是个多事的夜晚。

先是电光从窗外照进来，因为隔着的不是玻璃而是塑料布，外面往里面什么也看不见。电光先晃醒了几个人，二狗高喊："谁？！"

这一嗓子惹了祸，外面手电熄了，一阵乱棒把窗子捣得稀烂。与此同时，屋里的人都从炕上跳起来，南炕的跳到地上。陆高叫大家不要慌，叫大家摸自己的铁锹："别管他是谁，进来一个砍一个！"

黑枣也说："没关系，咱们在暗处，他们不敢进来。进来有十几把铁锹，怕他啥？"

这时外面说话了："冤有头债有主，我们找赵老屄，没其他朋友的事。你们叫他出来，大家平安无事。"

陆高说："你们哪儿的？也咳嗽一声。"

"明人不做暗事，青林的麻雷子！"

"麻雷子，赵老屄回锦州了，你们还要怎么样？"

"什么时候走的？昨还有人看见他。"

"扯淡，他走一个礼拜啦。他家里有事来电报叫他回去的。"

"你是谁？你敢担保他回去了？"

"敢担保。你不信可以来。明天后天大后天都行。怎么样？"

"我们要进屋里看看！"

"适可而止吧。要看明天来！"

外面那些人低声嘀咕了一阵，突然就没声音了。大约过了半小时，屋子里的人们还处于高度戒备状态。最后还是陆高头一个提着锹开了门走出去。

夜空碧明，许许多多星在闪动。大家拄着铁锹站在夜幕下好久没人说一句话。大家后来逐渐回到屋里重新躺下，还是伟大的二小子打破了沉寂。

"他们明天真来了怎么办？"

陆高说："他们不敢。要是敢，刚才也就打进来啦。再说来啦怕啥，咱们这么多人这么些铁锹扁担……"

二小子说："大耳朵还有长筒洋炮。"

二狗说："陆高还有德国造双筒猎枪。"

抽巴说："刚才可把我吓坏了。"

黑枣说："老屁，你怎么惹麻雷子啦？"

赵老屁说："一句话说不清楚。"

姚亮说："真他妈的！叫人家堵到屋子里窝囊了一顿！赶明我们找到青林分场上砸他们一顿，出出这口恶气！"

抽巴说："不行！你看咱们这里有几个像敢打架的模样？"

姚亮说："你看就你尿裤子啦。"

陆高说："我说咱们得养条狗。有狗看家也不至于叫人家堵到屋子里，咱们一点准备都没有。"

也是在吃晚饭的时候，赵老屁当着大家的面对陆高说："今晚跤就不玩了。兄弟服了。兄弟有眼不识泰山。"说话时他努力抑制着不使冲进眼眶的泪水流下来，咀嚼肌紧绷绷的，他很江湖气地抱了抱拳。

第二章

　　韭坨小卖部是这里的王府井。无论谁想以随便什么方式花钱，首先想到的就是韭菜坨子村里的小卖店。过了十几年以后我仍然可以清晰地回忆起小卖部的格局和铺面。

　　以我现在的记忆，我知道如果不算房产，那个小卖店里所有货物至少要值一千三百元。我得说当时商品种类不多，几类各式瓶装的罐头，主要是红烧猪肉。另有香皂肥皂洗衣粉，牙膏牙刷洗脸盆，糖和面烧饼是唯一的点心种类，有两三种硬糖，有散装白酒，有散装酱油清醋，有小学生用的作业本，信纸信封墨水，钢笔铅笔香烟火柴。还有几种简单农具，铁锹头，铧片，锄和镐什么的，几捆农用稻草绳。那时很少有现在杂货铺里常见的高档果子酒和收音机录音机电子打火机一类的奢侈品。

　　小卖店两间房里面打通，一个长柜台隔开了里外。掌柜的是韭坨会计的老婆，村里的保管员有时也过来帮忙。

　　我之所以不厌其详地讲述这些，是因为虽然远隔八里路，它事实上是我们这个分场的有机部分。而且姚亮的命运曾经跟这个实在不值一提的小店密切相关。

　　小店被盗了。而姚亮是唯一在天黑时去买过东西的人。小店是一幢独自兀立的石头房，旁边没有其他建筑。到了夜里村子漆黑一片，姚亮正是天黑以后找到会计家的。据会计老婆说，他当时嘴很甜地叫她大姐，因为她恰好也姓姚，他叫她是本家姐姐。"不然我才不会黑灯瞎火地跑到小卖店卖给他一瓶红烧肉罐头，对了，还有一斤糖和面，总共不到两块五。我腿儿就那么不值钱？他嘴甜你没辙。"

姚亮说："屌毛！叫她本家姐姐？你们看她那份德行！我管她叫姚姐，她卖×在韭坨属头号，出了名的窑姐。这骚娘们儿真不要脸。看这架势，她还得说我抱她屁股摸她奶子了呢。"

问题是他因此成了怀疑对象。先是保卫股长找他，保卫股长原来是县公安局刑警股副股长，到农场升成正的。姚亮听说大眼皮原来也在县公安局干过，跟股长阁下是警察学校的同窗。这也是大眼皮说话硬气的原因之一。

股长说："你说话嘴巴干净点。姚玉芬可没说你坏话，她特意强调说你不像干那种事的人。不要总是把别人想得太坏。"

姚亮冲口说出："我说你也不像干那种事的，你觉得这是好话吗？我……"

一个耳光把剩下的半截话打回到肚子里，姚亮觉得嘴里发咸，知道是出血了。我知道他咽回去的半截话是——我被你们找来，就是因为她说了好话的缘故，她不说好话你也没权力怀疑我审问我——我肯定在挨了耳光之后姚亮还要加上一句——你也不敢这么随随便便打我耳光！

农村都是石头房土坯房，屋里屋外清一色土地。那个窃贼很有点想象力，竟想到在门槛下面挖洞进屋。碱滩全是细刚砂，好挖得很，有快锹最多五分钟就可以把屋里屋外挖通。

这个精明贼相当从容，行窃之后居然有闲心把挖出来的砂土回填到坑里，并且用锹背拍实。发现以后还可以看得清锹背拍在土上的印痕。因为把表土回填掉了，从稍远处很难发现被盗的痕迹，所以直到上午九点多钟姚玉芬到店里上班时才知道小卖店被盗了。

姚玉芬比较有头脑，她找到村长（村长也是唯一的治安员），村长叫她守着，保护好现场，然后找通信员到上面报警。直到天快黑警察来了，现场没有一丝一毫被破坏，姚玉芬责任心很强地一直守在旁边。

经过查点和姚玉芬、保管员两个人的最终确认，这次失盗的商品不是很多，丢了六箱罐头。主要是钱箱被砸开了，因为是零售杂货，很难入账又不知道确切钱数，这个案子始终未能最后落实。据姚玉芬自己估算，说有二百到三百元之间，姚玉芬最后一次把货款上账是十几天以前。小卖店自己没有账目，统一走村里的账，一般是两个月进一次账。

这个小卖店其实不赚钱，是村里的公积金拨款办起来，为了方便村里人，使大家不必为了很少一点生活必需品跑很远的路。

据姚玉芬的丈夫刘富讲，小卖店现在欠着村里一千多块钱，而被盗之前店里的商品加上现金几乎刚好等于这个数字。

结论是不赔不赚。只是因为被盗，小卖店大约要亏空四百多元的样子。

刘富是会计，说话自然有权威性。

县局委托农场保卫股全权处理，姚亮因此被大李股长提到总场场部好几次。大李原来是县篮球队主力，他看姚亮个子大，就在询问的间歇里拉姚亮在保卫股西院的场部球场打球；姚亮也还乖巧，被提的次数多了以后他和大李多少有了点交情。

"李股长，我这么左一趟右一趟的，来回差不点三十里，又没工分，时间长了我受得了吗？""这好办，叫你们分场长给你记工分就是了。""谁叫？我叫？他是我活爹活祖宗！""要叫当然是我。我是他班长。""警校时候的班长？""军事秘密。不要随便打听。"

大概也是大李的主意，被提审的嫌疑犯姚亮不但挣工分，还可以拿到每天三角钱的午餐补助。这样一来姚亮成了许多知青羡慕的对象了。姚亮简直成了总场保卫股的干事,每天往返二十六里上班下班;工作嘛主要是打篮球。姚亮每天中午把三角钱吃光,在场部小食堂,伙食相当不错,也便宜。这在当时知青中间是极端贵族化的生活了。半斤大米饭一角,两角钱可以吃一盘名副其实的炒菜。

据姚亮后来讲,他之所以有意跟大李股长搞好关系,是想可以有机会把小卖店的失窃案搞清楚。他说他当时心里已经有了一点谱。他认定那六箱玻璃瓶罐头不会被弄到远处。罐头易碎又重,而且目标很大容易暴露。

姚亮说他喜欢看侦探小说,特别爱看苏联的儿童侦探作品。他说不知怎么回事,他特别信儿童破案。他当时早不是儿童了,但他显然以为自己的思维很像某个儿童侦探大师。

姚亮就是这段时间开始跟田洪有来往的。田洪好像跟大眼皮有某种特殊关系,他一个出纳员到了农场马上变成了主管会计,很奇怪。我得说他能力极强,一个小小分场的会计田洪完全可以轻松裕如胜任愉快。我以为他是这里真正的人物。早晚有大作为的是他而不是大李或大眼皮一类角色。

姚亮请教田洪许多账目方面的专门问题,闹得田洪心里一个劲犯嘀咕。这是田洪后来亲口对姚亮说的。他以为姚亮疑心到他了。

后来起了重要作用的是陆二,陆高豢养的一条模样凶狠的大狗。陆二只听陆高一个人的指令,虽然按理说它应该知道姚亮是陆高唯一的好朋友。它不止一次地冷淡姚亮,很彻底地打掉了姚亮想当第二主人的奢念。

姚亮想起陆二时先就想到了陆高可能不同意。陆高从来没对姚亮表示出超过常人的交情或关注,这一点曾经很深地伤过姚亮的心。陆高平时看来只关心那条恶狗陆二,很难想象他会让陆二去干一桩看来完全没意义没希望的蠢事。可陆高偏偏同意了，同时表现出相当高的热情，陆高自己带领陆二为这件事跑了整整一个通宵。累是累得要死，也累得高兴，当然主要是结果让人高兴。

结果大出姚亮最初的预料。

陆二后来的结果叫人心里难过。大概最难过的不是我不是陆高，姚亮一定比我们还要难过的。

姚亮眼看着陆高把它抱回来，眼看着它一天大似一天，它很快就不再是狗崽子了。它是条公狗，到了二八月情欲发动四处找发泄。它从一开始就和农场里养的其他狗不同。那都是些本地癞狗，只会叫，见了人夹住尾巴转身就跑，却仍然声嘶力竭叫个不停，烦死了。陆二恰好相反，不叫，好像不会叫。

当然会叫。它死的那个夜里真是吠叫得印象深刻，不是临死以前。临死以前它来不及叫一声，陆高没给它这个机会。就为这个，姚亮恨过陆高。

姚亮仔细分析过其他的可能性，也就是说陆二不一定非死不可。

很久以来他就认定陆二成了陆高的第二条命。他不管陆高自己怎么想，反正他亲眼看到陆高为陆二做的那些事以后他就认定了。陆二被陆高勒死以前，姚亮已经有了预感。但是那个晚上的初步成功使他太兴奋了，得意忘形，他竟眼看着陆高把绞绳套勒在陆二脖子上，眼看着陆高抱紧陆二的大脑袋贴上他自己的脸，那真是说不出的残酷，像演一出悲剧。陆二的被绞杀深深伤了姚亮的心。

陆高尽管在那个晚上也一样累一样兴奋，但是成事的毕竟是陆二那条灵敏的凉鼻子。没有它，他们再忙几夜仍将一事无成。

敢说谁也想不到那六箱罐头就埋在小卖店门槛下！相当奇怪的是多余的土不知道被弄到什么地方去了。陆二先是疯扒门前的新土，陆高马上明白了,叫姚亮就近找把锹来。当时姚亮有些犹豫,怕这一次真的被诬盗窃。

陆高说:"脚正不怕鞋歪。可你要是拉不出屎来,可不能怪地球没有吸引力。"

姚亮说:"如果这里面早就被掏空了,咱们就完蛋了,人家偷驴咱来拔橛子。我估摸上次就是姓姚的娘们儿平时多占还不上了,才玩了这套监守自盗的花招。她这招真损,光偷钱捎带偷点吃的,让警察一下就分析是知青干的,只有知青才不要那些日用杂品和农具什么的。上次没抓到她,这次可别让她反抓了我们。抓住我们,我们就是跳进黄河也洗不清了。"

陆高说:"你估计门槛下是什么?"

姚亮说:"是新土,陆二好奇吧?"

陆高说:"陆二不好奇。我说就是那几箱罐头。挖的时候要轻,别碰碎了玻璃。"

陆高料事如神。正是六箱罐头。其中三箱红烧猪肉,两箱糖水苹果,还有一箱是上海梅林出品的红烧排骨。

接下来的问题比较复杂,连无所不能的陆高都想不出办法了。就是该把这些罐头怎么处理?比较简单的做法是上交,然后上报农场保卫股。但是姚亮首先不甘心,他无论如何不想把这个案子移交回大李手上。他在接触中太知道大李是个什么货色了。而陆高的聪明在于他不露声色,他绝对不会显出手足无措的样子,他想不好就不开口,不开口反而显得城府挺深的,光这一点就够姚亮学十年八年的了。

姚亮说:"要不就先把它们埋回去,我们再设法找别的线索?"

"不行。偷东西的人也在等机会,他随时可能把赃物转移,那样我们鸡飞蛋打了。我们又不能一直守在这里。"

姚亮说:"要不我们把罐头转移了,藏到别的地方去。"

"不行。那样要是露馅了,我们真就成了贼了,更说不清楚。"

姚亮说:"要不就上交,看来只有这么一条路了。大李知道肯定高兴,也算在他的管区里破了一桩案子。"

如果陆高想不出别的办法,他不能再说不行了。因为天很快就会亮,农民天亮就起身,到那时怕什么都晚了。

还是姚亮突发奇想,他提议把这件事对同屋的兄弟们公开,让大家出主意,如果大家都赞成不交不报,索性就大家乐,吃他娘的。

已经过了午夜,又阴天,路上黑黝黝的。姚亮心里有点发毛,嘴里还专门说些平时想起来也胆虚虚的话题。陆二悄无声息地傍跟着陆高。姚亮先说他又听见了隐雷般的涛声。

陆高说他耳鸣,说他说梦话。

陆高说:"不是梦话。我真的听到了,跟别人说别人也都说听不到。只要过了前半夜,只要我不睡我就听得清清楚楚。"

陆高指着村南的矮房告诉姚亮,说那就是金老大的家。"弄鱼的那个老家伙,总从咱们房子东边路过的,挑担光脚丫子的那个。"

姚亮告诉陆高那次去海的故事,说已经认识金老大了。

这里往南很远才是大堤,主干渠。中间的大片地方都有碱,是韭坨村的坟甸子。金老大的独立小屋已经给远远地甩在后边了。有一些蒿草和盐茜菜,坟地里高低不平。大堤横在前面,像一道屏障,这里还看不到分场的房屋。跟地下比起来天空要稍微亮一点,可以看到云层的浮动游移,朦朦胧胧的。

忽然有什么东西哗啦一声从近处展开,骇出了姚亮一身冷汗,是两只巨大的乌鸦被夜行者惊起来了。忽然陆二又猛窜出去,看不清,只听到哆嗦的声音。

陆高说："大概是兔子。"

姚亮说："我白天从这儿过的时候，看到一只黑黄鼠狼子，慢悠悠地从我前面走过去，隐到一个坟包后面不见了。"

陆高说："不是猫吧？你看花眼了？"

"叫你说的，我连猫和黄鼠狼子还分不出来了？它走得特别慢，离我五六步远，看得真真切切。一点都不含糊。我当时就纳闷儿，怎么黄鼠狼子还有黑的呢？不黄还叫黄鼠狼子吗？"

陆高说："千年黑万年白。你好运气，听说成仙的黄鼠狼一般只露一次相，露给谁谁有大福气。你什么时候看到的？"

"有几天了。对了，好像就是小卖店出事的那天晚上，我走过坟地时天还没黑透。没错就那天。背上这个黑锅是我的福气了？"

陆高说："你信不信鬼神儿？"

"说不好。说不信吧，净碰到这样那样的怪事。说信吧，谁见过鬼什么模样？神什么模样？小时候不信，现在说不好了。"

陆高说："你要是想圆一圆，可以找西北大老鸹庄里的杜瞎子，都说他神，说他读过半部《奇门遁甲》，说他知道前面五百年和后面五百年里的一切事情。"

"我也听说过杜瞎子，说他不怎么行。说有一次——他年轻的时候。他现在挺老了吧？"

陆高说："都说一百零七岁。"

"说他年轻时有一次跟人打赌聚黄鼠狼子，结果他家院里院外房上墙头都是黄鼠狼子，成百成千的，说是把方圆一百里以内的都聚来了，可是他只能请不会送，半仙之体不管用，结果村里闹了七七四十九天时疫，人差不多都死绝了才算了事。说就是死人太多，招来不计其数的大黑老鸹吃死人肉，那个村才得了这么个不吉利的名字。别人死了他倒命大,活下来了。"

陆高说:"你知道得比我还详细。"

"还说天上多少老鸹地上多少黄鼠狼子,老鸹显身,黄鼠狼子隐身,是吗?"

陆高说:"都那么说。我去过大老鸹村,那地方老鸹真多,个头也特别大,听说还有人专门打老鸹吃呢。要是你说的话当真,那看来现在大老鸹村附近黄鼠狼也不少。养鸡养鸭的可倒了霉了。"

"我从小就有点怕黄鼠狼子,觉得它神神鬼鬼的,我在锦州城里也经常看到黄鼠狼子。别人不信,别人很多一辈子也没见过。大概是从小看《聊斋》看的吧?看得着迷,晚上睡不着觉。你看过《聊斋》吧?"

陆高说:"没有。那是什么?"

"古书,里面写的尽是狐狸成精什么的,变个小美人出来找秀才小白脸谈恋爱。挺好看的,你要是想看,等我回家带来你看。"

陆高说:"不看。"

"等这件事完了,我去找杜瞎子一趟。"

陆高说:"我听说《奇门遁甲》整部书都是鬼字旁,说看了全部《奇门遁甲》人就魔了。"

"天呐!你说全都是鬼字旁?"

陆高说:"我也是听说。"

"你记不记得我有一次出去宣讲文件?就那次。我住村长家里,村长就有那么一本书,全是鬼字旁的字,我以为是什么算命的书呢。纸全是黄黄的马粪纸,字很大,是过去那种石印版的。我认得木版书,我爸有几本古旧书,什么《诗经纂辑》《济公活佛》的,都是木版。我过去只见过一本石版的,那次我在村长家里一下就认出它是石版书了。"

陆高不再说话。他们闷着头走上大堤，夜里有点凉，他们没脱鞋蹚水，在堤上向西绕了一段绕到支渠分水的地方。那里有一段渡槽，上面有水泥板可以过人。他们是从支渠堤坡上一路走回去的，到了小桥向东拐进房子。

姚亮先叫赵老屁和黑枣，因为他认定这两个人比较有主见。他们果然不赞成上缴，说这件事可以只限于他们四个人知道内情，其余的人只让他们知道有这回事就得了。

于是叫醒大家。

半夜三更的，大家开始都嘟囔抱怨。还是姚亮出面。他这时第一次有了当大人物那种感觉。姚亮第一次在人群里充当主要角色。

姚亮话的大意：

"有件事情想跟大家商量一下。大家都知道我撞上晦气了，农场保卫股一直在找我的麻烦，都是因为韭坨小卖店被盗那天晚上我去买过东西。我当然没干，干了栽了也活该倒霉。今天巧了，我跟黑枣赵老屁陆高我们四个到韭坨去玩，结果陆二东闻西嗅的，竟发现了失窃的六箱罐头，现在把大家吵醒，是想跟大家商量一下这些罐头怎么处理。"

二狗第一个说："大家吃啰。"马上得到全数响应。大耳朵问罐头在哪，姚亮告诉他还在韭坨村里。说大家正好连夜把它们弄回来。

赵老屁说："别的不说，大家别捡了便宜出去卖乖，保个密。谁要是说出去，恐怕大家都饶不了他。"

只有老狼说不去。姚亮明白，也不多说。

大家也是沿着支渠一路向北，过了干渠走进坟甸子。大小子说他白天过这里看到有座坟塌了，露出棺材板子，他说他没敢往坟里看，怕死鬼夜里来吓唬他。

小个子说:"胆小鬼!死人有什么怕的?"

抽巴说:"你不怕你蹲塌坟试试!你要是敢在塌坟里蹲到大家回来,我输你两块钱!"

小个子说:"还谁敢说这话?"

大小子说:"我。"

半拉瓢说:"我输三块!"

小个子说:"你们起码帮我凑个整数哇,一张老头票,兄弟就豁出去了。"

长脖说:"剩下三块算我的。"

小个子说:"说话算数放屁崩坑!"

大小子说:"可是谁能证明你一直在坟窟窿里待着呢?"

小个子说:"你不信可以守在这儿嘛。"

大小子说:"我可不干。都在这守着谁去抬罐头?"

黑枣说:"不缺你一个。你守着吧,回来吃罐头少不了你的。"

大小子说:"我一个人?还谁守着?"

赵老屁说:"你他妈的太得寸进尺了。"

二小子说:"这样吧,我反正没劲,搬不动罐头,还不如我在这儿守着,做个中人。"

大小子说:"不偏不向啊——"

二小子气了:"哥们儿凭什么要偏向他小个子?他是我大舅子啊?"

小个子说:"你是我小舅子。"

陆高说:"得快走啦。磨蹭到天亮黄瓜菜都凉了。"

长脖:"就这么着吧。二小子守着,咱们走咱们的。"

已经走出去很远一段路了,大小子突然喊了一嗓子:"二小子——别糊弄我们!"

姚亮说:"离村子不太远了,你找死啊?"

天比姚亮他们往回走时更黑了,走到近前十几步时才发现了金老大小房的轮廓。陆高小声嘱咐大家,叫大家尽量轻手轻脚,不要弄出声音,就这么多人只要一个不小心就可能出问题。结果大家连走路也踮起脚跟了。

很快走过了比较集中的一片住房,小卖店就在前面了。这时小卖店方向突然传来了铁器撞击的声音。虽然只一声,陆高马上就明白是怎么回事了。他拉一下姚亮,说肯定是那个人来取赃物了。姚亮同样压低嗓子,说幸亏把罐头箱子搬到房后,不然那个人连锹都不用就可以搬走罐头,真是太便宜他了。

陆高说:"大家听我说。出现新情况了,可能有人正在找赃物。现在咱们分两伙,从两面小跑过去围住小卖店,声音尽可能小一点,到那再说。无论是谁都稳住神,不要慌。"

大家按计行事,那个弯身挖门槛的人来不及跑掉就被围住了。大家都不作声,提防着那个人狗急跳墙用锹砍人突围。人圈很大,慢慢收拢。那个人已经直起身子,相当沮丧地把铁锹扔到地上。走到近处,熟悉的人认出了是金老大。姚亮完全愣了,他想不到——结果竟是这样!他满以为那个人是刘富呢。

这段故事比较开心的部分我想留在后面,我是想说还有不那么开心的部分。

用现在的话说叫私设公堂吧。十几个知青瞎猫碰死耗子抓住了使他们蒙受盗窃嫌疑的作案元凶,自然义愤填膺。大家七嘴八舌地斥问金老大为什么光偷罐头和钱不偷别的,使警方一上来就怀疑是知青干的?

陆高叫大家别在这里吵,说把金老大带回去再说,金老大自然不敢违拗知青大爷们，他也成了现成的劳动力，抬罐头。黑枣一个人断后，收拾现场，其余的人跟陆高转到房子后面把六只纸箱分别抬到六个人肩上先走。金老大被姚亮抱起来的一箱铁皮罐头（排骨）压上肩头，声音很轻地嘟哝了一句："早知道罐头在这就没你们的好事了。"

姚亮没搭理他。他们走在最前面。一路上真可以用心惊肉跳来描绘。不时有几声狗吠，也有不小心的使肩上的玻璃瓶子发生碰撞，这种时候没扛罐头箱子的人就小声叮嘱：

"小心。小心。"

"注意尽量别弄出声音。"

挨说的人也不服气，小声顶嘴。

"站着说话不腰疼！你扛上试试！"

陆高说："都忍几句吧，有话过了堤再说。"

金老大在路过自家房子时站下了："我得回去告诉老婆孩子一声，他们等着呢。"

姚亮说："用不着。你一定要去的话，就把他们都一起带上。"

金老大说："上分场？我儿子那回没去，真没去，你们带他干吗？"

姚亮说："你一说就露了。没说他偷，你干吗非说他没偷？我们不是抓你抓你儿子，我们是想把这事弄明白，看你吓的！"

金老大说："那我告诉他们一下，叫他们放心。"

姚亮说："不行！他们要是知道了，就得一起跟着走。你掂量着办吧。"

后面的人连声催促快走。金老大被逼无奈，只好迈动步子向前去了。走近坟甸子时，突然有个声音幽灵一般地传来——"你们来啦，可算来啦！我下辈子再也不干这种事了。"

金老大吓坏了，竟把罐头箱子一下掼到地上，想跑，被姚亮一把拽住。"你他妈的找死啊？再不老实别说对你不客气！"

二小子迎面过来，姚亮说："二小子。"

二小子说："姚亮。这个是谁？"

姚亮说："金老大，小个子呢？"

二小子说："我不知道。我眼瞅他走上一个坟头，马上又矮了一截，我就赶紧退出坟甸子啦，守在边上等你们回来。左等不来，右等不来，坟地里一会儿树叶响，一会儿老鸹叫，我他妈的心都提到嗓子眼儿上了。怎么才来？我算计这么半天跑三个来回也该回来啦。"

姚亮叫二小子先别说了，说回去再说。

"先把小个子找出来，走。"

"这小子还能活着啊？"

"死了也得找着尸首哇。"

"金老大跟来干什么？"

"别问了。回去再说嘛。你能记着小个子在什么位置吗？小个子——小个子——"

"我哪记得住？反正就在坟地里，小个子——小个子——你死啦——你要是没死就快咳嗽一声，小声点，别吓死哥们儿——小个子——"

后边的人们也有点急了，纷纷小声呼唤起："小个子——小个子——小个子——"

坟地已经过了大半。小个子突然在近处嘎嘎大笑，声音相当恐怖森人。小个子说："我还寻思这一觉得睡到天亮呢，你们还来啦？"

大小子在人群里说话了："你小子蹲没蹲在塌坟窟窿里？没蹲可算你输。"

大家看不清小个子在什么地方，只能凭声音判断他所在的方位。小个子索性不过来。

小个子说:"别人不要过来,让大小子一个人过来,来呀!你看看我是不是蹲在坟窟窿里?来呀!大家等着你呢。"

大小子说:"你小子要装鬼吓我呀?"

小个子说:"大家等着呢。你不过来我可出去啦。过来不过来?"

赵老屁说:"大小子,你要是觉得两块钱输得冤枉,你也上那蹲着去,那十块归你,大家再给你凑十块,怎么样?我当中人看着你。"

小个子过来以后陆高催促大家快走,这时黑枣也从后面赶上来了。空手走的把扛重的替换过来,大家走得很快,到宿舍的时候全都有些轻喘。几个人爽气地贡献出自己收藏的洋蜡烛,房间里一下亮起来了。

先是询问金老大,因为在天亮前还要把他放回去。

大耳朵说:"你偷不偷我们不在乎,你把小卖店一把火烧光了我们也不管。你干吗这么损,光偷钱偷罐头,叫警察怀疑我们?想给大爷们栽赃啊?你就不能偷点别的?偷一捆草绳子?偷三个铁锹头?"

二狗说:"你知道不知道,因为你,我们哥们儿"——手指姚亮——"被公安局提去二十多回?你他妈的是欠揍了!"

金老大说:"各位大爷饶命。各位大爷饶命。钱我没偷,我真没偷钱。饶我一回,饶我一回吧,我以后给你们送梭鱼,我要是说了不算你们把我船沉了,把我网剐了。"

陆高说:"你说说怎么回事。老老实实说痛快话,我保证大家不碰你一根汗毛。"

二狗说:"要是不老实,别怪大爷们不客气!快说!"

金老大说:"大爷饶命,我都说,都说。我叫那娘们儿给涮了,有苦说不出来。"

姚亮:"哪个娘们儿?"

金老大说:"还有哪个?姓姚的呗。那娘们儿那几天总往我家里跑，我寻思她图钱，我花钱图痛快，她送上门来我还舍不得钱？"

二狗说："你老婆不管？"

金老大说："她才不管呢。她就是心疼钱，可她也没办法，她肚子里长东西了，一碰疼得乱叫，她不让干还不让我干别人？姓姚的娘们儿一来，我老婆马上出去到院里把门，要是有人来她老早就隔着窗子……"

陆高说："说正经的，她怎么涮你了？"

"她好几回讲到小卖店容易被盗。她说她听说某某小卖店被人挖了门槛进去，偷的都是吃的，警察来了一看就知道是知青干的。一回两回我没留心，三回四回我心就活了。那天晚上天都黑了她又找上门来，我老婆马上拉着哑巴出去了。她骚劲十足，一边告诉我说刚才有个知青来买东西，没准是来探风声的。那天她连钱都忘了要，我正好省五角。"

二狗说："五角钱一回呀？"

陆高说："那天晚上你就去啦？你把罐头箱子埋下去，多余的浮土哪去了？"

"哑巴跟我两个几个来回就挑回家了，正好家里要抹房顶，用土。"

姚亮说："你不是说哑巴没去吗？"

"我不是怕连累他嘛。"

姚亮说："那他今晚怎么不来？"

"怎么没来？来啦，他耳朵尖腿快，听着有动静先跑了。这小子没良心，白养活他。"

姚亮和陆高互相看了一眼。

陆高说："你还没说她怎么涮你。"

"不是明摆着的吗？她做了套子让我钻，结果我担惊受怕拿小头，大头叫她拿去了。我第二天一听说还丢了钱，就知道上当了，如果事情露了抓住我，我浑身是嘴也说不清楚。这娘们儿狠透了，她偷驴让我拔橛子。"

陆高说："你进去没看见钱匣子被砸开？"

"钱匣子连影儿都没有。"

陆高说："这么说你干的时候，她一直在暗处盯着你，等你走了她在屋里又造了个假现场。即使你被抓住，别人也怀疑不到她身上。"

"那她怎么不把我给捅出去，反倒捅你们这个哥们儿？"指姚亮。

陆高说："她当然不希望你被抓住，让警察怀疑知青，又没有真凭实据，最后还不是不了了之？作了案的没人愿意把事情闹大。"

"她一个妇道，自己能挖开门槛？"

姚亮开心地大笑。"金老大呀金老大，你算聪明一世糊涂一时，你要挖洞进去，你以为别人也都得挖洞才能进去？门是她锁的，钥匙在她身上，她干吗要脱裤子放屁？"

金老大也给他说笑了，蛮孩子气地挠了挠头皮。他走以后，大家开始启罐头吃了。十几条饿狼，如果一猛劲六箱罐头足可吃掉一半，大家当然是敞开肚皮。阎王爷 × 小鬼儿，舒服一会儿是一会儿。

姚亮问陆高："那你说，姚玉芬知道金老大把罐头埋门槛下面了？"

"当然知道。"

姚亮说："那她自己怎么不把罐头弄走？"

"她本来就摊嫌疑，能再干这种傻事？再说大头她捞到手了，知足常乐嘛。"

姚亮说："我估计她明天早上肯定能发现罐头取走了，你说她能不能再借题发挥一次？"

"不会吧。"

"这样吧,我明天早点到韭坨去,在暗处守着等她去小卖店,我争取跟她一齐到小卖店门口,看看她是什么反应?你说行不?"

"当然这样最好了。"

那边小个子开始向抽巴、大小子、长脖和半拉瓢收钱。三个人痛痛快快给了,只有大小子还有话要说。

大小子说:"二小子也没看着你,没人做证,不算!"

小个子说:"你要赖账可以,我陪你一起回坟甸子,你蹲不蹲我也不看,你在坟地里待五分钟,咱俩这笔账就算没啦。"

赵老屁说:"你要是不给钱,现在大伙把你裤子扒下来,把你手反绑上,把你鸡巴用根线绳吊到房梁上,你啥时候给钱啥时候放你。"

抽巴说:"小个子,我算服啦,我这辈子是没这个胆子啦,给我一百块钱我也不敢呐。"

二狗说:"小个子讲讲,什么滋味?"

小个子说:"讲了怕你睡不着觉。"

半拉瓢说:"讲讲讲!睡不着觉不睡!"

小个子说:"要听的等躺下以后,吹了洋蜡再讲。"

这时大耳朵站到炕上,大叫:"有诗啦!听着,大耳朵给你们做诗——

野蛮的宿舍里

充满着男人

年轻的

压抑不住的

兽性的饥饿

二狗说:"说呀说呀,往下说呀!"

大耳朵说:"没啦。就这么几句。"

二狗说:"这算什么诗啊?"

姚亮说:"好诗。这诗我能记一辈子。"

第二天一早(其实早就到第二天了)姚亮被陆高捅醒:"你不是要到韭坨去吗?"

姚亮匆匆忙忙地穿上衣服,踩着被晨露打湿的支渠快步走向韭坨。他在村里没等很久,他几乎和姚玉芬同时来到小卖店门口。他注意到她开门时低头察看门下的新土,她嘴角几乎难以觉察地撇了一下。姚亮看得出她有几分得意。屋子里商品摆得井井有条,她特意环视了一圈,然后从容地转过脸。满脸甜笑。

她说:"大兄弟,你要买点啥?"

姚亮说:"本家姐姐,我就有三角钱,买你够不够哇?"

第三章

先是来了那伙卖艺的女人,是山东来的,满口的山东腔。她们先是去了东边山里,后来又一路向西南走下来。镜泊湖,黄泥河森林,长白山,傍着鸭绿江经过丹东、营口到了盘山镇,她们在辽河油田逗留了一年多。现在她们又渡过大凌河,她们沿着海岸线过来的,几个分场都经过了,到这里是这个大农场的最后一站。她身体相当粗壮,两个女儿年龄虽小却已经初具母亲的体形轮廓了。女儿也都不美。

她除了卖艺也会按摩推拿术,看来她们这一路还是挣下一些钱。她是祖传的蹬技,腿上脚上的功夫。

她们到这里是下午,当时只有长脖一个人没出工。长脖听到门口有人问话,忙从炕上坐起身问是谁。她就进来了。她说了想法,问长脖这里是不是可以挣一点钱?

长脖也不知道她功夫怎么样,就让她等一下,等大家下工回来。

她说:"我还有俩女孩在门外呢。"

长脖说:"就都进来吧。进来屋里等。"

她满口的山东腔,听起来非常滑稽。长脖很有耐心地跟她聊起天,天南海北。她很注意地看定长脖的脸,说长脖有病,她说得极其肯定,看她那一本正经的样子长脖笑了。长脖晚上告诉我,说他当时以为她也是个卖假药的,江湖骗子虽多,女人闯天下的还是头一次遇见到。长脖说她先让两个女孩出去一下,接着她对长脖说了连长脖自己听了都脸红的话。

让她说了个正着。长脖说小时候踢球碰坏的,说在医院里看过多次,没办法。她告诉长脖能治,绝对可以治好。长脖当时将信将疑,又拿不定主意,晚上她们表演的时候把我拉到一边,低声讲了这件事,让我帮着拿主意。

我帮他分析:她既然让他跟她们走,也没有什么好怕的,他空身一人,身上不带钱财,又是男的,万一出事又能出什么事?她们难道还能把他弄到没人地方杀了卸了包人肉馒头?还能把他只能撒尿的家什当香肠切成片下酒?该死该活屌朝上,万一真能治好了,他也痛痛快快做一回男人。另外她也还不难看,也还不算老,总之也还不错吧。去吧,万一呢?

她们找管理员老红借来一口特大号酱缸,几个人用绳子捆好抬过来,她把一块旧麻袋片铺到房前空地上。那也是平常兄弟们摔跤的场子,今天让一个三十来岁的女人带着俩十来岁的双胞胎女孩给占了。

她先马步站桩,双眼闭合,运气。过了大约十几分钟,吃完饭的男男女女一百几十号人都围过来了。她开始不紧不慢地平躺到麻袋片上,又是十几分钟,围观的人有的不耐烦了准备挤出人圈,这时俩女孩请来两个人作帮手,要把大缸抬到女人缓缓举向天空的四肢上。

姚亮和长脖上来,加上俩女孩,四个人也相当吃力地把缸抬上去。姚亮不敢撒手,生怕地上的女人擎不住,俩女孩早轻盈地撒开手退到一边。看来还好,问题不大,那大缸少说也有二百几十斤重。

姚亮长脖退到人群里圈蹲下去,回头看大缸纹丝不动。那女人和俩女孩都一样的装束,全身黑柞绸练功服,中式的很宽松,袖口裤脚都扎紧,腰里都有一条宽厚的黑色板带护腰。

女人两手撑住缸口,缸底边用着黑布鞋的双脚蹬稳。本来伸直的四肢同时微微下屈,再下屈,突然双臂用力一推,人群一片惊呼!

没事。只见刚才由四肢撑住倒放着的大缸这时立起来了,稳稳地立在向天举起的两腿两脚之上,周围静了一阵(绝对地静),接着爆发出狂热的掌声和叫好声!

大家都知道那缸的重量。

"真功夫!"

"绝对真功夫!"

"不像那些江湖骗子,放屁都掺水!"

"这功夫该上锦州杂技团!"

"锦州杂技团算什么?我看上中国杂技团也是这个——"说着跷起大拇指。

"少啰唆,看你的,把臭嘴闭上!"

她开始轻轻下屈双腿，一直屈到不能再屈了，然后竟分出一条腿（右腿），用右脚像手一样扶着缸壁使缸向右腿方向倾斜。她的右脚掌准确地抵住正在倒放下来的大缸重心正中，这时大缸的重量整个压在右脚上，左腿这时成了扶护。她用叫人吃惊的神力，一条右腿把大缸慢慢举向天穹。待右腿全部绷直后，扶护的左脚掌轻松裕如地松开，平放到地下。

这一次大家没喊叫没鼓掌，毕竟那太悬了，稍有差池就是一条人命。不怕一万就怕万一。看来大家都怕，所以事先没商量不约而同地缄口屏息，直到她的左脚重新举起。她用左腿又独撑了一阵，大家这时不那么紧张了。

姚亮对长脖说："陆高和黑枣和赵老屁三个加一块儿也没这女的一个人劲大！"

长脖说："你声音小点，赵老屁就在你身后第二排。"

姚亮说："你怎么知道？你又没回头。"

长脖说："后脑勺长眼睛啦。"

姚亮说："你还那么怕他？他老实多了。"

接下来的节目更吓人，先是那两个女孩先后爬进倒放着缸里，她用双脚交替蹬动大缸壁重心正中，双手把紧缸沿的两个女孩随着大缸开始转动，她一连气把缸蹬转了三百六十度，使周围的所有人都看到缸里的女孩子。

最后她用两只脚两条腿把装两个人的缸又一次立起来，两个女孩这时可以撒开手了，她们先鼓起掌以带动观众的情绪，观众们情不自禁地也都和着她俩掌声的节奏集体鼓掌，结束的高潮是她本人，这时也把平撑在地上的两手合起，跟大家一道鼓掌。这段表演并后至少持续了二十多分钟，后来是大家过来帮着把大缸连同缸里的俩女孩捧下来放到地上。

这天大眼皮也看得开心，破例嘱咐食堂为她们做夜宵，安排她们住到场部办公室里。

我对长脖说："你都看到了，她们不是骗子，有真本事。我劝你跟她去，什么时候你想回来了就写封信来，我们大家给你凑路费。"

长脖说："钱小意思。这两年跟老狼我总还攒下一些。问题是这笔钱我不能带在身上。朋友一回，我最信得过的是你。我临走时告诉你钱在什么地方，如果我要用，你取些寄给我就是，如果我回不来了，你自己留一半，剩下的给我妈送回家去。"

我只说："别说丧气话！我不要你钱。"

长脖说："不要也得要。钱多着呢，都给我妈，我妈能吓死。就这么说定了，以后要是没机会了，这就算遗嘱吧。哥们儿一回，拜托了。"

他两天以后随她动身。他走了，我出于好奇，专门跑到他告诉我藏钱的地方。至少他没说谎，我绝对想不到他有这么多钱。平时可一点也看不出，他从来不摆阔，日子过得跟大家没什么两样。我从始至终没摸过那些钱，因为我也是个男人，东北男人。

我由此想到那个平凡活着的老狼，不知道为什么心里油然而起了敬意。

最先知道长脖出事的是赵老屁，据赵老屁自己讲，他刚听说时简直都傻了。他当时正在锦州，锦州城里正在翻天覆地谈着长脖，开始他认定是重姓重名，直到宣判布告出来他才不得不信了。隔日公判，公判后马上枪毙。赵老屁犹豫了几次，最终还是去了。

"那天是星期天。已经下了一夜的毛毛雨还在下，我尽量往前面挤。想仔细看看他。他剃了光头，脖子显得更长了。他和另外几个被宣判的都没穿雨衣。他好像无所谓似的，一点也看不出马上就要被枪毙了，可以看得出他没听宣判词，可能他早就知道了。我为了让他看见我，就把雨衣帽子摘下来。我看有几次他的目光都扫到我脸上，可是马上就扫过去了。我估计他那时候没心思看人。换了我，我肯定没心思。后来车把他们拉到西大桥下，我和看热闹的都在桥上，眼瞅着一个一个都崩了，那天一起崩了四个，那三个是轮奸集团，轮奸了十多个中学生，三个人都死刑。

"拉他们的车开得很慢，我们骑自行车不用快骑就能跟上。车上有两个小子瘫了，全靠警察拽着搡着才站住。长脖和另一个小子没事儿似的，真他妈的行。枪一响就都完了。像条死狗，一动也不动了。这小子真他妈的。"

赵老屁自己没说，但我猜他心里会后怕。他曾经那么过分地欺侮长脖，如果那时长脖发狠来这么一家伙，赵老屁早见阎王爷去了。

姚亮记起最后一次跟长脖共事。本来说好的到海沟里摸楞巴鱼，结果没想到会碰上小划子借涨大潮上来。不是金老大的划子，沟东许多人都吃海。船主不在，但是海货还都没卸下船。主要是些毛虾和白亮亮的面条鱼。

长脖要上划子。姚亮觉得不够意思，长脖说："谁跟咱们知青够意思啦？"

是啊。

那就干它一家伙，管他是谁的。长脖叫姚亮守在自己这边沟坎上，看着对面船主回来，长脖自己脱了衣服，麻利地下了水游到对岸船边。长脖手脚并用翻来翻去，大约半小时后回游到自己沟岸上，穿了衣服爬上沟坎，给姚亮显示此行的收获。帽里全是半尺长的对虾。

这时远远的对岸有人往这里来。长脖没管可是姚亮急了，说这样子要打架的。长脖说跑是来不及了，跑也看得见，更显出心虚有鬼，还不如就坐在这里，"水来土掩兵来将挡。"

姚亮说："那快把对虾藏起来。"

"没用，你藏近处他们反正搜得出来，藏远了还不如直接跑掉。这样吧——"

他说着动作很小地一扔，把装对虾的蓝帽抛下海沟。已经在退潮，水流正大幅度落向南边的大海。姚亮来不及想，蓝帽子翻了一下已经不见了。"真是可惜了，怪可惜的。"

长脖说："算不了什么。我和二狗常来捡洋捞儿吃白食，对虾吃多了。你要是想吃，我们来叫你一下就是了。"

"我至少有十年没见过对虾了。"

长脖说："别往那边看，唱点什么吧，要不他们要怀疑我们在这干什么？唱《三套车》。"长脖率先唱起《三套车》，声音很小，但是他们到船边时足可以听得见了。

那边是两个渔民，到了船上立刻发现了问题，他俩嘀咕了几句，也没脱衣服就下水往这边蹚过来。姚亮心里不由自主地和上长脖的歌声。这边姚亮和长脖索性把脸都朝向海边，看着他们过了水踩着三棱草往这边走。他们两个手里各拿着一根网钩子，气势汹汹。姚亮他们倒不太在乎那一尺来长的铁钩，毕竟他们有磨得锋快的长柄镰刀。他们仍然唱歌，两个人都把腿悠荡在坎下，他们坐的姿式相当惬意。

这时姚亮发现了长脖的聪明——他不知什么时候连鞋都穿好了，一点下过水的迹象都没有了。

看他们还是比较谨慎，他们避开了正面，在偏右方向五六步远的地方爬上沟坎。这边沟坎上是光秃秃的碱滩，一览无余，他们还是不甘心地左右环顾想找出他们要找的东西，当然他们什么也找不到。姚亮长脖在这段时间里一直扭头看他们傻找，同时大声歌唱。

  你看——
  这匹可怜的老——马
  它跟我走遍天涯
  可恨的财主要把它买
  ——了去——
  今后苦难在等着它
  可恨的财主要把它买
  ——了去——
  今后苦难在等着它

  姚亮想写一点什么来祭奠长脖。
  平心而论，姚亮这时已经是个很不错的诗人。他也写一点散文，他不是缺乏自信心，他不给人看主要还是不想让别人看到自己心底里的隐秘和阴暗。他只写那些使自己难过的事，他那时还不懂当作家当诗人是怎么一回事，他不知道那时他已经露出了少见的天分。
  时过境迁。
  许多年以后的今天，姚亮也已经不在了的今天，我仍然拿不定是否该把他的遗稿公诸读者。除了一部卓越的《佛陀法乘外经》，他的散在的小品片断不算很多。他即使长寿也不会是那种著作等身的高产作家。我看不出他为什么后来把兴趣关注转向了文学以外，从他那个时期的散文作品和更早的诗作来看，如果他执着专一，今天也该是第一流的作家诗人了。

第三章附录部分·姚亮所著短章之一

长脖的身体看上去像发育不全,骨骼细弱绵软,腔塌陷,声音女里女气,叫人听了极不舒服。长脖有某种东北男人极罕见的德性:隐忍。他看来毫无火气。

连二狗这样的胆小鬼也敢欺侮他。那天长脖和老狼连续打了四天三夜纸牌,回来睡得像死狗,半拉瓢跟二狗打赌,说二狗如果敢把鸡巴塞到长脖嘴上,他就给二狗买一瓶肉罐头。二狗也不知哪来的贼胆,竟真那么干了,当时把长脖弄醒了,长脖只是把二狗推开,嘟嘟哝哝说了句骂人话就又睡了。后来长脖说他根本不知道有这回事,小个子大耳朵指天指地发誓做证他还是不信,也许拒不承认也是一种自我保护吧。我记得,当时连二狗自己也不否认,长脖为什么要堵住耳朵蒙住眼睛呢?

长脖有时候挺幽默的,第一次干渠放水他和我守着那段十几米长的渡槽。结果恰好是渡槽和堤坝接合处漏水了,而且在长脖看守的北面。我在南面听他讲漏水,也没当一回事,以为他用锹挖土堵一堵也就没事了。等我发现问题比较大时,水已经把堤坝洞穿,水桶粗的水流汹涌地冲出来,流下渡槽横跨的小河。我忙从渡槽下面蹚水钻过去,跟他一道堵漏。刚交五月,水还凉得刺骨,他已经浑身透湿。当时他正半蹲半坐用脊背挡住水流,我不知如何是好,看着水从他身后拥挤着往外喷,我从心底发冷。我赶忙跑过堤坝,从坝内用铁锹铲土填到洞里,可是不行,根本没用,主干渠上每秒钟十几个立方的流量压力太大,眼看着越堵洞越大,我急了,大喊:"快来人!来人呐!大堤漏啦!"周围因为天没亮能见度不好什么也看不清，可以听到两边都有人往这里跑。总场场长来了，后来县长也来了，手忙脚乱地把许多装满土的草袋子垒在堤坝内外，渡槽保住了。我们在水里泥里滚了三个多小时，又冷又饿，回去好几个人都发高烧。县里奖励给分场一面锦旗，分场成了地区先进集体。总结评比时，要求每个人自己先讲用，理论联系实际谈学习毛主席语录的体会。长脖自然成了先进典型，但他自己的认识提不上去，经过领导和同伴们的启发，他最后的讲用变成了这种样子："我站在刺骨的冷水里，嘴里高声朗诵伟大领袖的教导——我赞成这样的口号，叫作一不怕苦，二不怕死——一不怕苦二不怕死一不怕苦二不怕死一不……无产阶级革命派的战友们眼看我实在支持不住了，纷纷提出要下来换我，我感动得热泪盈眶，激动地大喊——同志们不要管我！保护渡槽要紧！不要管我！保护渡槽要紧！"当时把大家笑得前仰后合。

还有一次我和他去韭坨送信，大小子也托长脖带两封信一起寄了。据大小子说一封是给家里一封是给同学的。大小子装信时马虎，把两封信互相装错信封了。在路上长脖又来了灵感，掏出钢笔在信封上标明是寄家的那封信的背面，写了四句打油诗。

大雁往北飞
禾苗盼露水
大小子想他爸
盼信早点归

结果那封写了打油诗的信把他爸爸的鼻子都气歪了，因为里面装的是另外一封，朋友之间连称呼也没写，称兄道弟地胡吹一通。

　　谁都知道长脖不跟人吵嘴打架，在村里连小孩子都敢喊他"长脖"。这么老实的人，赵老屁居然好意思破口大骂，我当时恨得牙根痒痒，我特别恨长脖自己不争气，到那个程度干吗还把光明正大赢来的三块钱给赵老屁？

　　他跟老狼混在一起，老狼可以说是他唯一的朋友，可是几次长脖挨欺侮，老狼在旁边从来不吭声。真不够朋友。我瞧不起这种男人。长脖好像特别佩服他，即使他那么了不起我也瞧不起他，不能为朋友两肋插刀就不算男人。我看得出只是长脖一厢情愿，如果他们说的那种脏事是真的，长脖真是可悲透了。真叫人恶心，妈的老狼，我看长脖死了倒好。算是解脱了，活着像他那样还不如死了。也是他命苦，是男人又不是男人，废物，骡子！活该他死了。

　　可是一点也看不出他手那么黑，我看这种事老狼也未必做得出来。没几个人敢的。那个运转车长也废物，怎么会叫长脖一下就给弄死啦？长脖真是没一点力气，那次他和大耳朵一对一扒裤子，大耳朵那么几下就把他给扒了，也太容易了。凭他大耳朵那把力气，恐怕连二小子都斗不过，斗长脖却那么轻松，可就是陆高赵老屁黑枣和我，我们四个加一起也干不出长脖最后这桩勾当。布告上说他无票乘车，说他是因为没钱才登货车的，我不信他没钱。至少他总不至于连买张火车票的钱也没有。我相信他有的是钱，别看他平时不显山露水，他可一点不在乎钱。他不摆阔，叫的狗不咬人而咬人的狗都不叫。我很久以后才知道他是跟蹬大缸的女人走的，走的时候他没吭声，他走了好几天才有人发现他不见了。听说是那个女人要给他治病，他那种病要是也能治好我看埋坟里的死人也能治活。他只有一个蛋子，小鸡鸡一点点大。她要是能叫他生出儿子，肯定也能叫太阳从西边出来。可是他怎么又没跟她们到山东去？或者到了山东就回来了？治好了？还是他受不了只身一人逃出来的？他要是想逃出来还不是要找一条活路？何苦搭火车又把人家运转车长砸死？有什么大不了的他非得杀人？最多不就是撵他下车吗？他也真莫名其妙，把脑袋壳砸开了还怕车长不死，还要把煤块塞到眼睛里面去？怕车长活了认出他来？还是反正杀人也只有这一次索性干得残忍一点？太他妈的过分了长脖！杀你一次都太少，至少该杀三次！可这一些事情都是为了什么呢？

我还记得刚下乡那天就吃到了长脖带回来的烧青苞米，我甚至现在还记得那股香味，我当时觉得就为了这个下乡也值得。

我竟有很久没去想瓶子了。人死了那么简单，就像很久没见面了，好像以后见面的可能性也不大。也亏了长脖，要是没有他帮忙料理后事，我大概无论如何也得见到死了的瓶子，啊！我真怕见她，现在想想也怕，要是我真真切切看到她死了——不！为了这个我一辈子感谢他。现在他也死了，也没见到他死，只是以后见不到他了。我怕想他最后干的那桩残忍的勾当，怕想他的小脑袋瓜被枪打烂，那就不去想它。想想以后不见面了，除了有一点遗憾一点空落落的感觉，我觉得心里很平静。

都说淹死鬼的样子最吓人，我实在想不出瓶子淹死以后的样子。我有几次真想问长脖，话到嘴边又咽回去了。也许还是不问好。可我就是不问也不能不想啊。长脖善解人意，长脖从来没对任何人提起过瓶子。大概也是因为这个，许多人才都喜欢他。我格外不愿去想他整个抚摸过瓶子的尸身，他毕竟不算个百分之百的男人，不然我无论如何不能忍受他用酒精为瓶子擦身。实在是他帮我保存了瓶子活着时的音容笑貌,如果没有他,所有那些事都只能由我去做,我心里活的瓶子将永远被一个泡得变了形的尸体笼罩了。

都是命。我不抱怨,活该如此,也得说我跟长脖有缘分。女人们眼看着青春消逝了,脸上一点一点干皱变老,我无法想象瓶子变老以后的样子,我不能想象一个满脸皱纹的瓶子,浑身松懈。如果那样的结果,那我宁愿她像现在这样美丽时就死掉。我发誓我永远不要看那些我曾经熟识的死去的人,不管是谁我都永远不要看。为了这个我宁愿受最重的惩罚。

我想过该找几个朋友一道去看看长脖的老娘。陆高不喜欢他,二狗也不怎么喜欢他,还有就是老狼我不想跟他一起去,也许他根本不想去呢。我想得出他母亲的难过。也许还是该找他们几个问问,加上江梅小秀,大家集一点钱送去?他们谁都不会拒绝的吧。

我发现我怎么有点喜欢长脖呢?怪事。

第四章

东边那两排房子对他们来说绝不仅是实际上的那三十多步距离。咫尺天涯说的大概就是这意思。那是个独立王国,女人的王国,女儿国。女宿舍。当然西边对于女人也是如此吧,虽然女人到这边上来时显得比较从容。

男人们谈的比较多的是大魔怔和江梅。大魔怔说过,她"要是个男的,肯定爱上江梅"。从这句话里也可以看出这两个女的很不一样。

大魔怔黑红，人高体壮，有宽厚的肩膀和一对沉甸甸的大乳房。几乎所有人都看得出她对陆高有意思。大概也只有陆高的大块头才与她相配，她比半数男的都高。

大概也是因为大家看出了陆高对她不表示兴趣，因而谈到她时可以不顾及分寸，可以肆无忌惮。不成文的规矩是有主的姑娘不能胡说八道，哥们儿不够意思。她还算没主，一厢情愿不算有主了。

如果以今天的标准，她实在是个极规矩的女孩子，她回城时二十三岁，还是处女。她平时说话坦率，有时穿衣又不像其他姑娘那样戴乳罩把曲线勒平，翘翘的乳头的颤动使当时的男女同伴认定她是个半疯半魔的怪物，小男子汉们心旌摇荡，只好背后说些脏话算是对她的诱惑的反击。

那些跟男的接触密切的姑娘，经常很秘密地输送一些女儿国内幕的逸闻。久而久之，许多男的甚至知道了什么颜色的衬衣衬裤是什么人的，还有少数人说得出今天谁"伤号"了。各地把女人来月经作各种称呼，比较流行的叫例假，也有叫老朋友的，叫"伤号"可能是那里独有的叫法，也是极有想象力的叫法。

小个子最喜欢发布这方面的新闻。

"今天是大魔怔伤号结束。你们看没看见女儿国门前晒的三角裤衩？大红色的，特大，除了她别人没那么大屁股。我听绝对可靠消息透露，就她一个人用大红色跑马裤衩。"

二狗说："女的也叫跑马？谁说的？"

小个子说："你个傻小子，不叫跑马叫什么？跑红马！你没听说过四大红？"

抽巴说："说说说说。听说四大什么的都带荤的，我就知道四大硬。"

"山庙的门，杀猪的盆，大姑娘跑马火烧云。还有四大绿、四大黑、四大白。"

大小子说："四大埋汰，四大欢，多了。"

二小子说："谁知道伤号咋回事啊？"

小个子说："出血呗，一个月一回。"

"为啥出血呀？"

互相看，竟没有一个人知道。

姚亮不愿意显示这方面的知识，他说他怕别人会因此猜到他和瓶子干的那种事。也许其他人也有他这种情况他这种心理的，没有说。

小个子说："大魔怔最放得开。她在女宿舍里脱光了洗澡，她睡觉就穿一条裤衩，三角的，两边屁股蛋都露出一半。"

二狗说："你怎么知道的？你看过呀？你是不是扒过女宿舍门缝窗户缝？"

小个子说："马路消息，你听听就得啦，你管我怎么知道的！我扒门缝你也得抓住了才算，抓不着哇……哼！"

抽巴说："我也听说她上身什么也不穿。"

大耳朵："冬天不冻死啦？"

大小子说："你尽瞎操心。脱得越光被窝里越热乎，我是睡的一等觉，全脱。连裤衩也不用穿。穿裤衩又麻烦，跑了马还得洗。"

小个子说："找大魔怔这样的老婆，搂着睡觉连炕都不用烧了。"

二狗说："夏天还不弄出一身痱子？"

小个子说："买点痱子粉预备着嘛。"

黑枣不耐烦了："睡觉！明天他妈的还上不上工了？"

二小子说："睡觉睡觉，困死了。"

二狗说："小个子做个好梦。"

小个子说："梦着大魔怔又该跑马了。"

二狗私下里告诉姚亮，说小个子真去找大魔怔提过要处朋友，说小秀说的，女的没有不知道的，女的都说小个子癞蛤蟆想吃天鹅肉。大魔怔本人倒是坦然，仍然可以当着许多男女同伴的面叫小个子干这干那。别看小个子平时硬气，这种时候可是大气都不敢出，极听话。

那次一起在下水线清淤，老狼破例也提了把锹去了。休息的时候二小子去提了一壶水，大家轮流嘴对壶嘴喝掉了多半壶，七男八女十五个人，二十二公分的大水壶。

老狼说："小个子不是最能赌吗？我跟你赌喝一壶凉水，你喝了要什么给你什么。"

小个子说："放屁崩坑！八斤食堂饭票。"

"行啊。谁去跑一趟打水？"

我当时心里非常难受。不怨老狼，别人也都这么打赌，何况在小个子真的喝光以后老狼除了给八斤食堂饭票，私下里还给了他二十元钱（叫他不要对别人说）。这种拿命打赌的事，对方说要什么给什么，他竟只想要八斤食堂粮票！八斤凉水啊，人是要喝坏的呀。

我知道老狼说得出就做得到，如果小个子提出要去一趟海南岛老狼也会应允满足他。

规定在一小时里喝完，他运足了气一下喝掉了大约四分之一，肚皮马上就见鼓了。女的都在一旁观战，大魔怔尤其充满兴趣地大喊："小个子加油哇！使劲喝，使劲喝呀！"

小个子显得沉着，不慌不忙地看着大小子放在地上的手表，手表秒针毫不留情，铮铮有声地向前跃动。歇了三分钟整，小个子开始第二次冲刺，这一次喝得很有限。

我不卖关子细讲了，反正其间他撒了两次尿，在指定时间内他又赢了。我认为这是他赌命生涯中比较艰巨的一次，好在有个大魔怔在旁站脚助威，不然他无论如何也只有输，要栽这一次。人的潜力真是无法估量的，虽然他拼着命也只博得大魔怔开心地大笑一场。

想走进女儿国不单要找一个绝对站得住脚的理由，更需要在找理由之前和之后一鼓再鼓所谓勇气。在那三年里我只走进其中一次，一路上可谓胆战心惊，我最初关于女人生活的经验一半是由于那次进入，另一半全凭想象了。

看来更多的人把内衣晾在屋里，那是我生平头一次看到那么多女人的亵衣。我不太敢正眼去看，因为需要抬头，而一抬头屋里的女人们就知道我想看什么了。

我受不了那种想象。女人房间里比我们要干净，光线也暗一些，有经年挂着的蚊帐，也有的铺盖没卷起来，叠好的被子上一个枕头蒙着比较新一点的枕巾。而那些卷起来的铺盖卷大多比较旧且脏，可能那些人家庭条件差些。理由我现在记不得了，印象也只有这些。

那段时间里大家风传黑枣恋上肖丽了，说黑枣每天盯住肖丽发呆，肖丽是出了名的冷美人，加上体质纤弱，几乎没人注意她。

肖丽还是经常一个人到支渠西面社员居住区去，她是胡嫂的好朋友这一点大家都知道。半拉瓢特意观察到，只要肖丽过了小桥，黑枣用不了多久就一个人踱到桥边徘徊，一直到天黑，有时很晚才回来。没有任何迹象表明黑枣有了进展。肖丽开始随大家下地，后来出纳员调出后把她调入顶了缺，她一下成了场部人，场部人是这里的贵族阶层。

大家随随便便谈到场部人时，经常要扯上三个已经加入场部人阶层的女人。肖丽，食堂管理员助理江梅，和帮厨的小秀。"这些家伙全是色鬼。以田洪为首，周电工，赵大夫，红鼻子管理员，除了大眼皮和刘保管，没一个好货！""一天到晚打扑克，手都伸到屁股下面去扣底了！""听说他们把三个女的分了，肖丽是田洪的，江梅是周电工的，赵大夫一天到晚盯住小秀不放。二狗，你加点小心！"

就因为这个，二狗坚决反对小秀也搬到场部去住。那是一小间，只住肖丽和江梅两个，小秀说都是一个村的伙伴怕什么？二狗说不管怕不怕都不许去住，说大家说得可埋汰了，小秀觉得有点懂了。

二狗说："赵杂毛总找你是吗？"

小秀说："你知道我胃炎，是我找他。"

二狗说："以后不许找他。我到别处去给你弄胃药。你要是再找他我就砍了他。我跟你说真格的呢。他要找你，你马上告诉我。"

后来有细心人证实，说肖丽有时过桥进的不是胡家，有时去田家，有时到大眼皮家去。大眼皮家属没来，但他同样在社员居住区分了居中的一套三间房。

姚亮私下找到我，说肖丽这人有点险恶，说不一定她这次又想把谁弄去坐牢。当然不管弄到谁头上都不关我们的事。肖丽从来不露声色，她长得又实在是美，美极了。

我也想过该把过去陈老道和肖丽之间的那些事告诉黑枣，后来又觉得实在多此一举，王八瞅绿豆，对眼儿了三匹马也拉不回来。况且我自己也有烦心事，别人谈江梅谈得多了，我既不能拦阻又不能找江梅当面谈一次，不过我不信江梅真会跟那个邪劲十足的周贵有什么，江梅那双眼睛太纯粹了，你从其中就看不到一星半点的邪恶。在那个年龄我懂什么？我对女人知道多少呢？

江梅在场部的地位在逐渐上升。大家认定受宠于田洪的肖丽后来也不如江梅了，刘保管去一队当队长以后，江梅被分场正式任命为保管员。也就是说她是第一个担任队长一类角色的知青，她这时的地位跟会计田洪、管理员老红、两个队长相当，平起平坐吧。这以后很久很久，许多年，我才知道当时的内幕。

现在我可以推想肖丽早就知道了，如果她那时所做的一切都是有预谋的，我真是从心底里佩服她。这种力量以我看连男人也没有，起码我没有，远远没有！

那时我的确以为我对肖丽算是个知情者，想到我曾经要告诫黑枣，我那时简直懵懂到了极点也可笑到了极点。黑枣活着，我要想知道究竟可以去问他，或许他那时也比我知道的要多得多。我只是不想去问，那些伤口好不容易才愈合，才结疤，之后才平复，我没有力量重新用刀子挖开旧伤口。时间已经把什么样的痛苦都冲淡了，就像一汤匙雀巢咖啡里冲了一桶沸水。我已经见不得流血了。

我那时疯子般地迷上了摔跤，每天晚上都拖住赵老屁不放，开始他只是指点式的，后来也需要认真对付才能赢我，毕竟我力气大些，谁也不敢不把我放在眼里。跟我交上以后，赵老屁的孤独期结束了，一个人不怕天不怕地，最怕臭狗屎没人理。对赵老屁这条汉子来说，只要有一个朋友就敢妄称走遍天下。

说我说得太多了，这不是我的故事。我之所以选择了写小说这个行当，多半是因为在此之前我的故事就讲完了。

当然江梅的故事还没有完，还在讲。还有肖丽和小秀。有人说小秀发疯是因为二狗的受伤，真是那样的话我该罪加一等。我愿意相信另外的解释，我不能忍受自己间接地杀了小秀这种想象。

是那件事的后遗症，豆猪，猪囊虫，当时姚亮一时痛快，逼得大眼皮折腰检讨（并且受了党内严重警告处分），结果呢？大眼皮也是近年的纳新党员，这下背了个处分，是失职。这里的分场长还是他老人家。

再一个关键人物是姚亮的朋友老红。说大眼皮失职。指的就是盲目信任有问题的下放干部。老红也没撤换还干他的食堂管理员，大眼皮当时就因为认定他是个人才，专门把他调来的。现在大眼皮自己受过，出面保护他，他自然心里明白。姚亮找到老红，要解释一下，老红表现得极度冷淡，给了姚亮一个不软不硬的钉子。

事发以后，大眼皮没有大张旗鼓地调查是谁走漏了消息，小秀照常在食堂干活，有好长一段时间（至少一年多）看上去平安无事。

小秀什么也不对人说，包括对二狗。因为二狗天生是个属狗的，狗肚子里装不了二两香油。平心而论，二狗对小秀是真好，好归好，狗改不了吃屎，秉性难移。我也是猜测，我想如果小秀有话闷不住对二狗讲了，那二狗不会让除他俩亲密以外的任何秘密闷在肚子里。二狗没说，且每天仍然穷找开心，可见那段时间对小秀是残酷的。那么多厄运都一个人悄悄吞咽掉了，如果有个人可以倾诉，小秀也许不至于到了那么惨的境地。

他们是一百多知青中最先明确恋爱关系的一对。虽然小秀不算漂亮，但毕竟二狗这样的男人竟先找到了女人，这个事实无论如何替二狗在男子汉中间争到了几分光彩。然而跟其他人比起来，似乎他们的关系进展得相当慢。他们很少幽会了，估计多半是因为小秀的缘故；换了我是小秀，我大概也没有很多情绪在这样的情形下跟这样的男人谈情说爱。

虽然二狗非常坚决地禁止小秀跟姓赵的卫生员（所谓大夫）有接触，但是大家都知道二狗的话是白说了。小秀病得很重，经常歇工，经常女宿舍里只有她一个人。而在全部五十多个男人中唯一可以随便出入女儿国的，只有这个二十七岁的卫生员（被二狗叫赵杂毛的），他可以挎着药箱大摇大摆地出入，药箱上醒目的红十字成了他的理由和介绍信，成了他名正言顺的护身符。这一点使许多气血旺盛的男子汉眼气。

小个子说："这条杂毛狗狗屁不通，上次我肚子难受他给了我几片酵母片，结果我还没吃药就拉稀了，拉稀吃酵母？酵母治拉稀？"

大耳朵说："你知道他哪毕业的？这小子初中毕业想留在镇里找个工作，后来弄到石灰厂干了三个月小工，干不了回村了。他爸是前任村长，替他活动到卫生院学了半个月，回来就成赤脚医生了。我们村里把他当神仙，不叫赵大夫，他连眼皮都不抬，村里公费医疗的药品都在他手里，农民有个小病小灾都舍不得钱，舍不出时间跑镇里，大家都怕他，捧他，他自己也不知道天高地厚了。"

半拉瓢说："那几个社员属他老婆漂亮。"

大小子说："我看还是刘保管老婆漂亮。"

半拉瓢说："狗宝咸菜？你是不是缺妈？那个娘们儿就是骚性，赵杂毛老婆贤惠，老实巴交的，本分。"

小个子说："啊？一个喜欢骚的，一个喜欢本分的，你们俩分了？我说别光动嘴，要干就来真格的。大小子，狗宝咸菜有三十了吧？"

大小子说："她有八十！跟我啥关系？君子动口不动手。"

大耳朵说："赵杂毛他老婆在村里属这个的，"耸起大拇指，"家里五间大瓦房。还不就看赵杂毛有点出息才嫁他？鲜花插到牛粪上了。她岁数小，比我才大一岁。"

半拉瓢说："刚二十一？二十一就生俩孩子啦？"

大耳朵说："三个。头一个儿子，得猩红热死了。后边这俩闺女把赵杂毛气死了。"

半拉瓢说："老天爷叫他绝户！"小个子说："也未必。他老婆不会生，没准小秀……"

大耳朵说："嗨嗨！二狗过来了！"

第五章

姚亮家里托人带来一包东西,是用针线缝死在布袋里。姚亮心情兴奋,在拆线之前他已经摸出是黄瓜。一包六七根大黄瓜。

他不想让别人知道,只偷偷摸摸告诉陆高天黑时到房后场院上去,他没说什么事。夏末时场院是空的,平展展的没有遮拦。

蚊子嗡嗡地飞,天很快就黑下来。

如果不是事出意外,跟他一起享用这些水灵灵大黄瓜的该是瓶子。现在是陆高,姚亮在这一点上绝对是个百分之一百二十的东北人,他不能一个人独享口福之乐。他一个人平躺在地上,脚丫缩进很长的黑灯笼裤筒里,他上身也包裹着一件旧长袖外衣,两手压在臀下,只有脸部暴露在蚊蠓的袭扰下,装黄瓜的布袋放在身边地上,仍然没有拆线。

这段时间天热得反常,连夜里也那么热,许多人钻在房间蚊帐里受不了啦,索性用衣服把身体遮严到前面滩甸上游荡。一边走,有人就唱起歌,其他的人慢慢地开始应和。

姚亮躺着,听着远处若续若断的歌声。唱歌的人把同一首歌唱了一遍又一遍,歌词中好像有这样的句子:"村边小河旁——红莓花儿开。放心吧,别挂牵,真心不怕火来炼,绳索刀斧摆在面前,也难动我的心半点。挽郎出征迈步原野情比夜色深,挽手祝福你转战南北,望郎荣立战功。华蓥山上莽苍苍哎,满山的青松遍山冈,松涛阵阵吼,如海啸,好一派雄伟气象。从北京到济南,路途是多么遥远,告别了妈妈离开了家园,我乘着火车到济南。我们再见啦亲爱的妈妈,请你吻别你的儿子吧,再见吧妈妈,别难过别悲伤,祝福我们一路平安吧。

我妈妈跟着红军闹革命，风雨中战斗了多少年，到如今两鬓如霜人未老，"大声咳嗽，"双枪震撼——震撼华蓥山——红烛将残杯酒已干相对无言无言——世上人讥笑我精神病患者，我的青春即将埋没，有谁同情我——沙老太休得要想不开，听我把话说明白，你不出乡里年纪迈，岂能出谋划策巧安排；到如今你受苦受刑难忍耐……"

这后面一段京剧是陆高唱的，陆高唱着，坐下来，伸手摸到了包黄瓜的布袋，摸索着找袋口怎么也找不到。还是姚亮从口袋里掏出刀子扔过去："缝着呐。等你好半天了，我一想到大黄瓜就满嘴口水。"

陆高说："你先吃嘛。"

姚亮说："快一年没吃到黄瓜了，一想到盐水煮土豆我就腻透了。"

陆高说："别废话了，吃黄瓜！"

姚亮说："再过一年半载的，咱们这里一百多号人个保个都是胃病，你信不信？"

陆高说："你哪弄的？"

姚亮说："我妈托人带来的。"

陆高含含混混地应了一声，不再说话，专心致志地一口气吃掉了三条大黄瓜，之后拍拍肚皮说："真不错，最好一个月来一顿。"

姚亮说："你不是在说梦话吧？"

陆高说："这叫什么日子？连一个月吃一顿黄瓜都像做梦！我一年多没见过水果了，苹果白梨，大枣大杏，水蜜桃，他妈的连什么模样都忘了，忘得一干二净。"

姚亮说："忘了倒好了，问题在忘不了，忘不了更难受。陆二没跟你出来？"

陆高说："这几天蚊子太厉害了。"

姚亮说："就是。还有瞎虻，夜里马都没法睡，咬得乱蹦乱叫，车把式也没办法,就把马把骡子牵到外面来,四周围点青蒿子薰烟,这日子叫人没法活了。"

陆高递过来一个小瓶。"你擦擦这个,试试有点效果没有?是新发明的什么玩意儿,叫避蚊剂,我刚才擦了点,好像还管用。"

姚亮把瓶口送到鼻子下闻了闻,有股怪诞的香气,姚亮把瓶子还到陆高手上。"这么一点有什么用,一个人全身擦一遍都不够,这蚊子少说还得闹两个月。没用。"

陆高说:"大家都疯了,夜里不睡,满山遍野地瞎转悠,一唱一宿,七百年谷子八百年糠,小时候学的老歌都翻出来唱,女愁浪,男愁唱,你看抻着脖子唱的都是男的。我说你也该跟大家凑凑热闹,唱一唱心里好受点。"

姚亮说:"我没音乐细胞,五音不全,我没一首歌能从头到尾唱下来。"

陆高只喜欢京剧,会的都是现代戏段子,那年月可以说十个有十个会哼几句现代京剧,陆高唱一些阴阳怪气的段子,姚亮发现自己竟也可以随帮唱曲相跟着。

只要你忠心为帝国——卖力气——飞黄腾达——有时机——有道是苦海无边——回头是岸——就看你知趣——不知趣!

乱世英雄起四方,有枪的就是草头王,勾挂三方来闯荡,老婆孩子——一大帮!

……哪怕它,假谈真打施伎俩,狼披羊皮终是狼,对敌从不抱幻想,我们还要更警惕,紧握枪,打败美帝野心狼!

开始他们声音还小,后来不知不觉地也放开嗓子,一边唱一边用力拍蚊子,在自己身上头上脸上拍出清脆的响声。陆高看姚亮忽然缄口不唱了,说:"肯定又要做诗了。"

姚亮说:"你听,细听。"

陆高说:"见你的鬼,又听见海涛声了?"

"不是。大耳朵在唱三套车。"

冰雪——遮盖着伏尔加河,冰河上跑着三套车。有人在唱着忧——郁的歌,唱歌的是那赶车的人。小伙子你为什么这样忧伤,为什么低着你的头,是谁——叫你这样伤——心?问他是那乘车的人。你看我这匹可怜的老——马,它跟我走遍天涯。可恨的财主要把它买——了去——今后苦难在等着它——可恨的财主要把它买——了去——今后——苦难在等着它。

姚亮说:"大耳朵总唱它。"

陆高说:"我也差不多会唱了。"

袋子里最后还剩一条大黄瓜,姚亮折断递一半给陆高,他俩快意地嚼着脆生生的黄瓜往回走。陆高别出心裁地提出到屋顶上睡:"屋顶高,肯定凉快,蚊子肯定也少。怎么样?"

姚亮说:"就这么着!铺凉席盖被单,别的不用拿。我们上房声音小点,别让别人知道了,人一多大眼皮又该找麻烦了。"

陆高说:"人多主要是招蚊子。蚊子鼻子才好使呢,哪有人味往哪飞,人越多招的蚊子越多,我们不用睡安生觉了。"

这真是个好主意,躺在又宽又平的泥屋顶上,心里觉得跟天空近了,好像也宁静些了。夜风习习吹来,隔着被单也感到了海边那种湿润的凉快。

陆高,你睡了吗?没有,蚊子叫得太凶。你把头用被单蒙上就好了。不行,我人太大,蒙了头,脚就露了。蜷腿不就够长了?抽巴是欠揍了。抽巴怎么了?这个下三滥,盯梢,叫人发现了,要砸他。叫谁?打听谁不谁有个屁用?人家抱在一块亲嘴,他猫在一边偷听还往跟前凑合，这下好，人家不让了。我听说这种事他干多了，二狗说他就发现过抽巴跟踪他和小秀。蚊子叫得太凶了，你听不见？要听不见早睡着了。这比屋里蚊子还多。屋里跳蚤太多，我宁可喂蚊子也不喂跳蚤。都是养狗带来的，狗身上跳蚤最多。猪身上也有，个头才大呢！比人身上的大十倍！屋里也太潮了，炕总不烧哪行？海边太潮，在锦州就没事，一个夏天烧两回三回就干爽爽的。锦州也不行，小盆地窝风，锦州是个王八坑，三天两头刮大风。谁说的，哪有那么邪乎？我听说一年就刮两次风，一次六个月。

陆高，你睡啦？大概睡了吧。睡了你还会说话？该说的时候没说，嘴说心里没说，嘴没睡心睡了。你听他们也不唱了，是不是也睡了？他们睡了嘴，心就没法睡了。你说梦话了，你听过自己说梦话吗？什么话？梦话。啊梦话。梦话怎么说？跟醉话差不吧。就这样？我没醉，没醉，你才醉了呢，再，再来一杯，来一杯，来，来呀！不像，一听就是装的。可惜我没酒量，我没醉过。那就醉一次，八月节杀猪，大醉一次。不会又杀出豆猪来吧。那可没准。

陆高，你真困了？我都睡一觉了。睡到哪了？我梦见陆二下崽子啦。陆二不是公狗吗？公狗，我也搞不清怎么下崽子啦。那个狗崽子是黑的，跟这夜一个颜色，狗崽子一个劲儿地叫唤，声音嘤嘤嘤，像蚊子一样。黑枣和大小子都有半仙之体，蚊子不咬他们。是他俩抽蛤蟆癞抽得太凶，汗和血里都带烟油子味，那些小虫子最怕烟油了。蚊子也咬他们俩。蚊子不怕烟油子。别人也抽烟，跳蚤还不是一样咬？抽黄烟和抽烟卷的烟油子不重。烟油子就是什么尼古丁吧？不知道这些名堂。你会看三星不会？凑合吧。冬看三星夏看匙，哪个是匙星？那个，你顺着我手指的方向看，这样，这样，往这边拐，再往这边。得得，天上星星成千上万，你指哪个我怎么知道？是你笨蛋。比你还笨？比我灵巧多了。笨个灵巧。谢谢夸奖，不客气。冬看三星夏看匙。北斗星是吧？好不容易算开窍了。开窍干吗？那就当榆木脑袋。我就是这么想的。谁又唱起来了？大耳朵，你细听——冰雪遮盖着伏尔加河……

陆高，这回你真睡啦？已经过了午夜我们还在歌唱／在收割过的田野／对着不圆的月亮——哪来的月亮？快了快了，八月初一。早知初一，何必十五？我们唱着忧郁的歌／唱着被雪覆盖的小河……情种，哪来的雪？马上就是秋天了，过了秋天就是冬天，就是雪了。可也是。唱着一个相同的夜晚／唱着马车上的／我们的寂寞……谁寂寞？谁？你。男愁唱女愁浪嘛。要唱还是京剧，我受不了——阿哥阿妹情意深，就像芭蕉一条根——唱现代京剧。马长礼的段子最棒。你不困了？睡觉睡觉。说好了，八月节大醉一回，大耍一回酒疯，借着醉酒把这几排房子都烧了，把你平时恨的那些人都杀了。怎么样？这还差不多，像醉话了。也像梦话吗？梦话好像不这么说吧。怎么说，你做个示范。我怎么知道？睡觉睡觉。谁不让你睡了？那就闭上你的臭嘴。你先闭上你的。一起闭吧，一二三！你喊不算，听我的——一二三！

陆高，这下你要是睡了就不用搭腔。那我就不搭腔了。你还没睡呀？你这么没完没了，我怎么睡？我总梦见长脖，这家伙阴魂不散。说点吉利话吧。你说凭他，他能把运转车长杀了？那还不容易？守车上有铁楔，铁楔懂吗？懂，刹车用的，贼沉贼沉的，一个三十多斤。听说就用那玩意儿从后边往脑袋上一敲，什么人也受不了那么一下子。不过我总寻思长脖举不起来一块铁楔。人急了没有干不了的事。长脖怎么下得去手哇？没冤没仇的，要叫我是下不去手，我要杀人得被逼急了，谁要是给我气受我咽不下去了，我也许能杀了他。杀人可恕，情理难容。杀人的人要杀人总有他自己的理由——什么样的理由都有，五花八门的。

陆高，你再不睡我可睡啦。你他妈的什么东西？你真睡啦？这个狗小子！

第六章

开始那段时间的主要工作是修上下水渠，这片地只有盐茜菜，也只是一小片一小片的。这片地被东边的海沟、西边的支渠、南边的房屋建筑和北边的大干渠圈在中间，里面又被划出许许多多小块方形，这些小方形田畦的轮廓线就是上水线和下水线，很整齐很有秩序，呈一色东西走向。一条上水小渠，和它呈平行的南边或北边都各有一条下水小渠，再南或再北又各有一条上水小渠。这些东西长条的田畦又被一些南北走向的田埂隔开，变成比较规矩的正方形地块，每一块大约一亩左右。四月，这些田畦被陆续灌上远处引来的凌河水，到了五月我们就不慌不忙地把它们一块一块染成淡绿色（插稻秧）。

第一年，我们一百三十多号人辛辛苦苦干了多半年，把国家拨来的四千多斤优良水稻种子辅以五万元初建农场的费用（建房的投资除外），最终变成了一万三千斤瘪稻子，也算不小的成就了。毕竟这里曾经一片荒芜，大眼皮在秋收后为我们阐释了这一万多斤瘪稻子的战略意义和历史意义。

田洪也有重要事项宣布，他说县里明年给本分场的补贴拨款减到一万元，以后还要逐年递减，县里初步规划四年后（一共五年）让这个大农场达到自给自足，不要国家一分钱。

掌声。欢呼声。伴以响亮的口哨声。

当然这是地方政府的宏伟规划，对这些知青出身的农工们来说，甚至国家拨款多少都没有很实际的意义。他们中多数人没在会计田洪的账簿册里写上过名字，也就是说跟农场的钱没有往来关系。伙食补贴每人每天三角，钱见不到，比较形象也具体的是玉米面饼子和盐水煮土豆块。田洪宣布时没忘了强调：伙食补贴标准没变，还是三角钱。

田洪向大家汇报了上一年度的财政状况，用于购买农具多少多少元，用于购买化肥农药多少多少元，用于差旅费多少多少元，用于办公费多少多少元，用于育苗温室大棚的木料塑料及建筑费多少多少元，用于购买稻种多少多少元，用于办电（拉线，农用水泵配套，小型粮食加工厂配套等）是最大的一项一万七千五百元，另外还有一些杂项开支。

周贵接着向大家汇报了办电进度。他说第一步拉线工程马上就完成了，其他各项都已经在着手中，预计春节以前照明送电，（掌声）五月一日以前水泵配套交付使用，而在十天以后粮食加工厂的两台粉碎机、磨米机就可以开机运转！（掌声）

田洪接着补充说："我还忘了一个大项，我们分场已经付款，在西河种畜农场购买十头半大长白猪，一头母长白猪，一头种公猪。我们准备办一个中小型的纯种猪场。三天后就派专人到西河种畜农场把猪运回来。"

带头鼓掌。有大约三分之一的人应和，会场上掌声稀稀落落。

田洪说："这一项又是一千三百元！"

二小子说："田会计，运猪谁去呀？"

胡强说："别插嘴！反正不是你。"

大耳朵说："没准是我。"

大眼皮说："现在——我宣布——县里批转的——关于总场场长的提议——任命——原主管会计田洪——为本分场副场长——仍然兼

任——主管会计工作!大家鼓掌!"

他带头拍起手来。看来这项任命的宣布相当突然,竟没有一个人马上随他鼓掌。首先应和的胡强是愣了大约十几秒以后才想起来该鼓掌,这时大眼皮的掌声已落,倒是胡强的掌声带起了其他几个人的掌声。老红,肖丽,刘保管,周电工,江梅,赵大夫。

这件事引起相当多的猜测。不细说。总之这以后,这里的权力格局发生了变化。

周电工的话倒是相当准时地兑了现。先是用新安装的磨米机磨了三百斤新稻子,出了一百九十斤新鲜大米,食堂里又找金老大买了六十斤冷水大梭鱼,这是一顿圣餐,老红为这餐饭起名叫丰收宴。这天我清楚记得许多人买了白酒,有人喝吐了摔瓶子骂人。过了阳历年不多久,照明电线路装好合闸,有电了!农场有史以来第一次夜里是亮堂堂的,周电工一夜之间成了这里的头号功臣。不细说。这小子在背后捞了近三千元钱,后来事发判刑了。

对我们来说,水稻收多收少小意思。大家都知道如果按成本计算,每斤瘪稻子至少要三块钱!每个劳动日的日值算下来约是二元一角钱,说通俗一点,干一天倒交给分场部会计两块一角钱正好!当然不会要任何人交钱,只不过这六七个月下来一分钱拿不到罢了。这里不吃亏的是国家干部大眼皮。不过分吃亏的则是几户贫下中农社员,他们按照规定每个劳动日额外补贴八角钱,是所谓带队补助(为下乡知青当带队老师)。这份补助额不多也不算少,因为当初想来农场的老师大部分是穷村社员,当初讲好每天八角钱已经超过本村日劳动的收入值,富村没一个人肯抛下肥肉来吃糠咽菜。所以我说除了捞点昧心钱的,这里没哪个人有便宜好占。不是没人想占,是没便宜。

其实我想说的不是这个。我是想说,那一万多斤瘪稻子对我们来说是个预言，预示了这片盐碱滩上潜藏了生命的机质。

春天再来的时候，我们又窄又高的长捅锹又一次插进大地。泥土变黑了，有一些白生生的植物根系从更深的土层里向上伸延，是不知多少年以前的芦苇的根！锋快的平刃捅锹每一次插入泥土都有脆生生的切断芦根的声音，那声音充满弹性，充满节奏，叫人心情愉快。一年的水泡水浸，碱土层下面的生命复苏了，那些生命的机质也许长眠了千百万年，它们被远来的凌河水唤动，慢慢苏醒了。

这才真正是我想要说的。那个春天早早就有灰百灵子在田野上空歌唱，我们兴致极好，每天扛着长捅锹去修渠平地，那天午饭前那件小事，我一辈子都不会忘。

先是姚亮一声惊呼，大家马上凑过去。是一条比拇指还粗的泥鳅鱼被他的锹拦腰切断，姚亮把已经挖出的后半截从沙土里弄出来，是有尾巴的一截。那截被斩断的生命是僵冷的，然而创口断面上有血，它在姚亮掌心的热力作用下竟开始扭动了。

黑枣说是冬眠的泥鳅还没醒。大小子马上说大概冬眠一万年了。姚亮说肯定是去年水渠放水时带来的；大小子提醒他——这块地去年没引过水，是新荒地今年春天刚开的。

这是确切的，大家都知道。

陆高最后插嘴，说可能是天上掉下来的。大家听了哄笑起来。

陆高说："我在镜泊湖附近就遇到过天上下雨。雨里有许多大马哈鱼，听说这种鱼只有东边乌苏里江才有，那地方离乌苏里江不止一千里。信不信由你们。"

姚亮后来专为这条被利刃切断的泥鳅作过一首小诗，我只记得这件事，后来也看过那首诗，这首诗没有记住真是遗憾。我就是从那时开始觉得姚亮是个人物的。

这片第二年开垦出来的新荒地离场部房子很近了，后来是我们主要产粮地块。这里往南不远是场院空地，往北不远就是那片面积不大的再生苇塘。这一年，这片稻田中间的低洼地从初夏就开始积水，开始有许多藏伏在水下的苇梢钻出水面，还有宽叶的蒲棒草，水浅的地方则一片一片长出墨绿色的三棱草。

　　仲夏时，苇塘已经初具规模，苇子和蒲草很快长得接近一人高，大片的高低不平的绿颜色很快又引来野黄鸭和一些说不出名字的鸥雁类飞鸟。这里虽然还是没长出高产水稻，第二年总产量也不过三万多斤，但是我们这些人却开始喜欢这里了。至少这里开始有了生命的气息，有了使人在这里生活下去的可能性，这里不再像个专门用于惩罚的非人的场所。

　　地上有野兔子、绕尾巴兔子、狐狸和很少见的狼，天上有小雀和大鸟，我们和绿色的芦苇蒲草在天地之间。

　　而南面还有大海，有更多自由的白鸥。

　　绿色很快使这里充满了生机。

　　早晨光着腿下水田有许多无名小飞虫围上来，落到脸上脖子上手臂上腿和脚上吸血，我们统称这些比蚊子小的吸血飞虫为"小咬"，被小咬叮了马上就起红疱，痒得钻心。红疱消得也快，半小时以后踪影全无。时间长了，我们也摸索出一些对付它的办法，比如往露在外面的皮肤上擦一点柴油，或者被咬以后马上用肥皂沾水涂抹。

　　又有许多蜻蜓在朝日下捕食小虫和稻虱，蜻蜓以绿色的为最大，红色最多，经常两只交尾叠在一起同飞。蜻蜓有时多得让人觉得铺天盖地，想不出那么多的小飞机需要多少飞虫燃料作能源。

　　无法计数的黑背白肚皮雨燕在捕食害虫的同时，也捕食那些新生的小蜻蜓，阴天时燕子最多。不知道它们夜里栖在什么地方，非常沮

171

丧的一件事是没有一对燕子在我们分场那几十间房子上做窝。

　　守在水面田埂上的是各色蛤蟆。最叫人受不了的是大个黑黄色的蟾蜍，俗称癞巴子。癞巴子跳脚面，不咬人它烦死人——歇后语。也有小的癞蛤蟆，颜色呈黄绿，动作缓慢。我们最喜欢肥大的褐色蛙，下面有它的故事。另外还有许多种类的蛤蟆，蛙声十里，此起彼伏，尤其美妙的是没有月亮的晴朗星夜，最好也没有风。黄瓜蛙一身鲜绿，金丝蛙衣着华贵像个王子，小褐蛙即使当了曾祖父也只有拇指大小。它们是我那段生活里最好的朋友了。

　　水下的头号美味是上海人称作大闸蟹的河蟹，俗称"毛夹"。楞巴鱼多得没法说，几乎每个毛夹洞里都可以摸到楞巴，一条，有时两条。也有不那么带诗意的小动物，水蚂蟥。

　　估计蚂蟥骨子里太反动的缘故，它不喜欢活水，因此上下水线里这种可怕的生物不多，它们喜欢稻田畦和小湖泊一样的芦塘。流水不腐，那些不太流动的水大概总有点腐吧？蚊蝇逐臭，所有的反动派都同样喜欢腐臭的东西。

　　我只是在早些时候被蚂蟥叮过一次，一次同时有两只，都在脚踝上方的小腿肚，开始不觉，后来感到疼时发现它们已经钻进皮肤里一截。我慌了，伸手用力一拽竟拽断了，血流不止，我吓坏了。幸亏刘保管（现在是队长）及时赶到，提着鞋子用力拍打蚂蟥，我的腿简直疼死了，给打得红肿不堪，伤处流了许多血，后来那只半截的蚂蟥和另只完整的大概也是疼得要命掉出来了。刘保管说要是晚了，可不得了，说蚂蟥钻到肉里就不出来了，在里面喝血吃肉，拉屎撒尿，再就乱钻乱爬，死了连尸首都留在肉里。我给吓傻了。蚂蟥成了我最怕的东西，比鬼还怕，比毒蛇蝎子还怕。我甚至想象它们会钻到内脏其他器官里面，兴风作浪。

水田区竟也有多得叫人吃惊的耗子。这些行动快捷的小动物经常在人们眼前不慌不忙地穿越上水线的堤埂，这时的堤埂两侧已经被新生的苇草覆盖了。耗子渐渐入侵我们的住屋，仓库、马厩、厨房里最多，耗子家族历来廓大无边，它们在烟囱道和炕洞里追逐嬉闹，在房子的檩子椽子上来回窜动。

再一桩比较吓人的事件，我们房子上上下下里里外外全被一种黑褐色的软壳虫占领了，对，就是蟑螂。这片宅基原来是个土坎，光秃秃的硬沙碱滩，不要说蟑螂这类软壳爬虫，怕是连空中飞的蚊蠓也不会光顾。现在它们像是从地下冒出来似的，到处都是，墙根墙缝，窗缝门框，炕墙炕洞，房上席下，有时爬到铺盖里。那段时间我们差不多都被这种光亮的小动物吓出了神经病。

房前七八十步外是一道刚来时筑起来的支渠，后来没用上就废弃了，成了一道屏障，南面是荒甸子，北面空地算是场部外围，前面讲到的摔跤的场地就在偏西男宿舍门前。中间也是一片洼地，春夏秋三季积水成了块天然小水塘，也有几丛蒲草。再向东，女儿国门前比较安静，很少有男子汉到那里去逗留，因为女厕所也在那一片空地上。由于支渠几次漏水，南边的荒甸子洼地也成了水塘，且面积很大，逐渐长出芦苇成了苇塘。这里再往南，许多大片的盐茜菜装点了一望无际的盐碱滩，新办起的纯种长白猪场的大队人马每天开赴那里放养。那是很可观的一群，开始十二头白猪加猪倌大耳朵，第二年猪群扩大到十九头，食堂帮厨的小秀也调去放猪喂猪。

过了夏至，胡强安排陆高和姚亮两人去看苇塘，南甸子上那片苇子已经被大眼皮看成是本场当然一笔财产。田洪还嘱咐大耳朵、陆高和姚亮捎带看护苇塘南面的盐茜菜地片，并且答应年终补助每个人一百斤新大米。

这时，陆高姚亮和陆二三条影子成了人人羡慕的自在神，每天不劳动，提着钩镰四下转悠，谁都不理解这个幸运怎么落到了他们俩头上。只有过了六秋，那些眼气的人才知道看塘不是容易的差事。

二狗仍然经常借故往南甸子上跑，说是找老乡（一个村来的陆高姚亮）玩，其实姚亮知道主要是小秀在这边。估计是小秀不要他来，他来了多半泡在姚亮这里，这里可以清楚地看到放猪的和猪，反过来放猪的不一定看得清看塘的，因为有比较高的芦苇随风晃动。

姚亮说："你老往这里跑什么？"

二狗说："兄弟想你嘛。"

"是不是不放心放猪的？"

"狗屁。你想不想吃鱼吃虾？想不想吃鸭子？你要是想，一句话，兄弟保证撑得你小肚子溜圆。怎么样？"

姚亮又想起长脖，想起那些包在蓝帽子里的大对虾。"说真的，长脖的事情你怎么看？你说他真能干那种事？我觉着他没那个胆子。"

二狗说："长脖胆小，馊主意可多。出来弄鱼弄虾都是他的主意。我说你想不想吃鱼？"

姚亮说："想怎么办？"

"想吃现在就跟我走，今天白天大潮快到顶了，肯定有船上来。走不？"

姚亮想跟陆高打个招呼，二狗说算啦。说这种事人越少越好。姚亮见他不愿意，也就不好勉强。

他们先是向南，摇摇晃晃走出苇塘。他们走近时才发现小秀一个人躺在沙滩上，大耳朵却不知去向。猪群在周围觅食，有的卧倒晒太阳。小秀听到声音起身，见是他俩有点不好意思了。

姚亮说："你一个人呐，大耳朵呢？"

小秀说:"他有事。"转向二狗:"你来干什么?"

二狗说:"我和姚亮到沟边去,你不信问他,唬你我不是人。"

小秀说:"你们坐一会儿吧。"

姚亮看看二狗,二狗已经坐下来了。

小秀说:"大耳朵把猪赶出来,他把猪驯得服服帖帖的,白天我在这里看着,他回去熬糠粥,晌午晚上他再来把猪赶回去。这样我回去也就没事了。天天就这么待着,闲死了。"

二狗说:"熬糠粥半小时完了,你去熬,叫他在这里守着。"

小秀说:"你们男的半小时,我两个小时也干不完。挑水,烧水,背柴禾,再把糠从库里领出来背到猪场,熬好了还得舀出来,挑到猪食槽里。这么多猪,一次要五挑子猪食,我半小时行吗?"

二狗说:"我帮你干。"

小秀说:"我不用你帮。我在这挺好的,没事坐着晒太阳,躺着坐着没人管,也不累,像玩似的。比在食堂轻俏多了。"

小秀说话的时候,脸一直朝着姚亮。姚亮觉到二狗不自在,就没事一样站起身,随随便便踱到二狗身后,他跟小秀说话,促使小秀的脸随着扭转过来。

姚亮说:"是谁说把你调过来的?"

"管理员。他跟田洪说食堂活累,说我吃不消,要换个男的,就换了。这比食堂好,我在食堂早干够了。"

二狗说:"食堂多好!能吃饱,还剩粮,你真是有福不会享。"

小秀说:"你会享你去!站着说话,不知道腰疼!"

二狗说:"你看人家马大胖子!吃香喝辣的,肥得流油,胳膊比我大腿还粗!"

小秀说:"咱能跟大师傅比吗?我不跟你说,你尽胡搅蛮缠。"

二狗哑了。姚亮一时也找不出话，恰好这时他俩身后猪叫，他俩便一齐回过头去。

是那头至少有四百斤的种公猪，看来正在和近处一头新母猪调情，母猪接受了它的求爱后，它开始雄性勃发，动作蛮横地骑到母猪背上配种，母猪的四条腿发颤发软，看来支撑种公猪的体重相当吃力。这时，完全出乎两个男人意料，小秀在他们身后说："这大猪总欺侮那些小猪，你们看小猪吓得直发抖。它一会儿骑到这个背上，一会儿又骑到那个背上，显它胳膊粗力气大是咋的？"

姚亮用眼角余光瞥一下二狗，二狗脸涨得通红，样子尴尬极了。

姚亮说："咱们走吗？"

二狗说："你说吧？你说了算。"

姚亮只好说："你们再待一会儿，我到那边有点事。"他这话可以理解为去解手，当然也可以做别的解释。

那天晚些时候他们到了沟边。天公不为二狗作美，没有一条小划子上来。他俩空坐在沟边等了很久，还是没有。二狗相当沮丧地掏出旱烟口袋，又从身上摸出一条旧报纸，裁成三寸长的纸条，动作娴熟地卷成烟卷，用舌头舔湿黏合封好，然后用火柴毫不作难地点燃了。姚亮在一旁看着，心里大概在惊叹吧。

"那么大风，你一下就点着了。"

"这算什么。七级风一样一次就着。顶风点火最容易。顶风拉屎顺风撒尿。"

"你一个月一斤烟够不够？"

"够不够也得够。一斤青烟一元钱，我上哪弄那么多烟钱？我比不了你，没爹没妈。"

"后妈也死了？"

"我恨不得她死了。出门叫汽车轧死,下雨叫雷劈死,叫她不得好死,我爹反正已经死了,谁还管她叫妈?"

机会来了。这时正有四只家鸭溯潮而上,估计是它们自己到下流戏水觅食回来。它们稳稳地游,样子安恬可爱。二狗忙拉起姚亮。

"快!镰刀给我!你往后绕,兜屁股往前轰,我在前面堵着。你猫下腰过去,别把它们轰到对岸去。快点!"

后来的事实证明二狗的战略非常成功,二狗麻利地把一只褐鸭追上了此岸,一镰刀就挥掉了鸭脑袋,没脑袋的鸭子还一摇三晃地跑了几步后才跌倒。

二狗说:"你快把鸭毛和血收拾干净。手脚快点。"他自己动手把死鸭团成一团。他们迅速地离开沟沿,小跑着进入苇塘。

姚亮去找干苇子,二狗用泥巴把鸭子包起来,之后是长达一个多小时的烧烤,他们轮换着去找烧的。这块苇塘空地像个小半岛,四周几乎被已经高过人头的苇丛遮蔽了。

他们忘了有烟。北边农场里有人发现苇塘冒烟,以为失火了,忙死命敲起大锣招集下地的人们回来救火,锣声自然传进了苇塘,姚亮朝北钻到苇塘边上,才知道大事不好,许多人正朝这边跑过来,端着脸盆铁锹。

他忙回头让二狗抓紧把鸭子藏好,自己动手把火灭掉。这时人们正冲进苇塘。

一场虚惊。

姚亮灵机一动,解释说怕有枯苇子引起火灾,就约了二狗一道把枯苇子捡干净,集中烧掉。胡强大吁了一口气说:"以后再这么干先跟场部打个招呼,不然真以为失火了呢。"

大家站了一阵就回走了,一路七嘴八舌。

二狗这时从水里捞出泥巴烤鸭，剥开泥巴外壳。已经烧成灰的鸭毛随着泥壳一起掉了，连同鸭皮，于是只剩下粉白色的肉，真是高级到了极点！

美中不足的是没有盐。那也没有关系，这一顿美味简直让姚亮感到欲仙欲死。都吃了，一点肉渣都不剩，他俩非常细心地把骨架内脏连同泥巴外壳掩埋好。这天他俩为了不露一点破绽，回去照常买了晚饭。吃是吃不下了，留明天吧。大眼皮从总场回来，听说了白天苇塘点火的事以后，把姚亮找去大骂了一通。

第七章

这件发明的专利权是大耳朵的。他第一个想到要吃蛤蟆，于是自己动手，用粗铁丝做成了世界上第一个蛤蟆钎子，一根长长的竹竿装上铁丝钎子头，扎蛤蟆顺手极了。

他还随身带着一根细铁丝，一端挽成圈，用来串扎住的蛤蟆，铁圈挡住它们不致脱落。那是一场大雨过后，早上天晴了，池塘田埂到处都是蹦来跑去的大小蛤蟆。大耳朵首次出动捕猎，串回来大小二十三只褐蛙。

他回来扔到脸盆里，用刀子剥皮，只留下一双肥实的蛙腿，其余都扔了。二十三双青蛙大腿被他用饭盒加水炖熟了，大家都没过来凑热闹，看着大耳朵有滋有味地把它们嚼光。

他只加了盐，当然有腥味。相当不巧的是他当天夜里真的闹肚子啦。真的一夜往外跑了八趟，在厕所后面摆出了八卦稀屎阵。别人因此不敢再吃蛤蟆。这事成了大家的笑柄。

第二个不信邪的是陆高。他也如法炮制了蛤蟆钎子，也是雨后的清晨出动，早上出了一阵太阳，上午又阴了又下起雨，这样的天气蛤蟆更多，陆高快晌午时回来竟整整串了七十七个蛤蟆！

他和姚亮两个人动手，剥皮开膛，陆高让姚亮把蛤蟆卵泡留下来，光卵就一饭盒子。因为蛙身和前腿肉太少都扔了，也只留下后腿，浅浅的半洗脸盆。

陆高没马上把蛤蟆腿做熟，而是用盐腌了一天。蛤蟆卵马上就熬汤喝了，伙伴看得目瞪口呆。姚亮一想到开膛破肚的褐蛙就觉得恶心，但他还是咬着牙把汤喝完了。陆高说这是高级补品，可以上国宴的。陆高不说玄话，他信。让他们大眼瞪小眼发傻去吧，虽然他也准备着夜里闹肚子起夜解手，但他心里坦然。

这天夜里一直在下雨，姚亮睡得很实，中间没醒过一次。结果天亮他醒时发现尿炕了。他自然不会声张，不过他有点纳罕，怎么已经好了许多年的尿床症又犯了？

上午大家都下地了，他和陆高在宿舍外间过道里点火烧蛤蟆腿，陆高拿出收藏的一瓶红烧猪肉罐头先烧沸，再把蛤蟆下到盆里，又加了一点盐。很快香味溢满屋子。开始姚亮以为是肉罐头的味道，吃到嘴里时知道错了。

陆高说："南方叫田鸡，南方人吃蛤蟆。上回大耳朵的做法不对，蛤蟆肉紧，味道不容易进去，用盐卤一下就好多了，蛤蟆瘦，没油不行，一卤盐然后裹粉面子用油炸，最香！"

姚亮说："豆油最难弄了，要是在原来的村里还可以想想办法。再说现在老红也求不上了。他要是愿意帮忙，也许还有门儿。"

"说说而已。为吃一顿，值吗？"

姚亮也知道不值得。他喜欢钻牛角尖，凿死铆。想上一件事就没法想别的。

真香。味道美极了!

不过他们没办法每顿都去买一个罐头,这里除了老狼别人都没那么阔气。可是老狼不吃喘气的,吃素。大家回来,听说他俩把那么多蛤蟆都吃了,认定当天夜里要排更宏大的稀屎阵子。天黑以后雨又大起来,这些日子经常是夜里下雨,白天半阴半晴。小个子诅咒老天,说它跟大眼皮田洪一个鼻孔出气,说它不得好死。说要是它颠倒过来,白天下雨晚上晴,他就去花五分钱买一大张白纸为它烧了,祝它好运气。"那样就可以不下地,在家睡大觉。"

抽巴说:"晚上干啥?"

"偷鸡摸狗,什么都干。"

就在说了这话的当天夜里,支渠西边田洪家里丢了两只下蛋母鸡。田洪的老婆找到东边男宿舍门口撒泼骂街:"哪个馋×痨偷了我的鸡,我×他八辈祖宗!""我抓住他,看不把他贼爪子剁下来!""叫鸡骨头把他卡死!""叫鸡大腿把他噎死!""叫他生了儿子没屁眼儿!""叫他绝户气!"

田洪脸上很过不去,半劝半吓地把老婆哄回去。田洪对大家表示了抱歉:"老娘们儿想不开,一点小事也闹得满城风雨,其实不就那么一两个人手脚不干净。叫大伙见笑了。我听好几个人反映,说丢了东西,以后这件事要查一下,一条鱼腥了一锅汤,大伙跟着受连累。欢迎大家检举揭发,写匿名信,把小偷早点揪出来。老娘们儿骂街,求大家包涵了。"

抱抱拳走了,很有点江湖义气味道。

大家听说这事怀疑上小个子了,大概主要是因为说了那句闲话。小个子气得无目的地乱骂,说谁打小报告叫他抓住了他要玩命。

大小子问是不是他干的?

小个子说:"×他妈!好汉做事好汉当。老子没干的也不能硬充好汉。我要是偷田家鸡了,我是我姥爷儿子!"

这是这里最狠的一句骂人话,小个子这么发誓,可以肯定不是他干的了。

后来风传这次是抽巴打的小报告,不过没有确凿证据。抽巴那段时间跟大家处得还好,如果弄错了也不够意思。

陆高把许多时间耗在打猎上,他把陆二训练成一条出色的猎兔狗。陆高经常把打到的野鸭野兔卖给韭坨村里的修堤民工,换一点钱再去买火药和废铅。陆高也不喜欢吃鸭吃兔,他说不鲜,土腥气太重。陆高喜欢吃水里的,鱼虾蟹子和蛤蟆。

后来他摸到一条门路。河对面军马场食堂经常改善生活,他可以把野鸭野兔卖给他们,他们给的价钱高些,也可以以物易物,换一些诸如压缩干粮、军用品大肉罐头和鸡蛋。军马场自己有养鸡场,也有小渔船。

陆高因为这杆进口双筒猎枪和陆二,很快成了附近最有名的猎手。这里农民习惯刨土吃饭,没有以专门打猎为生的。光是猎手这个称呼已经带着几分敬意了。

姚亮也是后来很久以后了,才知道陆高和大耳朵都曾经给大眼皮和田洪送过猎物。大耳朵的老洋炮比较笨重,只能在固定区域打到野鸭子。但也因为枪筒长(光枪筒部分就有一米四——齐下巴那么高),又是不打弹壳装散药霰弹的,射程远威力也大,所以打鸭子比陆高的洋式猎枪实惠。大耳朵只能送野鸭子,陆高还可以送野兔。这在当时绝对是个秘密,泄露出去也是十几年以后。

如果这事叫姚亮当时知道了,他肯定不会信,起码不信陆高会干这样的事。姚亮心里有数,这种事即使能给自己带来大好处自己也绝不会去干。他那时年轻，至少还把做人看得相当神圣。人死了也得要一口气，这才叫男人！

大概是因为多年知青生活的缘故，他的价值观念较少年时代有了根本变化。比如他一点不觉得偷鸭子偷青苞米可耻，比如他可以相当从容地把陆高换来的鸡蛋拿到集上去卖。

经济上他俩不分彼此，而且他们各自的家里经济条件也都比较好，可以经常寄些零用钱来，他们的钱明显比大多数人宽裕。

想吃蛤蟆有时又懒得去扎，姚亮索性让小个子二狗二小子他们去干，然后他花二分钱一个买他们的。他们当然愿意干，半天下来至少可以挣到一元钱（五十只），何乐而不为？表面好像是姚亮去张罗，其实都是陆高在一旁出的主意。陆高做得巧妙，不使姚亮觉得自尊心受伤。比如他可以这样：

"这个月咱们还有不少钱吧？十三块。你想不想吃蛤蟆？哎呀，对了，你今天得上集，你叫二狗去扎蛤蟆得了，也不是白扎，一个给二分钱还不行？我从苇塘回来我收拾蛤蟆，你回来尽吃就行。上集也不容易，来回一趟够累的，要不我上集也行，你去看塘？"

找人扎蛤蟆这种事陆高从不出头，所以全分场都知道是姚亮经常买蛤蟆吃。姚亮曾经很长时间以此小有得意，以为自己在别人眼里不同凡响。他那时候是太年轻了。

后来发生了那桩勒狗的事件。从那时起，陆高在姚亮心里确定了至高无上的地位。那件事从始至终姚亮都是目击者，他亲眼看到陆高最终勒死陆二。

很奇怪，当时他完全认定那是一次壮举，显示了真正的男子汉气度。然后他为这次壮举在自己心里竖起一座高碑。到了现在，又是他率先对那桩事件的实质提出了质疑。姚亮说他在脑子里把当年那件事的始末过了又过，像看一部无声时代的旧影片，觉得熟悉也陌生。

陆高背枪带了陆二过沟，这一点没问题。问题是那只兔子到底是不是陆二捕获的，或者当时陆二和大军犬英古斯抢夺的是不是一只兔子还有疑问。当时两条狗有过冲突。

当时陆高也放过一枪，不过那个兵（英古斯的主人）似乎不在跟前。

现在姚亮倾向认定那一枪是打狗，是打英古斯还是打陆二他又认不定了。那些天陆高情绪坏到了极点，阴沉着脸跟谁也不说一句话。是大耳朵一次行动给了他灵感。

大耳朵手巧心巧，专门琢磨一些稀奇古怪的东西。他自己做了个套子，利用农场晒衣服高木杆，就在离宿舍房子十几步远处套到一条黄毛大狗。他是用一块猪皮烤得冒油作钓饵，套到狗的时候正值午夜。大耳朵当时没躺下，一个人提着二尺多长的楞木在南甸子上瞎转。这个套子很厉害，狗被套上就叫不出声音，大耳朵及时发现，赶到后用楞木猛击它后脑，缩短了它受罪的时间。

大耳朵解下它，拖进大门又拖进小门，顺手拉开了电灯。那畜生抽搐地突然向前一窜，吓得没睡的抽巴大叫一声。大家都醒了。也是陆高光穿着裤头跳下来，他和大小子一个剥皮一个烧火。那天晚上大家都通宵没睡，吃完狗肉天也亮了。大耳朵提议给大眼皮田洪两人留一条前腿。没有反对的，通过了。

清水煮狗肉，煮得稀烂以后蘸盐末，吃得大家满嘴巴油腻。大耳朵说正是二八月，农场里这几条又都是母狗，所以每天晚上逗得公狗成群。大耳朵的天分在于能够经常抓住时机，这一次又是他露脸。

除姚亮以外，没任何人知道陆高在打英古斯的主意。陆高曾偷偷查看了大耳朵的做套子方法，自己动脑筋做了改进，他早就看好了沟那边岸上的树，一切准备就绪后他决定着手干。姚亮碰巧在陆高带陆二出动时来了。姚亮后来承认他一直在暗中注视陆高的行动，他猜到了陆高要干什么，决定一道干，需要时助朋友一臂之力。但他装作偶然碰上陆高出征，他那时表情自然，竟把陆高轻易就骗过了。

陆高说："我到沟东去有点事。"

姚亮说："一道去吧，我也过沟，到军马场找一个同学。你上军马场吗？"

陆高向来话少，这次他也懒得盘问。按理说姚亮在军马场有没有同学他该知道。后来的事，看过我的《海边也是个世界》的读者都知道了。连着三夜，第三夜终于套着了。小说里写是套的英古斯，说陆二跟英古斯对峙一下后夹着尾巴跑回来，都是我瞎说。这样说了以后，再说陆高勒死陆二就可以把故事讲活，讲出弹性。事实是陆高连着三天没喂陆二，陆二饿急了。连续出动也使陆高姚亮疲劳到极点，姚亮当时瞌睡得很厉害，陆二一定看出这是个机会，偷偷过沟扑向那块喷香的烤猪肉（是陆高专门花二元钱上集买的钓饵）。结果被勒死的是陆高的爱犬。这就是真相。

头被陆高割下来挂到房梁上，尸着姚亮埋了。姚亮说他当时也没别的办法，陆高没想勒死陆二，但事实是陆高下的套子勒死了陆二。陆二死得冤枉，陆二仅仅因为面对强敌时有点怯场就受到三天不喂食的惩罚，它饿急了，因而死在陆高手里。

也都是该着，所谓安排。

那段时间里大耳朵总共套了四条狗，都是大家吃了。大耳朵自己剥下狗皮硝好，做了件狗皮背心。狗肉太瘦，馋的时候吃狗肉觉得不解馋，吃法也比较单调，所以吃了狗肉以后另一些人仍然不满足。

二小子说："要是猪肉就好了，吃这么多早吃腻了。狗肉不腻人，不香。"

大耳朵说："谁请你吃啦？"

赵老屁说："听说朝鲜国宴上吃狗肉。"

小个子说："鲜族吃狗连皮都吃了。"

赵老屁说："把毛刮了，像杀猪似的。"

抽巴说："鲜族踢足球凶得很，玩儿命。"

赵老屁说："我爷是鲜族。"

抽巴说："那你也是鲜族了？怪不得你跤玩得好，听说鲜族都喜欢摔跤，都光脚丫子摔。"

"我不是，我奶奶我妈都是汉族。"

大小子说："你有四分之一血统，看不出来你是混血。混血都聪明。"

二小子说："也不知道国宴上尽吃些啥？燕窝鱼翅，飞龙熊掌，还有啥别的？"

抽巴说："让哥们儿吃一顿国宴，见一回大世面，哥们儿死了也值了。"

姚亮说："蛤蟆大腿也上国宴，你要吃这里多的是，你何必非得上北京拼着死了去吃国宴？你在这吃不上燕窝有海参鲍鱼对虾，那些不也都是上国宴的？"

赵老屁说："蛤蟆大腿要是能上国宴，耗子肉我看也能上了。"

黑枣说："二小子，要是叫你随便点菜，管饱让你吃一顿，你点什么？"

抽巴说："听说枪毙死刑犯以前，就让犯人自己点菜吃一顿。那时候还能吃下去呀？"

二小子说："我让他送贵的来，什么贵点什么，反正我这辈子是吃不上国宴了。"

二狗说："要叫我，我就不稀罕那些名堂——什么对虾燕窝的？我就要小鸡炖蘑菇，猪肉炖粉条子，管够就行。穷人穷命，对虾和鲍鱼我没少吃，这往南十里要吃多少有多少，我也没觉着好吃得不得了。肚里没油水，还是来点实惠的。猪肉，鸡肉，大大的油。"

黑枣说："能吃上国宴的，谁还没猪肉鸡肉吃啊？我听说一个小兵问当官的，说首长，你那么高那么胖，一个月三十斤粮够吃吗？当官的说，你没看见我天天手不离茶碗吗？我不用吃饭，天天喝茶就喝饱了。"

抽巴说："肚里没油水敢喝茶？茶碱专冲肚子里挂的油水。"

姚亮说："精神会餐跟口头强奸一样，怎么说也不解决问题。谁玩牌？三局一块钱？"

大耳朵说："算我一个，三局两胜，我跟抽巴一伙，抽巴，上，输赢都是我的。"问姚亮："你找谁？"

姚亮说："老狼，你玩吗？"

第八章

结果谁也不知道狗宝咸菜勾上了半拉瓢。

这个女人歪劲儿十足，姚亮说只要她想勾谁都不难得手。当然长脖是个例外。姚亮这样说，我估计他自己也有点心猿意马。

这件事的败露最终还因为半拉瓢自己，解铃还须系铃人。其中有些关节比较复杂，包括我在内许多人都糊里糊涂。

先是抽巴挨打了，下巴关节打得脱臼，话都说不出来。大家问他谁打的，他光哭不说，那副窝囊样也不值得可怜。

大家问得烦了，也就没兴致了。可是大耳朵一边吼起来，说："你他妈的不说，以后叫人打死了也没人管。"

赵老屁说："别理他。活该！天生就是受气的命。我说他一百回了，说也白搭。"

半拉瓢说："我看你还是对大家讲个明白，省得你委屈，说吧，我现在让你讲话了。"

抽巴抬起头看看大家，又看看半拉瓢。半拉瓢嬉皮笑脸，一副无所谓的样子。

赵老屁说："你说，别怕，我做主。"

半拉瓢说："你也未必做得了主。"

赵老屁说："还反了你啦！你说，是不是他打的？不用怕。你说不说？"

他前面一句是对半拉瓢说的，后面的话自然是对已经吓得要死的抽巴说的。

半拉瓢说："你也别咋呼，你让他把情况原原本本讲出来，完了咱们再说。"

抽巴这时先瞥了半拉瓢一眼，然后对赵老屁点了点头。赵老屁一把拽住半拉瓢衣领子。"你怎么说？说不清楚饶不了你。"

半拉瓢不知哪来的勇气，也一把反拽住赵老屁的衣领，几乎同时姚亮站到他俩中间。

"都撒开都撒开！把话说清楚，撒开不？就算二位给我个面子。"

赵老屁真急了，抬脚就踹半拉瓢小腿，幸好被姚亮挡了一下，不然半拉瓢小腿要残废。姚亮疼得龇牙咧嘴，他低头时房里动手了。因此他没来得及看清是谁先动的手。

一个酒瓶子抡过来，姚亮往后一闪，眼瞅着砸到赵老屁头上，当时就碎了，碎玻璃飞向四面八方，好几个人因此受了轻伤。

赵老屁一下倒了，眼看头发上涌出鲜血。一拥而上的是黑枣、半拉瓢、二小子、（居然还有）二狗！

四个人连踢带踹，缩成一团的赵老屁竟不吭一声。我从门边操起一把钢捅锹，跳到炕上大喊："再不停手我砍人啦！"

陆高也是这时说话的。"差不多得啦，再打要出人命了。"

他们四个不打了。这里的一句俗谚，说听人劝，吃饱饭。我不在乎他们对我怎么样，我跳到地上扶着赵老屁坐起来，姚亮这时递过一块止血用的墨鱼骨。有人找来赵大夫，为他做了简单包扎。那以后相当一段时间，那四个人无论谁跟我走对面都跟我怒目相对，不过大家都比较谨慎，谁都没轻易找茬儿打架。

赵老屁在农场休息了一个多月。他肩上挨了一螺丝刀，扎得很深，长合以后只有一个小指甲大的疤，鼓凸出来光滑发亮。

赵老屁这次没像上次，上次当众表示了服气陆高，赵老屁栽不了第二次。

后来抽巴索性也挑明了，说他本来是想偷刘保管家的鸡，没曾想撞上了正在鸡窝边柴禾垛下面干事的半拉瓢。当时半拉瓢正压在狗宝咸菜身上喘粗气，先是惊了一下，后来看出探头探脑的是抽巴。

抽巴几乎在同时发现了他们，也吓了一大跳，转身就跑。半拉瓢也顾不上穿裤子，爬起来就追。抽巴说："我跑不远又停下来，想看看后边是不是追来了，没想到半拉瓢光脚，从另外一个方向兜到前头，一下把我逮住了。算我倒霉。我被他抓着脖子推着走，刚过桥他就动手了，下脚踢我腿弯，我一下跪到地上，接着他就用脚猛踢我，有一下踢下巴上了。"

半拉瓢说："他妈的他跟我不是一回两回了，我寻思他怎么也不至于天天跟着，这个下三滥，存心找死！"

小个子说："上回田洪家丢鸡，是不是他干的？是不是这小子存心给我栽赃？"

黑枣说："是赵老屁自己找不自在，本来今天要找抽巴算账，赵老屁送上门来了。"

二小子说："抽巴把黑枣的信偷着拆了，听说他还拆过别人的来信，这小子损透了。"

二狗说："对赵老屁这种人就得狠，就得齐心，他再咋呼大伙砸他，把他放平！"

老狼说："有完没完？睡觉吧。"

半拉瓢说："下次找机会收拾抽巴。"

抽巴说："不忙，老屁好了，咱们找他们几个算总账。哥们儿跟他们拼了，打死一个够本儿，打死两个赚他们一个。"

我说："别动嘴不动手。你小子说实话，是不是盯梢去了？盯了就承认，男子汉大丈夫敢作敢当。"

抽巴说："有那个意思。我想看看半拉瓢跟狗宝咸菜到底什么程度了？这小子跑了多少趟了，谁也没有我清楚。"

赵老屁："×你亲妈！我这顿打白挨了。"

是白挨了。赵老屁因为看到抽巴挨了半拉瓢的打，气不过对半拉瓢动起手，而抽巴干的事是自找挨打，半拉瓢打抽巴天公地道，赵老屁为抽巴动手显然理亏，这是这里不成文的价值判定法则。就是白挨了四个人一顿毒打。

接下去一件栽跟头的事件没有大肆张扬。

这里原本是无主荒地，各处来人随便采撷成熟了的盐茜籽，现在有了主人了来人仍然不断，养猪的农户可以达到百分之二百，没有盐茜菜籽整个冬天怎么过呀？也还有人发现新长出了苇子，也都打起苇子的主意。

平时有姚亮和陆高两条钩镰看着，没人敢明目张胆来偷。然而南甸子面积太大，总有看不过来的地块，逐渐就惹出一些麻烦。

有时是来弄盐茜菜的女人，大姑娘小媳妇都有，被抓住了一口一个"大叔，饶我一回"，也真拿她们没办法，最终还是吓唬两句再放了。如果抓到二次三次，就没收她的镰和筐，这种时候就比较啰唆了，她会一个劲跟在你屁股后头哀求，直到你还给她。还有的女人比较干脆，就找了低处脱下裤子赎镰刀和筐。事情比较简单，你要了人就得通融一下，她以后来了你就得睁一眼闭一眼。

也有男的来偷，经常是结伴来，有的带了长柄扇刀装作打茅草。茅草是烧柴，可管可不管，大家都是多一事不如少一事，一般不管。也知道社员没柴烧，打点茅草蒿子也不容易。社员不结大帮，仨一群俩一伙的最多。他们一般不来硬的，被抓住就再三再四地说好话。

比较难缠的是远处专程来搞盐茜菜的，他们大老远误了工跑来，是为了自家的猪过冬，自然不愿白跑一趟空手回去。

陆高就是抓了一个这样的中年男人。那男人执意要把已经采撷到的一麻袋扛走，陆高自然不准，而且反要他把麻袋背到分场去。陆高早就先把对方的镰刀拿到手里，有两把锋利的家什逼迫，对方听也得听不听也得听。

一般情况这种事过去也就过去了。陆高有几天到县里做阑尾手术，二小子临时替他，马上尝到了看塘的甜头。二小子的原则是来者不拒，送上门来不要白不要。几天时间远近马上传开了"二叔"的大名。

二小子说："他妈的老娘们儿比我妈小不了几岁，张口就叫我二叔，有权王八大八辈！大耳朵，来弄盐茜菜的管你叫什么，大叔？还是大耳朵叔？"

"叫大爷！叫祖宗！"

结果来找陆高算账的几个农民找不到陆高找上了二小子。二小子吓成了一摊泥，当时跪到那几个人面前一个劲求饶，当天晚上他就找胡强要求换人，无论如何不干了。

他怕大家笑话，苇塘里被吓尿了裤子的事对谁都没讲。这一来种下了大祸。

本来胡强请示了大眼皮之后决定换黑枣，也是黑枣没这个福分，当天晚上陆高回来了。大家关心问长问短，陆高索性撩开衣服，用肚皮上的刀口现身说法："好了，全好了。拆线了，七天拆线，前天拆的，没事了。"

陆高自己表示不需要休息，明天上班，胡强也就没说什么别的。劫数。

第二天一早陆高提着镰刀出门时还跟二小子走了个碰头。二小子后来说他当时犹豫了一下，差一点就把那件事告诉陆高，提醒他小心点。要是提醒了也就好了。也都是劫数。

陆高进了塘就发现十来天时间苇子丢了不少，出了塘走进南甸子发现盐茜菜丢得更多，他马上就知道二小子没干好事。他就在那当时发现苇塘里有穿白衬衫的人影晃动。他甚至来不及多想就抽身跑回苇塘。

那人影似乎没发现他来，仍然专心致志地割苇子，他走得很近了看出就是上次捉到的那个偷盐茜菜的。等他终于发现陆高时他相当缓慢地直起腰，转过脸，陆高看到那脸上满是得意的冷笑。

说不上陆高是否已经意识到中了圈套，也许他来不及想别的就被围上了。

三柄大扇刀，一圈五条结实的汉子，属那个人年龄最大。五个方向一齐逼近，如果同时抡圆了三个方向三柄一丈多长的刀杆，三片近两尺长的刀刃就会撞出火星，被围在中间的陆高马上将一截四段。

陆高知趣，没有试图逃跑的妄想。

那个人懒洋洋地往前踱步。

先是正面的扇刀片钩住了陆高的屁股，当时是轻轻的，只要稍一用力就要见肉见血，估计那条旧军裤起不了什么保护作用。

侧面的两柄一上一下从侧后兜过来，刀刃闪着青白色的冷光，看得很清楚。其实这时姚亮已经发现了问题，正拨开苇丛朝这里增援，姚亮手脚很轻，接近时竟除了陆高没让对方任何人看见。大概对方也有点紧张，光顾注意被困在中间的陆高了。

姚亮知道陆高发现他来了，心里的紧张有了一点松弛，但他仍然想不出行之有效的办法——任何方法。而且姚亮非常糟糕地弄了一个足以引起对方注意的响动。姚亮暴露了。

那个人几乎同时喊道："看好他！"然后恶狠狠地转向身后姚亮的方向："谁？出来！不出来对这个不客气了！"

姚亮只好沮丧地走出来。他想起手里还拿着镰刀，就把手指一松，让镰刀自行坠地。

那个人看姚亮这副样子，索性不再理他，重新转向陆高："你跪下。"

声音平和，听不出一丝一毫的威吓，姚亮简直不相信自己的眼睛，陆高马上就跪下了。至少姚亮想自己被对方这么一句话是不至于吓得马上就跪了，也许牙咬紧一点绝对不跪。脑袋掉了不过碗大的疤瘌。男子汉大丈夫活的就是一口气，总之是一些英雄主义的名堂使他想不出陆高怎么轻轻易易就跪在敌手面前。

杀人不过头点地。一个男人能跪下去,也就没什么不可以原谅了。姚亮看着五个男人扬长而去,心里恨得发痒,再看陆高,陆高完全没事人一样站起身,拍了拍膝盖上的尘土。

姚亮把这件事瞒下了,他不愿别人为此瞧不起陆高,他以为那样自己脸上也没有光彩。

当然他和陆高都听说过,最东边的蚂蚁屯分场一个人的屁股就被扇刀横了一下,切成四瓣。听说是大凌河东岸的鞍山知青干的,也是为了打草。后来老狼一个人寂寞,索性走了四十里旱路又渡过大凌河,也到鞍山知青的区域去了。据不确切消息说他被乱锹砍得稀烂,因为没人找他被就地埋了。姚亮不愿意相信这些传闻,他觉得还是认定老狼在黑龙江各地转心里要舒服些。毕竟他们有一些共同的往事。

二狗又和姚亮向西蹭到崔屯,这是个典型的小渔村,二十来户人家全靠使船吃海。二狗在村里认识一个船老大,开机帆船的。这里离海相当近,站在村前觉得大海像是近在咫尺,其实也有四里多路。

海水涨大潮可以顺海沟直接流入房前的盐田。村里自己有一个规模不大的小盐场。

走在稀稀落落的房子之间,那种咸腥的臭鱼烂虾味直冲鼻腔底部。二狗早就答应姚亮好好吃一顿海珍,这次来找船老大帮忙了。姚亮生平第一次走进真正的渔村,什么看着都觉得新鲜。旧席片上晾晒的大虾壳鲜红透亮。沙滩上的海带都是新鲜的,上面由于日晒挂着白霜似的细盐粒。还看到有些女人像电影里那样,坐在门前的木架上织网。

姚亮边走边停下脚步东张西望。

一个女人从满竹筐的银白色面条鱼里往外挑虾壳虾耙子小螃蟹,

姚亮不由自主地咽了几次口水。因为他看到一边有十几只硕大鲜灵灵的对虾！

二狗说："再往前第二幢就到了。你别看这里房子破烂，家家都有钱。这里太潮，砖瓦房还不如土房耐潮气。"

就是，这个村里清一色低矮的小土房，房前院子也都是矮土墙，看上去相当寒酸。

一个院子比较宽敞些，有许多一般大的酱缸，有几个人在院子里干活。二狗说这是村里的虾油虾酱厂。

"别看破，全出口！"

七十年代前几年，出口是个带神秘色彩的字眼，姚亮来了好奇心。

也不过就是那股腥臭咸的气味，只不过这里更浓。酱缸都敞着缸口，引得无法计数的苍蝇海苍蝇搅成团围住，更增加了臭的感觉，姚亮当时确确实实联想到夏天里的粪坑。

二狗说："这样发酵快，发得越透越香，就像臭豆腐，闻起来臭吃起来香。"

姚亮说："不生蛆？吃蛆芽吧？"

二狗说："有盐分的，咸，不生蛆，不信你朝缸里仔细看看！"

一些人在装塑料袋，是专门定制的，每袋十公斤，塑料袋上还印着"优质虾酱""中华人民共和国×××进出口公司监制"。

就是那些从大缸里舀出来的臭酱！

无论二狗怎么说它好吃，姚亮也不想吃它。

姚亮说："卤虾油也是这里面出的吗？"

二狗说："当然了，就像香油是从芝麻酱上面澄出来的一样，卤虾油也是从卤虾酱上面澄出来的。"

姚亮说："就是上面这些黑汤？"

二狗说："这可全是小虾小鱼小虾耙子沤出来的，全是好东西。"

"尽装明白。虾是黑的？还是鱼是黑的？我家里吃过卤虾油，淡黄色的有点发青，清清亮亮，味道绝了。这是他妈的什么色？像沤粪似的沤出来的黑汤！"

少见多怪。那个年龄，真理往往跟胳膊上的力量有关。二狗不敢吱声了。还出口的?!

船老大出海了，女人在家。女人热情地招呼二狗和姚亮，二狗叫她大姐。"大姐夫这趟什么时候回来？"

女人说："今天夜里吧。"

女人出去到邻居家借来十几只大对虾，只用清水煮了一下就捞出来，盛到盘子里端上桌面上，"蘸酱油吃，什么佐料也不用，最鲜。"

她自己坐在一边，撩起衣襟给炕上的一个刚醒过来的婴儿喂奶。这时又跑进来两个差不多大的男孩子，大吵大嚷说饿了，进来后发现有客人马上就蔫了，蜷缩在妈妈腿边，四只小黑眼珠窥视着姚亮和二狗。

姚亮是感受到目光后才扭头的，他先看见的是女人撩起的胸脯，一个被婴儿的头挡住，另一个赫然醒目，又黄又长，很干瘪了，乳头几近黑色。那女人也不过三十来岁，看上去身体很强壮。是个很不舒服的印象。乳房。他实在不能忍受想象那就是女人的美好。

二狗告诉大姐："他是看塘的，铁哥们儿，大姐要去弄盐茜菜就找他。"

姚亮说不出别的。

第九章

后来抽巴一个人常跑青林,据他自己说,那个叫麻雷子的成了他姐夫。大家风传他姐是个暗娼,说长得很漂亮,我一直没见过。

黑枣丢信的事也没结果,主要因为那以后开始抽工上学参军,大家都忙着为自己寻找出路,许多人纷纷跑回锦州想办法。那种大家都在的热闹日子一去不回了。

抽巴跟麻雷子一行十几个人来过这里,这里许多人都不在,这群家伙只不过在这里喝了点白酒,闹到天黑就回去了。没出什么事。麻雷子因为曾经被强制劳改半年,成了这里的著名人物,他这一来使抽巴的地位发生了变化,抽巴开始粗声大气地说话,开始对女知青当面开一些猥亵的玩笑,他自己觉着他抽巴也是个人物了。

他跟大耳朵有过一次摩擦,口气大得不可一世了。他没动手,他没那份本事,大耳朵还是比较克制,挨了臭骂忍住了不打,心里是憋坏了。他跟我说过,几次想用洋炮崩了抽巴狗娘养的。毕竟抽巴没敢自己动手或真找来麻雷子,如果那样,大耳朵真说不定干出点惊天动地的事来呢。大耳朵一直待到农场解散,是最后一个离开农村的单身知青。他的结局有点奇特,三十一岁的时候他出国了,到旧金山去读法学院,好像是接受一笔什么遗产。

这些都是黑枣最近告诉我的,他在那里结了婚,找了个农村土生土长的女人。女人为他生了两个孩子,两个都已经上学,大的是女儿正在考高中。他说最后就剩他们俩了,大耳朵闷了就跑到他那喝酒。

小个子呢?我听说他在我离开后不久也结婚了,小个子还是他的方法,他强奸了当时很老实的一个知青叫王平的,王平怀孕后跟他结了婚。有趣的是王平在分场里是身高、体重和乳房都仅次于大魔怔的女孩子，平时几乎没人注意她。据半拉瓢后来告诉我，说小个子当时明明白白告诉王平："你去告我吧，我完了你名声也完了，我反正把你干了，我看最好的办法是你跟我结婚做我老婆。你掂量着办吧。"好像王平没有马上表态，也没报案，后来发现怀孕了只好嫁给小个子。大眼皮允许他在社员居住区里盖了一栋小房，农场出工出料，小个子王平他们难道不在了？

黑枣说："你记得王平模样吗？那时候看显得特别小，生了孩子一下老了二十岁，满脸褶子，二十来岁就像个老娘们儿，女人胖了就老得快。先是小个子一个人跑黑龙江去了，好像挣了不少钱，把老婆孩子也都带去了。"

半拉瓢我知道，他叫狗宝咸菜和胡强的老婆给攥得紧紧的，也好吃好喝供着，还给些钱让去赌。两个强壮的少妇发起情来什么样的男人也吃不消的，半拉瓢好端端一条车轴汉子给不停歇地敲骨吸髓，很快就垮掉了，只剩下一把骨头，比抽巴还抽巴了。他后来已经完全无法自拔，他和陆高同时离开农场，到一个商店里当运货的装卸工。我曾经见过他一次，神情沮丧，又苍老又憔悴，完全没有当年的影子了。

他告诉我，他结了婚又离了，他说他对女人厌倦了："没一点意思，一个月也来不上那么一回，后来她受不了啦，要离，离就离，孩子归我，我妈给带着，是个儿子。我儿子可真不错，你什么时候来看看，来串个门？"

我说："抽巴有消息吗？"

"常见面，你走以后他不是当兵了吗？是汽车兵，后来还入了党，出息了。他在百货站开车，大五十铃，八吨半，挺神气的，比我强多啦。人走时气马走膘，啥人啥命，小时候啥也看不出来，是吗？三十年河东三十年河西。现在他跟我不错，人家瞧得起咱，咱不能不识抬举，你说是吧？"

我说："二小子不是跟他同期当兵的吗？"

"听抽巴说二小子能溜须拍马，给连长洗脚，给连长老婆洗裤头，抽巴还没复员他就当排长了。"

"抽巴这小子什么时候能管住那张嘴？二小子是那种人吗？抽巴尽埋汰人。"

"二小子现在和大小子在一起，在县里。"

"大小子在汽车灯具厂当铆工，我前几年见过他，他到锦州出差，我们俩还在小乐意饭店喝啤酒来着，他混得还可以。"

"早调武装部去了，是二小子帮的忙。二小子转业时给发配到县里，没想到因祸得福，副营职回来当了个正科长，县里武装部绝对吃得开，科长也挺有权的，他把大小子弄去当干事，工人转成干部了。都是抽巴说的，他开车常跑县里，我从出来可是一次没回去过。"

他最后说的一件事使我相当震惊。

他说："一百三十多号人，就你和大魔怔有大出息，上大学了。大家背后都挺服的，当面不会跟你们说这些，也是怕你们瞧不起。"

"大魔怔？什么学校？我一点没听说。"

"听说她在北京什么研究所，听说她到现在还是一个人。有的说结婚离了，有的说压根儿就没结婚。算算也三十三四岁了吧。"

"陆高和姚亮的情况你知道吗？还有那几个女的，江梅、肖丽、小秀？"

半拉瓢显得极端困惑："你说谁？是些什么人？我怎么从来没听说过这些名字？"

糟糕！我忘了，我全忘了！

我把那些只跟我一个人发生联系的故事当成是我们共有的了。对了，就这么回事。

原谅我。

最先读到这部手稿的朋友，我的好妻子，和以后要读这本书的读者，原谅我吧。我把我的耽于想象生活而摒弃实在生活的致命弱点又带到这个沉积了许久的带一点感伤带更多欢愉更多苦痛的长长的故事里面来了。原谅我。

请原谅我。

第三部　三度重叠

> 那个早晨
> 遍地都是阳光
> ——我的诗

第一章

门上的蜂鸣器连着响了两次，声音短且急促。玻璃板下一张顾客须知上写得清楚明白：

请爱护室内设施，损坏了要赔偿。每天用餐时间——早上八点，中午十一点，晚上十七点。开饭时打长音铃一次。您的信及邮件请自己到楼下传达室领取。如有客人找您，您房内的蜂鸣器鸣叫三长音；如有您的传呼电话，蜂鸣器鸣叫两短音。

也就是说我的传呼电话？我先用脚在桌下找拖鞋，我推开椅子站起身往门口走，我到门口前又转身回到桌边为金笔戴好笔帽，之后熄了台灯，顺手拉绳使窗帘展开，上午十一点差三分的阳光一举冲进房间。我出了门，想把门锁好，又想到似乎不会出现盗窃事件，没锁。下楼。楼梯分两节，先下的第一节七个阶级，第二节恰好是第一节阶级的两倍。

是一个听起来耳熟的声音。

"是我！连我的声音都忘了？对了，就是我。我听说你在上海。你别管了。问也白问，我不会说。说也不是真的。

"是怕你忘了。对，对对。鬼撞墙。嗨！你一个，我一个，还有……对，就是，这下你想起来了？夏天。肯定夏天。高粱正灌浆，苞米正灌浆，北边，北边不会错。

"走不出去了。是顺地里的小路走，走着走着又转回去了。对，就是三趟，连着三趟，那时候谁知道哇？要知道再走一趟不得啦？谁让咱们碰巧三个人啦？少一个就该少你，少你就没戏了。不能少，无巧不成书。开始是我和……是我和……商量以后去找你的？当时就没想告诉你，后来想起该告诉你时你走了。不过没关系，现在不打这个电话也没关系。

"我和……也都没去过，走过。就是没看过那个大坟。总是听说，总走，总能碰上，碰上一回也是运气。别说得那么倒霉，你呀，真叫人丧气。是你的运气，我和……走了好多次了，都没碰上过，没那个运气。

"没错。你眼花了我们两个也都花了？你说有一个梦三个人来做的怪事吗？你怎么认识她呢，我当时真给弄糊涂了。没错，一身白，黑头发上插一朵小白花。你说的不是瓶子就是罐子。不是幻觉，我和……都可以做证。

"还有事情想问你。嗨，闹了半天我是谁你都没弄清楚？好！就告诉你，我是北京，北京来的长途。还不明白？笨到家了！我问的是希望——啊！那太棒了太棒了！我真怕你回答别的——太棒了。谢谢你。

"这样吧，有事我找你，电话费由我来。总机！总机！噢，小姐，讲完了，谢谢。"

一直在旁边盯我打电话的传达员是个老太太，六十六岁了。她每次叫我接电话时都目不转睛地盯着我，听我说话，看我说话的表情。这一次她显然被弄糊涂了。

她说："你怎么不说话呢？这么长时间她都说了些什么？"

她说的这个——tā——是阴性的，但与阳性的——tā（他）——发音一样，所以我分辨不出她这句问话的谬误。

我说："我说什么？"

至于——tā（她）——说了些什么这种问题她本来可以不问，问了我也可以不作答复。

她说："是你老婆还是你相好？"

我这时才反应过来，前面问的——tā——是她，阴性的第三人称指代词。我大吃一惊。

"怎么扯上了老婆和相好？是男的呀。"

"怎么跟我上年纪的人玩起心计来了？你忘了是我先给你接的电话？是我按响蜂鸣器叫你下来的？我连男女都分不出来吗？"

她一本正经地从老花镜上面看着我，我知道我是无论如何也说不清楚了。

已经开饭了。我先还上了昨晚喝啤酒欠下的钱。四瓶啤酒四三十二四五二十,是二元一角二分,炒鳝丝四元,炒蘑菇肉片三元五角,炸小鱼一盘七角五分,红烧扁鱼豆腐加六两米饭是六元八角,"总计十七元一角七分,你自己再算一下看对不对?"

吃的什么忘了。吃过上楼,二七加一七,二十一级梯阶,左手门是盥洗间,进去解手,然后洗手。抖掉手上的水滴,出门,再拐向左手门(从楼梯上来可以直接推门,我的房间门正对楼梯口,也就是说不解手可以省略两次向左转)。我记得没锁屋门,事实屋门锁着,我摸摸裤子口袋,幸好钥匙带在身上。

进屋先坐到沙发上,坐了大约三分钟,起来给自己沏了一杯茶,西湖新龙井,四元八角钱一两(五十克)。我习惯性地顺手盖上了杯子,马上想到茶叶店的掌柜告诉我的——沏这茶不要用沸水,七十四摄氏度最好,不要盖,盖了叶子要捂黄,味道就不好——有意思。他怎么知道我不会沏茶?我真不会。他也不怕碰一鼻子灰吗?也可能是老生意人眼睛毒,不会弄错。

四月二十一日。算是晴天吧。通阳台的门开着,两扇窗开着一扇,房间里亮堂,也很凉快。对面的小楼隔得太近了,不足六米,好在也是三层,不然要觉得撞到一起了。

我知道我过一阵喝茶也行。我回到桌前的椅子上,马上又站起来把窗帘拉拢。坐下,坐到这部著作前面。对,大坟。

声音很耳熟的,好像立刻就能想起来。就在嘴边,我肯定就要想起来了。对,大坟。他说一同去的,就想想是和哪个人一同撞了我的运气。他说是三个人一道,我就该努力去回忆另外两个人。第三个无疑应该是我。

大坟。瓶子？肯定不对,不是瓶子。他故意把我引入迷幻,瓶子早死了,我自想这一点我不会弄错。他什么意思?还有她说是女的,平时她不开玩笑。她说什么?相好?她真是老古董了,她要说的一定是——情人。他又何必叫一个女人先把电话挂通呢?他说大坟,说鬼撞墙。他说有他,和……和谁他一直没说。

我可以认定他在卖关子。

然而这是上海。

他说他是北京。什么意思?

纯粹是为了抄近路,小路有弯,拐来拐去的,总让你觉得绕了许多冤枉路。商量一下,都认为该穿庄稼地抄近路。这一片是高粱地,是新品种,矮棵密植,高粱正灌浆,最高的也不过与我头顶平齐。造化真会捉弄人。这就够了,足够。跷起脚跟以后眼睛与高粱穗平齐,就这么简单。

是横切着垄往前,密集种植的新品种高粱是白颜色的,米粒更大,比籼米香得多。产量也大,亩产都在七百斤以上。然后是好不容易通过,要不停地拨开秸棵,走到后来胳膊也有点酸了。横切着垄向前,这肯定不会记错。

叶子划在裸露的胳膊上,火辣辣的。夏天的阳光也来凑热闹,出了很多汗。汗一浸更火辣辣的了。不过近是肯定的,说好了的,一直向前,不拐弯。好像不久就看见了那坟了。

是一片空地,面积不大,大概因为是在耕地中间。坟的周围只有一步外围草地,坟头也都长了一样的茅草。想起来了,真是女的。传达员没错,那就是我错了?是她俩,肯定不会错,江梅还吓得轻叫了一声。小秀也紧张了,下意识地拽住我的光胳膊。

我说:"别怕,没事,没事。一定是谁家的老坟地,让移坟不移,还占着好耕地。"

到底是女人。江梅指着坟头:"看,还有一朵花呢。这么白,多素气呀!"

真是的,整座坟只有这么一朵小花,恰好孤零零地开在坟头。看着孤坟,看着坟头孤零零的小白花,连夏天的阳光也凉森森的了。

我心里觉得背兴,我不想绕过孤坟,只有我一个男人,我说了算。我们向左,这次是顺沿着垄沟向前了。这样需要拨开的只是叶子,向前走比刚才容易多了。刚才一路沉默,现在我觉得沉默不好,沉默使那座孤坟和坟顶那朵白花有时间在心底从容地扎下根,从容生长。我有责任首先打破沉默,谁让我是男人呢。

可是说什么呢?好像任何共有的话题同时也都是感伤的话题。为了小秀,自然不能提二狗。我于是想尽可能地找轻松的话题。

"讲个故事吧,也许你们都听过了。是陆高和小个子两个人的故事,大家都知道,我是想说男的,男的都知道。

"是打赌。八月十五杀猪,那天男的差不多都喝白酒了,差不多两个人一斤,有几个没醉的其中有小个子。小个子当时夸下海口,说一斤也放不倒他。陆高叫他一口气把一斤酒干了,喝了算小个子白喝。"

小秀说:"那么点事,你翻来覆去讲了多少遍了!我耳朵都听起茧子啦。讲点没讲过的吧,讲什么都行,讲那个张兰吧。"

江梅说:"张兰也讲了不少次了。"

"讲后来,后来的我没讲过。小个子醉得一塌糊涂,姚亮找大小子要了点青烟叶子,硬塞到小个子嘴里叫他嚼,说是解酒。小个子没睡,嘴里一直喊着——我没醉,我没醉——这时又努力往外吐烟叶,说——谁说我醉了?我不嚼这种臭东西——姚亮不管,还是把吐出来的烟叶塞回到他嘴里。"

江梅说："别讲了，我恶心死了……"

"小个子再吐，姚亮急了，伸手一个耳光，小个子不再吐了，可是满牙花子流血。"

小秀说："男人都是畜生。又狠又坏。"

江梅说："听说姚亮和陆高就是因为这件事打起来的，是吗？那么好的朋友，干吗自相残杀，下那么狠的手？"

小秀说："男人都是畜生，都是！没一个好东西。连猪都不如，就像白公猪！"

江梅说："姚亮怎么把陆高脑袋砸开的？用什么？听说是用石头？石头还是镰刀？"

小秀说："他们光知道往你身上爬，他们全是畜生！白公猪就是那样。那个纯种长白！"

江梅说："你是个瞎子，什么也看不见。大白天的，蚊帐里尽是两人，成双成对，也不管屋子里还有别人。"

小秀说："那时候没几个人啦，有几个？女儿国早就没了，有几个女的就有几个男的，有时候男的还多。谁也用不着找借口了。"

我提议还是横切垄往前走，这时我们走在苞米地里。苞米也是矮棵新品种，也那么高，每一棵上至少结三个苞米胡须，淡粉色的苞米胡须啊。至少苞米叶子不那么脆实不那么划得人火辣辣的了。而且种植得也不那么密了。

"赵老屁也不是人。借着下乡三周年杀猪喝酒，他又跟小个子打赌。"

小秀说："那一次女的也都喝了，一边喝一边哭，听得见男的那边鬼哭狼嚎唱情歌，那调儿才悲呢。"

"大家喝得痛快才唱,二小子说——凑一起不容易。三年了不容易。谁都不容易啊!诸位都是我的大哥,小弟平时有磕磕碰碰的,借这个机会给大家赔礼啦,各位大哥多多包涵!各位大哥多多包涵!"

江梅说:"女的喝了酒互相揭短,谁背后说谁什么了?谁溜须拍马?谁偷着用谁的雪花膏了?谁跟哪个男的亲嘴了?谁给谁打小报告了?谁把女宿舍里的私房话告诉男的了?女的跟男的就是不一样,差劲透了。"

"二小子一带头,大家都开始谴责自己,不停地干杯,唱酒歌,划拳行令,四海之内皆兄弟,一团和气。"

小秀说:"是情歌,二狗以前都唱过的,我连歌词都记得,二狗情歌唱得才好呢。"

要不是又看见了大坟,我无法预想这场谈话的最后指向。不能想见更晦气的事了,走这一路竟遇上了两座孤坟。

我抬头看太阳。

方向没错。阳光一直照着我左肩膀后脑,午饭以后的那段时间,我们一路向北。没错。两个女人又都缩到我背后。

这座坟看上去更大,周围的茅草更茂盛,因为坐落在苞米地里,透光透气都更好些,所以感觉更阴森更可怖了。阳光是顺光,坟冢沐浴着灿烂的夏天。

还是江梅先看到了坟顶上那朵小白花,江梅指给我们看。当时我奇怪极了,我们一道站在它前面,我也不眨眼地盯着它看了很久,我怎么竟没看见它顶上那么显眼的孤独的小花?也许因为顺光,花瓣又白得近乎透明?

小秀说:"不,我敢肯定先前没有花。绝对肯定。我看到坟的当时有一种预感,就先看坟顶有没有那朵白花,没有我才松了口气。"

江梅："有。我刚来就看见了，以为你们也看见了就没说，看你们也都没说，估计你们都没看到才说的。"

小秀："你不说，就没有花。你说了它们才出现的。"

"是江梅说了我才看见的，两次都是。"

江梅说："这两座坟一模一样。"

"这个更大些。"

小秀说："我看还是那个大些。"

江梅说："一样大，一模一样。连小白花也是一样的。"

小秀脸上突然升起了恐惧。"江梅，你别吓唬我。你说碰上鬼撞墙了是吗？好江梅，你可别吓我，我胆小。别吓唬我。"

"怎么会呢？刚才那座坟在高粱地里，我保证这座不是那座。"

江梅说："你糊涂了？怎么是高粱地呢？我不是还说这苞米怎么都是三个胡须呢？我们一直在苞米地走的呀。"

小秀说："可是我们往前走的，也没东拐西拐的，怎么会走回来呢？"

"不！刚才就是高粱地！小秀你也想想。"

小秀说："叫你们一吵我也糊涂了。"

江梅说："我不会记错的。还是想想该怎么办吧。我说还往前走，再碰上一回就可以证明了，你们说呢？"

小秀说："原地转一圈，吐一口唾沫，转一圈再吐一口，周电工讲的，他讲过鬼撞墙。"

江梅说："赵杂毛也讲过。"

我从江梅的话里听出了怨怼，小秀提起周贵使江梅沉不住气了。奇怪的是小秀，江梅的反击（提赵杂毛）小秀竟没一点感觉，小秀根本没听出江梅的弦外之音？

这种事信与不信都可以试一下，转一圈，吐一口唾沫，再转一圈再吐一口，再转再吐，我偷眼看她俩，三个人同样一丝不苟。

"现在怎么办？"

江梅说："绕过去，一直往前走。"

刚才我的过错在于我没把想到的说出来，没说出来的她们当然不会承认。

"刚才我们是横切着垄走的，遇上第一座坟时我们就是横切着垄，我走一路拨一路高粱秸……"

江梅说："苞米秸。"

"弄得胳膊又酸又火辣辣地疼，遇上第一座坟以后我决定顺垄沟走，就像现在这样。"

江梅说："第一，我们一开始就横切着垄走的说法不成立，这一点小秀可以做证；第二点最重要，如果你说的是真的，我们走的方向就变了，开始往北，现在应该往西，现在是往西吗？你抬头看看太阳，我们是往北，我们从一大早上路就是往北，大方向始终是往北，拐来拐去还是往北去。我说错了吗？你干吗那样瞪着我？"

小秀说："是往北，锦州在北面。"

江梅用的是我从未见过的激烈口气，她怎么啦？她从来说话都语气平和，这不像是她。

我不得不承认她是对的，她说得对。我们是去锦州，锦州是在北面，而我们现在还是一直往北去。

"小秀，她让你做证，说我们一开始不是横切着垄走的，你说吧。我说是横切着垄走，江梅说不是，也就是说江梅认为是顺着垄走，江梅，我没歪曲你的意思吧？"

江梅说："没有。"

"小秀,你说吧,我们开始是横切着垄走的还是顺着垄走的?"

小秀相当仔细地在想,说话时节奏很慢。"是,横切,着,垄,走的……"

"怎么样江梅?"

小秀说:"还是,顺,着,垄,走的?"

江梅说:"你说怎么样?你说呀!"

小秀说:"本来你先说是横切着垄走时,我觉得是横切着垄走的;可是后来江梅说不是横切着垄,我想想好像也不是横切着垄走了。"

"你这不等于没说吗?"

江梅说:"她后来认定不是。"

"她没认定,她说好像也不是。"

小秀说:"你们吵嘴干吗扯上我呢?"

江梅说:"是啊,你干吗扯上小秀?"

"怎么是我?不是你先说让小秀做证吗?"

小秀说:"算啦,算我倒霉。咱们走吧。咱们不能总待在这,看这座坟看这坟上的小白花,咱们还是走吧。"

"我刚才觉得绕着坟走不吉利,现在咱们就绕着它走,绕半圈,还是一直往北行吗?"

小秀说:"这种事情我不懂。"

江梅说:"就依着你,绕开它。"

"男左女右,我从左边绕,你俩从右边,走吧。"

于是我们兵分两路,我从左边,江梅和小秀从右边,过了坟地我们才又会合到一起。苞米地里又闷又热,我觉得浑身都湿透了。我不喜欢这样闷着走路,又何况有那两座相当晦气的各有一朵小白花的大坟。

小秀说:"你说赵老屁不是人,他怎么不是人了?你刚才说他和小个子打赌。"

江梅说:"你说二小子给大家祝酒,说大家唱祝酒歌。是不是苏联的祝酒歌?如果在节日里/有几个好朋友/同我们欢聚在一起/当我们回忆起/最珍贵的一切/唱起了愉快的歌。是不是这首歌?"

"唱到后来,赵老屁提出要打赌,他当时醉了,小个子也醉了,他说他敢把自己后脚跟砍下来,问小个子敢不敢把他后脚跟吃了?"

小秀说:"这家伙太坏了。"

江梅说:"赵老屁有胆量,男子汉大丈夫就应该有胆量。"

"小个子当然不示弱,说你敢砍我就敢吃了,大丈夫放屁崩坑。"

小秀说:"他这话什么意思?"

江梅说:"装潇洒呗,吐唾沫成钉是吧?说话算话的意思。"

小秀说:"天呐,他干吗这么说?这不是逼赵老屁那么干吗?"

"男的跟女的不一样就在这。赵老屁借大耳朵的铁锹,大耳朵的锹刃最锋利,飞快。赵老屁坐到炕上,把左腿盘在身前,把左脚侧放好,举起大耳朵的铁锹头。"

江梅说:"我不让你说了。"

小秀说:"说!看看这些畜生干了什么?"

"小个子说——老屁,少砍点,砍多了兄弟咽不下去了。大耳朵说——老屁,小心别伤了大筋,大筋伤了这辈子就别想站起来了。"

江梅说:"站不起来才好呢,我恨你们这些只会对自己发狠的男子汉,你们算什么男子汉?你们算什么男子汉?"

江梅突然哭了,哭得伤心且冲动。

"赵老屁砍了,可惜只砍下来不大一块,有一节大拇指那么大吧,血流得也不多,大概是因为脚后跟上血管少吧。也没包扎,没人去请赵大夫，血流了一阵就自动止住了。小个子没说二话，也向大耳朵借来匕首，把那块脚后跟切成三块，分三次硬咽下去了。"

小秀也哭了。"真是牲口！畜生！他们为什么这么作践自己呀？这不是造孽吗？"

江梅这时已经不哭了，这时反过来申斥小秀："你哭什么？你和我比他们强吗？我们就不是造孽吗？至少赵老屁小个子他们活着，就这一点他们比我们强得多，活着呀！"

我这时才觉到那种阴凉的气息已经侵上我脊背，她早死了，江梅，那个生过两个孩子的下乡知青。小秀也死了，先疯而后死了，小秀竟没向我索要她的二狗。

现在她们与我同行，走在清香的玉米绿的夏天里，我知道那两座坟是怎么回事了。

该死的蜂鸣器又响起来了。

又是传呼电话？

我用两根食指堵住，刺耳的鸣叫马上变成柔和的有旋律的乐声，把声波在冲击耳鼓以前阻断一下就成了这种效果。

许多场合我都无法忍受音乐，我不理解贝多芬、柴可夫斯基和肖邦，我知道许多女人喜欢他们，我不愿意存心和这个世界作对，于是我自嘲是个音盲（或乐盲）。

第二章

如果我的神经还没出毛病，我敢断定还是那个声音，还是那个——男人的——声音。这次我学乖了，我只"喂"了一声，对方还是以那句话开始："是我——"

我捂住送话筒，对传达员说："这次是男的女的你听清了吗？"

她说："好像还是你那个相好。女的，你还要说她是男的吗？年轻人不诚实。"

我于是把话筒递到她手上，她半信半疑地对着送话筒说："喂——"

一丝微弱的声音从听筒传出来，她的满是皱纹的脸上漾出笑意，她马上把听筒送到我耳边。我傻了。真是个女人的声音。

"你怎么不说话？"

我说："你让我说什么？"

"那么你在听我说话吗？这样最好。"

"你记得那些蟑螂吗？那些蟑螂简直无法无天，开始只是炕墙砖缝里，后来爬到炕上，爬上房梁，爬进行李和衣箱，爬满我们和你们每一根神经。你做梦也只做关于蟑螂的梦，你没有一件东西没被蟑螂咬过，你每天每天不停地咒骂蟑螂，看到蟑螂就像虐杀狂一样把它们弄死。"

我说："等等，我想问你是男的是女的，你到底是谁，你为什么要对我说这些，这些事你是怎么知道的，我想问你这些，也许你不想回答，你不回答就不要再给我打电话，我不要听你的电话。我说清楚了吗？"

"清楚了。那么——"停顿，"那么——再见。对了，我要说的就是那些蟑螂，我已经说完了。我是北京。那么再见。"

我举着话筒，听到对方搁了电话。我再举着话筒显然意义不大了。我也搁了电话。我看到传达员正眼盯盯地看着我。

她说："你们谈崩了？"

我隔了一会儿，怪模怪样地点了点头。

她说："她好像挺厉害的。"

我说:"厉害。"

她说:"现在姑娘们厉害了。我们那时候不是这样,那时候男人厉害。你也挺厉害。"

我说:"厉害吗?"

她说:"你还说她是男的吗?"

我说:"她是女的,刚才那个是男的。"

她说:"两次是一个人,那个就是这个。"

我说:"行啊。随便你。我想问一下,这房间里有蟑螂吗?老蟑,蟑螂,蜚蠊。就是一种虫子,紫红色的,到处乱爬,有股臭气。"

她摇头。也许是没说清楚吧。我也摇头,一是对自己不满意,一是对语言障碍表示无可奈何。我于是又一次上楼,二七加一七,有钉的皮鞋踏响木楼梯,这次没进盥洗间。

房里那种窸窣声跟我们听到的声音相似,我的龙井茶喝到二道,正在香醇的佳境。也许它已经响了很长时间,但我只是刚刚注意到,注意到就没办法排除掉了。

我记得在第一次蜂鸣器响起过以后我曾经熄了台灯,现在我又想去熄掉它了。它的那束黄光使那种声音变得越发难以忍受了。上面那个句子有毛病,难以忍受前面缺主语,叫谁,叫谁难以忍受了。当然是叫我。

当然我也还有另外的选择,我可以逃避,从那种声音和那束黄光的笼罩下逃开,逃到外面。我就那么做了。

我走出房门,走进星星闪烁的天幕下,雨后的夜相当凉爽,简直可以用写意这样恰如其分的词汇来形容。雨后也是蛤蟆的美妙时刻,蛙声一片此起彼伏。而且大耳朵又发明了新的捕蛙方法。

钓蛙。

一个钓蛙,不大不小最好。一根随便什么做的钓竿,长竹竿最美了,没有也可以用一根柳条代替,钓饵?

最绝的就是钓饵。有白纸没有?没有?废报纸也行,厕纸也行,什么都行。扯一片放到钓钩上,钓竿轻轻摇动,钓丝轻轻摇动,钓钩轻轻摇动,纸片(钓饵)轻轻摇动,恰似一只觅食的小飞蛾。它贴着水面飞上飞下,完全没在意被虎视眈眈的褐蛙所觊觎,它越飞越近,胆大包天,在褐蛙猎捕范围内竟悠然自得旁若无人。一扑,长舌闪电般地一卷,它进了褐蛙的肚子,褐蛙上了大耳朵的钩子。

大耳朵的发明没有给他本人带来实惠。他从第一次吃蛙以后再没吃过它们。

小秀说:"我一直拿姚亮当人看,听说他花钱雇人给他捉蛤蟆,他也不是人。我从那以后就瞧不起他了。雇他的好朋友,朋友是钱能雇到的吗?那是剥削,剥削自己的朋友。"

江梅说:"你说他雇陆高吗?不对吧。没人认为陆高会为了二分钱给姚亮捉蛤蟆。而姚亮除了陆高没别的朋友,这是大家都知道的,怎么你不知道?"

江梅故意这么说,用意连傻瓜都看得出来——她故意伤害小秀。偏偏小秀木讷到极点,竟完全听不出江梅的弦外之音。

小秀说:"你不知道。我也不想说,至少还有人也是陆高的朋友。"

江梅说:"错了。你刚才说的是姚亮,这下怎么成了陆高了?"

小秀说:"那有关系吗?我看都一样。"

江梅说:"怎么会一样呢?你说大眼皮和赵杂毛一样吗?周贵和田洪一样吗?"

小秀说:"一样,都是畜生。"

由于对话不断,三个人注意力都很集中,因而走到大坟时三个人同时怔了一下。这次我格外留心,两个女人都没怎么害怕,没像前两次那样缩到我身后。

江梅说:"看吧,又是那朵小白花。"

真是的,江梅的多嘴多舌叫人无法忍受,如果她晚说两秒钟,我也一定来得及自己去发现它,我早准备好了,可惜还是让她占了先。夕阳已经接近地平,从左手方向投射来今天的最后一抹霞晖。

也许那种声音一直在响,不过我是刚刚注意到的,注意到就没办法摆脱了。有趣的是小秀也在侧耳细听,我发觉了其中的戏剧色彩。这次(假如这声音出现了不止一次)的声响无疑很特别,也更重一些,窸窸窣窣像闹老鼠。我仔细观察发出声响的坟壁,马上发现了是些个头奇大的老蟑,全是黑褐色的发亮脊背,多得叫人无法想象。蚊蠓在空中萦绕,蟑螂在草叶下奔走,啃咬草茎,擦摩后造就的硬壳腹壁,一派繁忙景象,好不热闹。

许许多多又粗又深的裂缝,看来它们早顺着土裂处进入坟冢内部了。我只要细听,就可以分辨出声音最长的波是来自内部,来自裂缝深处。小秀和我站在坟冢两边,慢慢环视整个世界。我在左,顺时针转半圈来到东侧,小秀也是顺时针来到坟西。

我直起腰。"至少有一百万!"

小秀直起腰。"至少有一万万!"

江梅这段时间一直在四周观察地形,这时她来到我对面。"现在我们怎么办?"

小秀说:"我敢肯定,里面的死人早被老蟑吃得一干二净了。老蟑最爱咬木头,恐怕连棺材也早就吃光了。"

"不会吧,棺材没了坟早塌了。"

江梅说:"你们中邪了?哪来的闲心管老蟑?现在我们怎么办?你

们哑巴了?"

"你说怎办?刚才你说要证明,现在证明了,又怎么样呢?听你的。刚才唾沫也吐了,圈也转了,都没效果。我没一点办法。"

江梅说:"亏你是个男子汉,就这种没用的话!还要你们这些废物男人有什么用?"

小秀说:"最好用乐果,'4049',没有乐果用'1059'也行。不过只能用一次,第二次就不管用了,老蟑有了抗药性就什么也药不死啦。就像孙猴子在炼丹炉里炼了七七四十九天,炼成了钢筋铁骨火眼金睛。"

江梅说:"你吃错药啦?"

小秀说:"没有哇,我没吃药。噢,我刚才说的农药是给老蟑吃的。城里有一种专门药老蟑的药,说老蟑吃了它就胀肚,一直胀死拉倒,说老蟑特爱吃那种药,特香,特对老蟑胃口,老蟑吃起来没命。"

江梅说:"她真出毛病了,别理她,咱们这里就你一个男的,你得拿主意呀。"

小秀说:"老蟑能吃,想把它们都药死,一吨蟑螂药也不够。在家里老蟑闹得厉害了,我妈就换一条长长的皮管,用煤气点火烧石头缝砖缝,烧热了老蟑就都往外爬,我和我三个妹妹一起踩,一踩一个响儿,这么烧一回至少可以一个月不闹蟑螂,一星半点的不算。"

"我听说一般鬼撞墙都在夜里,走夜路的时候,说鬼撞墙怕公鸡打鸣,天一亮就好了,就能走出去。可是今天我们倒霉,大天白日就见了活鬼,我寻思也许天黑就好了,你说呢?"

江梅说:"要是知道我们现在的位置……"

"鬼撞墙就是把位置弄糊涂了,知道了位置也就撞不上鬼了。这里一马平川，最不容易测定位置，四周都找不到参照物。"

江梅说："我们可以站得高一点，尽可能往远处看看，兴许就可以找到远处的参照物了呢。我记得到锦州以前要翻过一座小山冈。"

"锦州老远了，我说看不见山冈。再说哪有什么高的地方可以站啊？对了，我用手撑住你俩肩膀，来试一下，来呀，一人一个肩，哪个肩有力用哪个肩。"

都是右肩，于是她俩站到同一条水平线，相隔半米距离，一个面朝南一个面朝北，我的大块头使她俩几乎同时咬了咬牙，我伸手抓住两人的右肩膀。

小秀肩头紧实，江梅要柔软得多。我不能多想，但我想得出小秀整天挑猪食累的，都只隔着薄薄的一层衬衫。我耸身跳起，顺势将身体重量移到手上，移到两个女人的肩上，我根本没有思想准备就狠狠地摔到地上，是江梅当时就撑不住了。不能怪她，毕竟我太重了，这几年她又很少参加体力劳动。

江梅很难过，蹲下身柔声问我——摔疼了没有？我只能说没关系。

小秀说："他太重了，太重了。"

可是怎么办呢？

天已经暗下去，很快就要黑了。

小秀说："二狗不死就好了。"

江梅说："怎么好了？"

小秀说："我来了他也会来，他在这就多一个男的，两个男的什么都好办了。"

江梅说："多他一个有什么用？"

"小秀，你好像有什么主意？"

小秀说："我是想，二狗可以骑到你脖子上，那样就高得多了，什么都能看见了。"

江梅说:"没他不也一样吗?我来。你蹲好,我骑你脖子上,你可不兴把我摔了。"

"那说不准的,谁让你刚才摔我来着?有来有往嘛。"

江梅说:"我不怕你摔。来吧。"

我从心底里紧张,我故意开着玩笑,试图缓解内心的战栗。平时我总是不自觉地眼睛往她臀部下腹部和大腿上瞟,现在她要骑到我脖子上来了,怎么可能呢?我蹲下来,尽量蹲得很低,使她能够先举起一条腿搭上我的肩头,小秀帮扶着使她终于稳稳地骑上去了。我用力往起站,她紧张地抱住我前额,我觉到她两腿在用力夹紧。

江梅说:"别把我摔了,千万别把我摔了——小心!你脖子真粗!"

我双手抱紧她垂在我胸前的双膝,我的指尖触到她膝盖骨上方的多肉部位,我用全部身心感受着她紧贴在我身上的躯体,后脑上的小腹,胸膛上的大腿底部,肩上的臀和包裹着我强壮脖子的大腿内侧。我有了犯罪的感觉,战战兢兢,无所措手足。

她在上面指挥着我:"转一下,再转。"

小秀说:"你看见什么啦?"

江梅说:"真奇怪,什么也看不见,好像四周都比我们这里高,我们好像站在一个小盆地的正中央,还是站得不够高。再高一点也许就好了,你不能再高一点吗?"

我恰到好处地收回心猿意马。

"怎么才能再高一点呢?除非站到坟顶上去。我已经把脚跟也跷起来啦。"

小秀说:"不行,那么多大个老蟑,这里的老蟑都成精了。"

江梅说:"又是老蟑!你就不能说点儿别的?上!你扛着我能走上

去吗？"

后半截话无疑是说给我的。只要她想的，就没有什么是不能的，尤其现在！我根本就不能想别的，上！

"抱住了。"

她浑身用力，马上就传到我每一根神经，我那时根本完全想不起蟑螂和小秀，我迈开有力的长腿往坟上攀援，一步，两步，三步，再有三步就到顶了。再有两步。再有，坟塌了。我先跌倒，向上迈的左腿陷进了穴冢，我承认有那么一小段时间我心都不跳了。或者在那段时间里，时间本身停下来了。

小秀的惊叫来自极其遥远的地方，江梅一声不哼仍然手紧抱我腿紧夹我。我异乎寻常地冷静，我的半身陷在土里，我闻到一股极其强烈的臭气，像是在阳光照射下干馏的人屎味。一定是尸臭，或者是千万个老蟑的体臭。

小秀的声音变得清晰了。我的头被江梅柔腴的身体压在坟壁上，但我听见了小秀说话。

"江梅，你脸压到花了，你把花压扁了。你脸把小花压住了，江梅，江梅！"

我心里想的是脚下踩着什么？尸体，还是层层叠叠的蟑螂？这么一想马上觉得浑身上下都痒起来，刺痒得钻心，又没法去搔挠。

"江梅，你先爬下去，轻一点，慢慢爬，小心别连你也掉到坟窟窿里去。"

江梅这时才稍稍松弛了身体，缓慢地从我身上爬开，滚下坟冢。我抬起头，天全黑了，新星闪烁，周围有许多虫鸣和旱蛙声，我仔细分辨，一片聒噪声中唯独没有蟋蟀，我不禁有些沮丧。还没到蟋蟀的季节吧。

我想我可以不必那么傻愣着不动，我好像应该马上想办法脱离那种可笑的境地。可就是在这么难堪的时候我却听到小秀说什么——你把花压坏了，你的脸把花压扁了。

小秀也许不是说我，可是我终于火了。

"压扁了就压扁了，压坏了就压坏了，花生来就是要给人压扁压坏的，谁让它长到这种有鬼的坟头上去？它活该倒霉。我连自己都还顾不上呢，还有闲心去管它？"

我的脚也许正踩着一具腐尸，也许正在被数不清的蟑螂啃啮咀嚼进入胃肠蠕动而后变为粪便从体内排出最后变成泥土——我的脚连同我脚下的腐尸。我几乎无法可想。我觉得我的身体重心还没落到实处，还处在飘忽状态，但我稍一用力无疑就会落下去，坠进墓穴深外。我突然想象它可能很深，我怕我的头最终也很难露出来，这种想象相当恐怖。

我不敢用手支撑身边任何一寸泥土，我认定那会引起进一步的塌陷。我甚至不敢回头，我想不出两个女人在这段时间里干些什么。

我还痒吗？不想还好，想一下，刺痒立刻从脚心上侵到整个大腿。奇痒难耐。

还有臭气吗？也是一想立刻觉到窒息，被巨大的臭气团团裹住了。

我说不清道理我为什么无心与两个女人搭话，我这时乐得安静。我想我理智清醒，想到刚才还被江梅的肉体弄得心醉神迷，我不禁哑然失笑。也许我的双腿已经（或者正在）变成神圣的泥土，那些关于男人和女人的神秘的心理骚动突然跟我拉开了距离，我心变得透明，变得像石头一样坚硬。

在我三十几年的生命当中，大概没有别的什么时间里我比那时更期望这是一场梦了。梦总归是要醒的，噩梦醒得就更快些。我忽然起了一个奇特的念头，我想撒尿，我的所有噩梦几乎全是由这道来自体内的热流冲开的，我甚至故意不去解开裤扣。

真舒畅啊。

我舒服得想死。我像卸了包袱一样感到轻松舒展，同时也感到某种羞愧，因为身后正有两个熟悉的女人。我隐隐约约还有一种说不准的不好的感觉，很轻微，像丢了什么东西。

还有另外一种期待，期待发生一件无可避免的不愉快的小事，又无关紧要，比如蜂鸣器三长音也行，两短音也行。打开饭铃最好，虽然我还没觉到饿。糟糕，我中午饭吃过了竟忘了洗碗筷，我的碗筷就放在卖饭的案台上了，这里总共只有三位客人，大师傅是不难找出谁又逃避洗碗的。这种事发生在我身上已经是第三次了。事不过三是这里的一句古谚。

不想详细叙述脱难经过了，主要是没什么值得夸耀的，我只不过碰巧踩进了獾子洞，碰巧那个洞已经与腐朽的棺材内部沟通，是茅草把洞口挡住了，就这么简单。如果我避开那个洞口，估计这座寄居亡灵的房子承受两个人还没任何问题，随便了。蟑螂也不敢去骚扰野性十足的獾子，没有一只脚一个脚趾甚至哪怕一枚趾甲被老蟑啃啮最终变为泥土。没有，很遗憾。非常遗憾。

——诗意

那棵躺在林中空地上的老榆树已经完全腐朽了，各种壳虫寄生虫正在无情地啃啮它，阳光和林中潮湿的空气也在加速它的腐化，它几乎以可见的速度迅速回到曾经滋生它的泥土中去。

悦耳的蜂鸣器从此没再响过。也已经早就过了吃饭的时间，午饭吃过了。晚饭？或者早饭？估计前面的路不远，如果我没记错，还要经过一个小镇，这个小镇有一个别致的名称？李小孩。我说话凭记忆。超凡的记忆。

李小孩镇在那道必经的山冈后面，很小，十几户人家，家家开店铺，有一条小街，全部居民都住在小街两侧。一家小客栈，三家杂货铺，五家小吃部有两家专营水饺一家打麻酱烧饼一家烙锅贴一家小酒馆煎炒烹炸，一家自行车修理部，另外有两家茶馆。

我之所以这样有信心去回忆，是因为我认定这场劫难该过去了，天已经黑了一些时候，两个女人已经连累带吓打不起精神，最主要的我们没做什么伤天害理的事，玩笑也开得差不多了。我一下坐起来。

小秀说："你打呼噜了。我爸睡觉就打呼噜，醒了就不认账，我妈就捅他肋条，揭他的短，他打呼噜比你响多了，隔着一道墙也能把我震醒，我妈说真怪，怎么他自己就震不醒？他自己听不见？他耳朵也没堵着呀。"

"我睡着了吗？"

江梅说："好像是吧。"

"你们呢？你和小秀睡了吗？"

小秀说："我一直在想心事，可惜那朵小白花让江梅的脸压扁了，多可惜呀。"

"啊，小秀，对不起，刚才。"

我一下就想不起我要说什么了，我经常这样，一件事（或一句话）想说刚说了开头，下面的就忘了，怎么也回忆不起来。记忆障碍？

小秀说："你做了什么对不起我的事吗？你说刚才？刚才怎么啦？"

是啊，刚才怎么啦？因为我打呼噜就要道歉吗？

"我睡了多长时间？"

江梅说："谁也没有表。反正你睡了。"

"我梦见了电话。"

江梅说："电话？你要当官了，当官的才用电话，你做梦当官，梦没梦见娶媳妇？"

"梦见门上有个叫蜂鸣器的电铃，一响就亮红灯，声音挺好听的，比电铃声好听多了。下面一来电话，那个老太太就按蜂鸣器叫我，我一边打电话老太太一边盯着我听我说话。还问我是不是相好打来的。我明明听见是男的，老太太非说是女的不可。电话里说她是北京，我知道北京离锦州五百公里。她又说早知道我在上海。上海就更远啦。"

江梅说："有一千公里吧？"

"还要多吧？我不太知道。我去过北京，大串联，六六年，我十三，到北京见毛主席，北京可真大，比锦州还大。"

小秀说："我们那时候也要出去串联，学校说女生新生不让去，说太小，怕走丢了，还说阶级斗争复杂，有坏人。"

江梅说："那个打电话的到底是男的女的？"

"我也闹不清了。开始我听是男的，老太太说女的，又来电话时我听还是男的，让老太太一听又变成女的了，老太太把电话筒给我让我听，我一听真是女的，我问她是谁，她还说是北京，我说你不告诉我我就撂电话了，她说再见，先把电话撂了。"

江梅："真绝了！他（她）没说别的？"

我想了想还是决定把他（或她）电话里提到的话打住不说。说了更神了，这一整天闹得还不够吗？

白天看太阳，晚上看星星。冬看三星夏看匙儿。东北人把调羹叫匙儿。说的是北斗星，七颗亮星恰好排列成羹匙儿的形状。跟前边两颗星三点成一线的另一颗距离远些的亮星是北极星，北极星在正北，位置经年不动,其他的星都围着它慢慢转动。找到北极星是正北方,看匙儿星可以估出大致时间。都是庄稼人的经验,不掺一点水分。还是抓住北极星往北走。

脚下觉得乏了,是在上坡。很快就到了李小孩镇。只有一户还亮着灯,没等我们走近就熄灭了,像是专门为了指路。

岗顶路边有一口井,井水满得随时外溢,正好渴了,一身臭汗也该洗洗。我们又折腾了好一阵。我们都没有钱,所以可以不必去敲客栈的门。

江梅说:"歇一下还是接着走?"

小秀说:"走吧。离锦州不远了吧?"

"三十里不到,二十六七里吧。"

江梅指着前面路边说:"好像是汽车,咱们过去看看,司机带咱们一段最好了。"

是一辆汽车。停在路边,走到跟前才发现没轱辘。是辆报废的旧客车篷子,放在路边当长途汽车售票站。没窗没门,正好,不然有门上了锁谁也进不去。

我先进去,也看不清,不过用鼻子可以知道没被人当厕所:"进来吧。可以睡一会儿。"

小秀说:"我刚才走着走着就睡着了,脚下一闪又醒了。困死了。你俩放心,我绝对不打呼噜。"

小秀拱到里面一个角落里,马上就睡了,有趣的是居然打起了轻鼾。太累了吧?

江梅挨着小秀,我在这边。江梅离我大概有半尺距离,我可以听得出混在小秀轻鼾声中的江梅的喘息。

就这么坐了一阵。

江梅说:"你睡了吗?"

"睡不着。可能刚才睡了的缘故吧。"

连我自己也相信我刚才睡过了。我的确不困,毫无睡意,甚至两个女人近在咫尺(其中一个是我一直喜欢着的江梅)也毫无欲望。

"你怎么也不困呢?"

江梅说:"有些话我一直想跟你讲,可是一直没有机会。没说以前我不会睡,我不困。"

"肖丽到底怎么回事?我想可能你知道。你知道黑枣一直对她好,黑枣也怪可怜的。"

江梅说:"你们男人呐,都盯住长得漂亮的女人。肖丽有什么过错?你们非得盯住她不放……"哭了,"人死了还想怎的?还打什么主意?长得漂亮就该死啊?"

"我听说她报复那些男人。陈老道就是她告发的,还听说她又要把大眼皮田洪这些人都弄进去,对不起,我不是有意提田洪。顺嘴就说出来了。肖丽真是上吊的吗?我一直觉得这里面有名堂。"

江梅说:"我也不是跳井,那又怎么样?怎么样都是死,死了就活不过来,怎么着都一样,你还做梦吧?"

"我出去一下,解个手。"

江梅说:"说你们男的都往身边撒尿,连起都不起来,躺着就尿,尿到旁边塌了的炕洞里是吗?一定挺好玩的。我小时候最气的就是不是站着撒尿,像男孩那样。后来在澡堂的淋浴下面,借着淋浴掩护就站着尿,真好玩。生第二个孩子还要好玩,随随便便就生出来了。第一个可不行,疼死我了。生孩子跟撒尿有点像,像那么一点点,别的都不像。肖丽真傻,干吗不把孩子生出来?"

"你不是说她不是上吊吗?"

"是你说的。我说我也不是跳井。我说肖丽是说以前,她可以不流产,可以生一下。当女孩时怕得要命,生过以后又觉得没什么,真算不了什么。"

"你是说她以前做过流产?是谁的?"

"男人都这种样子,听见漂亮女孩怀孩子耳朵马上一尺半长。有什么好问的?反正是男人的,也许是你的呢。谁说得清楚?"

"我保证不是我的,我可以发誓……"

"男的都会发誓。不过我还是愿意我托生个男人,我恨女人。"

"你跟韭坨的张寡妇熟吗?她到底跟赵老屁好还是跟大小子好?"

"你们呐。男人一辈子也懂不了女人。"

"你是说谁在跟前谁好?"

"你为什么跟我一会儿扯肖丽,一会儿扯小寡妇张兰?你成心把话岔开,不听我说是不?算啦,我也没情绪说啦。"

"你说嘛,我不是一直在听吗?"

"你要听什么?好吧。听着。狗宝咸菜是个最心疼男人的女人,不信你可以去问问抽巴。"

"怎么是抽巴?不是半拉瓢吗?"

"田洪是个最会体贴女人的男人,这你可以问小秀。"

怎么搞的?好像该问她江梅呀。

"第一个和我相爱的是长脖,可惜他不在了。你也不一定非问不可。知道就得了。"

长脖?怎么……

"天快亮了。"

是的。

我探出头,看东边天际开始泛白。

"这里下去十七里到女儿河,锦州市的人也叫二道河,河上有一座小木桥,到了汛期就被大水冲掉。二道河里鱼多,比小凌河鱼多,锦州那些大工厂往小凌河里放水把鱼都给药死了。炼铅厂,酸化厂,硫黄厂,水一出来河都变色了。过了二道河一直都在河床里走,我记得过三片林子,中间隔的不是沙滩就是河卵石滩。这两条河这一段用一条河床,老宽了,至少有五里宽,不止。六七里吧。平时各流各的,在东边二十多里的地方汇合,一发大水在锦州城南这一段就连到一起了,老宽了。

"小凌河水多,可平时不深不急,胆大的都敢蹚过去,没腰深吧。水面一百多米,可够宽的了。回回过河回回蹚水,都惯了。

"进城先来顿带馅的,包子饺子锅贴,什么都行,带馅的就行,吃得饱饱的,到理发馆剃个头。理发师傅问:你多大岁数啦?几个孩子啦?告诉他:老二能给我买酒了。"

江梅说:"我困了。你说什么?"

"我说你困了就睡吧,放心睡。到时候了我叫你。你看小秀,呼噜打得多香!"

第三章

真正的寂寞是从此开始的。

都睡了。没人再谈话。就不谈。

那一年,我七月里从格尔木出发,骑着我的小白马一路向前。草地早早就发黄了,像是秋天。走近昆仑山北麓时我第一次在七月里看到雪。齐刷刷的白头雪顶横亘在半空,这一段路很长,走了很久才越过昆仑山南边的唐古拉山口。那七天我是走在我喜欢的冬天里的,沱沱河（长江源头）岸坡正在被一场新雪覆盖。我遇到一位年龄还小的牧羊女，我为她吟咏我为北方做的颂诗：唱着被雪覆盖的小河……是颂诗中的一节。唱着一个相同的夜晚……唱着……她不胜惊诧："怎么你们那也下雪吗？"

"叫我怎么回答你呢？是的，是的我的小姑娘，到处都在下雪。到处。"

向下走去，那片草原刚刚泛绿，那么多的牛羊像黑白两色的围棋子，无章有序地排放在藏北的春天里。我甩掉皮袍子，也再记不得曾经头疼胸闷，我一下爱上了这里。

后来就到了绿树掩映的圣城拉萨，开始了另外一个长长的故事。爱情故事。夏天里的爱情。我心气平和，就此忘掉了寂寞。

睡吧。年轻的朋友，温馨的梦。

有时也爱说些女中学生式的傻话。觉得像做诗，觉得其中无限的情致。拉萨河是多么湍急多么清澈呀！

我是完全可以不再回头的啊。

    我的记忆像春天
    蛇也开始苏醒

对了，就是那些蛇。

金老大说那是海蛇。他是后来说的，当时他在海上，他的小划子沐浴着渤海湾初春的太阳，随着波涛轻轻摇荡。他只是听说过海鳗，听说那是南边外海里的美味。第一群浮过来的时候，他以为是它们错进了渤海湾，他坚信他的大片挂网可以成群地捕获它们。后来他傻眼了，它们太多了，黑压压地卷过来，他知道事情不那么简单。

他快速摇起尾橹，及时地退出它们行进的那一条海面。他估计它们的队伍有两百步宽，在他眼前浩浩荡荡地过了三袋烟的工夫。

"是海蛇，每一条都有半人长，有的还要长，我一直守在近处的海面上，它们游得快极了，我的三片挂网全被它们穿得稀烂。我不在乎，真不在乎，三片网算什么？能看到这么多海蛇是我的福气，如果它们还要在这里经过，我愿意为它们再撒三片新网。别的打鱼人有这个福气吗？没有，谁也没有。"

当时姚亮正在秫秸围成的露天厕所里解小手，突然被从南边钻过来的蛇群吓着了，他半截尿也憋回去了，连裤子也来不及提上就跑出厕所，南边小堤过来黑压压的一片长蛇蠕动，他没魂似的向东跑，好在蛇阵只一直向北，刚好贴着男宿舍西墙不远通过。

"没有那么宽，没有二百步，我看一百步也没有，五十步宽吧。可是过了绝不止三袋烟工夫，至少一小时，也许还多，两小时？蛇群一直往正北去，没有一条蛇东张西望。等我注意到的时候，厕所早没影了，连一点痕迹都没留，叫它们吃了？蛇怎么会吃秫秸呢？我发现第一条钻过来时，还仔细看了它的脑袋，简直跟乌龟一模一样。它们爬得不快，看上去不慌不忙的，好像很有秩序，排成队伍在游行，它们纵向路线相当规矩，没有一条擅自出列，横向就一团糟了，前后来回蠕动，想起来连饭都吃不下，一个劲儿反胃。它们好像彼此间互相照应，没有一条掉队或死在路上，可以肯定它们没有因为队伍庞大而自相践踏。"

大眼皮在地里带领大家平地，蛇阵到来时他沉着地指挥大家向西撤退到支渠对面。他是在这之后才想起北面干渠下的育苗大棚正在蛇道途中的，他知道要出事，急得连派人都顾不上了，五十来岁竟在堤上疾跑起来。

"快!

"快!

"快。

"快。

"快,

"快,

"快……"

大家跟在他身后盲目向北,直到看见两个看棚的人也跑上支渠才终于把步子放慢。看棚的是大魔怔,刘保管正在棚里查看苗情。

大魔怔到底年轻,发现有蛇穿破塑料墙马上大喊不好,拽住刘保管的胳膊就往门口跑,刘保管也跑起来以后她撒开手,先出了门,又迅速从上水小渠跑上大支渠。

"我上了支渠回头一看,刘保管还离老远呐,蛇阵已经到他跟前,他有点慌,这种时候还跌倒了,我吓得要死,拼命喊——快爬起来快起来——他还真行,马上就爬起来了,不然准没命。他过来乐呵呵的,说是一条蛇把他绊倒了,说那蛇身子像棍子似的硬实,说要不然绝绊不倒他。还好,蛇群不过毁了少半座塑料大棚,有三分之二的苗床保住了。大眼皮真不知足,抱怨说又得花钱出去买秧苗了。知足常乐嘛,要是一点也不给你留,你不得全部到别处去买?当官的跟咱就是两样,咱是无事一身轻,当官的可不行。就冲这点,我这辈子是不想当官了。你呢?你想不想?"

相对比起来老红要达观一些。他开始念叨说这次闹长虫(东北对蛇的俗称)准有前因后果,说这一路什么也剩不下,蛤蟆蚂蚱连天上飞的燕子都剩不下。这话叫他说着了。

先不说前因后果。

真是这一整个春夏秋三季突然寂静了，这一年稻子长得好，盐茜菜长得好，芦苇长得更好。主要是因为不闹虫子。除了人，这里连一种喘气的活物也见不到了。

最可喜的是已经张狂到极点的老鼠和蟑螂突然遁迹了，像是从来不曾有过它们肆虐的时间。后来，第二年它们又和其他生物一样慢慢出现，不过再没有达到先前那种为害的程度。

也有可悲的就是没有了蛙鸣和蟋蟀悦耳的叫声，没有了漫天飞舞的红蜻蜓。天晴时便灰蓝时而缀上白色的云朵，阴了就一派黑灰。

秋天快结束的时候又闹蝗虫，大片南美飞蝗漂洋过海君临渤海沿岸，结果正待收割的四百亩黄澄澄的稻子被收掇得干干净净。据灾情观测中心报道，蝗祸取道北上，从朝鲜上空掠过进入苏联版图，没有后话。后果吧。

陆高的兴致与别人不大一样，他在蛇群过后一个人背着猎枪沿蛇道向南，走了半天加一夜，乘金老大的小划子随涨潮的海水回来，他说蛇道是一条笔直的公路，路面光滑结实，而且基本平坦。沿途小的起伏基本被夷平，他说他在十几处地方用步子丈量，整个蛇道的宽度相当均匀，都是三十九步。蛇道比它旁边的地面略低两三寸，估计是众多的蛇的重量的挤压的结果。像压路机一样？

新华字典〔一九七一年修订重排本〕第三百八十四页右侧上数第三至第六行：蛇　爬行动物，俗叫"长虫"，身体细长，有鳞，没有四肢，种类很多，捕食蛙等小动物。

需要特别补充的是农历冬至那一天。

许多人都说前一天晚上夕阳特别辉煌，通红通红的是从未见过的那种绝对的红色。说夕阳很大，落下去很慢很慢的。

有人说有一天灿烂的火烧云，有人说那个晚上万里无云晴和无比。说晴和的是抬杠我听得很清楚，而说火烧云的不过是为那场奇妙的景观找一点前兆。我要不是为了避免凑热闹的嫌疑，我也可能在这里讲述那种特别的预感，也许正是那预感使我们平凡极了的生活变得有了弹性。我就免了吧。免得让人觉着我故意作神秘状，煞有介事，我不想讨人嫌。

说来有趣，竟是胡强第一个早起发现这个世界出了问题。

首先没有炊烟。也就是说，大师傅睡过了时间，天蒙蒙亮还没点火做饭。胡强迈着懒步踱过支渠小桥向东，一路打着哈欠。

接着他诧异地用力揉着眼屎，他简直不相信自己的眼睛了。他看到了什么？一条狐狸？长尾巴尖嘴巴，火红色的脊背，相当从容地踱在右前方的土坝子上。这里至少半年没看到活物了，而他却看见了一条狐狸！

他异想天开，蹑着双脚向前靠近，以为可以徒手捕获它，万中有一嘛。

他也上了坝子。狐狸偏偏没有发现追捕的猎手，但它正在不紧不慢地移动脚步，它也是往东去。它和跟在身后的胡强隔着二十来步距离，胡强不敢放开步子怕惊动它，它于是一直与他保持距离，心平气和地先在男宿舍前面掠过，经由分场场部前面的水塘，又掠过女儿国禁地，一直往东去到海沟边上，这段路程由于追捕者小心谨慎，它一直没回过头，一路小步匀速，窜下海沟就不见了。

胡强的运气在于先睹为快，他因此第一个饱了眼福。大潮！沟里几乎盈满了水，黄浪浑浊，推来涌去的，看得出来潮水还在上涨，也许很快就要溢出沟壑，漾上这块新开垦的处女地。他来不及多想，转身拼命往回跑，一路高喊着："不好啦——不好啦——不好啦——"

所有的人都说是被胡强的尖叫吵醒的，平时早睡早起的大师傅也这么说。大概人们在醒来的刹那都在蒙蒙眬眬中咒骂了吵醒自己的叫喊，但是我敢肯定没有人因此责难胡强，后来人们不厌其烦地听胡强讲述上面的故事就是佐证。胡强在那一年的冬至成了引人注目的人物了，那条火红色的狐狸使他也沾上了几许传奇色彩。

"它跌下海沟就不见了。我猜它没准是个小狐仙。连耗子都见不到了，哪来的狐狸呀？"

大家围在沟畔，几乎没人讲话，讲话的也尽量压低声音，像怕惊动什么隐身的神怪。

这一年因为蝗灾颗粒无收，大家心里本来就不对头，眼看着海水上来，心上像压了一层铅。潮浪大得出奇，但没有一丝风。

已经有涌浪上岸了。田洪跟大眼皮小声商量过以后对陆高说："场长带大家回去做好搬迁准备，我在这里守着监视水情，你跟我留下来行吗？有两个人，万一出事了有个照应。"

陆高无缘无故地吹起口哨，转身跟在大眼皮带领的人群后面走回去了。田洪一直发怔地站在原地看着，冷不防身后姚亮说话了。

"我留下吧。我水性还行。"

根本不是水性如何的问题。到了夜里有水的地方全结冰了，要中午以后才能在阳光下慢慢溶化。现在正是大清早！

姚亮头一次看到田洪眼眶发湿，田洪什么话也没说，略有一点痉挛地点了点头。

"副场长，你说怎么回事？怎么突然就涨了这么大的海潮哇？"

田洪说："我捉摸着，这跟春天闹蛇好像有点关系，是不是……"

姚亮等着他往下说，所以不催问他，让他慢慢捉摸，想好了再说。

田洪说:"你看,一年没活物了,今天早上胡强又看到狐狸,不是怪啦?"

"胡强的话可信可不信。"

田洪说:"这事他可不敢瞎说。再说你想一下,如果他说瞎话,他又无缘无故跑到沟边来干什么呢?还有这一片海上连小鱼小虾都没有了,金老大一年坐吃山空,连网都卖了你是知道的,可是今天这水里有鱼。也许你没太注意,你仔细看看。"

是整整一春一夏加一秋没露面的小狗蹦子鱼,在水面窜来窜去,有的顺潮有的顶浪。细看还有梭鱼水纹。都是海边的人,不会错。

也许这就是所谓闹蛇的前因了。

田洪说:"都说海啸海啸的,都没见过,我看八成就是海啸吧?"

"海底地震?"

田洪说:"是吧。二十年以前黄海闹过海啸,电台广播说大浪三十米高,海水浸上海岸两米多高十几里远,死了不少人和牲畜。"

"五三年?几月?"

田洪说:"我记不住了好像春天吧,我小学还没毕业呢。就是咱村的小学。"

"要是春天还没我呢。我六月生的。要是海啸的话,电台还会广播吧?现在几点?到没到新闻联播时间?"

田洪说:"早着呐,到时间了你回去,听听消息再回来告我。姚亮,有些事我一直不明白,陆高干吗跟我过不去呢?"

"怎么跟你过不去啦?"

"你别跟我装糊涂打哑谜。陆高把枪砸了是吧?他怕也有了那杆枪要杀人是吧?现在人不多了,谁想什么干什么大家也都看得清楚,我还不至于那么糊涂,你说呢?"

"又是小秀死了。一个村来的几个女的都死啦。陆高心情不好也可以理解。"

已经有许多海水上了两岸,不过没有更险恶的上涨趋势。他俩往后退了几步。田洪这时发现整个海沟几乎沟满壕平。他说了声:"来。"头也没回向南小跑着上了堤坝。

站在这里才知道情势已经到了何等危急的程度。这道一米多高的小堤事实上成了新的海岸线,上浸的海水已经跟堤边的苇塘接合了,是待割的干芦苇挡住了向南的视线,堤下一步远的芦苇正植根于浑黄海水中。这片新海向南的部分还有许多露出水面的植物和土丘。沟对岸的几棵树一时竟孤零零地插在大海波涛里。

田洪说:"你快点跑回去一趟,把情况向场长汇报了,说得冷静一点,沉住气。别把大家吓着,一乱就不好收拾了。"

"可能时间也差不多了,我去听听广播,看广播里怎么说,我马上回来把消息告诉你。"

田洪说:"还有,还有……"

他一时语塞,姚亮这次有些急了。

"还有什么?说呀!"

"还有,万一,万一的话,你告诉陆高,说我都知道,我不恨他,就告诉他这个。实在是他误解我了。去吧。"

姚亮也就轻易地被某种悲剧意识抓紧了,按理说他知道一切,但他又必须只能装糊涂。他想回过头对田洪说句话,一时也想不出说什么才适宜。这是个比较特别的瞬间。

是在他拔脚跑开时田洪补上一句。

田洪说:"江梅不死就好啦,你们就什么都清楚啦。"

姚亮就更不想回头了。

他急跑着先进了场部办公室,气喘吁吁地来不及先开口就开了收音机。大眼皮问情况怎么样,他用手指着房前的小堤说不出话。大眼皮索性不理他,自己出门向南跑上小堤。

许多人也都跟着跑过去了,顿时整个都乱了套啦。大家马上又往回跑,七嘴八舌的,有的说抓紧扛行李,有的说留得青山在不怕没柴烧还是逃命要紧。

广播里正在说——

这次海啸波及的范围不大,政府正组织人力物力奔赴受灾地区,已经派出直升机飞赴沿海区域探查灾情。根据仪器测试,这次海啸是由海底地层断裂引起的,地震的准确时间是凌晨三点三十七分(大约三小时以前),震后海水急剧摇荡上涨,现在水位已高出平时正常水位二米左右。另据测试结果表明,海水水位在二十分钟以前达到最高值,现在开始逐渐下降,估计在今天十八点以前将回复到正常的水位高度。云云。

姚亮发疯似的跑出场部,把这一消息告诉大家,同时跑向远在沟边的田洪。

可惜我没有时间把这一节故事讲完。蜂鸣器又响了,非常不合时宜。

是我弄错了,开饭铃,蜂鸣器没有那么刺耳。另外两个客人几乎同时冲下楼梯,端着各自吃饭餐具。我不快不慢一步抢在两个中间,楼梯很窄,超前是不可能的。

传达员站在一楼门厅对我们三头饿汉一个劲儿地赔礼道歉:

"对不起,对不起。铃打错了,开饭还要等十几分钟。是电话,那位先生的,真对不起大家,我一急把铃打错了。年纪大喽,不中用喽。对不起另外两位了,对不起。"

那位先生指的大概就是我,我看她老人家说——那位先生——时眼睛是对我示意的。我终于从发愣的第一名身边超过去了,操起电话。

"是我——"

"是我。等等,请告诉我你的电话号码?"

"234567。"

我不听她(或他)说什么话就撂了电话。我转身问传达员:"阿姨,请问您,直接要北京先拨多少?"

她说:"01。"

我就耐心地等待话筒传出拨号音。

0——

1——

好,没有忙音。

2——

3——

4——

5——

6——

7——

倒霉,忙音。

她说:"你快拨,拨慢了不行。"

"要是不行,快了也不行。"

她说:"你不信,我说慢了不行。"

我不想争辩。要是争辩,我有不止三条充足的有说服力的理由。我爸是电信工程师,一辈子摆弄电话,什么有线无线载波微波铜轴电缆名堂多了。拨号音来了。

0——

1——

忙音。拨号音又来了。

零——

1——

2——

3——

4——

5——

真是晦气。中途忙音插入。

我没别的办法。只好求援了。我一直觉得最不可捉摸的现代奢侈就是电话了。手气,绝对凭手气,像打牌一样,手气背一个电话也拨不通,手气好时一通百顺。

"阿姨,帮个忙,我手气不好,您帮我拨一下。01,234567。"

随口读出的数字过分奇特了,怎么可能这么巧? 1234567。7654321。不对不对,不能忘了零。零可不是没有。01234567。我这才明白她(他)在耍我。

她说:"通了,给你。"

我接过话筒。一声长音之后马上来人了。

"是我。"怎么可能呢?

对方不说话,但我认定她(他)在听。我也就不管她(他)说不说话了。

"是我。

"我想告诉你,灿烂的火烧云不会错。不过不是那个冬至的前一天晚上,是那以后的第三天。黄昏时夕阳仍然血红一片,晴和无比万里无云。是血红的夕阳落下去以后，西边燃起通天大火，没有云彩可是有大团大团的烟霭，没看过那么壮丽的大火，没看过那么灿烂的火烧云。许多人带了脸盆跑去救火，人们到跟前时火势已经弱得不救马上也会自灭。是田洪家的柴垛失火了，一冬一春的烧柴只剩了小堆灰烬，给晚风飏起，无数小星星漫天狂舞。大家急了，生怕火星燎起别家的柴垛。"

她终于说话了。这次我可以百分之一百二十地肯定她的性别了。

"是我。我知道你要告诉我什么。我不要再听你说这些话了。你离开的那个星期六，大家通宵打牌唱歌喝啤酒，又哭又笑，每个人都敬了你一杯酒，你逞能全喝了。三十多杯吧，你平时一杯酒的量，我看得都哭了。我站在角落里，站在阴影下面，从那一刻起我就不用问你半句也什么都知道了。"

"你等等，等一下，我到房间里取一点东西。我马上就来。"

传达员说："我说拨慢了不行，你不信。"

"信了，拨慢了就是不行。我拨更不行，您拨就行了，您拨快拨慢都行，我不行。"

我上楼去翻抽屉，我记得有一首写了十几年的诗我随身带来了。

章外章

星期六扑克

也有幻想的逻辑

红心 AKQJ 和其他烂牌

说好的二十三点现在早过了
抽巴支换零钱
十元的换成一角的
没有啤酒。都换都换
老狼作庄家好烟侍候
说是相信老天有眼
零钱也换了两个时辰了
抓了满手红心方板
吉利。天和天和
兴奋了抓半把牌抽一支烟
也大声背诵论语
谈论爱迪生不信
天
　干
　　地
　　　支
以1数到9再数回去
钱的游戏。再数回来
红山茶黄果树嵩山云雾
圆桌在三支老烛里转了
三九二十七次

　　没有啤酒
　　没有
　　两元一瓶的高级奢侈

为伟大的黑桃老 K
喝点什么吧。屋檐的
麻雀还有七副面孔呐
何况掌管时间的上帝

应该对下一张牌
充满向往
就像对曲线
对所有柔和的念头
对夜里也叫的小褐蛙
这样你就赢了。我说
你赢定了你到了天亮
肯定连一分钱也剩不下
说的好像是哲学
好像是古老的中国式逻辑
好像是死

黑桃。又一张黑桃
星期六也是造物的安排
陆高说感谢造物
姚亮也说感谢
感谢谁呢？姚亮没说

  也许应该感谢
  安排？

说了没有啤酒任何牌子的
过水面条拌酱油膏
拌葱花拌味精拌猪化油
肚子圆了一起到星星下面
撒尿
并且互相咒骂。顺便
交换一两个关于算术的想法
也谈到不可理喻的距离
也谈到死

    结局或开始
    北岛的诗句

陆高说是因为夜的缘故
陆高赢了所以哼起了京剧
陆高白天睡觉
到了晚上就格外精神
陆高先说天快亮了
天真就快亮了
后来亮了

许多花脸麻雀和黑山羊
先还是锦州仅有的

三只芦花大公鸡
公鸡叫了麻雀也叫了
或者麻雀在前
说公鸡也叫了
山羊沉默
山羊沉默

  另一种说法
  用山羊和公鸡象征
  早晨

四个人举手通过了
用黑颜色的梅花一决男女
姚亮率先抓走了梅花十
先验的许多种展示和谐的
方法是早被证明了的
争也没用，劫数
羊是姚亮的生肖
姚亮在读周易

零公里处

献给妈妈——
　　没有什么能够
　　抹平我们额面的皱纹
　　因为我们过去热爱
　　现在也仍然热爱生活
　　相信吧，无论过去
　　现在或者将来
　　我们都是些认真的孩子

日记本和历史到底是有区别的

　　他终于摆脱了妈妈，坐到这列直达列车的行李架上的时候，长长地吁出一口气。现在是收敛好奇心的时刻,妈妈也许已经到了站台上,挨个车窗地寻找。她甚至可能上车来的,她是个老铁路了,她有办法找到自己的儿子。可是他忍不住还是要俯下身子,朝车外张望。心跳没有平息下来,激动,紧张,奔跑。拥挤上车……心跳再没有平息下来,直到回家……

汽笛吼了,再吼,列车到底移动了。

忽然,"大元,大元!"

他上半身倒悬,得意地向妈妈挥挥手。

妈妈急得跺脚,整个站台一定响彻她跺脚的共鸣,因为他在车里耳鼓还嗡嗡作响呢。

"大元,马上来信!马上!"

他大声应着。她跟着列车小跑着。

"上去!上去!小心掉下来!"

他一定很可笑,因为大家都在笑他。妈妈给闪在窗后,大方格的水门汀变成黢黑的带棱带角的碎石,然后是楼房、烟囱、红旗,写在墙壁上的大字块儿,以后就是树林,收割后的田野,落日和喧嚣。这是一列锦州到北京的直达列车,红卫兵专列。他还是个准红卫兵,但他有介绍信、学生证,还有十二斤辽宁粮票。

唯一有一点遗憾,因为没有征得妈妈的同意,他上上下下六个口袋,没有……

用个成语吧,一文不名,或者不名一文。

他属小龙,最近刚刚满十三岁。

火车上不像外面那样肃杀。

"十月二十二日　晴

这是一个让我永远不能忘怀的日子……"

他的一个红色硬纸面日记本里，煞有介事地记着这一天。火车里面还是夏天，热烈而火爆，定员一百一十八人的车厢最少塞进二百个急于进京的红卫兵，不用列车员动员，每个三座席长椅都挤着最少四个少男少女，过道也站满了，行李架上和座席下面也成了雅座。

故事开始得还要早。昨天，姐姐和长征队的战友们坐车回到家说，中央领导接见了她们，她们还赶上毛主席第七次接见红卫兵小将。姐姐说，毛主席最近可能第八次接见，最后一次，姐姐说，北京……不，还要早，故事是从……

七月二十日，他从和平小学毕业了，九月一日上了初中，当时大串联早就开始了……

不，不。似乎该从更早一点讲起，从批判"三家村"，从"四清"……唉，他真不知道从什么地方开始才好。他从十五年后的日记里摘出一段话来，借以安排这部小说的开始：

小说是反映人的精神活动的，是表现人们的生活的。然而生活是早就开始了的，无所谓始，也无所谓终。声明：日记不是记历史的。

凯旋。儿子有时也是胜利者

秋天的最后一场大风一定既刻薄又歹毒，你看，站台蒙上那么厚的黄色灰尘，仿佛是一幢旧房子里二十年不曾打扫过的角落，但是他仍然高兴得心里头发抖。他回来了，他不是凯旋而归吗？

凯旋是一个字眼儿，一个词汇。

凯旋也是一种感受，一个过程。

一整个过程呢。一个多么有趣的过程，足够他回忆一辈子的。他奇怪锦州怎么已经进了严冬，锦州人又怎么如此怕冷，把原本就不算长的脖子完全缩进胸腔里？久违了，久违了。他心里说，半是凄楚半是自得地说着。

"大元回来了。"邻居刘叔叔招呼他。

"大元回来了。"隔壁王奶奶招呼他。

他像大人那样点头微笑着答应，手里捏着那个装得满满的尼龙网兜；妈妈爸爸都没下班呢，家里只有姥姥，要是家里人都在那才够味！下车时，他注意看了车站的大钟，三点四十，现在也就四点刚过吧，爸妈要五点半才下班。可是他已经到家门前了，唉，总归有点扫兴。

"姥姥！我回来了。"

他声音很大，因为姥姥耳背。门开了。

"……妈，你这么早就下班啦？"

爸和姐也都在家。早知如此，他一定鼓鼓肚皮，擦擦鼻子，使自己显得神气些。现在晚啦，他被他们打了个措手不及。他知道，自己坐了十几个小时的车，头发又长，一定弄得蓬头垢面的，一定像个叫花子。早知如此……早知如此……

"哟，这是什么？"妈妈接过网兜。

"馒头。我剩的饭票都换成馒头了。"

"我的天！我儿子还挺惦着家呢！"

"我寻思供应的细粮少，就没有把剩饭票换回地方粮票。再说，这馒头只要粮票不要钱，你不领馒头白不领。"他瞪着眼，态度极认真。

家里一再爆出笑声，为了这十几个表皮皲裂的干巴馒头，为了这双认真而严肃的眼睛。

他急于想让大家看到他的收获，便撩起上衣，拍着肚皮上发亮的铁家伙："看，武装带！"

大家都露出诧异，只有姥姥虎着脸。

"还五装带六装带的，没给你妈吓死！"

姥姥真够扫兴的，但她是老祖宗，大元可惹不起她老人家。忽然，他想起什么似的把手伸进又脏又小的军用挎包里摸索，随后把一个彩釉细瓷的寿星佬儿举到姥姥的老花镜前面。

姥姥拉过去，翻来覆去看了好一阵，扑哧一声笑了："你这小兔羔子。"

"大元，你别美，老寿星是四旧，你不知道？"姐姐严正地向他提醒。

"姥姥就是四旧脑筋嘛，这是给姥姥的，又不是我自己留着。你可倒管得宽。"

"革命靠自觉，哼，还想入红卫兵呢，觉悟那么低，传播三黄四旧。"

爸爸开口了，平时他总是袒护姐姐。

"明明，在家里干吗老说这些？大元回来了，不会说点高兴的？"

大元不免有些得意，斜睨了姐姐一眼。

还有呢。他从上衣口袋后面小心翼翼地摘下五枚毛主席像章，四枚食指指甲大小，一枚比拇指指甲还大一圈。他用两只手捧着一枚，郑重其事地给姥姥戴好，然后是爸爸、妈妈。姐姐已经有了，和这种小的一样。毛主席像是金色，周围镶嵌红珐琅质，美极了。大元自己留下一枚大的一枚小的，大的一枚毛主席头戴军帽，像章边上镂出精致的麦穗。

　　说实在的，进门前他心里还有一点发憷，他知道妈妈和家里不至于那么健忘，连二十天前的事都不记得，他逃离的那天距今整整二十天。姥姥也不会忘的，不是她在大元无休止的缠磨下给了他十二斤粮票吗？那可是最关键的一环，没有粮票大元绝不敢贸然出走，粮票鼓足了他的勇气。大元知道，北京只要粮票不收钱就可以吃饭，这是对等待接见的红卫兵最直接的优待。简直是鼓励嘛，鼓励大家到北京。白吃白喝白坐车，还能受到毛主席的接见，还能到清华北大政法北航去串联，当然顺便逛逛香山颐和园十三陵故宫和景山北海也是顺理成章的事。再一件主要的事是去看看天安门。妈妈说大元三岁时带他去过北京。三岁！三岁的事能算数吗？那趟幸福的旅行一点没在大元心里留下印象，他只从画册上见过天安门广场，再有就是他曾经用钢笔、蜡笔不止一次地画过那座雄壮的城楼。可是这一次不同。

　　爸妈会追究他的逃离吗？他心里没有把握。但愿他们已经忘了，或者不计前嫌。这时，大元想起两句小时就会哼的儿歌：

　　　　大人不见小人怪，
　　　　您宰相肚里能撑船……

　　也许他们忘了。刚才爸爸不是明显地偏向大元嘛，而且妈妈眼角堆下的笑纹那么叫人放心。他确信他们不会追究了，起码暂时不会。

　　"毛主席接见你们啦？"
　　"当然。"这还用问嘛。

"你看得清楚吗?"

他迟疑了一下:"当然了。"

事实上,他和大队伍通过天安门时,他只能通过排列的形式去揣测哪个是毛主席,离得太远了,从轮廓上很难分辨清楚,但他相信中间的一位肯定是他老人家,他相信他看清楚了。因此他激动不已,满脸幸福的泪水。那天晚上回到住处,大家为到底哪个位置是毛主席争论不休,有的说左边第三位身体高大的是,有的说右边头一位穿军大衣的是,大元坚信中间的没穿大衣也没戴帽子的才是他老人家。一定不错的,因为队伍刚一望得到城楼时,大元就认定中间的那位而完全没去注意其他人,假如大元能确定那位不是,他可冤死了,也许这一辈子这是唯一的机会,而他竟与这机会失之交臂……不,绝不!大元咬定,中间的那位才是毛主席。不然为什么站在中间呢?不然别人为什么与他拉开了一定的距离呢?

大元虽然迟疑地回答爸爸的问话,但他并不怀疑自己清楚地看到了毛主席。这可是关乎一生幸福的大问题,绝不能似是而非可有可无啊。这个意念开始在大元心里明晰起来。

这以后不止十年时间,大元都自豪地对人说,在第八次接见时他见到了毛主席。他不是想以此炫耀,也不是想欺骗自己乃至欺骗他人——他不是这样的人。只不过因为他自信力很强,当他确信某种观念或某种事物,这种观念或事物就成了不可更改的事实,当然这只是对他个人而言。

那以后,大元意外地发现,自己在爸妈心目中树立了威信。爸妈过去一直拿他当孩子。诸事都不放心,以后大不一样了。

大元没有因为姐姐的批评而冷落了姐姐,姐姐没有得到像章,但她得到一支精巧别致的鱼型小钢笔,笔杆是透明红有机玻璃的,刻着鱼鳞纹，笔杆前端是个漂亮的鲤鱼头，银白色的铱金尖从鱼嘴里伸出。这是支连笔帽只有三寸长的通体鲜红的小钢笔。袖珍型的。

也许从那时开始，中国进入了崇尚袖珍物件的时代吧。记着，那是从大元开始的。

大元懂得了，要相信第一印象

上公共汽车时天黑着，下车居然还黑着，大元毫不犹豫地断定：北京的太阳出得晚。

他已经睡过一觉，爬起来天还没有亮，等他迫不及待地冲向一辆通向前门的车时，他的全部记忆只有那两盏贼亮的车灯。他在心里估了一下时间，五点？接着他问了一位戴手表的旅客，对方的回答使他大吃一惊——六点半！

在锦州六点半可是已经天亮了，然而这里是北京。车里人不少，看上去有一半多是串联学生。安排住宿的单位很及时地发了两样东西——免费乘车证和饭票。这就足够了。车老是晃晃悠悠，特别是左一辆小轿车右一辆载重车亮着车灯从旁边呼啸着超过去，使大元觉得这辆车开得格外慢。大元初谙世事，他还不知道小车和载重车的车速本来就高于大客车，他是太急了。他打听去天安门坐什么车，别人告诉他坐这趟车到终点前门站下车。革命方知北京近嘛，不然十三岁的大元能只身到北京来？可是没见到天安门算什么到了北京城？所以大元嫌车太慢，就是坐飞机也一定嫌慢的。

终于到了。前门，就是大前门香烟盒上那个前门吗？不如烟盒上那个漂亮，可是比那个高多了。秃了吧唧的发灰，个头倒是挺神气。不怎么样。大元把它扔在身后，他立刻就被迷住了。灯光真美，黄的白的，朦朦胧胧。

虽然一个小时之后他是那么扫兴，但开始他的确被迷住了。并且，这一瞬间的印象居然长时间萦绕着他的脑海，使他只要一想起这个瞬间就激动不已。过后，十年之后，十五年之后，他才明白，留下来的是第一印象；一小时后的印象尽管也是真实，真实到可以触摸，但那种真实你可以不必认真，因为真实只不过是它的一个方面，一个微不足道的方面。第一印象才是本质的真实呢……哟，问题转到哲学方面了，当时的大元还不是哲学家，还是让他去用自己孩子的眼睛去观察，用自己孩子的心去感受吧。哲学是以后的事，假如他希望将来做一个哲学家的话。

刚才说的是天安门广场。

对一个中国孩子来说，一部安徒生童话全集引起的幻想成分也不会超过这个广场。固然这里特指的是六十年代中期的中国孩子。

大元站住了，足足有三分钟时间他站在前门与天安门之间发呆。这样的时候，诗人常常用"我不是在做梦吧？"之类的句子描绘，大元缺少诗人细胞，他只是实打实地想：我到底来了，我到底站在天安门广场上了。那么，我确实到了北京了，革命方知北京近嘛。大元完全相信自己的感觉，他不用搞那套掐大腿以辨虚实的把戏。

灯光可以创造幻想，阳光却只能老老实实地再现事物的本来面目。这种说法假如不错，大元就是选择了最佳时间来到这个颇带神秘色彩的广场，因为这里灯光笼罩，像雾又像纱，比理想境界还要理想。天安门广场真让大元称心如意（第一印象，仅止于此）。

以后有段时间大元深深懊悔。他悔不该走进那块理想境地，悔不该用手去触摸人民英雄纪念碑周围那些汉白玉雕的围栏，假如他不走近，就绝不会看到栏上的痰迹和栏下的果核柿子皮，假如他不触摸，就绝不会发现所谓汉白玉雕栏也不过是些冰凉的石头，而且已经弄得很脏。要是他有怨尤，也只是他自己破坏了心里的那些美好的建筑。在这里用"建筑"这个词汇是最恰当不过了。大元继续向前。

　　他突然想起时间。T镇到前门恐怕不止一小时，他下车也有一会儿了，怎么天还没亮？他估计最少有八点钟了，也许九点也说不定。四年后大元下乡了，在农村又是四年，那时候他属于无表阶级的一员。在阶级论风行的年代，你总得算个什么阶级吧？其实大元从串联开始就加入了无表阶级，只不过他十三岁时完全没有幽默感罢了。或者再往前追溯，他从娘肚皮钻出来时就光着手腕子，但是那以前他只能属于他父母所在的阶级，因为他还是个百分之百的寄生儿。他决定不问别人。管它呢，愿意几点就几点好了，反正这里的太阳出得晚。

　　不用细说，金水桥也不比纪念碑强，桥栏还要脏一些，灰里发黑，桥下流水几近干涸，甚至淤着泥垢。他没有久留，迅速地跨过去，进到城门边沿。城楼才真叫雄伟呢，城墙又高又厚，涂着暗红色的红砖粉，门是包着铁板嵌着铜钉的，足有好几个大元高。

　　再不能向前了。城墙上刻满留言。

　　"个旧红卫兵 ××× 天安门留念"

　　"天水 ×××，××× 到此一游"

　　由于历史原因，不能把某些留言如实抄录在这里。反正谁都可以想到天安门在那些年月里领受了多少虔敬。大元没有例外。虽然他同时在城墙灰皮脱落的地方，看出天安门也是一幢砖石建筑，建筑材料都是些寻常之物。

"大元也到了天安门!"

字是用小刀刻的,红地白字,挺美的。他清清楚楚地夸大了那个感叹号。

这时候他才转过向来——现在是晚上,晚上八点或者九点,甚至不止。他是上午八点到T镇的,安排好住处已经过晌了,他在车上连眼都没眨一下,困坏了,结果一下睡过去。真糟,早晚弄颠倒了,他想,也许没有车回T镇了。他撒腿就往前门跑,还好,他赶上车了,而且不是最后一班。

上车前,他回头望了广场一眼。广场仍然那么美,灯光迷离,人民英雄纪念碑和天安门大大方方地耸入夜的穹窿,气魄极大。这时大元想起,忘了去看历史博物馆和人民大会堂。远看它们也都富丽堂皇。不到近处看也罢。或许近看原就不如远看,纪念碑和天安门不是例子?大元刚刚十三岁,居然开始世故起来。

贵妃醉酒寿星佬儿,不是风马牛

T镇到北京的车很多,还算方便。镇里接待站把大元他们安排在一家钟表商家里,主人一家早已不知去向,串联学生和当地的造反派成了这里当然的主人。看来这里刚刚被抄,满院的铜火锅,足有三四十个在太阳下比绿。铜锈天生一副高贵气,不像铁锈叫人一看就觉得牙碜。第三个五年计划开始时大量收购废铜,大元他们所在学校回收废铜全区第一。那时候,他们见绿的就用锉头蹭几下,找铜找上了迷，连邮递员自行车的挡泥板也不放过，他们的眼睛绿得可以和这些铜火锅的锅底媲美。

大元想不出，这么多火锅一个家庭怎么用得过来，还有这个院子，足有三十间屋子！

抄过家了，清查工作正在进行。中午，一辆南京嘎斯开进院，车上的人声称从钟表商的一个销售点抄来一只特别沉的保险柜，估计里面装满了大洋或者元宝。大家全围过来了，七手八脚地往下卸。保险柜不高不长也不宽，但的确重得出奇，看样子两个人满可以抬着跑，往下卸时七八个人都没擎住，幸好是土地，大家闪得又麻溜，所以保险柜平安坠地，只是一角深深卧进土里。大家领教了它的分量。

"足有三百斤。"

"哪止？少说有三百五！"

"算啦，五百斤也不给你啊。"

"我说有七百斤。"

这里有个奇怪的现象，只有人往多说没有人往少说，开始说三百斤的人也不坚持自己的看法。这也许因为说悬话不必负责吧？我们不是有句老话嘛：宁说悬话不说闲话。悬话被证明是错了时，可以嫣然一笑了事，跟放个屁或打个饱嗝没有太大区别。所以有大跃进时的水稻亩产五万斤，甘薯亩产一百多万斤等等神话。特别是那位有一个诱人的假设：装满了大洋、元宝。谁还会嫌大洋元宝多呢？这里的人们最大不超过二十五岁，怕绝大多数人都没见过大洋和元宝，大概每位都不反对饱饱眼福吧。反正大元认定了保险柜里装满了大洋或元宝，资本家的钱箱子嘛，除了钱财能有别的？

柜门锁孔上居然插着钥匙！押车的预言家沮丧地说，光有钥匙开不开，还得对数码。学生只是从惊险侦探小说上才看过开保险柜，那是件相当复杂带神秘色彩的工作，只有天才侦查员和连自己年龄都记不清的老锁匠才能胜任。大家面面相觑。毕竟红卫兵小将，天下者我们的天下，保险柜已经是我们的，开它算得了什么！大家打破僵局，纷纷抢着试试身手。谁都希望自己成为开启这箱财宝的人，可惜半小时过去了，谁都没有如愿。大元也挤上去试着旋了几圈数码盘。他的运气并不比别人更好。

过了半小时，又过了半小时……

三天后找到的一位祖宗六代都是农民的锁厂工人解决了这个难题，他也忙乎了好一阵。当柜门徐徐打开时，大家完全屏住了呼吸。三天时间，这个绿漆剥落的铁箱似乎平添了更多想象，更带神秘味道。假如里面全是金银疙瘩绝不至于叫大家惊讶，它里面应该比人们所能设想到的任何东西更出人意料。它是那么沉重，现在它绝不止百斤以至于七百斤，恐怕它早已超过了一吨。它是那么不起眼，八十厘米高矮，五十厘米长宽，那些龟裂的破漆至少是一百年以前涂上去的，可是……

可是它是空的，三层铸铁格有两个铸铁抽屉，空空如也一无所有。妈的，哪怕是留下三枚分币也不枉叫一回保险柜啊。

它不过是只普普通通的金库，所有财会人员都知道，因为金库需要防撬防火防盗，所以它很重，它的外层是钢板，中层是石棉，内层是铸铁。认为它装满了大洋金元宝也反映了某种不值得骄傲的民族心理，只不过谁也不愿承认罢了。谁穿新鞋往狗屎上踩呢？

再没有人对这只金库感兴趣，直到大元离开，它一直冷落地停在院子里，不当不正。

大元无意中发现了一个神秘的所在，这是一桩秘密，跟那个彩釉细瓷的老寿星有关。

姐姐说得不错，那是个四旧玩意儿。大元心里比谁都清楚，只不过他喜欢它的精美，喜欢它那个夸张得过大的额头。他准备把它带给姥姥，姥姥也是个不折不扣的四旧，它和姥姥正好配成对儿。姥姥准喜欢，大元心里有把握。

三天来，大元第一次看到那个小门开启，而且出来的是个足有四十岁的中年人，他端着一个圆形玻璃鱼缸，把它摆在太阳地上。大元凑过去。三条散尾鼓眼的大金鱼怡然自得，与院子里那些带锈的铜锅相映成趣儿。他想不出金鱼的游态与火锅有什么必然联系，但他因此感受到某种情趣，他无缘由地想到这钟表商的生活一定很有味道，他能够想象到傍晚围着火锅边吃边唠，而且火锅是摆在院子里。鱼缸放在旁边的石阶上浴着暮霭，那该是怎样一种生活。这是大元暂短生活中的首次对所谓资产阶级生活方式的经验。这经验源于三条金鱼一堆锈铜锅外加一个十三岁少年的联想。也许大概差不多这是他单调的生活中最富诱惑力的经验了。虽然这里只不过是一只脏得要命的旧鱼缸和锈得要命的破铜烂铁。

那个小门分明是这个院子的死角，既然它里面藏着诸如鱼缸这类奢侈品，也一定还藏着其他一些不寻常的东西。少年的联想永远是丰富而且是准确的。但是大元没有贸然挺进，随着中年人的归去小门严严实实地关住了。一个串联学生绝不可做出扒门缝的勾当。那与自己的身份不符，红卫兵应该是光明磊落的。可是他没有理由拉开那个神秘的门。

傍晚意外地停电，大元终于有机会把头探进那门里了。整个院子一片漆黑，只有那个门的带木棂的窗纸透出烛光。大元果断地决定，去要一根蜡。真绝!所谓名正言顺。

这才是货真价实的保险柜!你让大元坐在院子想上三年,他也想不到这个房间的珍藏的神奇和丰富。确实是神奇的珍藏,确实超过想象的丰富。特别是在闪烁不定的烛光里,它们甚至显得不够真实。灯光可以制造幻象,烛光会使生出的幻象摇曳不定,特别是当你置身在奇形怪状的事物中间,而且你是个对什么都抱有好奇心的孩子,你会觉得自己走进了梦魇世界,真理和自身都在溶化。那个中年人明暗分明的面孔像是他有意装出鬼脸来吓唬人,然而他很客气,笑容可掬,远比他投影在四周的时大时小的轮廓可爱。主要的是那些钟!

它们排满了这个深长屋子的五分之四空间,参差错落洋洋洒洒,一个大元这样的孩子会觉得它们过分牛气。有那么几座对于大元是过于高大了,他伸手也摸不到钟顶上那些铜雕的小动物,而另几个小座钟他可以置它们于掌股之间,铜雕玉镂,完全可以用精美绝伦这样言过其实的形容词去恭维它们,因为确实有两个一模一样的玉雕倚坐的小钟,可能是所谓鸳鸯钟吧。他已经忘了自己是来找蜡的。大元就是来看钟的,一个缩在角落里的房间居然使一个只身闯京城的英雄少年瞠目结舌,大开眼界。

经常的大开眼界对孩子是极有好处的,孩子可以借此取得直接的生活经验,让他们知道在他们所感知的世界外另有天地,让他们知道自己的无知以激发他们求知的热望。天外有天是句有益的格言,北京一行二十天,使一个十三岁的孩子一举成为大人,见识外部世界是把人们引入生活的最好的向导。这几句话也是摘自大元十五年以后的某篇日记。一个钟的世界,比他以前或者以后数年在这个房间外看到的所有的钟的样式还要多,顶少要多六倍。

据老刘(那个中年人)说,这里共是三百零七座,是老资本家两个仓库中的一个，其中包括十九个国家的产品，有些是二百多年的珍品，曾几易其主，是各国君主的爱物。这些传闻大元马马虎虎，他要的是亲眼看一看镏金小厮如何出来打点，翡翠公鸡怎样报时，然而老刘爱莫能助。有命令的谁也不许动这些钟。

那么别的呢，除了这些钟？老刘没有说。他们成了朋友。连续几个晚上，大元把三百零七座各式各样的报时器细细欣赏了一番，他想不出自己如果是这些钟的主人该是怎样一种心情，反正他觉得那个钟表商活着是挺够味的。白天这里有军代表，是个指导员，晚上只有老刘自己。

屋子里还有些破烂古董。太师椅旧瓷瓶。断成两截的巨大砚台，在一座紫檀木箱体的大钟后面，还有几件小东西。一个披红巾光身子的女人由个老头子挽着，好不肉麻！老刘说是什么"贵妃醉酒"，大元搞不清是羊贵妃还是牛贵妃，和那个寿星佬一般大小，彩釉细瓷做工精致。老刘说这些零碎物件没上账，让大元拣喜欢的拿。让那个光屁股的臭女人滚远点，大元不稀罕她，至于寿星佬嘛……

咳！不要埋怨大元。他是个六十年代中后期长大的中国孩子，心还没被铜臭污染。他怎么会为了贪婪的物质欲去尽量占有那些瓷器古董呢？！再说，他根本不知道文物的价值，他以为这些价值连城的破烂只不过是些垃圾堆的居民呢。说到底大元是个纯洁的孩子。为了表示鲜明的阶级好憎，"贵妃醉酒"让他摔了。后来大概是老刘打扫出去的。据说那是明末珍品。

那个年头糟蹋的好东西多啦，一个小瓷人儿算得了什么呢？寿星佬儿也给姥姥失手摔烂，那是七八年以后的事。

京城世家多古珍。可惜，可惜。

大元一脚门里一脚门外

大元并非整天在院子里打转,但有一个前提,出门在外,没钱可不是件很惬意的事。比如北京城满街柿子,硕大金黄,只要两毛钱一斤,可是大元只能瞅着别人吃。正是下柿子的季节啊。于是他去了邮电局,那是到T镇的第二天上午,主意是同住的胡刚出的。

"同志,我钱包被掏了……"

态度很逼真,一副沮丧样儿。就得如此。

"我是串联学生,家在锦州……"

"你有什么事吗?"非常热情。

"我想,想……给家里打个长途电话。可以吗?"等待判决吧!他终于轻松了。

"你等一下吧,我去问问。"

照实说肯定会被人笑话的。偷跑出来,家里不同意结果没发津贴,到末了赖着脸皮求爷爷告奶奶,大元可受不了这份奚落。

"哎,领导说了你可以打个电报。"

"电报要好多钱吧?"嗫嚅不安地。

"长途电话要贵得多呢。照顾串联学生,电报每个字一分钱。按正常收费是三分五厘一个字。用不了多少钱的。"

那么就电报一次。

首先要报平安,不然家里会惦记的。再就是尽快寄钱来,有钱就什么都好办了。

"地址　平安　速电汇款　地址大元"

就这样。

电汇谈何容易，可是钱总算寄来。附言：接钱后抓紧回家，不要耽搁。妈妈

他首先还了电报钱，出门又买了两个大柿子饱餐一顿。五元钱剩了四元五。妈妈小气。他已经到这里第五天了，第八次接见还没有消息，五元钱无论如何是少了点。

实在说，推开邮电局大门的时候大元肯定心跳过速。他把诚实无欺奉作道德准则，他发现，偶尔地扯一点小谎其实无伤大雅，它可以使生活来得方便，并可在其中觅到一份乐趣。

没有钱并不是唯一的难堪，不是红卫兵才真叫大元下不来台，因为住宿处要填登记表。他们这个住室的负责人是军管小组王班长，他顶少有十八岁了，人高马大脸色通红，可以肯定是贫雇农出身，大元顶怕他。

"跟大家说个事。这张登记表需要每人填一张，要如实填，弄虚作假我们能够调查出来的。"王班长难得这样严肃。后来他找到大元。

"你不是红卫兵？"

"不是。我刚上中学就出来了。"

他为什么笑？他总是在笑，你若觉得他对你是信任的就好了，可他总是笑眯眯。

"出身这栏你填的市贫？"

"……"

"你家到城市有几代了？"

"不太清楚，我知道我爷爷是个小职员。"

"太爷呢?"

大元摇头，事实上他知道，太爷是地主，爸爸填登记表时他偷看过。但那是偷看，爸爸没讲过。爸爸也没讲过爷爷，只告诉大元和明明在填出身时写市贫。爷爷是某市政府的主任书记官，应该算是伪官吏，这也是偷看来的。爸爸是职工学校教员，也是个红卫兵呢，大元想，也许市贫算无产阶级吧。但他还是禁不住紧张。自己要是红卫兵就好了，王班长绝对不至于这样追问下去。假如大元知道另一件事，他就不会紧张了——农村孩子王班长根本不知道市贫为何物。

"爷爷早死了，解放前死的，连我妈妈都没看过他。我向毛主席保证。"

他觉得有必要这样补充，他不明白这是所谓画蛇添足，此地无银三百两。

说来也许没人相信，在遍游北京名胜古迹之余，大元也还认真地搞了几次串联。串联对于他原就是个含混的概念，他既不是锦州市某一革命组织的联络员，又不是个起码的红卫兵小将，他所能理解的串联就是到大学里去看大字报，不过如此而已。但他是认真的，足足抄满了一个笔记本。反正人们都记得，当年的大字报内容堪称五花八门，无所不有，信口开河，天花乱坠，滑天下之大稽。

这个笔记本后来可是派了大用场，大元和另三个好友组成的"无产阶级专政红卫兵"，几期油印战报，内容都取自这个本子。也就是说大元并非劳而无功，为抄大字报，他捏笔捏得手指头生疼，而且用了四五个半天呢。

他记得，他当时也是热血沸腾。有这个笔记本为佐证，谁也不能说大元是借大串联的机会凑热闹吧。

他是带着渴望来的,他带着满足归去。他追寻真理也如愿以偿,另外他确实大开眼界。

这毕竟是他人生的第一课,严肃而且异常重要的一课。他一直记着这一课,直到——

风波。老乡见老乡,两眼泪汪汪

由于放进了那趟专列,T镇镇城顷刻之间拥入两千锦州客人。当然,这不过是全北京三百万红卫兵的一千五百分之一。在北京城内,两千人也许不算什么,但是T镇不是北京市,两千人是一股不小的力量。说是一种势力亦无不可。这一点大元感触至深。

住室以火炉取暖,而炉子是大元到后四天才安好的,全部室员都是一趟车来的,清一色九个锦州学生。大的二十三岁,是两位未来的大夫,医学院学生,小的要算大元。大家都睡地铺,睡在日本人叫"榻榻米"的稻草垫子上。

大元人小自尊心可够大,他生怕被别人瞧不起。不巧的是,常常有些人就是瞧不起比自己小的人,他们爱称大元们小嘎子,小崽子。

"哎,守着炉子不会添点煤?"

两位老大哥提议让小老弟挨近炉子睡。大元知道,老崔怨他没看住火,炉子灭了。

大元没搭茬儿,装聋作哑。他讨厌老崔。

"哎,你听着点儿,注意看好炉子。"

干吗那么让人过不去?!谁该谁的呢?!

"我故意让炉子灭的,我怕烧得太热,你起夜上厕所着了凉。"老崔比他大三岁。

"小鸡巴嘎子挺难拨拉呢?!"

"老娘婆侍候你时,是不是把尿布塞你嘴里了?满嘴臊臭味儿你自己也不恶心?"

"哎呀!你他妈的皮紧啦?"

胡刚劝过:"老崔啊,别没大没小。"

"没你的事儿……"

"没我的事你就打。别不懂好赖。"

大元挨了一拳,上唇在牙上垫破了,他吐出两口血沫子,顺手操起火铲抡过去,第一下打在肩上,第二下打在腮上,第三下给一位老大哥拦下了,大元一挣撞掉了对方的近视镜,恶战算是结束。老崔倒在地铺上,半个脸紫里泛红漫出血丝,衬衣肩头一大块黑乎乎的铲印。没有可怜他的,他是自作自受。

老崔送给大元几句不能兑现的警告:

"你等着!咱们俩没完!等着!!"

和老崔的第二次交道又是打架。那是在影院里看电影。大元和胡刚坐在一起,胡刚高中一年级,是大元在车上认识的,当然是大哥。

上次打架被王班长狠狠剋了一顿,大元和老崔分别作了检查。当本院总负责人关指导员问及他们来自何处时,关指导员不禁笑了:

"嚼,你们还是老乡呢。老乡见老乡,两眼泪汪汪,你打我一拳,我给你一巴掌。"

说得老崔也笑了,大家都笑了。

左边出事了，人们纷纷站起往左边拥，影院里本来就黑，这下乱成了一锅粥。是老崔。三个南方人叽叽呱呱地吵着一齐捶他，胡刚迅速拨开人群挤到跟前，大元紧跟在身后。三个南方人给这突然袭击镇住了，但马上另有几个南方学生来帮他们，胡刚的眼睛青肿起来，他急中生智喊了一声："有没有锦州的？有没有？"

这一嗓子和锦州口音救了驾，整个影院哄起来，此呼彼应：

"锦州人挨打了！快上！"

"抓住那几个南蛮子！别让他们跑了！"

"锦州人！锦州人都伸手！"

"锦州！锦州！锦州！"

大元也挨了几下，好在都不太重，那几个南方学生都趴下了。那以后，老崔几次主动邀胡刚大元去喝一顿啤酒。胡刚谢绝了。

"胡刚哥，你说咱们咋帮上老崔了？"

"谁知道咋回事儿。我一看那几个家伙打老崔就来劲儿啦。"

"听说是老崔先骂人家的……"

"那时候顾不了谁对谁错，要早知道……"

T镇城里有好多回族居民，饭店也多是蓝地白字招牌，大字写着清真。京城京郊的饭店比别处要多，主要街道都被大小饭店充塞得满满的。六六年后半年北京人口骤增，饭店买卖空前兴隆。再有就是小吃，江北的小吃最属京津，花样多味道独特，而且多带民族风味。

吃食堂尽管不花钱，主副食却过分单调。如果手边宽绰，串联学生也偶尔到小饭馆换换口味。大元在小摊上买了两角钱杂碎，和胡刚一道进了一家回族饭馆。迎面过来一位胖师傅。

"我说学生，那是什么？"他面色红润。

大元给闹愣了："什么什么？"

"你拿的什么?"口气分明重了。

"什么意思?"

"你把什么东西带进来了?!"

"有话不会好好说吗?横什么?"

胖师傅的脸顿时发紫了,扯着嗓子不管不顾地大骂:"小杂种,给我滚出去!"

大元给他一掌搡在门上,头撞碎了玻璃,暗红色的血顺着头发滴下来,胡刚火了,脸像纸一样白,眼睛直勾勾地盯着胖师傅。那包杂碎摊在地上裹满泥垢,也许还和上几滴新血。

"你动手打人。"声音很低但是清清楚楚。

"打的就是这个小杂种!"

"你不用叫唤,说不清楚饶不了你。"

胖师傅对围过来的人高叫借以得到声援:

"他把黑毛子杂碎带进来了!!"

厨师跑堂和顾客一片哗然,大元危险了。

"你瞎了?!趴地下闻闻,那是羊杂碎。"

胖师傅有些不安,哈腰捡起一块放在鼻子跟前,不再吱声了。胡刚咬住牙扶起大元。

"咱们回来算账,回头见。"

大元给背着去了医院,包扎后在住处躺倒养息。就在当天晚上他昏睡时,街里出事了,几百名串联学生围住那个回族饭店,要那个打人的师傅出来。事后他听说本城市民也出动了许多与学生对峙,一直僵了多半夜,饭店的玻璃都给砸了,最后胖师傅出来当众认错才算了结。尽管有许多学生护持,胖师傅还是挨了许多石子。他态度一直和蔼,对飞来的石子赔着笑脸,显得少见的宽容。后来大元收到他送来的八瓶罐头,大元伤合口后都送还给他了。

不打不成交,胖师傅成了大元胡刚的朋友。以后十几年大元胡刚进京时,都要弯到T镇去看望胖师傅,他们想在北京买什么也都托胖师傅办,他没有不尽心的。胡刚结婚时买的火炬牌自行车就是劳这位回族厨师的大驾。

大元实在无意亵渎人家的宗教信仰,他能够理解对方由误会而生的愤怒。他暗自欣喜,因此结交了一位异族忘年的朋友。儿时他常常为意外地获得礼物而高兴,现在看来,有时意外的丧失和意外的获得一样,都可以使人大喜过望。

听说,围饭馆的都是大元他们一趟火车来的,虽然他们素昧平生,但他们都应着"人不亲土亲"的俗谚来了。这类举动未免狭隘,可并非是谁组织召集的,如果硬要究其所以然,只能说这种老乡观念是一种原始意识吧。

树挪死,人挪活

北京并没有因为冬天的到来而显得沉闷,有三百万颗早晨八九点钟的太阳日夜不停地给这座古城增加温度。虽然同样披着大衣,但很少有人感觉时令已经入冬。北京还是春天。

去香山的时候,红叶已经凋残无几了,也许正是由于过了观赏红叶的季节,去香山的人并不很多,北京城的拥乱不堪这里是见不到的。香山盛景已去,无法体验写香山红叶的诗人们那种种情趣了。只有蜿蜒的峰峦还在,不算陵峻的起伏勾出它们的线条,绝不生硬,然而结实有力，简洁而且富于活性，就像那些虽已褪色但仍带昔日风韵的叶子蜷在灌木丛里一样，如果你不枯燥，仍然可以从中感受到生命的呼吸。终于躲开了过分的喧嚷，尽管只可能是一个白天，哪怕仅仅一个小时都是令人愉悦的。

听说去香山，胡刚兴致索然，大元和两位医科大学生一道来了。谷文是广西人，就是被大元撞掉眼镜的那个，另一个是甘肃人丁平。一路走着，蹚着干猪血颜色的落叶，谁也不出声音。上山步步吃紧了，身边路旁光光的灌木枝条闪着青幽幽的冷光，往深处看，反光造成一种有雾的气氛，使山林变得迷离自然了，竟也看不出人工的痕迹。大元不知道两位学问人在想什么，他只一味左顾右盼，不时地抛出一个问号让大学生们解答。

"这不是枫树叶子，别的树叶也红吗？"

枫树的齿状叶形大元很熟悉，他攥在指间的是一枚椭圆形的红叶。谷文是诗人。

"好多树的叶子都会变红的，包括桑树榆树在内，不是有唐人的诗嘛：

"莫道桑榆晚，为霞尚满天。"

丁平说："这是一句赞美老年人的诗，桑榆主要是说桑榆之年，不一定确指桑榆叶红。"

大元没弄明白，诗里也并没说桑树榆树的叶子红啊。跟有学问的人在一起，连唠嗑都觉得吃力，简直有点听不懂。

"谷大哥，从诗里怎么就见得桑榆的叶子可以变红呢？我没听明白。"

"为霞尚满天嘛。霞是什么颜色的呢？"接着，谷文转向丁平，"这当然是借喻，但桑榆尚不叶红，诗人岂不是无的放矢？"

"诗人的无的放矢也是常有的事。"

谷文不善争辩，桑榆是否叶红只能以眼见为定论了。大元觉得大学生真了不起。可以随意扯过唐诗来吟诵品评，甚至能提出异议来。爸爸爱读唐诗宋词什么的，他高兴就要背上一段，摇头晃脑得意非凡，而且那些诗真有味，即使你不明其义也觉得美不胜收。唐诗那么玄妙，该是一门了不起的学问吧。碧云寺就在前面了，他们站下小憩，谷文眼圈发红，不好意思地扶了扶镜腿，轻轻嘘了一回。

"老丁，咱们毕业了能上哪儿呢？"

"别愁了，不止一条路通向上帝。"

大元思想开了小差，丁平为什么这么说？应该是条条大路通北京啊。大元这时候还缺乏批判能力，他不懂这就是所谓小资产阶级知识分子的阴暗心理。他只是觉得谷文丁平都有些颓丧，特别是丁平的玩世不恭使大元心里很受震动，他觉得谷丁二人似乎更亲近落叶。

谷文："树叶快落尽了。"

丁平："落叶也很美啊。"

"它们曾经红遍香山呢……"

"它们还会红遍香山的。"

"不管怎么说，冬天毕竟来了。"

"冬天已经来了，春天还会远吗？"

"雪莱是个诗人，而我们……"

"也会成为诗人的。振作一点吧，我的朋友。为月缺花残感伤是不值得的，我们毕竟才二十三岁，前面还有一辈子的路呢。"

十三岁的孩子当然无法理解，在那个火热的年代里何以还会存留一些阴冷的角落。在他的观念中，没有阳光照不到的角落。因为作为一株小苗，他破土时就顶着阳光。

孙中山先生的水晶石棺停在寺内，也许因为是空的，也许因为它过分小巧精湛，也许因为围观者无所顾忌的品头评足，这樽华美的寿棺全无死的严肃。大元从小就怕见死人，死亡于他是一个神秘的谜，每当看到蔫头耷脑的牲畜拉着大头高翘的红木棺材时，他都莫名其妙地肃然起敬。眼前这个物件没有这种效果。透明的石壁只给他惬意的沁凉感觉，他想，躺在那前部带枕状起伏的紫色金丝绒上一定十分安静。人们关心的是孙中山的遗体现在何处。

"在南京中山陵吧？"

"听说让蒋介石弄到台湾去了。"

"蒋介石早背叛了孙中山，他要孙先生的遗体有什么用呢？"

"招牌嘛，要不他怎么拢住人心。"

"可惜了，这么好的寿材空放在这儿。"

"不空放又怎样？给你用你还不配。"

"伟大的人总该留下来和人民在一起。"

"得人心者得天下，失人心者失天下啊。"

后两句话是两位白发长者说的。两位都在风烛之年了，走路抖颤，脸上铺满深刻的皱纹。丁平一直默默目送他们远去，谷文则低下头。

天色将晚，他们离开了香山。谷文的诗：

> 当满山红叶黯淡了
> 黄昏也悄悄地来临
> 我伫立在碧云寺下
> 良久注视着梢头
> 最后一片残叶
> 瑟缩地摇动暮霭

孤零零的

孤零零的……

那些巨兽个个面目浑浊，麻木不仁而且自以为是，只有长颈鹿还有几分秀气。

"这么壮，比我想象的要大多了。"

"我也以为它比梅花鹿大不了多少。"

"大家伙里只有它还像个活物。"

"可是它不够自信，总像在提防着什么。"

"那些北极熊，非洲象、黑犀、河马都像是石头身子，它们不动你完全可能以为它是尊石雕，又笨重又愚蠢。"

"大元，你缺的就是这些大家伙们所有的沉稳和自信力，它们并不蠢，狮子老虎也不是它们的对手，但是它们的确有些骄傲。"

"骄傲使人落后。"

"傻老弟，它们不是人。"

"可是，胡刚哥，你说长颈鹿不漂亮？"

"那是另一回事了。它挺漂亮，但作为观赏动物，我以为北极熊和黑犀、大象更漂亮。"

"因为它们自信吗？"

"也因为它们是兽中之王。"

因为它们有力量，是强者，所以他喜欢它们，认为它们美。大元觉得胡刚有些道理。大元自己是从皮毛和线条去评价动物的美的，所有线型优美的也都是他喜爱的，比如羚羊，再有他喜欢金钱豹和雄狮。胡刚从动物的精神气质上发现了滞重体态中的美，他比较唯心也过于主观，但他又确实有些道理。园中还种些竹子！这些典型的南方居民已经发黄了。

"大元，咱们没道理一直待在郊区，咱们得搬到市内来。"因为竹子搬到北京来了？可是这些竹子黄了啊，而且缺乏生气。

"能够吗？恐怕……"

恐怕是大元太嫩了。问话全由胡刚回答。

"介绍信。"接待站的例行公事。"咦。东北各线的学生都安排在郊区各县了？！"

"我们刚从西安回来的。"

西安？大元完全不明白。

"今天西安的列车还没到呢。"旅客列车时刻表就在墙上。胡刚回头瞟了一眼。

"我们从郑州上的，路过郑州时下车了。"

"到铁道科学研究院吧，在西直门外坐十六路汽车，那儿交通挺方便。"

铁道科学研究院比T镇钟表商的院子大多了，人多也乱，但这不妨碍大元钦佩胡刚。

"要是问我，两句话就能问住。我可想不出西安或者郑州。"

"以后你会想得出的，生活会教会你。"

胡刚说得不错。以后大元经常想起这句话——生活会教会你。随机应变信如神居然是个普遍适用的真理呢，这个发现大有益处，我们中间绝大多数人都在生活中学会这一点，它可以使生活来得容易，使人们不跟自己作难。

"大元，接见以后你去哪儿？"

"回锦州。你呢？"

"还不知道，我想各处走走。"

"家里为我准急坏了。"

"你是幸运的，你知道自己将要往哪儿去。"

"你不知道？"

"不知道。也许我不再回锦州了。我没说过，我妈早死了，妈的！我回去有什么意思？"

"不回锦州了？永远不回去了？"

"也许永远不回去。你是幸运的，大元。"

大元似懂非懂，以后一年时间他总能收到胡刚的一封信，胡刚在海内漂泊，浪迹天涯，坐过牢也当过农民，他有足够的自信，使他能够在有限的空间内自如地生存。大元成了一个作家的时候，想起这次谈话，想起那句话。

你是幸运的，你知道自己将要往哪儿去。胡刚总是对的。一个人的不幸，在于他总是不知道自己的去向，大元也想起了在内蒙古工作，后来自杀了的谷文。那是丁平多年后告诉他的。

我知道自己将来的去向吗？大元自问。

即使是一个作家，迷惘总是少不了的。

作为对未来的一种暗示出现。初恋

歌声是生活际遇中的调剂，有时它可以使你忘记，有时它也可以使你再一次回忆起。比如那首最著名的毛主席语录歌：世界是你们的，也是我们的，但是归根结底是你们的，但是归根结底是你们的！旋律激越昂奋，而且每天早上推开窗子就冲向你的耳鼓和心房——你们青年人朝气蓬勃,正在兴旺时期。好像早晨八九点钟的太阳,希望寄托在你们身上!

大元永远记得那些早晨,记得自己怎样在歌子里沉浸,记得等待接见的激动和焦躁。沉浸无疑是某种暂时的解脱,是陶醉和忘记,沉浸会产生酷似幸福的幻觉呢。还有另一支歌:

当我走到那湍急的河边
坐在陡直的小岸上
我总看看那可爱的家乡
还有绿色的可爱牧场……

因为这支歌子,大元还记得另一些并不很激动的时间,那些时间从来都很平淡,但他无论什么时候想起来,都觉得呼吸畅通,都有一种经久不衰的新鲜感。胡刚病了,发烧长时间不退。卫生所给他开了六天病号饭,而打饭的任务历史地落在大元身上。

名声在外的北京挂面热气腾腾,上面那个鸡蛋像颗大珠子,软颤颤的蛋黄很叫人开胃。就冲这碗鸡蛋挂面,有意感冒一下也值得,大元有点羡慕患病的胡刚。不是大元馋,实在是伙食过于单调了,而大元经济力有限,不能总是到街上换口味,他只是在心里抱怨妈妈。妈妈起码应该寄十元钱来,十五元也不算多。妈妈太小气了。这时候,他又收到妈妈寄来的十元钱,大元不再抱怨了。妈妈不过是希望他早些回家,多寄钱无异于鼓励他在外长期逗留,大元毕竟是独生儿子,妈妈怕他在外委屈了。

跟他们邻铺的是三个青岛学生,其中那个白净脸儿的也吃病号饭,大元根据他每天那份精神劲儿断定他是装病。不知道。病号饭好吃也不好那么下三滥啊，大元打心眼儿里瞧不起这号人。那小子爱唱，可是他从来不唱毛主席语录歌，不唱红卫兵歌曲。他还大言不惭地宣称什么：无论哪一颗星星，都是时间的结晶；无论哪一首歌曲，都离不开爱情。

在那遥远的地方，有一位好姑娘，人们经过了她的帐房，都要回头留恋地张望。在遥远的地方，在草原的小丘旁，你像从前一样，时刻怀念着我。你在每日每夜里，永远不断盼望，盼望远方友人，寄来珍贵信息。深夜花园里四处静悄悄，树叶也不再沙沙响，夜色多美好，令人心神往，在这迷人的路上……甜腻腻软绵绵的，像给抽了筋叫人听了心里发瘫。黄歌，这小子胆子可不小。然而很奇怪，大家居然能够容忍他唱黄歌。屋子很大，住四五十人，而他唱时声音很小，这时整个屋子格外静，连絮语声也听不到，这使大元和几年后大家在青年点听"美国之音"联系起来想。

老陆下乡多年，光棍一人，曾戴过"现行反革命"帽子，被群众监督劳动二年，他有句口头禅：天老大我老二，再能把我怎么样？开除党、团？对不起，我没那份资格。除了把我开除人籍。那样倒好，早死早解脱，省得活着遭罪，三十多岁连老婆都找不着。老陆听"美国之音"从不背人，大家也都自动安静，自动中毒受害，和当年大家听青岛兄弟唱黄色歌曲完全一样。这是为什么呢？还不抽烟。七十年代兴起的世界范围的戒烟浪潮尽管声势很大，抽烟被认为是引癌上身的自杀行为，所收到的效果却实在微乎其微，这又是为什么呢？

官能需要与精神需要都必须予以满足，否则过分饥渴会使人饥不择食，任何一种法律、法令或者告示，都无法把人类的需要变作不需要。而由于压制，反而可能更强烈地刺激某种需要，刺激后的需要感觉会变得病态，使更严厉的压制也无法奏效。让人们的理性和直觉去判断吧，人类进化至今，还是有能力去辨别什么事该做什么事不该做的，不是这样吗？

这毕竟是已经高度理性化了的社会，而且这个民族传统上就具有很强的克制力。

那些歌子中好像只有"湍急的河边"没有那种低级情调，也许正由于此，大元很快记住了歌词和曲调，而其余那些都是大元在农村那些年里学会的。而且他知道，所有这些歌都来自一本叫作"二百首"的黄颜色的小书，这本书可是非同小可，是整个青年户最宝贵的东西呢。它合乎下乡知青的心理，还是心理需要。

走在没人的地方时，他也偷偷地哼起了这支歌：当我走到那湍急的河边……院内绿地很多，乔木排在道边，灌木丛有喷射出干枝条的迎春花，也有仍然茂盛葱茏的墨柏，可惜的是绿地不绿，青枝不青了。大元怎么也没想到，就是在那么稀疏的迎春花丛后面还藏着人。不该这么说，是她先在那里了，大元没看见在附近有人才哼的。她并没有藏藏躲躲，他们素不相识，她没有躲他的必要。可是他脸红了。他装作若无其事地绕着树丛闲遛，眼睛盯住自己的鞋尖，只是他不再唱了，就像他根本不曾唱过一样。是早晨五点半，天已经见亮，太阳还没起身的那段时间，她也在偷偷地唱歌吗？

"你怎么不唱了呢？"

她的发问让大元意外地尴尬。

"我唱什么了？！"他气呼呼地反问。

"你干吗要生气呢？我真不知道你不希望别人听见你唱歌……"

"我什么也没唱。"

"你当然没唱，只要你死不承认谁也不能认定你唱了。"她严肃地说，可是说到最后终于忍不住，笑了。大元极为恼火。

"没意思。没话找话。谁愿意理你？"

"别生气了,小弟弟。"

"你多大？谁是你小弟弟？"

"哪来这么大火气呢？真是莫名其妙,我十七了,叫你小弟弟不应该吗？"

他冲口而出:"我也十七!"

"你哪一年出生呢？"

"……"

"不用现算了,算出是哪年就是哪年？我要是再问你属什么的,你怎么回答我？"

大元不再犟嘴了,她比自己高半头呢。

"你刚才唱得不太准,走调了。最后一句应该是 54 3 16 54 32 6 ——你唱成了……"

她的声音比青岛小伙美多了,并且她一点也不在乎他的白眼。大元已经在随着她唱了,他们不约而同地压低声音,直唱到太阳露脸,周围有人走动,大元能够很准确地唱完整个歌子了。这时他发现,她长得很美。

"你家在什么地方？"

"东北,锦州。"

"辽沈战役的那个锦州吗？"

"嗯。你呢？你家在哪儿？"

"就在这儿,这个院里。"

"你怎么没出去串联呢？"

"我刚刚从峨嵋回来。你是一个人来的？"

"当然。"大元非常骄傲。

"那我带你出去玩吧,我是老北京人了。"

一个来的不假,但大元隐下了自己还有一个同伴(生病的胡刚),当时他只是希望她能带他一道去玩,假如他说还有一个同伴(而且是个十七岁的小伙子),她一定不会和他一道出去玩了。这道理很明白,大元反应也够快的。

她已经知道了他叫大元,但他们单独在一起时,她总是叫他小弟弟。当天晚上,他们一道去了她家。推开门,她就喊了起来。

"妈,我捡了个弟弟回来。"

"这孩子,怎么一天不回家?"

"人家都饿了。妈——快弄点饭吧——"

她妈妈已经不年轻了,鬓有白丝眼角鱼尾纹也很明显,听说她爸爸年龄还要大。母亲疼女儿也喜欢大元,他们吃的热汤挂面,大元碗里有三个鸡蛋呢,汤面有股好闻的香油味。

"妈,你说他多傻,多傻……他妈不让他出来。他自己跑出来了。他妈在后面骑自行车追。他就左拐右拐,跟他妈藏猫猫,有好一阵他钻在男厕所里,直到他妈离开才出来……他讲时笑死我了。妈……"她边说边笑,不时把面条喷出来,大元觉得有趣极了。

"大元,你妈妈要急坏的,你们是孩子,不明白当母亲的那份心,抓紧回去吧,啊?"

大元含着半个鸡蛋,听话地点点头。吃过饭,大元过去掀开钢琴盖子,用手指触一下。

"伯母,琪姐说您会弹琴。"

"妈,弹个曲子吧,我弟弟还是个歌唱家呢,弹那支'湍急的河边',再慢点,就这样。"

就这样,林琪和大元的友谊开始了。

"你乐感很强,可是嗓子太差了,简直不可救药,你当不成歌唱家了。"林琪郑重其事。

大元坚信不疑,也郑重其事地点头作答。

胡刚痊愈后准备走了。大元破例没和林琪出去,送胡刚去车站。

站前,胡刚搜尽口袋只有两角硬币,他把它们摆在摊贩的案板上:"来两碗油茶!"

大碗油茶的热气笼住了胡刚的脸,他只顾把脸埋在碗里。大元听见自己的泪滴噗噗地往下落,他第一次尝到了离情别绪,心里很不是滋味。他知道胡刚最见不得眼泪,不敢抬头,怕胡刚笑他。其实胡刚自己也不敢抬头。

"胡刚哥,我还有七块钱,最近几天就要回家了。你带去五块吧。"他知道胡刚囊空如洗。两人在一起十几天,胡刚尽可能地不让大元花钱,他那两角硬币已经压口袋六七天了。

胡刚仰起脸,一点不在乎,泪水滴滴答答。

"傻兄弟,你那五块钱能顶几天呢?我得在外面走几十年呢。傻兄弟,说不上什么时候再见了……快喝吧,油茶凉了。"

大元抢过胡刚的背包,他们一道往站里去,路上大元偷偷把钱塞进背包。火车动了,大元使劲挥着手臂:"给我来信,胡刚哥,无论你走到什么地方!一定来信啊,一定!"

胡刚慢慢点着头,一甩手把五元钱从车窗抛出来,这张漂亮的纸币在疾速的列车附近旋着,旋着,旋着……大元禁不住哭起来。

"你眼睛哭得像个桃子,你怎么了?"

"胡刚哥走啦……肿得厉害吗?"

"上下眼泡都鼓起来了。你那么伤心。"

"他再也不回来了,以后再也见不到了。"

"真傻,两个人不是两座山,两座山到不了一块,两个人总能到一块的。"

"可是中国那么大啊。"

"别再掉泪了。傻弟弟,和姐姐分手你也会这么伤心吗?"

"琪姐,我不和你分开。"

"尽是傻话,你不是也要去了吗?"

大元说不出话。林琪忽然使劲抱住大元,在大元脸上响响地亲了几下,大元脸红了,左顾右盼,好在附近没人,他记住了她的弹性很强的结实的身体。林琪心情一定很好,从她那更美的脸上可以看得出来。

大元对林琪更加依恋,不是蜷进林家那个小蜗壳里,就是一道出游,他们每天形影不离地胶在一起。林琪经常像亲姐姐一样替大元拢平不驯的头发,她的手指又暖又软。可是她干吗要亲他呢?弄得他心慌意乱,弄得他总是以为她还要亲他。他不知道他是期待她的吻呢,还是恐惧她的吻,反正他常常觉得她又要来吻他了。大元简直有点神经质,可他才十三岁。那天,他终于既突然又平静地问她了。

"琪姐,什么是爱情呢?"

"你怎么想起问这个?"

"歌子里不是常常唱到爱情吗?"

"那是些黄色歌曲,我的小弟弟中毒了。"

林琪笑得喘不过气,脸也憋得通红。

"都是你教我唱的。中毒也是你的毒。"

"我成罪魁祸首了。你呀——"

需要明确——什么才是值得骄傲的

比如有某个早晨，某一个十三岁的串联学生从某接待站的住宿处爬起来，他的被窝由上下两条厚毛毯组成，而两条毛毯都精湿一片，他会以此为骄傲吗？回答是否定的，这一点肯定没有疑问。虽然说尿炕是大元的老毛病了，他也仍然不能够处之泰然。在医学上尿炕是一种病症，在人们观念上这却是没出息的一种表征。为了遮丑，他穿着湿裤头沤得小肚子疼，毛毯的尿处也给叠在里面，两三天才干，每夜臊气在毯子里和他的体温搅在一起，由他一个人慢慢受用。即使这样，青岛小白脸子也一个劲儿地嚷嚷。

"哪来这股臊味儿，是不是有人晚上懒得出去解手，尿在屋里了？"

这种事不是没有可能发生，大元下乡后，他们好多人都是这样，青年户里臊气比化肥仓库也不差。串联接待站比知青户强不了哪去。可是大元恨小白脸子，他真想跟他打一架。他们是青岛的一个叫"四方"的技校学生。最高的一个足有一米八，瘦得像秫秸，刮二级风恐怕也得抱树，他叫大个儿。白脸子叫二明，另一个性情沉闷，他们叫他老蔫儿。

"琪姐，一样的歌你唱就好听，二明唱出来就贱了吧唧的，好歌都让他糟践了。"

"这个二明怎么你了？你最近总说他！"

"我看不上他那份德行。"

他不能告诉她，因为尿炕的事，二明使他的自尊心受到伤害。她不会笑他的,假如她知道这事的话,她是个爱笑别人的姑娘,而大元的自尊心又过分地强,这是一对矛盾。

也许该在天安门前。可是他找遍了整个广场。它不应该趴在地面上,而应该神气十足地立在一个显眼的地方,没有。或许是在车站附近,完全可能。也没有,那么能在哪儿呢?

它顶好是在天安门广场上,在广场中心,凸起四十公分就够了,它应该是八角棱柱体,是花岗岩或者大理石的,可以不必漂亮,但一定要结实。它最需要坚固,不锈钢的最好。

大元重新回到广场,他用眼睛吊线,由天安门城楼上毛主席像正中至英雄碑的中心线,他心里用一条虚线联结了起来,再用另一条想象的虚线联结了人民大会堂和历史博物馆的正门,两条虚线的交汇点就应是广场中心。然而广场太大,距离太远,而且想象的虚线恐怕误差也小不了,所以这个假定中心的范围仍然相当大。这没有关系,只要它真在这里,无论怎样都要找到它。

大元读小学的时候,沈山公路上的一块里程碑引起了他们几个同学的兴趣,那是块花岗岩碑,刻着阿拉伯字母499。为什么是499呢?

"是里程碑吧?"

"从哪儿算起的呢?"

"也许是从北京,不是说北京到锦州有一千里吗?再有一公里前面就该是500。"

"咱们找找看。"他们找到了500。

"什么时候上北京,该找找起点。"

"起点准在天安门广场,通向全中国的路的起点准都在那儿,条条大路通北京,北京的大路通全国。"

"起点应该是什么样？也是这样的碑吗？"

"应该是吧，应该是个刻0的石碑。"

"可是通向四面八方的路那么多，要多少个零公里石碑呀？我想有一块就行，是个多面棱柱体，代表各个方向。"

"要是那样敢情好了，往石碑上一站，全中国的路都从这里开始，你只要原地转一周，就可以看到全国了。"

"将来我们中间无论哪一个人先到北京，都首先去天安门广场找到零公里石碑。记住。谁也不要忘了，这是顶顶要紧的事。"

大元足足查看了百米见方的路面，一点一点地查看，没有丝毫疏忽，可是很遗憾。突然他眼睛一亮，旁边二十多步远两个红卫兵脚下，不是分明有一个硕大的黑0吗？他顾不得礼貌了，不由分说地推开他们，他们给闹愣了。

黑0在一个平面上，既不是不锈钢也不是石碑，但是没有关系，想象总有过火的时候。他毕竟找到了它了，零公里。他原地转圈，心里有说不出的兴奋，但他忽视了一件小事。

那个黑0不够圆，而且是墨迹，两边缘已经褪色了。这不过是件小事罢了。

当他转了半圈，突然又发现了另一件事，一个更大的黑锥形正指向他。沿着那个锥形往前看，那是一整个巨大的黑色纺锤图案。这时大元发现上当了，这个纺锤加上脚下这个黑色的0，不正好组成一个惊叹号吗？这的确是一条大标语的叹号，那年月标语口号写在地上是常有的事。况且里程碑的数码怎么能用墨来写呢，一场大雨就会冲刷得干干净净。

大元傻眼了，零公里处仍然没有下落。付出的半天辛苦算不了什么，但是失望的打击简直叫他难以承受。也许它在郊外的某一个汽车站院里吧，汽车不是根据里程碑来确定行车里程吗？里程碑实在只是给汽车驾驶员竖的，与我大元有什么关系呢？他完全不想去理睬该死的里程碑了。

零公里，零公里，一条路开始的地方。

大个儿穿四十五号鞋，是双黑色回力牌篮球用鞋，据二明说，他还是厂篮球队预备队员呢，二明常替大个儿的脚吹吹乎乎。

"咱厂球队在山东省也有名气，你不信到山东打听打听。大个儿的脚在队里最大，他穿的那双鞋就是厂里在上海为他定做的。他买鞋买遍了全国，哪儿都买不到这么大的鞋，结果呀，你说怎么样？他后来到北京东风市场，把鞋帽部的鞋样子买来啦……"

大元不以为然。

"四十五号就算大吗？我比他矮多半个脑袋，现在就穿四十三号，等我长他那么高，四十五号算啥？"

"得啦，你也想长他那么高？你现在抬脚能顶到大个儿下巴就算不错了。"

"我才十三。你怎么知道不能长那么高？"

"你们锦州哪儿有一个高的？"

他们两个大笑，好像捡了什么便宜。

"告诉你二明，锦州像你这么矮的倒是不太好找。锦州怎么不比你们青岛强？"

"隔一道墙吧。全国哪个不知道青岛是海滨胜地，你们锦州可算个什么？"

"锦州没有海？你翻开地图看看，长长见识，你顶好是到锦州去一趟……"

"知道你们锦州出'小菜'儿,啥……"

"你知道锦州是国务院命名的新兴城市?"

"没听说!"

"这怨不得我,少见多怪是正常现象。"

"青岛出火车头,就是我们厂出的,大名鼎鼎的四方机车车辆工厂!你们锦州也出?"

"不瞒你说,锦州用的安全火柴倒是青岛出的,青岛出火柴头吧?啊?"

全屋子的人都笑起来,大大捧了大元的场,大元不免得意起来。火柴头!哈……

"二明,你老跟他逗什么?他才多大?"

老鸢儿劝阻二明,但大元听不出好赖话儿。

"小怎么样?不如你吗?"

大元的斗势使老鸢儿哭笑不得。幸亏老鸢儿有涵养,没和他一般见识。不然吵到何时真是难以预料,整个屋子里大元是最小的一个,也许整个串联大军中他也属于最小的一代了。

离开北京的前两天,他又回到T镇,回到那个钟表商的院子。谷文和丁平还都没有走,关指导员和王班长他们仍然是这里的负责人,世界没有在一周多的时间里变化得面目全非。

"我说小家伙,你跑到哪儿去了?"

王班长并无追究之意,口气很亲热。

"啊,到天津去了几天,到南开大学。"

随机应变信如神嘛,要不他追问下去可不太好,他手里还有大元的登记表呢,他可以很容易找到铁道科学研究院的。

"哟，接见错过了，多可惜。"

大元在心里说了声谢谢。怎么会错过呢？

"丁大哥，你们什么时候回去？"

"我们准备抓紧时间跑一趟西安。"

"不是说让串联学生结束串联吗？"

"中央的令到地方就打折扣啦。钻空子走呗，毕业以后没机会了。你这个年龄还行，能赶上下一次'文化大革命'，我们不行喽。"

"等到下次大串联，我先跑广州，然后走昆明、西藏、西宁到乌鲁木齐，一定把全国走个遍，回头再到哈尔滨满洲里，一定的。"

谷文笑了："你胃口不小。"

"你真可恶的，跑这么大一圈，单单绕过谷文他们广西和我们甘肃，你瞧不起我们啦？"

"我一定都去，假如谷大哥回广西，丁大哥回甘肃，我到时一定去看望你们。"

"怎么回得去呢？看这个形势！"

"老谷，你老说这些丧气话。"

"说宽心话就能改变你的命运？"

丁平不以为然地摇摇头，没再说什么。

"二位大哥回锦州到我家玩吧。"

大元详细地画了路线图。

"我们一定去。你也到学院去玩儿。"

最后大元想起去看老刘，顺便再看看那些镏金镶银玉雕铜琢的各式各样的钟。这扇小门曾经怎样撩着他对于神秘事物的好奇啊，他又推开了它。老刘去市内办事了，只留下关指导员一个人在。关指导员还记得这个打架的小家伙，他兴致勃勃地和大元唠起部队的事。

"你叫什么来着？噢，大元，这名字不错嘛。小家伙，在部队上老乡可是非同小可，你想中国这么大，大家来自五湖四海，碰到一个说家乡话的该是多么亲切，不容易呀。你们冷不丁出门，哪知道这些？你们年轻气盛，说急了就动手，那不行啊。你知道，这里离你们东北近，东北人也多，你要是到了云南两广，听到个东北口音都想去攀个老乡，唠唠家常，别说你们都是锦州人呐。我刚入伍那咎……"

王班长把大元送到汽车站。说不上因为什么，大元鼻子有点发酸，这个曾经使大元有些惧怕的战士也让大元感到难舍难分。

"大元，我们吵嘴的事你不要往心里去，我是有嘴无心，嘴边又缺个把门的。"

"他就是那么个人，爱说，没正经。"

老鸢儿替二明证实，大元早没气了。杀人不过头点地，二明已经主动和解了，况且他毕竟比大元大几岁。大元并非不懂事理。

"我也一样，爱争爱吵，太好胜。"

"大元，其实道理很明白，谁都希望自己的家乡比其他地方好，实际上呢？谁的家乡都有些值得自豪的东西，你们盛产苹果，毛主席都提到了……那时候心里就别不过劲儿来，非要贬斥锦州。"

大个儿也说："真格的，有机会碰到一起不容易，咱们没道理吵架。以后见面，大家准都挺高兴的。"他说得多好，准都挺高兴。

"以后有机会到青岛去找我们吧，这是地址，这是我们的名字，你的住址给我们留下。"

"一定有机会的，我一定去找你们。"

大元对于第二次串联满怀信心。

"我们送你去车站。"二明热情地说。

"不用了,有人送我,我还要串个门儿。"

分手的时候,落泪的是林琪而不是大元。林伯母出去了,也许老人特意躲开,让两个孩子叙别。林琪坐到琴前,管自弹奏着一首伤感的曲子,大元被这种气氛所征服了,一动不动地瞠视着林琪那缓慢起伏的背影。屋子里很暖,她只穿着一件淡黄色的薄薄的羊绒衫。

琴声已经停了,余音还在这个严实的小小空间飘着不走,她姿势不变,像凝住似的,细心的大元看出她的肩膀在轻抖。他想走过去跟她说几句话,又想不出该说些什么才相宜,他在心里骂自己笨,她哭了。但他还是走过去了。他想起她说过的,两座山碰不到一块儿,两个人总是能够碰到一块儿的,她的话她分明已经记不得了。现在只好由他来安慰她。

"琪姐,咱们还会见面的,咱们是两个人,不是两座山啊。"连他自己也觉得这话空洞。

她不理睬他,也许她没有听他说话,她在想别的什么事吧。可是她回转身,把手指插进大元的头发,如果没有脸上的泪水,就仿佛什么事也没有发生过。她的声音是命令式的:

"你头发太长了,该理一理了。过来,我给你洗洗头,你这个小埋汰种。"

她只顾用两手轻轻挠着他的头皮,全不顾泡沫糊住了他的脸,他自己用手把眼睛上的沫子抹去,睁开眼睛,他能够看到她沾上泡沫的裤子和套着绣花拖鞋的脚。

"记着,到家就给我来信。听见没?"

她用大毛巾裹住他的头,两手像摆弄玩具一样搓干这个淋着水的脑瓜。他给她捉弄得舒服极了,而且他离她那么近,简直可以嗅到她皮肤的气息。接着，他又一次给她吻着了。

这一次不同于上一次，她深深地静静地吻着，不出一点声音，每一次仿佛都是一个时间已经凝结了的长吻。她吻了他的长额，也吻了他的眼睛和脸颊，只有最后一个吻匆匆忙忙，像蜻蜓点水一样，那是在他的唇上。他给她搂着，她的软软的胸压在他埋下去的脸上，他清楚地听着她的心跳，感受着她那莫名急促起来的呼吸。他不情愿地从她胸间的凹处抬起头。

"琪姐，我可以亲你一下吗？"

他郑重地在她额头印上一吻，像一个名副其实的情人或一个真正的男子汉那样。

"情种！小男人！你会成为诗人的！"

她兴奋地叫道，而且把大元送上列车。

明天。希望的又一种表达方式

现在大元再也不能够安静了，然而那时候如果他给妈妈追回去，他现在一定像只懒猫在小床上打呼噜。谁说这不是命该如此呢？那么就是明天了。他第一次认真地怀疑起明天是否能够照常莅临。他像一个孕妇等待孩子降生一样，以虔敬、温柔而且充满耐性的心境等待明天的到来。从这时候起，大元成了一个不折不扣的宿命论者，而他自己当时并没有发觉。

整个过程都是以不寻常的方式表现出来的——无论是开始还是结束。甚至以后多年他所经历的一系列事件，他都认为是这个过程的自然延续。有什么事情会是完全偶然的呢?

没有。

他下乡的地方名曰海边,其实正南十里外才是海滩。你尽可以每天饱餐海的气息,想看到海却需要越过几道烂淤的海沟和几片没膝的荒草甸子。他在那里一千几百天,只有一次是坐在污染得一塌糊涂的海边向海问候的。这地方数里滩涂只有没踝深的海水,停不了船撒不了网,靠海吃海在这里是句屁话,他们只能在土里刨食,在盐碱滩上种几棵瘦骨伶仃的高粱和玉米,或者晒一点土碱拿到集上去卖。

这是偶然的吗?他在那里整整干了四年。

那次到南边一片地里干活,他穿着四十六号大个硬塑凉鞋。别人都回去了,只有他拿着长柄锄在那干巴巴的玉米苗之间作机械动作,他的开花棉袄扔在地头。过晌时,他披上破棉袄往回走,锄杆懒洋洋地拖在身后。需要过一道相当泥泞的海沟才能回到知青户,穿凉鞋要把鞋陷进泥里的,他通常总是先把鞋扔过沟,然后一手拿锄一手拿棉袄过去。他们这地方不长蔬菜,每年有四个月吃盐水煮土豆,即使这样他仍然期待着明天,虽然明日复明日。这里碱砂土质细腻匀称,十里八里难见一颗石子,赤脚四年可以省几双鞋。他过得沟来,发现刚才隔沟三十米远单只抛过来的两只大凉鞋居然像摆好等他来穿似的,也可以确定两只鞋是一只一只分别扔过来的。即使是同时扔两只鞋,也绝不可能摆放排列得这样整齐,而且鞋跟朝他,鞋尖朝前,他可以伸过脚就穿好它们。他是所谓可以教育好的子女,本来没敢想回调,这一年秋天他居然上了中专。这是偶然的吗?

四年赤脚。他又穿上鞋了。这是命数。

无论怎样,他都相信有一个可以信赖、可以期待的明天在前面。这一天终于来了。

他是一个多么奇特的宿命论者!宿命论者都是悲观的,他们只是消极承受命运的宣判,而大元不同,他相信命数,但他的命数却在于这个奇异的时间——明天。因而他在任何逆境中都能够保持乐观。灰颓不是他的天性。

因为他曾经有这一天——刚才,午夜二十一点通知的,毛主席接见——明天。明天啊!

这里是一段香肠,四个精粉馒头,发的。

北京香肠以味道美著称,这也不算什么。

要是有几个柿子就好啦,可是谁知道呢?

谁也不知道他会成为一个作家,但林琪曾预言他可以成为一个诗人。林琪没错,只不过大元把生活中的诗趣淘掉,而把加工了的生活变成散文而已。生在这样一个特定的年代,这就是大元的命数,所以他经历些什么也都是必然的。只有一点需要申明:还有一个明天。

是否曾经睡着了,大元没有把握,或者说接下去的是否是真实的大元也没有把握。反正出发时天还没亮,他们攥着香肠揣着馒头,浩浩荡荡地走出去了。也许总归不是做梦吧,做过的梦都忘记了,这一天却日复一日地清晰。冬夜将尽,天少见的暖和,像是孕育着一场软白的雪。冬夜长啊,俗说"夏走十里不黑,冬走十里不明"。这样走走停停地,到了西直门天还没亮。大元甚至怀疑是否又弄错了时间,又把早晚颠倒了。现在不是六点半而是四点半,这许多人都在街上,不会错的。

他觉得自己很平静。不如想象的那样神不守舍。后面有人踩了他的鞋，他退出队伍。提上鞋跟。这时他看见大街上的队伍已经前不见头后不见尾了。这不过是三百万中的一个小支流罢了，可是他从来没见过这样壮观的队伍呢。他紧跑几步跟上队伍，天就亮了。

市民揉着睡眼挤出四合院的小门，孩子，老人，妇女，甚至也有青壮年。大元觉得，他们钦慕走在队伍里的人们，因为他是其中的一员，也因为他无上的自豪。大元正在走向一桩无比神圣的事业，他觉得那些揉着睡眼的人太沉得住气了，太无动于衷了。

从早上起来他就和胡刚走散了，直到现在还不见胡刚的影子。胡刚不在跟前，大元像少了主心骨似的，胡刚就是在当天晚上病倒的。

进了西直门，行进速度明显放慢了，而且时时长时间停下来。天不冷，又兼走远路，大元觉得热，身上的半大衣显得多余了。两天以后他认识了林琪，如果早两天相识，半大衣就可以寄放在林琪家里，不至于丢了。住宿处人多且杂，白天出来什么东西都随身带着。丢东西是家常便饭，不是昨天张三背包没了，就是今天李四茶碗丢了，谁都不把东西留在住处。

所有公共汽车电车都停了。只有些不知好歹的载重车还想活动活动，结果它们常常给拦在路口等队伍，而队伍根本没有尾，最后只得载重车掉转头，乖乖地爬回车库。

交通规则素来要求人等车，现在是车等人了，这一点也使大元心情舒畅。可是队伍太慢了，有一段时间几乎完全停下来。大元想起了馒头香肠，他一气干掉了一半，说不上是进了早餐还是午餐。天亮多时了，无表阶级一员。

几天以后他和林琪去了八宝山。

山前那两大棵银杏树过分粗大,一棵树上竟有好几个老鸹窝,老鸹聒噪着,给这块亡灵憩息的墓地继加了额外的凄清。灵堂也冷,大元记住了林伯渠老爷爷和刘亚楼将军的骨灰盒是最精致的,他也想起了碧云寺的水晶石棺。

"林老是爸爸的老师,每年清明爸爸都带我到这里来祭林老。我已经熟悉这儿了。"

林琪低声说着,带着大元转过墓地。

"琪姐,它太粗了。"

"听说它可以活上千年,它和水杉是世界上最古老的树种呢,你看它枝干一直朝前努力,而且它的叶子是扇形的,黄了仍然柔软。"

他们和另两个女学生试着抱了一下,四个人合抱不拢那棵粗的,走时大元捡了几片金黄的扇叶。林琪轻轻喟叹了一声。

"主席七十几岁了,咱们能够见上他老人家一面,得知足啊……"

回去以后,林琪送给大元一枚戴军帽的毛主席像章,周围镂刻着精细的麦穗。像国徽周围那样的麦穗。大元自己排长队买的四枚都小,而且只是红地金像,并且没戴军帽。即使那还是亏了大元出来时多长了个心眼儿,介绍信上开四个人的名字才买到四枚呢。

路过天安门时已经是下午了。广场挤得要命,他们列着方队通过,结果方队挤得七零八落,他披着的半大衣给挤掉了。他努力想挤进压过来的人群,没有作用,继续逆潮流只会被踩成肉泥。再说大元也不愿放弃这千金一刻的时间,这样,他来得及断定中间那位就是毛主席他老人家。他完全不在乎泪水在脸上肆意飞迸,也完全不在乎那件给踩烂了的半新大衣。

一路上,所有人都激动不已,好多人都丢了鞋,可是没有人因此惋惜。当队伍在北京饭店前面经过时，好多好多的外国人挤在阳台上挥着各式各样的旗子，他们也在祝贺大元们。

走出很远了，大元还在想，那些花里胡哨的旗子是他们各自的国旗吗？

晚上很黑时才通车，大家回到铁道科学研究院又在食堂乱了好一阵，不知不觉就过了半夜。明天有时不知不觉就来了。

大元这时候才想起胡刚。胡刚已经躺下，蜷在毯子下面的身体就像只大虾，他睁着眼。

"胡刚哥，你没去吗？怎么一天没见你？"

"去啦！真冷，我冷得厉害，也是才回来。听说今天气温在零度以下，对了，昨天。"

"我怎么觉着挺暖和呢？你没跟咱院里队伍走吧，我找你几次都没找到。"

"我直接去天安门广场了，七点钟到的，十一点半主席出来的，我一直站到接见结束，后来又跟着人群往天安门前挤，那时主席已经回去了。我在广场足足站了十来个小时，大概有点感冒，直冷……你的大衣呢？"

"挤丢了。我热得够呛，披着来的，要不也丢不了。你压我的毯子吧。我不困，还不想睡；再说天大概快亮了。"

"也好，你替我压好。一直跟着队伍？"

"嗯。走了整整一天，从早走到晚。"

"难怪你不冷。听说明天接着接见。"

"是今天。现在已经是二十六日了。"

"我忘了已经过了零点。"

"胡刚哥，你没听说明天……"

今天大元太累，连续参加接见也吃不消。要是明天还接见的话，他一定还去。那块零公里石碑大元终于没能找到；假如找到它，此行可算是尽美了。这虽然是唯一的，毕竟也是微不足道的遗憾。大元还有明天呢。

虚　构

　　各种神祇都同样地盲目自信，它们唯我独尊的意识就是这么建立起来的。它们以为唯有自己不同凡响，其实它们彼此极其相似；比如创世传说，它们各自的方法论如出一辙，这个方法就是重复虚构。

——《佛陀法乘外经》

一

　　我就是那个叫马原的汉人，我写小说。我喜欢天马行空，我的故事多多少少都有那么一点耸人听闻。我用汉语讲故事；汉字据说是所有语言中最难接近语言本身的文字，我为我用汉字写作而得意。全世界的好作家都做不到这一点，只有我是个例外。

我的潜台词大概是想说我是个好作家，大概还想说用汉字写作的好作家只有我一个。这么一来我好像自信得过了头。自负？谁知道！

这么自信的人好像应该说些表现自信方面的话，好像应该对自己的小说充满同样信心。比如绝对不必像我这样画蛇添足硬要在现在强迫我的读者听我自报写过些什么东西。

我现在就要告诉你我写了些什么了，原因是我深信你没有（或者极少）读过这些东西。别为我感到悲哀（更别替我不好意思），顺便告诉你，我心安理得泰然自若着呢。

有人说我是为了写小说到西藏去的。我现在不想在这里讨论这种说法是否确切。我到西藏是个事实。另外一些事实是我写了十几万字有关西藏的小说。用汉字汉语。我到西藏好像有许多时间了。我不会讲一句那里的话；我讲的只是那里的人，讲那里的环境，讲那个环境里可能有的故事。细心的读者不会不发现我用了一个模棱两可的汉语词汇——可能。我想这一部分读者也许不会发现我为什么没用另外一个汉语动词——发生。我在别人用发生的位置上，用了一个单音汉语词，有。

我不讲语言学教程，这个话题到此为止。

我写了一个阴性的神祇，拉萨河女神。我没有说明我在选择神祇性别时的良苦用心。我写了几个男人几个女人，但我有意不写男人女人干的那档子事。我写了一些褐鹰一些秃鹫一些纸鹞；写了一些熊一些狼一些豹子一些诸如此类的其他凶恶的动物；写了一些小动物（有凶恶的）如蝎子，（有温顺的）如羊羔，（也有不那么温顺也不那么凶恶的）如狐狸旱獭。

我当然还写了一些我的同类的生生死死，写了一些生的方式和死的方法。我当然是用我的方法想当然地构造这一切。大概我这样做是为了证明我是个不同凡响的作家。谁知道呢？

我其实与别的作家没有本质不同，我也需要像别的作家一样去观察点什么，然后借助这些观察结果去杜撰。天马行空，前提总得有马有天空。

比如这一次我为了杜撰这个故事，把脑袋掖在腰里钻了七天玛曲村。做一点补充说明，这是个关于麻风病人的故事，玛曲村是国家指定的病区，麻风村。

毫无疑问，我只是要借助这个住满病人的小村庄做背景。我需要使用这七天时间里得到的观察结果，然后我再去编排一个耸人听闻的故事。我敢断言，许多苦于找不到突破性题材的作家（包括那些想当作家的人）肯定会因此羡慕我的好运气。这篇小说的读者中间有这样的人吗？请来信告诉我。我就叫马原，真名。我用过笔名，这篇东西不用。

当然肯定也有另一些人宁可不当作家也绝不会铤而走险走我这一步。不走就对了。羡慕的不必羡慕。

实话说，我现在住在一家叫安定医院的医院里；安定医院是对外名称，所有知情的都知道这是一家精神病院。我住在这里写作。我周围是些老人，这是老人病房。房间里很干净。大约是个二十平方米的房间，有六张病床。

实话说，我当初不知道麻风病的潜伏期最长可达二十年以上。我刚刚出来三个月，现在我还没有呈现任何病兆。

我开始完全抱了浪漫的想法，我相信我的非凡的想象力，我认定我就此可以创造出一部真正可以传诸后世的杰作。

（请注意上面的最后一个分句。我在一个分句中使用了两个——

可以。)

我不是个满足于"想一想不是也很好吗"的海明威式的可以自己宽解愁肠的男人。我想了就一定得干,我干了。海明威是个美国佬。

我不敢夸口我是唯一敢这么干的人。因为我进玛曲村认识的第一个人就是另一个这么干的。他说他也不是第一个。

二

你看我有多大年龄。说你第一眼时的直观判断。不要怜悯我。不要说那些想使我高兴一点的话。不不。我说了别这样。

这里有镜子。有水。我每天都能看到我。可是我不知道我是否显得衰老。我不知道别人到我这个年龄时的样子。你告诉我实话。你应该知道这没有关系的。我早就从你们的世界里退出来了。那个世界是你们的。

有三十年了。也许四十年。我没去计算时间。时间没法计算。昨天跟今天一个样。今天跟明天一个样。你记不住重复了许多次的早上或晚上。山绿了又黄。我是记不住了。

我是个哑巴。这里的人都当我是哑巴。我到这里就再没说过话。我怕我早把汉话忘了。跟你说这些话的时候我敢肯定我还记着。有些事会了就忘不了。游泳就是这样。我七岁那年学会游泳。那好像是一百年以前的事了。不是地道汉族。我爸亲是个做生意的印度人。

我不说话。后来也没人跟我说话了。就不要问这个了。叫什么名字有什么关系呢?这么多年我没有名字一样活着。他们都不叫我。没有人知道我叫什么。他们当我是个聋子。

你真有眼力。这里没有人看出我读过书。我爸亲有钱。是我自己不想再读下去了。

你要吃东西吗？你有再好不过了。我至少几十年没吃过点心了。好吃。我们再不回去就错过吃午饭了。那好。我们就往沟沟里走。

我一直不想这些事。这些事现在想起来好像跟我没有关系了。也许不是关于我的。其实我的别人的又有什么关系呢。

你肯定不信我有一支枪。二十响盒子。我们一会儿就会看到了。有七发。这么多时间了不知道是不是还能打响。没一点锈。我放的地方雨淋不到。没人知道。没有人往山上爬。我爬山他们都当我是傻瓜。从这儿往上去。

从到这儿的第一天我就爬山。这条路就是我踩出来的。这种地方没人来，你累了就歇歇，上面的路还远。我尽可能走得远一点。我不放心那支枪。走吧。一会儿累了再歇。

三

我们边说边往山上爬。他看上去很衰老，可是脚步比我要矫健。我不期待发生奇迹，我同样不反对有奇迹发生。我们走走歇歇，最后还是到了他要到的地方。他让我等一下。

他像变戏法一样，突然从一个可怜的老人变成荷枪实弹的强盗。他动作迅捷模样凶狠，我从声音和外形可以断定他手里的是真枪。他用枪口对着我的脸，我想起他说的弹夹里还有七发子弹。我的腿突然哆嗦起来。

这时他说:"把背包里吃的东西统统拿出来!快点!听见了没有?!"

我完全吓傻了。我那时脑子里什么都不能想,我只是盯住黑森森的枪口。我记得它比我想象的要大得多,像个山洞,我完全可以直着腰走进去。我能做的大概谁都能做,我伸手到背包里,把先触摸到的一筒罐头拿出来扔到地上。接着扔出来的有另外两筒罐头,一包巧克力和剩下的干点心。

我还在犹豫是否把照相机也拿出来的时候,他又突然笑了。"我以前就是干这个的。过了几十年,我想看看现在的人。什么都跟从前一样,没变,嘻嘻,没变。"

他笑。我把笑忘得一干二净,因为我前面的那个山洞。他的话我听见了,可是我不明白这些话的涵义,我的脑袋已经不运转了。

枪口从我眼前慢慢移开垂向地面。我的意识像春天的蛇一样开始苏醒。我开始回味他刚才的话,我回忆起刚刚过去的半天时间。

不行,我的脑袋还是处于半麻木状态。我甚至不明白他下面那些动作的实际意义。

他把枪重新端在手上,我注意到他拿枪的是左手。他用右手拨开保险;然后他把左臂伸向空中。枪口朝天,他要干什么呢?

我盯住他扣在枪扳机上的左手食指,我看到它开始用力。枪响了。

空气剧烈震动起来,近山远山充满回音。我觉得整个世界在看我们。山下的玛曲村这时正沐浴在中午阳光下,它显得很小,小得不真实了,像沙盘上的模型。村里看不到人,但我觉得所有的人都在看着我们俩。

"可惜只有六发了。真不错,几十年了。"

这两句话我马上就听懂了。我知道刚才的梦境已经过去,可我那时还不知道这个细节在我那部杰作里面的位置。

他在不知不觉中消隐在山石中了。他再出现的时候，手里的枪已经不见了。他好像已经忘了我，不再理睬我，从我身边轻盈地跳着下山了。跳动的身影在山石中时隐时现，就像个放羊的男孩子。他个子高大，这时显得瘦小。

我一个人蹲下身，捡起刚扔在地上的食品罐头。我再站起来时他已经完全消失。我这时产生了想找找那支枪的念头。

我有一种预感。我要证实这种预感。我的预感没有错。我找不到它；或许它根本就不存在，或许它只存在于我的想象中。

我下山的时候，我才想到关于所有麻风病的问题。他是个麻风病人吗？他已经在这个满是麻风病人的地方生活了几十年。我不知道我为什么会遇到他，为什么先不进村子。

四

我没有把握得到医生的许可，我是偷着溜进这块禁地的。我事先已经听说有两个医生负责玛曲村的事。听说是两个年轻的藏族，其中有一个女的；听说那男的也很漂亮。

病区没有任何形式的围栏，这样它既不能防止病人外出，又不能防止外人进入。我就是钻了这个空子。

公路傍江而行，附近百里没有人居住。因此这两幢石砌的小屋就显得格外冷清。西边的一幢是公路道班，玛曲医院占了另一幢。而玛曲村离这里还远，在十几里外的山脚下，和公路隔着大片的漂砾滩。从公路向北望，一眼十几里无遮无拦，小村子看得一清二楚。把玛曲村与外部世界连接起来的是条小路，弯弯曲曲的像条干绦虫。

我搭乘一辆运货卡车，在离道班很远的地方先下了车。我为了不惊动两位医生，就从下车的地方径直向北往玛曲村跋涉。我相信医生绝不会想到我的侵入。

我事先准备了睡袋和一些食品，我拿定主意自己解决食宿问题。我没想好该逗留几天，但我没有当天就离开的打算。

村子北面的山非常高大，因而有一些山沟沟到山下时就变成了泄洪道。泄洪道把大块漂砾滩分割成条条块块。

我决定在靠近村子但又人迹罕到的地方找个能睡觉的地方。我找到了一条又窄又深的泄洪道，我在一个拐弯处理下背囊和多数食品，只背了挎包和相机进了村子。

下午的阳光晒得人快干枯了。村子里静悄悄的，没有马牛羊猪鸡这类常见的禽畜，只有一些在阴凉处躺着睡觉的狗。

房子都是石块砌的，典型的农区藏式房，平顶而低矮。房子格局分布与其他村子都没有什么两样。土路，多半都很狭窄，看来不是车马道。我在村子闲逛，我没见院子里有人，我走遍了村子没见到一个人影。我拿定主意不轻易走进人家的院子和房间。

更有趣的是没有一只狗朝我吠一声，连狗都没兴趣理我。我感到由衷的悲哀。

如果不是我在事前多方了解，我此时肯定要认为这是个被人遗弃的村庄。我知道不是。这里至少住着一百二十几个活人。我还知道这些居民不事耕作或放牧。他们吃的用的都由国家免费供给。

第一个有人的信息是从村里最后一幢二层楼院里传出来的。我这时已经转到村后。这是村里唯一的楼房，上楼的石阶在北面。我听到了孩子的哭叫声，声音尖厉。我毫不犹豫地走上石阶推开门。我没想到我会看到女人们。

三个女人一字排开，靠在墙边昏昏欲睡。其中有一个人身上趴着个男孩在吮奶头，看得出这就是刚才哭叫声的来源。我知道我走错了地方。不过三个女人似乎都没注意到我，只有那个男孩的眼珠往我这边溜来溜去。女人们闭着眼，舒舒服服地享受着阳光的沐浴。

准确地说，这不能叫楼，它只不过是两间小小的房上房罢了。住人的小房间建在东厢屋顶上，又在正房屋顶北面垒起一道一人多高的石墙。正房屋顶成了这几个女居民的日常活动场所。住房在东面，西面则堆放着一些用来做烧柴的矮棵植物。看来这里没有居住男人。

我站在门口，进退维谷，我没有看到女人们的脸。凭着一瞥瞬间的印象，我认定有男孩的女人还很年轻。我想我不该走进去。就在我转过身的同时，一个声音传过来了：

"我会说汉话。"

我只能重新转回身去，这时我看到了那个有男孩吃奶的女人的脸。是她在对我说话。

我说："我也说汉话。"

我不知道我是否在发抖，那张女人的面孔叫我毛骨悚然。鼻子已经烂没了，整个脸像被严重烧伤后落了疤。皮肤发亮，紧绷绷的。

她表情奇特，两个瞳仁外斜，像在看我又不像在看我。她说："你是拉萨来的。拉萨来的人说汉语。"

我说："你到过拉萨吗？"

她说："拉萨是个大地方………"

我说："是个大地方。你是什么地方的？"

她说:"我到过昌都。听人说,拉萨比昌都还大,我想拉萨一定很大。"

我说:"你怎么会说汉话呢?"

她说:"我们那里的人都会说汉话。"

我说:"你男人呢?"

她说:"你问的哪一个男人都在他们自己的房子里。这里都是女人,还有孩子。"

我说:"你来的时间很长了吗?"

她说:"山绿了又绿,"她拍拍男孩的脑壳,"他是到这里生下来的。你进来吧。"

我说:"医生每天都到村里来吗?"

她说:"听说换了两个,我没见过呢。"

我下意识地"噢、噢"了两声,连自己也不知道要表达什么意思。我不知道再该说点什么,就转身往下去了。到了石阶下,我又想起该问一下村里是否还有会说汉话的,我重新想走上石阶。这时我发现刚才的四个人正都扒着门框看我。

五

她是村里唯一会说汉话的人。

我没有别的选择。我让她转告她们穿上衣服。我看得出她们三个年龄都不大,只是另外两个干瘪瘦弱。她们三个人面目极其相似。

她比另外两个多一点生气也丰满得多。我跟着她进了她们的房间。

这一间都是她的,她和她的孩子。我犹豫了一下坐在一个木椅上。

她说:"那个矮的是痴呆,高的腰坏了。她们都不能生孩子。"

孩子刚刚能走动,可是眼睛里却有某种看了叫人心悸的老成。他扭着脸看我,一边蹒跚地朝门外走。阳光照在他赤条条的身体上,使他看上去像有几分透明了。

她说:"他什么都懂,有人来他就出去。"

以我们看来,她的话里暗示着某种东西。我得说这是我们的错觉。她不是我们熟悉的那一类女人,这是我在以后几天里通过接触观察得出的结论。

我告诉她,我要在村里住几天。

她说:"没有一个外来人住村子里,他们都是跟医生一起来,转了一圈又一起走掉。他们不住村子里。村子里没有外人住的地方。"

我肯定地告诉她,我要在村子里住几天。然后我说:"我不会藏话。我只能说汉话。"

她说:"你说汉话吧。"

她说话的时候,我下意识地看她没有鼻子的两个鼻孔。我说话的时候心不在焉。我甚至忘了恐怖。我只是觉得她脸上的这两个小洞非常滑稽,滑稽到荒唐的程度。

我说:"我这样一个外来人到村里,村里的人不会不高兴吧?"

她说:"村里的人不会注意你。别人的事跟他们没有关系。来送粮食的和来放电影的才会引起他们的注意。他们不注意别的外来人。"过了一会儿她又说话了:"你要到村里去。外来的人都在村里转来转去。他们都有医生陪着。你只有一个人,没有人陪你来。"

我说:"我一个人来的。我不要医生陪。"

她说:"我陪你到村里去。你可以问我。"

我说:"问你什么？"

她说:"你要问什么就问什么。我比那些医生知道得多。"她说话中间总要间断，我过了一段时间才逐渐习惯了。"我住村里。"

出门以前，我想起一件事。

我说:"你抱着孩子，我给你们照相。"

她说:"我不照相，我不懂照相。"

我从挎包里拿出随身带着的小相册。我找出一张我的彩照指给她看。

她毫不犹豫地说:"这个是你。"

我就势告诉她，我可以把她也留在这样的东西上。她摇了摇头。

她说:"我懂。我不照相。我不懂照相。"

她的话自相矛盾，不过我猜到了她要表达的意思。她是说她知道（懂）照相这件事，但是她不懂为什么照相会把人移到东西（纸）上面去？她不要别人给她照相。我记起一本书里写过一个类似的故事，说的是没经过现代文明的人见了照相，以为是摄魂术，以为照相之后人的魂魄就被装到那个小盒子里（照相机）去了。我知道这个细节在我未来的那部杰作里将要出现。看来她曾经见过照相或摄影或摄像。

她不想照，我只得作罢。

后来证明我又犯了自以为是的错误。我忘了这里的人们不止一次地看过电影。摄影这种事对于他们并非我想的那样难于理解。她说不懂，说不要照相其实另有原因。那是后话。

六

村子中部偏南是一块空地,空地两端各立着一个简易篮球架。黄昏时分,人们陆续会聚到空地附近。这大概是村里唯一的公共场所。

我和她站在离空地稍远的地方。她表情安闲恬淡,手里拉着那个蹒跚学步的男孩。我没有拿出相机。

正如她说的那样,村里的居民好像完全没注意到多了我这个生人。

这里的人大多面相淡漠,一副无所欲求的样子。我觉得那些绷紧的皮肤并不如刚见时那么可怕。夕阳的黄色光芒照在这些脸上,使它们更富幻想色彩。没有人对别人表示关注,这个发现使我一直紧张的神经慢慢松弛下来了。

病兆使他们许多人看上去模样相似,一样的塌鼻梁,一样的皮肤发亮,连两眼距离过宽也都是一样的。我格外注意到许多人斜视。

我说:"他们走路都慢吞吞的。"

她说:"他们用不着快走。"

我说:"有人玩篮球吗?"

她转过脸看了我一眼。好像奇怪我怎么问这种问题。我不明白。不过我马上就明白了。

有一个年轻的男人拍着篮球从南面的房子转过来,立刻有另外一些男人响应。他们吹口哨,叫喊,显出了出人意料的生气。

我注意到,上场打球的男人有一些已经不年轻;他们同样分成两伙。没有裁判，因此比赛看上去一团糟，有点像橄榄球赛。

她在一旁像是解说："男人到了晚上都来打球。"

我"噢"了一声。她又说："你去打球吧。男人应该打球。"

我意识到她在说什么，我不能再心不在焉地随便答应了。我是个篮球好手。不过这时我无意以此来向她炫耀。

比赛吸引了所有的人，我们也随着人群一点一点凑到球场周围。她抱了孩子站在人群里层，我站在她身边。

打球的人中有个小个子突出地灵活，我估计他有四十岁左右。他是所有球员中唯一懂得运球和投篮要领的人。他一个人投进了几次，每次都赢得一片起哄式的喝彩。

他又投进了一个球。就在大家起哄时，她用肩膀撞了我一下，然后用手拍拍男孩。

她说："是他的儿子。"

我就是傻子也听得出她话里的自豪意味。

她又说："他有时过来跟我睡觉。"

她说话时全不放低声音，我们周围挤满了观战的人们。她不在乎，我脸却红了。

接下来发生的事使我来不及多想，篮球不知受了什么东西吸引，突如其来滚到我脚下。我用脚尖一垫，球就到了我手里。

我当时后悔自己太冒失，不过我的确来不及多想。我站在场外偏东一侧，离球篮少说也有十步远，我运足力气，压腕将球投出。

我不说你们也能猜到，天公作美球进了，而且空心入篮。没有网。太可惜了。

我终于引起了玛曲村民的关注，所有的人都在为我叫好。我成了大家目光的焦点，所谓众目睽睽。我当时后悔的就是我自己暴露了。

也就是在这个瞬间里,我发现两个不那么友好的人的注视。一个是那个打球的小个子男人。另一个已经相当年迈。个子高高的,背驼得很厉害;他的干皱的脸上没有胡子,很像一枚陈年核桃。他是所有村民中唯一没有发滞神情的人。而且他皮肤晦暗。看不出麻风病人那种显而易见的征兆。

村民们马上把我忘掉,比赛继续了。

七

我一个人悄悄挤出人群。

刚才的那一阵子,我几乎忘了自己身在何处。我自己绝没想到,置身麻风病患者中间我会这样从容。我觉得背后有人看我。

人的第六感觉经常惊人地准确。我一下认出了他。他见我回头忙扭过脸去。那时我还不知道他第二天早上会和我一起爬山。

我站了一下,等着他再次回头。他果然没有辜负我的期待。他用与他年龄不相称的敏捷迅速回头看了我一下,然后再也不回头地走进人群。太阳已经走到山脊上,天就要黑了。

我正考虑是否与她道一下别时,她抱着男孩向我走过来了。她脚步很重,在地上踏出咚咚的声响。她来到我跟前,把孩子放到地上。

她说:"哑巴总是盯着外来人,别怕他。"

我说:"哑巴是哪一个?"

她说:"驼背的老人。他很老实。"

我说:"他一个人在这儿吗?我是说,他在这儿还有亲人吗?"

她说:"他是村里年龄最大的,他一个人住在村西南角那个小房子里。他不和别人来往。他每天一个人往北面山上爬。"

我说:"什么时候?"

她说:"早上吃糌粑的时候。"

我说:"我明天再来。"

她说:"夜里外面冷。要下雨了。"

我不明白她为什么说这个。我没告诉她我准备睡在什么地方,莫名其妙。还有,现在满天湛蓝,刚有几颗亮星在闪烁。

我说:"我走啦。"

她坚持说:"要下雨,外面冷。"

外面不冷。我在心里暗笑她,她又说下雨又说冷,我睁着眼躺在睡袋里看满天亮星,一点也不冷。我的这处泄洪道位置很不错,背风而且安静,我不知道我是什么时候睡着的。

不过我记得,在睡着以前我决定明天早一点到村后去等那个每天爬山的哑巴老人。

我做了一些关于拉萨的梦。我梦见了拉萨的朋友和八角街朝佛的康巴女人。凉雨把我从梦里打了出来,真的下起雨了。

我慌里慌张从睡袋里爬出来。天阴得像黑锅底,不留一丝缝隙。雨点很大但是很疏,伴着阵阵冷风。我冻得哆嗦不止,又得抱着团成一卷的睡袋和食品。我怕地上潮湿,只能在沟里走来走去以求暖暖身子。我担心雨大起来会淋湿压缩干粮。我无处可投,虽然我明知道玛曲村就在不远处。

好在风很快吹散了雨云,天又晴了。我试探着用手触摸地面,这雨居然连地皮都没有打湿。可是气温至少降下十几度。我重新铺好睡袋躺下，这一夜剩下的时间我再没睡实。

我冻坏了。我觉得自己身上很热。

八

天刚泛白我就起身了。我几乎忘了要去村后等那个老哑巴，早上实在太冷了。可能我应该先进村子，到她的小屋子里打一声招呼。

我把背囊重新埋好。我没有先到她那去。

从山上回来，我远远就看见她的房子。她们住的小楼正好处在这个沟的沟口，我很奇怪自己有种急切的心情，步子也快了。

昨天黄昏时出来以后，我经历了多么奇特的一夜加半天啊。能再回到她的房间，这本身已经是了不起的奇迹了。

太阳愉快地悬在头顶，她的小门和石阶完全被小片阴影笼罩了。那是一块多么凉爽多么叫人愉快的阴影啊。

走近时，我看出了她一个人坐在门槛。她一动不动，她的剪影就像一帧剪纸作品。在我走进了这幢房子的阴影时，她站起身走入门内并且把门关了。我站在石阶前，一时愣住了。

我有点饿了，我不想饿着肚皮在村里逛来逛去。于是我坐在石阶第一级上，拿出点心慢慢咀嚼。一边吃，我一边想着下一步我该做的事。如果她不再接待我，我就要一个人闯这个世界了。我已经揭开了帷幕的一角，我自想可以最终进入其中。不过我也知道以后将更不容易，我知道全村仅有的两个说汉话的人都不会帮我。语言不通，我能行吗？

我没有把握。可能是因为坐在阴凉的石上的缘故，我突然剧烈地咳嗽起来。一咳就是十几次，连续不断，使我喘不过气。一阵剧咳之后，我感到肺里又热又胀。我大概病了。

我听到身后的那扇门开了。我站在那，我没有回头。我听着她走下石阶的脚步。

一，二，三，四，五，六，七，八，九，十，十一。她已经到了我身后，我仍然没有回头。我似乎像个孩子，以孩子的方式赌气，我绝不首先跟她说话。

我又猛烈地咳嗽起来，止也止不住，直咳到满脸通红头皮发麻。这时她说话了。

她说："上去吧。"

我第一个念头是要摇头拒绝，但我马上否决了这个卑劣的想法。她不是我什么人，她甚至不是我熟悉的那个世界中的人，我有什么权力——我为什么？

我乖乖地走在前面，我脑子里机械地数着石阶，是十一级。我进了门。她跟在我身后。

除了她不在那个位置上，门后的情形跟昨天完全一样。她的位置在里面，现在那里是她的儿子。另外两人倚着墙半眯半睡，她对我示意，要我到屋子里去。

她的屋前，铁皮炉子里噼噼啪啪地燃烧，给烟火熏得漆黑的茶壶沸腾着，散出好闻的奶茶气味。我禁不住咽了口唾沫。

我进屋坐到卡垫上，这时我看到了什么？我没法相信自己的眼睛，我的背囊！我伸手抓了一把，没错。里面是软软的鸭绒睡袋，还有罐头和压缩干粮。我把背囊塞到背后，舒舒服服地靠倚着。

她不说话，我也懒得开口。她给我倒了一杯茶，然后出了屋子。

我透过窗子看到她又回到她们中间，回到她的位置，把孩子放在怀里，解开衣服给孩子喂奶。

茶非常热，我等着凉一点再喝，可我等不得茶凉就睡着了。这个白天余下的时间我一直在沉睡，我没做梦。我知道在睡着的时候我仍然不时咳上一阵。我感到口干舌燥，我渴得要死，可我困得睁不开眼。

我醒过来的第一个举动是找水喝。我抓起藏桌上的茶杯一饮而尽，好香的凉奶茶！这时我发现天已经蒙蒙黑了。房子里没人，房子外面也没人。我想起昨晚，我想她们一定都在球场附近。我的头像被什么硬物敲了一下，疼得非常厉害，我只能重新靠在背囊上。

就是这时我还没发觉自己做了多么可怕的事：我用麻风病患者的杯子喝了满满一杯茶。我没有再睡，我的昏昏沉沉的意识像一只受伤的小鸟，飞不了多高多远可又不肯落到地上。

我又咳了起来，嗓子像裂开一样痛。玛曲村成了一件往事，仿佛隔了很多时间。我记不得那个女人的模样了，可我盼着她来，盼着马上回到她身边去。我隐约记得我打开睡袋铺到屋里地上，我坚持睡在地上，结果睡在睡袋里的是那个男孩。我还记得她给我嘴里塞了白色药片，好像是她问医生要的，好像她说来的是那个女医生。我还是第一次丧失时间概念，我的感受时间的那根神经肯定搭错位置了。那个晚上我发了一夜高烧，天亮时我才沉沉睡去。后来她说我整夜都在说话，又说不清楚。她说她一夜没睡。我就这样成了她的病人。

九

有整整两天时间我足不出户。她不允许，另外我也确实非常虚弱。

我最多被允许走到她房间门口。我坐在那个旧木椅上百无聊赖地观望这个小小的屋顶平台。我从早到晚地看着两个邻居，倒也发现了一些非常有趣的现象。

白天她经常出去，有时带着孩子，有时就把孩子留在家里。留在家里的时候，孩子很少自己到两个女人那儿去晒太阳，他一动不动地坐在卡垫上看我。我也看着他。我觉得他在研究我，被一个大约一岁的婴儿注视不是件叫人愉快的事。他目光深不可测，额头上有三道浅浅的肤纹。我喜欢和他对视，这是一种可以愉悦心性的游戏，前提是你不要总是认定自己被对方猜度。我在心里单方面约定，比试看谁后眨眼，一次不行，要比九十九次。

我反正有的是时间。遗憾的是我没比上九次，就对自己丧失了信心。九次里我只赢了一次，而这一次还是在他连续六次保持不败后才眨的。换一句话说，我眨了六次以后，他只眨过一次。实力悬殊，我无心恋战了。

我的眼睛又涩又疼，我就不该进行这种游戏。这个游戏的唯一好处是我忘记被这个小精灵研究，被他研究可是太不舒服了。

我又想出了新主意。因为我自己无聊得要死，所以我的主意也都是些无聊的主意。我把他抱到我膝上（他竟轻得出人意料），让他脸对脸看着我，我又把自己左手食指放到自己两眼中间，我成了对眼，两个黑瞳仁聚到两眼内侧。这是我的一手绝活,我知道这时我的样子非常滑稽。他果然被逗笑了,这是我认识他这几十个小时以来他的第一笑。

他笑的时候就不那么老成了,不再是那种潜心研究别人的神态。我决定把这手绝活教给他。他真是聪明绝顶,我只消把手指往他两眼中间一指,他的两个小小的黑瞳仁立刻并拢,那样子真是说不出的可爱。

我大笑起来,他也和我一起笑个不停。

我过了好一阵才发现问题的。我的手指不再指他,他仍然瞳仁并拢一副对眼相,我叫他喊他都没有效果。我知道出了毛病。我两手抓住他的小脑瓜晃了两晃,还是老样子。我真的急了。我想起一个著名的故事,讲一个老朽文人中了状元欢喜疯了,被他丈人一个嘴巴打回清醒境界。我没有多想,抽手一个嘴巴,他立刻大哭起来,惹得那两个迟钝女人也一起扭头往这边看。我一看他嘴里流血,心里有些不是滋味;不过毕竟这个嘴巴结束了关于小对眼儿的无聊故事。

不是有个哲人说过,"人到无聊比什么都可怕"吗?我被禁囿了两天以至如此,那么另外一些禁囿在此终年的人,他们的生活也许仅用无聊就不够了。比如那两个女人,我这几天的邻居。她们其实是她的邻居,名副其实。我只不过是个外来人,是她的临时房客。

我注意观察了很长时间,这两个女人彼此不说一句话。两个人中较矮的那个更迟钝些,无时无刻不在流口水。早上是她先起身活动,来回进出她们住的房间几次,还有一次出了大门。太阳出来以后她又搀出那高个子。她把她搀到墙根坐下,坐下后她们彼此就极少交流了。她们各坐各的。她看天时,她可能已经在打瞌睡。我还注意到她们各自的位置是固定的。

这样大约坐了两小时以后，她们开始坐不住了。高的扭动脖子，矮的则把手伸到衣服里用力搔痒。动了一阵，高的从衣服的什么地方摸出一个小铁盒，小心翼翼地扭开盒盖，轻轻地倒出一点东西在左手拇指指甲上，然后把这个拇指指甲再倒进鼻孔里。我看她用力地吸了一下鼻子，脸相怪模怪样抬向空中，过了好一阵用力打了个喷嚏，神态极满足。这个全过程被矮女人看在眼里，迟钝的脸上也露出了羡慕。

我不知道这是否就是鼻烟，可我看得出这是她们极其重要的一份精神享受。高个子又在重复刚才的准备动作，不过这一次她是为同伴准备的。当她把拇指伸向矮个儿鼻孔时，我看得眼睛都湿润了。矮个儿的鼻涕沾了高个子的拇指，高个子全然不顾。她像自己吸一样专注，一直凝神看着矮个儿打出喷嚏。

非常可惜，这一幕到此为止，我甚至在以后几天里也没看到第二次。于是她们又回复到一贯的姿态，坐着不动，各坐各的。

天近中午时开始热起来，两个女人懒洋洋地让太阳尽情抚摸。她们已经晒得非常黑，肤色看上去已经完全没有质感了。我不明白她们为什么这样迷恋阳光。

午饭是矮个儿去取来的，是个搪瓷钵，舀了满满一钵糌粑面。矮个儿女人又拿了一钵水坐回到自己的位置。两个人不声不响，各自用水把糌粑捏成团，之后放到嘴里一块儿，有板有眼地咀嚼一阵，最后扬起脖子费力地咽下去。

看得出她们食欲都还好。

饭后她们东倒西歪地睡了，睡得很沉，相信打雷也不会惊醒她们。大约两三个小时以后她们才会醒来，先是坐着伸伸腰腿，以后就又不再动作，安静地坐到太阳西斜。

她两个都不去球场。她们先搀扶着到大门外走一遭,估计是解手,回来就进到自己屋里,关上门一直到次日早上。我想她们不至于每天吃一顿饭,估计早饭和晚饭是在房间用过的。我看到,她们用的水都是我的女房东用一只小木桶提来的。她们不烧茶。

有时,男孩也自己走出去,走到她们俩跟前。这种时候离男孩近的人必定要伸出手,拉住男孩的小手。我注意到,她们都不抱他,可是看得出她们也都爱他。她们愿意把自己的时间匀出一些给他,假如他有事要她们帮忙,我想她俩谁都不会拒绝的。

开始我没注意到下面的房子里也住着人,而且不止一个两个。她们都很少说话,动作也都轻轻的。我先是听到一声门响,才知道下面还有一个活生生的世界。我看到的先后有五个老年妇女,她们都是单个行动,不声不响地进进出出,就像哑剧中的配角演员,也像幽灵。看得出,她们在这里都没有亲人,她们一些人混住在一起,可是她们互不往来。我甚至想到连她们的灵魂都是孤独的,如果她们真有灵魂的话。她们的头发全都花白了。

她说下面总共住着六个人:"但是有一个已经全瘫了很久,她从不出屋。"

"她们都不会说话吗?""都说话。她们很少说话,没有什么可说的。""还有,楼上两个人也都不说话。""矮的想说说不出,高的能说不想说。""都是藏族吗?""有一些汉人,有一些回族,有一些珞巴族。""你不是说,没有人会说汉话吗?""是这里土生土长的汉人,他们说藏话。这里没有人说汉话。""下面那些老人出去干什么?她们都出去。""我也出去。我们出去转经。村子西面有两棵神树,我们到神树转经。""你信佛?"

话刚出口我就后悔了。我马上意识到我犯了错误。那两棵树很高,我只是远远看过它们。

"我总得做点事。我不能像她们那样,"她用手指指隔壁房间,"总是晒太阳。"

我心里有什么东西被拽了一下。

十

"这两天,村里人都说老哑巴疯了。平时他除了爬山很少出门,可他两天不爬山了,一大早就在村里转来转去,他从来不在村里转来转去的。他不停地走,大家都说他疯了。"

"他为什么要在村里来回走呢?"

"没有人知道他为什么转来转去。他从早走到晚,可是他再也不去爬山了。"

"也没有人知道他为什么爬山吗?"

"没有人知道谁为什么爬山,没有人知道谁为什么转经,没有人知道谁为什么晒太阳。"

如果我不是自作多情,我敢断定他是在找我。我是知道他一些底蕴的人,他一定后悔不该让我知道,他慌了。也许他要做出什么举动来弥补他的饶舌,我想起了两天前的上午,想起那个可以直着腰走进去的山洞,我觉得汗毛孔发麦,头皮针刺一样钻心地痒。

"我说我读过书,我认得许多汉字。"

"你说什么?"我心绪烦乱,我不知道她说的话的实际意义。

"你有点累了。你的病没好。你躺一下。我要出去了。"

"你说你读过书,你说认得许多汉字?"

"你睡一会儿。你白天总要睡一会儿。"

她扶我躺下,自己走到外面。

我不想睡。她为什么告诉我这个?她说话坦坦白白,从不闪烁其词。而且我早就注意到她用语非常简单,但是同时又非常特别。她说话没有疑问,还原成文字没有问号。我是个写小说的作家,我格外注意人们说话的情形,我知道她的情况极为罕见。她的思维跟我们绝大多数人不一样,我们的思维跳跃幅度大,总是有问号。没有问号的思维真是一桩奇迹。对她来说,现存的一切都是现成的,一目了然没有任何问题。刚才她说她读过书。

头疼。

房间里闷得太久了。我要出去走走。我想她一定已经走了,我不希望在门口或是在村里碰到她。离黄昏还有一段时间,村里几乎没有人走动。她什么也没有说,我猜她不一定又去转经。我来以后,她说的那个打篮球的小个子男人没来过。听说话的口气,那是她的男人,他不来,难道她不会去?也许是我胡思乱想,我想说我考虑到这个问题时不掺一点妒忌成分。我拿不准,我这样说是不是有点此地无银三百两?不管怎么说,我认定了她是去找他。

我的打扰一定使她烦了。我在她家妨碍了她的正常生活。我是否应该考虑不再住她那儿?这两天我睡卡垫,孩子睡睡袋,好像她一直没睡过。我睡下的时候,她坐在地上拍孩子,我醒时她已经在屋里屋外做什么事了。这几天我非常能睡。躺下一觉到天亮,夜里即使天塌下来,我也只能稀里糊涂睡着去死。

有人跟在我身后。距离还远。

我不回头。我知道那是谁。我慢慢走,等着他逐渐走近。他不走近，估计他也放慢了步子。我不知道他为什么如此。我决定给他来个突然袭击。

我给自己下了口令。我按口令也按规范向后转走，我们面对面了。我大步向他走过去，我认定他会惊慌失措，他不会料到我这一手。我很快走到他跟前。我站下了。

我说："你两天没去爬山了。"

他竟全不理睬我，视若无睹地从我身旁走过去。我呆住了。过了好一阵我才想起，他是哑巴。他在这个村里当了几十年哑巴了。他不会轻易改变这个形象。看来是我唐突。尽管村里看不到人影，可谁也不能说我和他谈话不被人撞见。我决定再和他几次交臂而过，我抄近路截住他的人，我也像他一样在村里走了几回。

后来他不再转小路，他回自己住处去了。

我不想跟着他，但我注定要到他住的地方去一次，这是后话。

又快到黄昏了。我开始往回走。这时我才想起刚才没有结果的问题：我要从她家里搬出来吗？这不仅仅是我一个人的问题。

我决定，这件事由她来决定。

走上台阶以后，我完全没想到会看到打球的小个子男人。他在逗他的儿子，他回头朝我笑了一下。我发现我喜欢这个人。

我进到屋里，我又猜错了，她不在，说明她不是去找他。我坐到卡垫上，透过窗子看那幅天伦之乐的图画。

爸爸脸上扮出各种怪相，儿子则嘻嘻地笑个不停。爸爸把儿子从背后举到与自己同高，儿子却执意要扭头看爸爸的脸。显然这是个经典游戏。他们以这个方式捉迷藏，当爸爸的把头躲来躲去，以至脸完全贴上儿子的屁股。

就在这时事情发生了戏剧性变化。爸爸单方面地放弃了游戏，把儿子放到地上。儿子的笑凝在脸上，叫人难以忘怀。爸爸变得惶恐，一副心不在焉的样子，原来是她回来了。

我密切注视事态发展。

她不理他，他也没正眼看她一眼。他只一味看着脚下。她从他身边走过去，弯身抱起孩子往屋里来，他匆匆忙忙瞥了她母子一眼转身出了大门。这又是怎么回事呢？

晚饭我拿出一筒猪肉罐头打开。我看着她们母子几下就吃光了。我心里很痛快。她有点不好意思，说："好吃。"

十一

这个晚上我没有睡意，我想大概是因为体力逐渐恢复的缘故。我照常先躺下，我盖着母子俩仅有的一床羊毛被。我为了不使她在意，把脸转向里面，我一动不动地躺在那儿。

房间里黑黝黝的，能见度很差。我从声音判断她已经躺下，好像就躺在我旁边不远的地上。我强忍着不翻身看一下她铺盖什么，夜间很凉，我心里非常难受。

我一动不动地躺着，睁着眼。我渐渐习惯了黑暗，我数数儿消磨时间，一百为一单元，我一直数到三千三百三十三。我还是睡不着，我听得出她已经睡了。于是我轻轻转过身来。

竟有微弱的月光从窗子照进来，我想一定是弯弯的月牙。借着月光，我看到她裹了一件翻皮毛的藏袍，她的脸侧向外面，只听见酣睡的鼻息。她的一条光腿从袍襟伸出来，圆滚滚的泛着浅浅的光泽。

气温很低，我露在外面的脸是最敏感的温度计。我的鼻尖冰凉，身子在羊毛被下蜷缩成一团。这时我看到她露在外面的腿下意识地往里收缩了一下。她肯定比我要冷得多。

我毕竟是个五大三粗的男人，我受不了这个。我有羽绒服，没有羊毛被我怎么也能应付过去。我凭什么？我一骨碌坐起来，用脚试探着找到鞋，我把羊毛被轻轻盖到她身上，特别为她盖上裸露的小腿。

我重新坐到卡垫上，心里涌出莫名的温暖感觉。我坐着，看着充满月光的小窗，一点也不想睡，甚至不想躺下。我索性闭了眼。

我想起她坐在门槛等着我回来，想起她关了门以后我的胡思乱想。我觉得我认识她已经一辈子了，这些事是那么遥远又那么亲切。我弄不明白她怎么把我的背囊找回来的，还有她像先知一样告诉我那天夜里会下雨。想起下雨我仍然禁不住从心里打战，我于是又想起厚厚的羊毛被沉重地压到身上时那种感觉。我这时觉到了羊毛被的温暖又带点膻味儿的覆盖。我不睁眼，我怕我再从那种感觉中走出来。

盖在膝上的羽绒服掉到地上，我无意捡起，我凭直感知道她紧靠着我的肩膀是赤裸着的。我们披着羊毛被坐着，彼此无话可说。

我是男人，应该是我。我把手放在她的大腿上，她把手放到我手上，我们不约而同地在手掌上用力。什么都不需要说。她全身光着，我们干吗还干坐在那儿？让羊毛被把我们两个人一起覆盖吧。这个玛曲村之夜是温馨的。

我永远也忘不了她的激情。我知道这种激情的后果也许将使我的余生留下阴影，但我绝不会为此懊悔。我当时并不清醒，我的理智早被她的热情烧成了灰烬。不过如果有机会让我重新选择的话，我还是不要那该死的理智。我做了一次疯狂的奉献。后来我们睡了，在梦里我们仍然紧抱在一起，羊毛被使我们浑身汗津津的。我们睡得真沉。我真心希望就这样一直睡到来世。

非常奇怪的一件事是我既然在沉睡，又怎么能去希望呢？我向来不问自己这类傻问题。

太阳又升起来了。

我已经躺了很久，我还有许多事要做。

十二

我想知道我到玛曲几天了，我以为这是件再容易不过的事。可是我掰着手指算了又算，仍然算不出个一二三来。我的时间观念依赖钟表。我来时匆忙，竟忘了戴手表，我的手表有日历。我记得我是过了"五·一"从拉萨出来的，五月二日，路上走了两天应该是五月三日。

我倾向借助现成的事物来假设。我喜欢时间上用七；重复的经验，六比较合我的意。我凭直感断定，我在玛曲的时间已经过了一半，我就假设是四天吧。那么今天应该是第五天。说实在话，我不太喜欢五，这是个带着阴郁色彩的数字。不过这没办法。

早上阴天。云层很高，又高又稳，看来短时间不会转晴。我首先否定了要搬出她家的想法；其次，我决定今天要做的第二件事是到神树去。第一件昨天就决定了的。我记得老哑巴的家在村子的西南角上。

我要先确定一件事。我站到大门口向北翘望，如果我猜得不错，他这个时间应该在爬山途中。我站了很长时间，细心地看了又看，我得承认我感觉出了毛病。没有他的影子。

我以为昨晚他已经找到了我,他大概就不会疯疯傻傻地在村里转圈子了,他一定会重新回到原来的生活节奏,他应该在今早来爬山。

看来,应该——仅仅是一种愿望。

我不想耽搁,我辨别方位,走最近的路,我走到他住的房子只用了一支烟的时间。

他的房子非常矮小,且没有一般藏式房屋必不可少的院墙。他的背驼得那么厉害,肯定与长时间住在这个小房子里有关。

门虚掩着。我没敲门,我不想让屋里的人有所准备。我想突然闯进去,也许我会发现什么奇迹。我推门和移动脚步都很轻,不留心绝不会注意有人进来了。进来的这个瞬间我才发现我失策了。整个房间没有窗子,能见度极差。这样,屋子里的人看我一清二楚,可我由于刚从强光下进来,眼睛不能适应,什么也看不见。我只知道头碰到屋顶,我低下头。我还听到一种叫人恐怖的声音,像恶狗扑食时发出的那种低吠。我感到紧张,浑身钻心地刺痒起来。可是我不便退却,我要是就这样退出来可太荒唐了。我决定站着不动,我知道用不了多久我的眼睛就可以适应。

这一次我没错。几分钟以后我可以分辨出屋里的情形。他不在。在他睡觉的卡垫上卧着一条老狗。那真是一条老狗,已经老得一目了然,牙已经掉光了。然而它到底是狗,它的记忆里肯定深深地刻着往日的威猛,它用只有威猛的动物才可能有的声音恫吓我。很有效果。它的目光充满敌意,我不明白它为什么这样不友好?它的歹毒毫无来由。

我不在乎它。我甚至不在乎有犬牙的猛犬——我摔跤拳击都搞过,一条狗算不了什么。凭它没牙的老样子,它的吠叫有点装腔作势。我觉得很滑稽。它卧的姿势很特别，细看我才发现它只有一条前腿。是个残废，看来在他这里领残废津贴。我之所以不厌其详地写它，是因为除了它，这间屋子里就再没有什么可以一提的了。另外它的确引人注目，当然这里面另有其他因素。它的耳朵被人用剪子齐根剪掉。

我躺了两天多，心里无聊得要死，我很想找点够刺激的事。我希望它扑上来，好给我一个痛打它一顿的理由。看它那副凶模样，我估计我再向前一步它就不让了。我因此向它前进了两三步，奇怪的是它居然没脾气了，它不再吠叫。我再向前时它开始蜷缩起身体，露出一副可怜巴巴的样子。它的眼神仍然是陌生的，这是个可怜的家伙，我没兴致理它了。

我想在这个有枪又装哑巴又说汉话的老人家里发现点不同寻常的东西，我仔细察看房间的几个角落。除了铁皮炉子、钢精水壶和一堆趴地松烧柴，还有一双破得不能再破的老式皮鞋，一个藏式方桌，一个木桶，一个唐古（糌粑口袋）和两只木碗。墙壁上光秃秃的，没有粘贴任何东西。如果说这个房子里能藏点东西的话，我估计只有卡垫木架的下面。

我单膝跪下，把脸侧贴向地面向卡垫下观望，我发现有件东西。我看不清是什么，但可以断定不是鞋。我走近卡垫，它更怕了，竟将肚皮翻过来向上，恐惧地抖个不停。

我用脚探到下面，没费力气就拨出了那件东西。是个旧军队的大檐帽，前面正中嵌着一枚青天白日大徽章。我这下吃惊不小，连忙把大檐帽重新踢到卡垫下面，心里突突地跳个不停。这时门被推开了，泛滥的阳光泻了进来，不用说是他回来了。

十三

他和我一样,他没有马上发现我在屋里。他先转身关了门。这时它突然快活地叫起来。我吓了一跳。他用枪口对着我的全部细节,我仍然记忆犹新。我不想惊扰他,我决定先开口说话,让他有个思想准备。

"我在这儿等你好一阵子了。"

我以为他会惊讶屋子里有人。他不惊讶,好像我说话他根本没听见。

"你为什么没去爬山?"

他走到卡垫跟前,用手为狗肚子搔痒。

狗显得特别快活,愈发伸展开肚皮,并且尽力叉开两条后腿。我看出这是条母狗,好像从来没下过崽子,因为三对小奶子像公狗一样小而干瘪。没下过狗崽儿的老母狗极为罕见,至少我从没见过。我又一次先开口了。

"你不记得我了吗?"我小声问他。

他充耳不闻,我以为他为了小心,怕隔墙有耳。我再一次放低声音:"你不记得我了?"

他只顾低头为狗搔痒,我看不见他的脸,可我看到那狗的发情一般的神态,我心里咯噔了一下。我不敢想那种假设。

我没法把那个大檐帽、那支盒子枪和眼前这个又瘦又驼的干巴老头联系到一起。我尤其想不出他怎么度过了这三十多年。

我乍着胆子用手碰了他一下，他抬起头。完全是一副痴呆相。这不可能是装出来的，我凭我的全部经验起誓。我怀疑自己的记忆，我不知道几天前山上的一幕该怎样解释。他和她邻屋的矮个儿女人完全处在同一智力水准上，莫非他和他的枪只是我的妄想？我得了可怕的妄想症？我偷眼看卡垫下，那顶大檐帽明白无误地在那里，到底见什么鬼了？

另外一种解释也许能够成立：他真的像村里人说的，疯了？就在这两天里疯了？

我从心里推测了一下时间。解放西藏是一九五〇年，也就是说他在三十六年以前就进了玛曲，那么他为什么躲到这里来呢？难道他不知道麻风病会传染？如果知道（估计他不会不知道）还要进来，那么可以假想他在躲避生死攸关的追捕，进一步可以假想他犯了大罪（不犯大罪不至于冒这么大风险——我的推理）。那么，如果这种推理能够成立的话，他也许是国民党的一位要人，或许这位要人在解放西藏的时候神秘地失踪了。他在这里潜伏了三十六年了，他已经是个寿数极高的老人了。

我这么想的时候，心里开始发抖。假如他就是这样一个人，我现在已经落到他手里，恐怕凶多吉少。不过他似乎无意与我为难，我站在他身后，他一点也不戒备。他一副痴呆相。

我断定，他要么是个精神残废，要么是个最了不起的演员，是个魔鬼和凶恶的杀人犯。

我想溜出来，我不能坐以待毙，也许有机会逃出一条命。我想，他反正不理我，我何不试试运气？

我轻而易举地从这个洞穴里逃出了性命。

我不明白他在家里还怕什么，他即使真的疯了，他说话的功能并没丧失。他总该说点什么吧,特别是疯了以后神经中枢紊乱,控制系统失调了,他不会再怕暴露真实身份。而且他不理睬我,他为什么拒绝承认我呢?

强烈的阳光使我自以为重新回到了我生活过三十多年的那个我熟悉的世界,我从他的小房子走向西边有树的地方,我不愿再去想他,我努力把有关他的全部细节忘掉。

有那么半天时间我做到了。因为神树。

十四

村子向西有约步行需要一小时的路程。

我可以看到前面有两个人,这两个人之间也拉开很大距离。我踩在一条小路上,小路很窄,只能容人单行。这里砾石滩还算平坦,完全不必非循着小路走,可事实人们只走这条小路,这条路纯粹是日久年深踩出来的。我不想另辟蹊径,走现成的路也是惯性使然。

地势渐渐高起来了,我一路上坡,有点喘了。我站下歇息,回头看玛曲村。玛曲村了无生息,像一小片被遗弃的废墟。玛曲村处在一大片泥石流砾石滩上的边缘,远看那些小房子很像一些大块漂砾。这片石滩上很少泥土,因此也很少绿色的草皮。这里很像一块年轻的泥石流滩地,好像刚刚发生过翻天覆地的变化。然而身后那两棵大树提醒我,上一次山川剧变至少是千百年以前的故事。

后面又有两个人跟上来,由于上午顺光,我可以看得出是两个女人。她们都拉开距离,远远地相跟着往这边走。

我继续向前去,到神树已经没多远了。

这两棵树连根并生,极其粗大,是我所见过的最粗的树。我叫不出这树的名字。强光下它们簇拥着一大片阴凉。它们的绿叶非常鲜亮耀眼,可叶子生在很高的枝干上,看上去又过分遥远了。我听到一种悦耳的敲击声。

树下有几个人,缓缓地绕着树基逆时针转动。我抓紧拿出相机,从各种角度拍了几张。看来我的举动并未引起他们的注意。我记得,在拉萨转经的人们总是顺时针方向转动,我不明白其中的道理。还有拉萨转经不分男女,可这里却全部都是女人。我的照片可以记录下这里的情形,我带的是日本原装彩色负片,富士胶卷。前后有六个女人走进了我的取景框。

远景摄完我走进树下的阴影,这时意外地发现有个男人坐在两棵树的夹缝里。我非常惊奇居然会是他!那悦耳的声音是他弄出来的。

转经的人们另一个与拉萨不同的,是她们没有捻珠也不唱诵六字真言。她们几乎是闭着眼在走,步履机械有板有眼,她们的年龄都不算小了,我估计没有少于四十五岁的。当我刚断定她不在她们中间之后,她跟在我后面进入了转经行列。

她不看我,她像她们一样闭着眼,两腿机械地向前移动。别人那么虔诚,我不好意思一个劲儿地东张西望。我尽量不扭头,但我忍不住用眼角观察这个庄严的场面。

他在用锤子敲一块石头,那是一尊未完成的雕像。是个人头浮雕。想不到他是个造佛的匠人。树基周围没有经幡或哈达,有的是圆圆的小石子,有几十个浮雕人头像均匀地摆放在树基周围。我凭着不多的佛学知识,可以知道它们不是释迦牟尼、松赞干布和莲花生大师。它们甚至不像神态各异的欢喜佛。但是无论如何他造出了一些偶像,这些偶像与神树共存，供人们膜拜供奉。

我一路过来，阳光晒得浑身刺痒难禁。我本来该在阴凉下歇一歇。我奇怪我这样跟着她们转了许多圈之后，瘙痒不知不觉消失了。

好像她们每个人都规定了转一定圈数，我看着先来的陆续走了，后来的也都走了，看太阳应该是吃午饭的时间了。我成了转经人中最后一个。她也已经走了。她走时也没看他或看我一眼。我觉到神清气爽，心情也平静得像一泊碧蓝的湖水。如果不是他向我摆手，我也许会继续转个不停。

他的话我不懂，可我懂了他的手势。他要我为他照相。我当然乐于效劳。我用手势让他继续凿雕石像，我从两个角度拍下了他工作的情态。然后又为他拍了全身正面留影照。

我感到了他的善意，他对我是友好的。我们一路往回走，路上彼此没有任何交流。这时有种颤动从我心底处传导出来，我无端感到了深深的不安。我不知道缘由，我只是觉得要发生什么事，是大事。我们进村前分手，临走时我送了他一瓶猪肉罐头（和昨晚在她家吃的一样的），他高兴地收下，并且表示要送我一尊石浮雕。这真是意外。我心里兴奋得发抖。

十五

说不清道理，我觉到了将离开的怅然。我第二次在黄昏来到篮球场。我虽然还没决定明天离开玛曲，但我凭直感知道这是我生平最后一次在他们中间。他们虽然和我们同时生存在这个星球上，各自的世界彼此却是不相通的——他们是弃儿。这么说很残酷,事实如此。

我知道,这里差不多集中了全村人,只有少数严重痴呆患者和老年妇女不在。我想在他们中间走一走,每张面孔都多看上两眼,看看他们中的一部分男人打球,看看其余的人自愿成为热情的观众。我不再怕别人注意我,我在人群中慢慢踱步。我注意到许多年轻女人或壮年女人都有好几个孩子,并且大小差不多。

这天夜里,我问她:"我听说,好像,病……我是说你们,你们的病,传染?"

她说:"我不太知道。别人怕我们。"

我说:"听说特别是遗传传染。就是,病人生孩子,孩子生下来就是麻风病人。"

这是我们谈话中首次提到病的名字。

她说:"都这么说。没别的办法呀。"

我说:"我见到好几个女人都生了很多孩子,她们不生不行吗?孩子生下来就是病人,做母亲的心里就不难受?"

"她们没别的办法,她们只得生了又生。"

"她们不懂,你也不懂?!你不是读过书吗?你为什么也要生?你太不负责任了。"

"不生也得生。也许我又怀上了,怀上你的,用不了多久我又要生了。"

"那就不要怀,不怀!"

我没发现我的歇斯底里又发作了,我的声音又重又疾。

"这种事情由不得女人,你应该明白。"

"那,那——为什么——不避孕?"

"你说的什么我不懂。你再说。"

我忘了我在什么地方。这种新名词新概念我怎么解释明白呢?我越来越不近人情了。

我说:"那就不要……男人女人就不要在一起睡觉……"

"那么还干什么?这里的情形你都看到了——除了看男人打球,除了和男人睡觉,你说女人还干什么?年轻女人中没有别人去转经,只有我跟那些老太太们去。男人没别的事可干,女人也一样。让你说,不干这种事他们干什么?"

我想提醒他,为孩子们着想。我马上又觉得这话太空洞。我缄口了。

后来我想起告诉她,打球的小个子男人要送我一尊石浮雕像。她轻盈地笑了。

"他喜欢你。你叫人喜欢。"

她的话使我恼火,我又不是三岁的孩子。我不喜欢她对我说这种话。我意外地发现了一个非常重大的变化:她刚才生气的时候也用了一连串的问号,一连三个"干什么?"这个发现使我无比欣喜,虽然别人会认为这根本算不了什么。我知道这个变化的意义。我不知道是否该把我的观察和发现告诉她,我没想好。

她说:"你知道他喜欢你。"

我郑重其事地点头首肯。

她说:"你不知道他是珞巴族。"

我的确不知道。我故意用极平静而又冷淡的口吻说:"我不知道。"

她说:"他们不喜欢珞巴族,他们不让我跟珞巴族来往。他早就不和我来往了。"

我不便问她说的——他们——指的是谁。她不解释有她的理由,也许不便解释吧。我又回忆起第一次在球场,她自豪地说孩子是他的——还有那次在她家里他们彼此冷淡。因为别人(他们)不让,她就抛弃他,这个事实使我生她的气,恨她,鄙视她。这时我真是不带一点妒忌地考虑这些事了。

我说:"你叫我愤怒。"

她说:"你常说我不懂的话。"

我说:"我为这个恨你,生你的气,瞧不起你!这下你懂了吧?"

她说:"你瞧不起我吧。"

她这么说,我竟不知道说什么好了。

十六

临睡以前,我又觉到了那种发生在心底深处的颤动。我开始把它当成了放纵的激动,我以为我过分累了。她已经睡得浑身松弛了,她的胀鼓鼓的胸膛和大腿贴紧我,我爱它们。我不在乎她乳头已经烂掉。我早就知道她的手指脚趾也都烂掉了半截。她是个温馨的女人,这比什么都要紧,我还知道另一件也很要紧的事——就是她爱我。有那么一个瞬间,我甚至想过留下来,留在他们中间,留在她身边。

我对自己说起了宽心话,我说那不会是什么凶兆,我希望(非常非常)我最终能说服自己。只有那样我才能入睡。不会。不会。不……会……不……我在不知不觉中战胜了失眠引起的无端恐惧。我把握十足,只要我一旦睡过去,再睁开眼时一定已经光明朗照。

那种颤动带来的不安,随着满天的阳光化入虚无中去了。早晨又是一个艳阳天。

从昨天上午去神树，我已经把老哑巴的事忘得一干二净。我睁开眼第一个念头就是复习昨天在老哑巴家的情形。

我一个细节一个细节地重新咀嚼。

国民党军官帽。淫狗。痴呆相。

还有那天在街上，他和我视若不见，失之交臂。我认定我发现了问题的症结。

半小时以后，我走在老哑巴踩出来的小路上。我故意穿上砖红色羽绒服，我不紧不慢地往上爬，一边爬一边停下来回头张望。早上阳光出来就暖和了，这时我觉得很热。

于是我坐在半山休息。我特别坐到一块突出的山石上，这里可以清楚地看到整片白褐色的砾石滩，看到砾石一直推进到江边，看到江边两幢火柴盒似的小房子，看到暗绿色的稳稳流动的江水。对面的山迤逦起伏，比我身后的山要矮一些秀美一些，已经泛出嫩鹅黄色。

我收回目光，我看到那个小小的人影在村子里快速移动，我知道他来了。我到底成功了一次。他已经出了村子来到山脚下，我有意要他着急，就起身奋力朝山上奔去。

我回头看他，他简直拿出拼命的架势，我心里不免有几分得意。我索性躲在一块石丛后面，脊背贴着凉爽的石面坐下来。我忘了他是个古稀已过的老人了。

他已经到了跟前了，我听得见他的喘息。

我从石丛中闪了出来，心平气和地站到他跟前。他看到我就泄气了，一屁股坐到地上。

他汗如雨下，满脸惊恐。我突然从心里涌出怜悯。我深知他不值得怜悯，他心里有鬼，这样拼了命地爬山是他自找的。他实在可以选择另一种方式生活，那样起码他不至于整个一生都提心吊胆。

我低着头看他。他实际年龄大概有八十岁，老年斑已经遍布他脸上、脖子上和手上。他仍然是不清醒的，他的眼神混浊，瞳仁的光点几乎已经散尽，他已经完了。他在喘息。

我很奇怪他四天前还那么结实，他那时让你觉到他还有一种咄咄逼人的架势，他喋喋不休地讲这讲那，可是刚刚过了四天啊！过去的三十多年对他来说也许更残酷，毕竟他活过来了，我想不出这四天怎么会置他于死地？

也许他一直是个痴呆患者（这种生存环境无疑是培育痴呆症最适宜的土壤）；也许只是由于一个说汉话的人的到来，启发他压抑了几十年的说话欲望；也许发泄了这一次他就再也不会复原。什么是不可能的呢？

他能在这个满是麻风病人的村子里生活这几十年，这件事本身就是不可思议的，何况他自愿封住嘴做了哑巴！哑巴说话了，说了也就完了，就这么回事。他到底是不是麻风病人，我无从确定，他的病症不明显。但我可以确定他是典型的精神病患者，他完全崩溃了。

我说不准我这时的感情。也许他曾经是个罪大恶极的逃犯，也许他什么坏事也没做过，无论如何他自愿躲进玛曲村肯定有重大隐秘。我不想知道他是谁，不想知道他干过什么。我只是不能容忍他选择的这样一种生活。

出乎我的意料，他再一次开口说话了。

"我是个哑巴。这里的人都当我是哑巴。我怕我早把汉话忘了。跟你说话的时候我敢肯定我还记着。你看我有多大年龄。"

"你多大年龄？"

"说你第一眼的直观判断。不要怜悯我。不要说那些想使我高兴一点的话。你告诉我实话。你应该知道这没有关系的。"

"我看你有八十岁。听见了吗八十岁？"

"我爸亲有钱。是我自己不想读书了。这里没有人看出我读过书。我爸亲是个做生意的印度人。"

"你妈妈呢？阿妈——母亲？"

"我不说话。后来也没人跟我说话了。他们当我是聋子。叫什么名字有什么关系呢。这么多年我没名字一样活着。我爬山他们都当我是傻瓜。"

"他们不知道你为什么爬山。"

"你肯定不相信我有一支枪。"

"我知道你有枪，二十响盒子。"

他眼睛直直的，他无法重复四天前他说的那些话了，我截住了他要说的。

我说："你要吃点心吗？我带了点心。"

他好像想了一阵子才说："点心。什么叫点心？"

我从背包里拿出两方军用压缩干粮，递到他手里。他把它们看了又看，抬起头看着我。

他说："你肯定不相信我有一支枪。"

我说："二十响盒子，我相信。"

他显得非常沮丧。把干粮往石头上敲，逐渐敲成了碎末。他抬头看看我，接着敲第二块干粮。他这次不抬头了。

他低声说："你肯定不相信我有一支枪。"

我本能地抑制自己不去接话。结果我却说了一句反话："我当然不信。"

他骄傲地补充说："二十响盒子。"

我说:"我还是不信。"

他说:"我们一会儿就会看到了。我放的地方雨淋不到。没一点锈。没人知道。从到这的第一天我就爬山。这条路就是我踩出来的。"

直到这时我才有一点觉悟。他说的每一句话我都不是第一次听见。我无论如何不想让四天前的情节剧重演,我对我扮演的那个角色实在没有信心。我不想听到他最后那句台词。

他说:"可惜只有六发了。真不错,几十年了。"六发是上次,这次就只剩五发了。

这一次我过虑了。他始终没有从地上站起来,看来这次爬山伤了他元气,他太老了。

估计他短时间很难恢复,我先下山了。

十七

也许是心虚,怕背后挨冷枪,我下山的速度很快。我产生了错觉,我感到整个山坡都在向下滑动。我知道我有点头晕,我体力没完全恢复,不应该这样急上急下。

我回头时,已经看不到老哑巴了。但是为慎重起见,我还是躲到一块巨石后面去休息。我心情紧张,加上累,总感到心里抖个不停。我不喜欢这种感觉,因此又一次产生了毫无来由的不安。我眼也花了。我看着整个砾石滩正滑离大山。我恨这种感觉,我宁可累一点再累一点。我继续往山下去,也不时地回头看看,我看不到他的影子。

一路上我几次劝自己不要心慌，要稳住脚步。我步子却一次又一次加快，我真怕了。

我没回她家，我想起前一天要办的事。我想起她说他是珞巴族，怪不得他的话我听起来有点特别。我想我大概可以找到他住的地方，村子总共那么十几二十多幢房子，我又在这里待了一些时间。估计没什么问题。

她昨晚说：你知道他喜欢你。

我当时点头了。其实我不知道。他待我比较友善，这我看得出来。可他肯定看得出我和她的关系，他会不会认定我抢了他的女人呢？我不了解这里的习俗。不过我估计世界任何地方的男人都不会对这类事安之若素的。他会例外吗？她夸他能干时，我反正心里不舒服。

我看得很清楚，对于她来说，她不属于任何一个人，她是自由的，她属于她自己。而他似乎对此没有表示异议。

我却不能那么达观，我甚至不能忍受在想象中她属于别的男人。我不是她的男人，我只是她的房客——一个男房客吧——如此而已。可我自作多情，心里打翻了醋瓶子。她为他生了孩子这个现实使我越来越不能忍受了。我居然为了争这口气，认真地盼她也为我怀上孩子，顶好也是个男孩。我相信准比他的儿子要好。想到这些，我几乎不再想找他了。

不行，他的石刻太让我着迷了。况且我已经送过他礼物，接受他的礼物，我以为也在情理之中。虽然我深知彼此的礼物不是等价物，我没道理心安理得地借用交换法则平衡内心。我不想那么多，我反正一定能找到他的住处。

我在玛曲村里要找一个人可没那么简单。

首先我语言不通，其次村里没人走动，各家各户闭门不出，我没有想到去敲人家的门。我空转了一圈,最后还是决定回去问她。

我这时发现我有点怕见她。昨晚睡觉前的谈话使我们拉开了距离。我们到底是两个世界里的人,各不相通也各不相扰。两个人抱在一起的时候产生了一些没有益处的幻象,比如麻风的传染或预防,比如谁属于谁,再比如莫须有的爱情以至为了爱去献身等等。

我实在只是个写小说的拉萨居民,时而有一点超出常规的浪漫想法;我读过几本书,了解一点人道的零星内容,于是我真的浪漫主义起来,天马行空地瞎想一气,再没有比我更没用的人了。我隔一段时间,总要像昨晚那样慷慨激昂一阵子,发烧发热,发一顿人生感叹,发一堆大道理,之后就凉快下来,该干什么还干什么,夹起尾巴老老实实地做人。

我吼了一通,之后拍拍屁股走了。解决了什么呢?避孕还是遗传传染?或许我还要留下点麻烦。我没有能力改变玛曲村的生活现状,又在这里施放文明药粉,结果是很难想象的。现在想来,我的话一定伤了她的心。

等等,他是珞巴族,她说过他是珞巴族。珞巴族是不习惯住在石头房子里面的。他如果仍然承袭珞巴族的习惯,应该住木头房子。

村里有两幢木头房子这我早就知道,只不过没格外注意就是了。看来这两幢房子应该住的珞巴族。

两幢房子是并排的,相距不远。我来到房子南面,一个门开着,门口趴着一条大狗,是那种一看就令人胆虚虚的家伙。我可不愿招惹它,我先去敲关着门的房子。

随着一声应答,门从里向外推开了。出来的女人个子极矮小,但模样秀气而且年纪轻,一身典型的珞巴女人装束。我又不知道该怎么办了。她肯定不是麻风病人,她对我的来访显出惊诧。她相对来说肤色白一些,看来很少出门。我只能用汉话问她。

我说,你男人在吗?

她摇头。我觉得她好像听出了我的问话,她摇头不是表示听不懂,而是告诉我:不在。

我说,他到什么地方去了?

她马上用手指着西边。看来他还在村西的神树造佛。她指着,并用另一只手比划,告诉我很高,我认为她在说那两棵大树。

我说,他是你男人吗?

她连连点头,显出充分的自豪感。

我这时看到她身后有个男孩子,个子齐她胯高,精瘦得像个猴子。这孩子长得跟他一模一样,只是瘦成一把骨头。还有,这么小的孩子眼睛太大了。孩子尽力往母亲身后躲,又忍不住偷着看我。屋里传出一声婴儿的啼哭。她马上丢下我和小男孩,转身去照应婴儿;男孩吓得紧跟在她后面。我就势进了屋子。

我不想细致描写屋子的情形,那样太过分残酷了。我在这里只能讲另一件叫人同样难过的事。我在屋子里发现了六个孩子,一个比一个小,看来都是他和这个女人生的。

我不忍细心察看,其中几个有病兆?我反正心里堵得死死的,我也看到了昨天我送给他的玻璃瓶罐头。他把它放到一个孩子们够不到的地方,像是当成了供奉物。

我不能再待下去了,而且我也注意到这房子没有他的石刻作品。我决定再去神树。

这时又快中午了。大狗在背后低吠。

十八

我站到村西,我看到有几个人往村里来;是那些老年妇女。我没往前走,我不愿破坏这里所有现成的东西。这条路是一脚之路,我迎面过去势必另外踩出一条路。不能那么做。

在她们进到村里之后我仍然没再向西去。我独自站在村边,大约等到过了中午才看见他捧着石头从远处走来。看来石头很重,他走走停停,我看得满眼泪水。

他也看到了我,他又那样友善地笑了。这一次我知道了,他真的喜欢我,我更喜欢他。

这就是他昨天一直在刻凿的那尊。一对极度夸大的眼睛,完全是表现派技法;鼻子只有又短又窄的一条,没有嘴,却有一个尖削的下巴。奇怪的是前额。宽宽的额面正中,非常形象地用刻线画出一座山。

他把它郑重地递到我手上,忽然迎面跪在我脚下。我连忙把石刻像放到地上,伸手去扶他。我弄明白了,他在拜石像,这一定是他的神。是他们的偶像。我像他一样跪在他身后;最后他站起来,头也不回地走了。我好一阵没动,我想起一句藏话,朝着他的背影大声说:吐切齐!(谢谢!)他回一下头表示听到了。这时我在心里却在说着:再见。再见。

十九

读者朋友,在讲完这个悲惨故事之前,我得说下面的结尾是杜撰的。我像许多讲故事的人一样,生怕你们中间一些人认起真;因为我住在安定医院是暂时的,我总要出来,回到你们中间。我个子高大,满脸胡须,我是个有名有姓的男性公民,说不定你们中的好多人会在人群中认出我。我不希望那些认真的人看了故事,就说我与麻风病患者有染,把我当成妖魔鬼怪。我更怕的是所有公共场所对我关闭,甚至因此把我送到一个类似玛曲村的地方隔离起来。所以有了下面的结尾。

我有一尊那样的石浮雕刻像,是件珍贵的珞巴艺术珍品。我就不讲来历了吧。

我到过西藏境内许多地方。西藏是一块年轻的高原(地质学家这么说的),随处可见壮观的砾石滩。砾石滩是我喜欢的素材,我可以由此激发灵感,而且它是有生命的。

我老婆是个新闻记者。在一次会议采访中她认识了一位女医生,她在麻风病医院工作了一年多时间。我老婆听她讲了一些医院的事,回到家里又告诉我。我老婆和我无话不谈。

我碰巧又读了一本法国人写的书,叫《给麻风病人的吻》。我对这个耸人听闻的题目很感兴趣。后来我不巧又读了另一本英国人写的书,也是写麻风村里的,叫《一个自行发完病毒的病例》。

不久前我又去藏东南,当时春风正劲。雅鲁藏布江稳稳地东流,江水澄碧，几只白色的高原湖鸥在水面漂亮地掠飞。我身后是高拔的大山，身边是牧羊的藏族小姑娘，我沉醉在她的牧歌里。我和大山之间有一种默契，隔着一望十几里的砾石滩我们无言无声地交谈。

我坐车返回拉萨。开车的司机是个朋友，他说他跑遍了全藏。有一段时间他不爱说话，我问他怎么了，他说刚才经过的地方向北走十里是麻风病村。他还说，他曾经在这里搭过一个病人，是个胖墩墩的女人，还抱着孩子。

这些事都让我碰上了，该着我当作家。谁碰上是谁的运气。我得说我运气不错。

我还得说下面的结尾是我为了洗刷自己杜撰的，我没别的办法。我这样再三声明，也许会使这部杰作失掉一部分光彩，我割爱了。我说了我没有别的办法。我自认晦气，我是个倒霉蛋。谁让我找上这个倒霉的素材？找上这个倒霉的行当？当然没别人。我自认倒霉就是了。

下面我还得把这个杜撰的结尾给你们。说一句悄悄话，我的全部悲哀和全部得意都在这一点上。

二十

当天晚上发生了一件事。

当时我在收拾东西。我把石刻裹到睡袋里再往背囊里塞，她在一旁帮我。孩子已经不再把我当外来人，他骑在我的脖颈上看我们干活，两手牢牢攥紧我的头发。我用手电筒照明。

她说这样太重了。我说没问题，背得动。

她说我再也不会回来了。

她还说他喜欢我，这话她昨晚说过了。

我说我看到了他的女人，看到他和那女人的六个孩子。她说村里还有一些他的孩子。

"他是个能干的男人。"她这样总结。

我不接这样的话。

隔了一段时间她又说话了。

她说，早晨天亮以前常有小鸟在房子上唱歌；她说明天我早早就会醒来，在天亮以前动身上路。她的声音非常平静。

我努力使自己不发出声音，我背过脸什么话也不想说。看来她也并不希望我说什么。

她说，天快黑的时候，她看到老哑巴一个人从山上走回来。老哑巴走过来又走过去。她认为老哑巴跟平时不太一样。

"怎么不一样？"我问。

她说："他走得慢。他平时走得很快，你都见过的。今晚他走得慢。"

我说："他刚从山上下来吗？"

她说："是从山上走回来的，我看见他下午在山上。他过去上午爬山。"

我说："我就要走了。"

她说："你明天早上走。"

我说："是的，明天早上。"

她说："你反正要走。你明天早上走吧。早上别人睡觉，我也睡觉。你早上走。"

我说:"我想给你照相,行吗?"

她说:"我不懂照相。"

她伸出手掌抚摸自己的脸,动作很慢。我看到她慢慢地流泪了。我突然明白了,她为什么不要照相,她知道自己病后的样子不好看。她是女人啊。我进而想到,也许在得病前她是个美丽的小姑娘,她一定很美。

她说:"我不懂照相。"

枪声就是这时响起来的,我知道终于出事了。我说我要出去一下。我走到门口时,她用我刚好听得到的声音说:"你早上走吧。早上我睡觉。"我郑重地点头应允。

二十一

刚才这一声枪响,我就全明白了。

缺月已经走到中天,白生生的,玛曲村沐浴在清朗的月光中。路很平,我于是小跑着穿越整个村庄。我的脚步声惊动了夜游的野狗,结果此呼彼应,全村一片狗吠声。

我发现刚才的枪声没有引起村里人注意,这样总归好些。我跑到老哑巴的房子前面,门大开着,他正从屋里往外拽那条母狗;刚才他把它打死了。他为什么要拽它出来呢?

他用一只手拽狗后腿,像抛弃垃圾一样把它扔到房前的旷野上。从他的动作里我看到了他心底的厌恶。他没拿枪。

我有手电筒,我想我应该抢先把枪找到,这样就可以避免事态进一步发展。我先进一步迈进屋子，同时按亮手电。

地上，卡垫上，我没有发现枪放在什么地方。我看到了那顶嵌着青天白日帽徽的军官大檐帽，已经被人踏得稀烂。无疑是他干的。

他就站在我身边，眼睛随着电光移动。我可以听到他急促的喘息。我相信他不会对我怎样了。当然这种自信毫无道理。

我也想到，他推开屋门以后也许把枪放到外面了，我一个人跟着手电的光圈一步一步来到外面。月光如泻，平滩显得更荒更空旷。

那条狗像一堆破布，看不出丝毫曾经有过生命的迹象。一个生命的结束就这么简单。

我再也想不出还有什么地方可以藏枪，这几分钟里我的脑袋给枪塞得满满的，完全不能想别的，这就给了他充分的准备时间。我像做梦一样听到另外一声枪响，我模模糊糊地知道枪一直在他身上，是我给了他足够的时间让他从容地把自己打死。

我于是决定不再进到他的房里去了。

我决定连夜动身。

我回到她的房里，她已经睡着（或者故意装出睡的样子）。我轻手轻脚拿起背囊，又用手电在地上照了一圈。我最后把手电关掉，并排放到剩下的三筒罐头旁边。

我想吻她一下，结果我只吻了孩子。我背着背囊出了小门，关门。又出了大门，关门。

最后出了村子。

二十二

背囊很重,路很远。我一路走一路喘,我看到前面远处有一点灯光。

我咬住牙不休息,我真是累得要死。累得要死我还是不放下背囊,我连脚步也没停过一下,我知道我要停下来准会再也站不起来。

那点灯光一直在前面眨眼,好像小时候常捉的萤火虫。我走着走着,竟做起梦了。我梦见幼儿园里的小情人,我们睡在一个木床里,盖一条儿童绒毯,后来我尿了。她大哭起来,后来我忘了我是不是也哭了。我知道我困了,我是困了才尿床才做梦的。还因为萤火虫,因为已经到了跟前的灯光。

我不记得我是怎么敲开门的;我甚至不记得那两个藏族养路工怎么睡到一铺卡垫上,把我安排到另一铺卡垫上睡的。我反正困得睁不开眼了,稀里糊涂地一直睡到第二天上午。

我是被一阵隆隆声弄醒的。我醒了又睡一直睡到太阳老高。我睁了眼以后还在做梦,我闹不清怎么躺在一个陌生的房间里。我看到门口站着两个男人,他们正在张望同时交谈。

我说:"嗨,出了什么事?"

那个块头大的告诉我,说夜里有泥石流,北边的山塌了半边。我一下蹿起来跑到门口,只见满眼铺天盖地的漂砾,不过漂砾已经不再滚动了。我再没看到玛曲村,我想泥石流一定也把那两棵大树翻到漂砾下面去了。

那个瘦小的回过身拧开了收音机,我却心不在焉看着北面。"……我们现在是在北京工人体育场,在这里向广大观众朋友转播——由中国青年报主办的北京五·四国际青年足球邀请赛开幕式的实况——朋友们,这一次参赛的有世界足坛劲旅意大利队、西德队、巴拉圭队……"等等,是我说的等等。

"等等……"我发现有什么东西不对头,是什么呢?对了,时间。我知道又出了毛病了。"我想问一下师傅,今天是什么日子?"

块头大的说:"青年节。五月四号。"

我机械地重复了一句:五月四号。

白卵石海滩

　　有志的儿子对平庸的父亲这样说：你希望我像你一样吗？那样你不觉得难过吗？爸爸，生命不应该是一次愚蠢的重复。
　　儿子说的也许不错吧——生命是这样。然而，死的重复也是愚蠢的吗？

——摘自史小君日记

一

　　"我不喜欢苍蝇。"
　　他挥开那只在眼前转来转去的苍蝇。他就爱说这种废话，特别是对我说。好像我喜欢苍蝇似的。可是我又特别喜欢听他说话，包括说这种苍蝇之类的废话。

我俩躺在白色的细碎的卵石海滩上,阳光像一柄油彩刷挥来挥去,在我们身上涂抹上好看的奶油色。他很需要阳光。他是那么苍白而且瘦弱,虽然肤色白皙本来是桩优点。横放在滩边,他显得那么长。其实,他不过比我高上那么两厘米。一米七一。他其实是个小个子;当然,是按现在的标准。他真的显得很长。游泳时,他异乎寻常的笨拙,手忙脚乱,但是很有勇气。学游泳就需要勇气,如同病态的苍白需要阳光。他是乒乓好手,别的不行。

"我不喜欢苍蝇。"他又说了一遍。

如果我记得不错,他说这话是第五次了。听说海苍蝇咬人,我拿不准这话是真是假。但我们这样沐浴在阳光下,身上却不知让什么鬼东西给咬了。蚊子肯定没有,倒有几个红疱,痒得很。我知道自己体态很美,周围的一些游泳的小伙子,眼睛总往我身上溜。我装作全没有觉察。别人羡慕你,你的一钱不值的虚荣心会觉得很满足。我不泼他的冷水,哪怕他把同一句话再说上五遍。我不喜欢苍蝇。谁喜欢?

"今天是七月的最后一天吧。整整有六年了。真的,我不喜欢苍蝇。"

第六遍。什么六年,是六遍。

我不知道我为什么会爱他。他长相平常,又是个普通工人。工长不也是工人吗?

"小君,你要听故事吗?苍蝇的故事。"

我和他躺在渤海滨美丽的海滩上。我们刚刚从海里爬上来,身体还有些哆嗦;幸好太阳辉煌耀眼,蓝天上只有微风和几丝白云彩。

一只海苍蝇黏糊糊地绕着我们,这算不了什么。我们不是享受着假日吗,不是享受着大海的又潮又咸的气味吗?还有,我们享受着微风、爱情和阳光。生活是多么美好啊!

二

那一年，一九七六年的七月下旬，天热得叫人直想跳海。别乱想，我是说跳到海里去游泳，不是说去寻死。当时我们几百个独身工人挤在一幢新建的公寓大楼里。房间卫生条件不好，苍蝇、蚊子、臭虫、老鼠再加上蟑螂，可以说五毒俱全了。不过习惯成自然，我们全都不在乎。我们铁路的工作，有很多是三班倒班，工作十二小时，休息二十四小时。铁路系统就像一部永动机，操纵它的人们轮换休息，它自身却在一刻不停地运动。所以，白天在公寓里休班的职工相当多。

我们白天休班在公寓睡觉，常常抱怨苍蝇讨厌，夜间睡觉时抱怨蚊子扰人。我们常常争论，苍蝇和蚊子哪个更可恶。值夜班的说苍蝇是天下最可恶的畜生，说它白天糊住人不放，你想睡一会儿也难。打日勤的说蚊子的叫声比空袭都吓人，隔着蚊帐还叫你神不守舍，战战兢兢；还说渤海边的蚊子个儿大，三个半足有一两重。其实，哪儿的蚊子都被人们夸大了，一百零三个半也没有一钱重的。

我们白天晚上都钻在蚊帐里，不管睡觉还是看书或者下棋玩扑克。双人蚊帐里四个人打扑克正合适。天那么热，隔一层蚊帐简直等于盖层棉被。不透风，叫人喘不过气来。可是蚊子、苍蝇，没有蚊帐可以要你的命。

那天奇闷奇热，但我们终于没有跳海。我打日勤，白天困得要命，夜里睡得也不安稳。当我迷迷糊糊起夜解手回来，大楼突然颠荡起来

了。我扶住门楣站稳,扯开嗓子大喊:

"快起来!地震了!地震了!!"

这时天还没亮,是凌晨三点多钟。楼内一片混乱,人们穿着短裤跳出来,男人都赤着膊,女人们充其量多一件无袖背心,赤脚是不约而同的。看来,讲究风度或者廉耻是分场合的。不然,你永远不能同时看到这许多三角花布裤头儿。只有这时,我才那么深地体会到生命对于人们是何等宝贵。平时我们概念里的生命,不过是一个一个活动着的人,有的终生忙碌,也有的饱食终日。海城一九七五年地震后,辽宁的城市居民大都搬进临时搭起的防震棚。在棚里做饭取暖睡觉,结果好多人家地震无事,地震后生非,煤气中毒和防震棚失火使好多人丧生。这些人们因为怕死而死了。眼下这些人自然因为怕死而顾不上体面了。生命。生活。生与死。风度多少钱一斤?耻辱呢?

三

我们相识三年了,这是他头一次讲起 A 市地震。他在 A 市地震后的防震救灾工作中立了功,但他从来不谈 A 市。

"没有什么好谈的。A 市。"

也许。他不谈,我也不再问。那时我在另一个城市读中专。那个城市的医院里住满了灾区的伤员,城市街道上一下出现了上千拄拐的穿着隔离服的人。这些人的出现,给城市染上某种无法理喻的色彩,压抑,而且气闷。

上级动员输血给他们,我也激奋地撸起袖子,看着大滴大滴的紫色液体注满二百毫升刻度的白玻璃瓶,我奇怪自己毫不紧张。我觉得自豪。全班十九个女同学,我是唯一的一个。我,一个女生和七个男生。一千六百毫升大概能救活一个垂危的伤员了吧?

动员开始时,领导明确宣布,得过慢性病的人不能够输血。我只得过肠炎。拉稀。我史无前例地气愤:十八个女同学都得过慢性病!肾炎啦,肝炎啦,肺结核啦……而且其中还有七个共产党员。那时候能上学的多是党员和团员干部,因为政治条件是资格。奇怪的是,她们平日都比我有劲,我是女同学中的轻量级。现在怎么啦?莫名其妙。就是莫名其妙。

四

天亮时,段长现抓了辆轨道车,我们二十五个通信工带着两筐(五十个)面包进了震中地区。通信线路中断了。通信线路是中断不得的。我们成了震后第一批进 A 市的救灾人员。由于铁路严重破坏,我们走走停停,直到天黑才进了 A 市。市区一片漆黑,只有一个什么工厂时时有火光冲上天空。这天下了一整天雨。天再亮时,我们醒了。震后的 A 市!

以后许多天,那幅悲惨的图画一直萦绕在我的面前,只要我一闭上眼。车站巨大的水门汀屋顶压瘫了四壁,就在那平展宽阔的屋顶下面,呼救声时有耳闻。城市完全是座废墟,举目无一幢完整的房屋,到处是颓壁残垣,到处是残缺不全的尸体和恸哭失魄的人们。还有,到处是嗡嗡唱着的苍蝇,它们为天灾而欢呼。活着的人们在为死者垂泪。这到底是人的世界啊。我们整修站内的线路,也和部队的官兵一道,从倒塌的建筑物里往外扒人。有些人扒出来已经死了,有的还能够呻吟。我们的线手套很快露了指头,指头很快磨出了血。我们什么感觉也没有,感官、神经似乎都处于特殊的阻塞状态。我背过一个坐骨粉碎的人,那其实只是一堆会号叫的肉罢了。那堆肉瘫在我背上,死沉死沉的。我不知道他是否活了,也许我背的不过是具尚未发臭的死尸。想起我的双手从身后把住他臀部那种感觉,我就从自己发病似的颤抖中听到不规则的心跳声。手套里露出的带血的指头周围,常常有几只绿豆蝇兴奋地吮着伤处。我已经无暇去轰开它们了。我是那么疲惫,呕吐恶心得简直像个孕妇。孕妇也是这么疲惫吗?

那是第三天的事。我记得不会错。

五

水源成了震中地区第一等重要的物资。我们每天喝的是一个地下室里积存的雨水,连这也是配给的。离开我们公寓大楼,我们就都没再洗过脸。噢,洗脸居然也是一种过分奢侈的挥霍。我随身带的一只紧口瓶里装了多半瓶水,这是我一整天的配给量。八月初的太阳那么毒辣。我真心实意地诅咒太阳。妈的。

这堆废墟像是一幢未竣工的楼房,高大的塔吊略有扭曲地倒在一边。为了解个大手,我钻进废墟的断壁中间。我蹲在那儿,用手指塞住鼻子,另一只手抵挡着向我围攻的苍蝇。说不上是喝水太少,还是几天未吃菜蔬,大便像羊粪一样结成蛋蛋,干燥得要命。也许是过分用力的缘故,我觉得耳鸣。耳鸣的声音断断续续,很奇特又有节奏。不,不不。我恐怖地拉起裤子,四顾左右。太阳正照在头顶,显然我不是在做梦。可是……可是。

附近没有一个人。为什么这不是梦呢?

害怕是无济于事的。我走开吗?走进人们中间去。那样我就不再会害怕。这里是死神和劫后余生的人们共同统治的世界。在人的世界里,我们都一样的坦然,那时我不懂什么叫恐怖。刚才拉起裤子的一瞬我懂了,恐怖。在死神的领地里,活人感受到的就是恐怖。当时的 A 市像诸侯割据,这片地区有人群,那片地区可能只有一些幽灵。谁是主宰,得看力量的对比。我只有一个人,这里却是大片废墟。歪倒的塔吊铁架,颓败的半截墙壁,断裂的水泥预制板,大群兴高采烈的苍蝇。我感受到死者的诅咒。这里是谁的,究竟是谁的世界?我只有一个人。我拔脚准备离开这里。也许还有一个。该死的耳鸣!我希望这是一场梦。那么,你不要这么呻吟吧,哪怕换一种方式,或者号叫也行。你是人还是别的什么?耳鸣。你不要再呻吟吧。不要,好吗?

这就是痛苦了。也许这真是耳鸣……真是的话,还有什么说的。也许这只是绝望或者希冀的呻吟,也许这不过是寻求感应的呼唤,但这的确是痛苦的。使听到这声音的人痛苦,使人毛骨悚然——即使在光天化日之下。然而我别无选择。我怎么能走开呢——假如这是另一个人呢?给我勇气的是人类的良知,还是对不可知的好奇?我一直没有弄清楚。恐怕我是没办法弄清楚了。

六

我不再是一个人了,现在我可以确定。我还活着,我当然可以确定另一个活人的声音。那声音不是我的,我自始至终没吭过一声。

在这个笼罩着死亡氛围的区域,任何活人的声息都显得不真实。说不上为了什么,我从挎包拿出水瓶,狠呆呆地抿了一口。我觉得似乎多了些勇气。耳鸣,耳鸣。

声音就在这。我的脚下。我俯下身去。

"喂,有人吧?有人吗?"

……

"喂,喂喂。"我的声音那么空洞。

"有,有,有。"是回音吗?

"你是谁?喂,你是谁?"

"我,我,我……"不是回音。

你不能够想象,这堆杂陈的红砖和水泥制件透着怎样的死气。虽然有太阳,而且太阳照例那么火热,然而也还有苍蝇。太阳并不妨碍苍蝇们肆虐横行。我从来就喜欢新建起的楼房大厦,喜欢在建筑工地奔跑的卡车,喜欢左右转动的塔吊的巨臂。我看这些时感到生气,感到生命的力的澎湃。建筑的变化是人类最直接最可感的变化。每一片新建的厂区,住宅,或者每一条新筑的公路,每列新开通的火车,都使我欣悦。你若离开家乡多年,一旦回来家乡一切如故,你可以想象你的心情会多么晦暗。假如家乡变得让人无法辨认:你又是一种什么样的心情！可是颓败的建筑呢？这里。

"我，我……"微弱的，但不是回音。

"别着急，别……"

我听着自己的声音。声音是羸弱的。我想安慰下面那个人，我又知道这语言是怎样的乏力。别着急，着急又能怎么样？这位同胞已经在那里三几天了。我看了看表。地震距现在整整五十七个小时。

我从一块块砖头扒起。当我觉得精疲力竭时，就重新狠呆呆地抿一口水。根据水瓶里剩下的水来判断，我大概喝了四五次。也就是说，我已经有四五次感到累了。水毕竟只是水啊。下面再没有发出声音，无论是任何声音。你为什么不再出声呢？是因为我没有唤你吗？是因为你感到遇救有希望了就安下心静等吗？我没唤你，我们素昧平生，我们没有更多的话好谈，我觉得我无法找到恰当的能够安慰你的话。你不该安心静等；你该懂得，你的任何信息都是对我的美好愿望的补偿，都是对我的痛苦劳动的鼓舞。也许你是沉醉在搬动砖石的声音里了。那是你再生的乐曲，你当然应该沉醉的——沉醉吧。

苍蝇逐渐围过来了，有太阳的时候原就是它们快乐的时间。耳鸣消失得不知不觉，也许是嘈杂的嗡嗡声淹没了耳鸣。因忙碌我不再表现出过分的烦躁去轰它们，随它们的便了。谁也不愿承认他有能与苍蝇和平共处的时候，那几个小时我们确实相安无事，过后想起来是莫名其妙的。一种新鲜的厌恶感会叫你难以忍受片刻。我们初到A市的一个记忆肯定要留下终生不泯的恶心印象。那是我路过倒塌的肉联厂附近，朝一根略有倾斜的通讯电杆走过去，电杆的暗色我以为是根木电杆，那种浸过防腐油的。当我走近突然一声嗡响，带着强烈的共鸣冲天哄起一群苍蝇，电杆回复了灰白色，是根混凝土电杆。我清楚记得当时头顶的太阳像罩上一层黑纱网，顿时暗淡了许多，又像一阵烟缕飘到了头上方。反正我当时张开了口，好半天想呕又呕不出。我没有碰那电杆一下，只胡乱看看上面接线无异常就离开了。那个片刻将不会在我的脑海里抹掉了。而一旦那厌恶感麻木了，你居然可以舒舒服服地受用了。麻木是最最可怕的变态。苍蝇死死围住我，但我变得无知觉一般，满不在乎是一种超脱境界呢。

你一定是拿定主意不再出声了。

可是我呢？我呢？我再一次怀疑起自己。你真的是个活人吗？假如我不能够找到你，假如我终于不能，那么是我活见鬼了？蒲松龄小说写到鬼的世界是有着凄清的诗意的世界，我这却只有阳光灿烂的死的沉寂。这里的废墟曾经留下活人的劳动，现在它是苍蝇们的乐园。难道是我的感觉欺骗了我？这太可怕了。光天化日下出现幻觉？噢，你是我的同类的话，你该给我一个确定不移的信息，不要让我大白天活见鬼，好吗？

那以后，我一直觉得奇怪。我奇怪下面那个人怎么会听到我心里想的话。

"我在……我在……我……"

这次我听清楚了，她活着。她是个女性。活着，还有比这更要紧的吗？她终于活着，这里是两个活人了。一个活人算什么？荷戟独彷徨吗？一个活人只不过是个抽象活动物罢了。现在不同了，现在是一个真正的人的世界了。两个活人才能构成一个活人的世界。我不再孤独，不再恐怖了。我大受鼓舞，工作迅速加快了。我以为，她就在这块水泥预制板下面。

预制板又大又重，我竭尽全力也只能使它略微活动一点。由于过分用力，我的手表蒙碰碎了，表针弯曲，并且不再走动。这时我想起看时间。天呐，十七点！我已经在这里勾留了六个多小时。我这里是多么神奇——六个多小时重新创造一个世界。不,还没有。也许还需要半小时,一小时或者两小时。这没有本质区别。不管怎样,毕竟在这里将出现一个新的世界,活人的世界。我把手表塞进口袋。我的心爱的罗马表,二百九十元的罗马表啊!我不在乎。可是我拿这个水泥巨人怎么办呢?

我坐下来做最后一次休息。剩下的水本来够分两次喝,我一口进肚儿。我需要力气啊。我又来了灵感,到静卧的塔吊那边去找家什。真是天从人意,塔吊中部的操纵室里有一根铁撬棍,我要的就是这个。

重新动手的时候,一阵恶臭呛得我喘不过气来,我顾不得这些了。因它终于被掀动了。

是的。是的,她就在下面。他们就在这。她,和她的男朋友。

他们栖身的,是一楼楼梯过道。另一块半截水泥板拦腰切在他的小腹。被我撬开的水泥板是整块的,恰好给她撑起一角空间。他还睁着眼,只是面部表情僵硬,他的一只手还搂在她的肩上,给她舒舒服服地枕着。恶息和臭气当然是这个死前还做着爱情梦的、幸运的小伙子发出来的。假如没有这场灾难,这里倒的确是恋人喜爱的场所。幽静,而且也黑,正好拥抱和接吻。打更人准是睡着了,不然他会发现并撵走他们,他倒是做了件天大的好事。青年朋友们,和恋人通宵幽会是件多么可怕的愚事。

七

"她呢?她还活着吗?"

"活着。她的心还跳,她昏过去了。"

我不禁松了一口气。他那么不紧不慢地，简直急死人。他有好一阵没说苍蝇了。我记得不错。这时，那只海苍蝇正停在他的奶油色的肚皮上。太阳好极了，那几丝白云早已不知去向。海水平稳地涌动着。布满人头的海面像高秋的一个晴朗的夜，没有月亮，满天繁星疏密有致。星星没有这里富于诗意，夏日的海滨浴场简直就是一部抒情诗集。他的故事没完吧？

"小君，我们再下去游一会儿。"

"我倒情愿先听你把故事讲完。"

"一边游我一边讲。小君，我的故事是编的，不是真事。你只当个故事听，别当真。"

我不管他。故事也好，真事也好，只要是他讲。海水把一些油污推上滩头，使海水浴的游人骂不绝口。他的大腿沾了好大一块，洗也洗不掉。好像就是那种铺柏油路的臭油。

太阳真好。我的身上晒得热烘烘的。是该去游一会儿了。可是，他的故事要讲下去。他讲那天，太阳也是这么火暴吗？

八

苍蝇完全包围了我们。她昏睡着，包裹在苍蝇和臭气中间。她的嘴唇裂了，流的血也已经结了痂，可是她活着。在她软软的胸脯下，那颗心毫不激动地跳着，平缓而微弱。活着，这就足够了。她是一个还算好看的姑娘。她是多么憔悴啊。她睡着，全不顾另一个人已经永远睡去，全不顾一个陌生的同龄男子站在近处看她的睡态。她完全顾不上这些了。

　　此时，我几乎忘记了讨厌的苍蝇，只是呆呆地站在她跟前。我拿她怎么办呢？叫醒她？把她这样背走？还是站下去等她醒转来？我真笨，该给她先喝些水才是。看她的嘴唇。

　　可是……可是。

　　我把他的手臂从她肩上拿开，弯身把她抱起来。这时我没忘记他还睁着眼，但我忍受住了他的逼视，我知道这未免残酷。当我举步离开这个我用手刨出的洞穴时，我突然想到：是否让她向他告别一下呢？他看着一个男人从他那儿抱走了她。我知道我把她从这里抱开意味着什么。永别了。他们再不会见面了。

　　我虽然还没谈恋爱，但我懂得恋人们在对方心里的分量。可是，假如她现在与他道别，她会觉得幸福吗？再有，她显然是休克了，强使她醒来只会使她更加虚弱，无疑也更加危险。生命毕竟还在她自己手里，我不能帮助死神从她手里去抢夺她的生命。我的几小时的艰辛是为了什么？我是个白痴吗？

　　我抱着她费力地离开这个洞穴，站到废墟顶上。太阳从西边平直地向我们冲过来。汹涌的热浪使我窒息，泛滥的光流使我晕眩。我终于站住了。迎着太阳迈出脚步。幸福和疲劳是两个毫不相干的概念，这时却同时光顾我的感官。我想起了圣经故事。亚当，上帝用泥土造出的第一个男人。刚才这个世界里不是只有我一个人吗？亚当，一个男人。上帝又从亚当肋骨中抽出一根造出第一个女人，夏娃。我的夏娃是谁造的？当然是我的上帝。我的上帝用我指头上的血造的。这个新世界刚刚开始，只有我和我的夏娃。虽然我是这么疲劳。我迎着太阳向前走着，眼睛看着我怀里的姑娘。苍蝇尾随着我们，嗡嗡地像是号丧。然而我不在乎。我用嘴轻轻吹去不时落在她面颊上的它们。它们粘得很,吹过两次,它们也变得满不在乎了,大模大样地在她的鼻子和嘴唇上踱来踱去。我腾不出手轰它们,可我又不能够容忍它们这样放肆。这是我的夏娃。它们是过分放肆了,就在我的眼皮底下!我用鼻子和嘴巴去轰开它们,它们终于躲开了。我的嘴唇触到了她的嘴唇,我完全是无意的。我清清楚楚地看到她眉梢上有一粒深褐色的小痣。夏娃,我的。

她变得重了,我知道自己已经疲劳到了极点,但我不能够把她放下。我刚刚从这块土地上把她抱起,我绝不再放下她,也许我会失掉她的,我怕。我什么都怕,为我的夏娃。

她的嘴唇干裂得叫人心里发苦,她有六十几个小时没喝到水了,这几天够多么热啊。唯一的办法,我嘴里还有一些唾液。可是,没有什么可是。这是唯一的办法。我走着,低下头用嘴唇去润泽她的嘴唇。这时候,她苏醒了。

九

海水骤然变冷。明媚的阳光也显得有气无力。我打起哆嗦,咬紧牙也止不住。

"我冷,我要上去。"

她昏迷不醒,他趁机吻她!我的天!

他随我上来,岸上也不使我感到温暖。刚才他说过,故事是他编的。可我不能让他觉得我在嫉妒,他以后会笑我的。

"你也不游了?我暖和一会儿再下去。"

他盯住我的眼睛。我什么也瞒不住他。我缺乏和他对视的勇气，只好闭上眼。可我仍然能够看到她昏迷；他吻她。那么猥琐，他。

"小君，你嫉妒了。你不想听下去了。"

"想。你讲下去。我想。"

"好吧。"

十

这时我才觉得不安。她会怎么想？我是个陌生男人，她是个二十岁刚过的姑娘。这以前，我觉得一切都是自然而然的。她……她又过去了……她根本没意识到自己身在何处。

突然，我觉得我这是爱上她了。刚才嘴唇的接触是出于怜惜，她不过是个被我救助的姑娘。可是我爱她。可是我再不敢吻她。一次多么不经意的吻啊，而且是初吻。初吻。我开始感受到我怀里这个青春的女性的身体。这是生平第一次接近女性，我无法抑止我的突发的心跳。她整个是柔软的，柔软而富于令人心动的弹性。我不知道，我这样抱着她算不算亵渎。

她的小脸很脏，引得一群苍蝇前后萦绕。她的身体仍然滞留着恶臭。臭气并不带有腐尸的那种怪味，然而催人呕吐。我没有注意，我一路上一直半屏住呼吸。这时我想到，她是多么需要洗一洗。三天来她身陷囹圄无法动弹，恐怕大小便全在裤子里；酷暑的干熘发酵，结果可想而知。可是，洗是需要水的，而眼下 A 市最缺就是水。可是……可是。

第一抹暮色把太阳扫下地平线。我趁着落日的余晖回过头，望着已经离得很远的那堆废墟。不久以后，那里将重新耸起楼房，重新住满愉快生活着的人们。他们不会想到。我这样一个外地来救灾的工人，曾经在这里度过一个充满神秘色彩的下午。暮色终于模糊了我的视线，隔断了我的想入非非。我继续朝着太阳败走的方向向前移动。

她不知什么时候睁开眼睛，神情木木地看我，丝毫没表示出惊惧和疑问。仿佛给我抱着走在傍晚里，在她是桩理所当然的事。她的嘴唇微微颤动。看不出是想说话还是不自觉的痉挛。这儿的苍蝇真粘。一般的说苍蝇再多也带点时间性，苍蝇只在太阳下面才得意，太阳一去，它们也就随着暮色的到来消逝了。这里不，这里的苍蝇完全没有时间观念。废墟在远远的后面了，苍蝇可仍旧糊在左右，赶都赶不开。我知道，亚当和夏娃是过分脏了。所以才引得小动物这样热烈地光顾。她还那样地看我。

十一

我有点懂了，他为什么把那句话重复了六遍。我不喜欢苍蝇。我不喜欢，不喜欢。

爸爸活着的时候，很幽默也很胖。

爸爸得了冠心病。夏天他怕热，休病假整天坐在葡萄架下的躺椅上，看书同时又挥着蒲扇。他这样咒骂围着他转的苍蝇。

"讨厌。真他妈的讨厌。小君，来帮我扑打扑打。这个讨厌劲儿。我还没死呢。"

他是说，死人才招苍蝇。他死的时候我在跟前，他留下的最后一句话是：

"小君，替我把……把苍蝇赶开。"

那只苍蝇当时正在他的左边额角。

"我的故事还要讲下去吗？"

"为什么不讲？"

"我看心不在焉……"

"谁？"

"你。你精神溜号了。我不讲了吧。"

"你讲完。我要听完。"

"下面没意思。真的，没意思。"

"为什么没意思？我听得蛮有意思。"

"我像做了一场梦。小君，海水多么蓝！海水蓝得叫我着迷……这儿的人们。"

他把脸转向海滨游玩的人群。

"他们生活得多么快乐，他们无忧无虑。"

"你呢？"我看他那映出蓝色海水的眼。

"我？一星期后我离开了……A 市。"

"那么，那么……那么她呢？"

"我们再游一会儿。下水吧，啊？"

我们一起跳进海里，蓝色的波涛立刻把我们的身体浸没了。夜空又多了两颗小星星。

"小君，我们洗个海水澡是多么容易啊。"

是的，海水澡，还有阳光和假日。

还有爱情。

十二

后来她说话了,声音很低,断断续续的。

"放下我……放下吧,放,放下……"

我顺从地放下了她。她的身子离开了我的怀抱,她站住了。在我的扶持下,她可以慢慢地走。我们慢慢地一块儿走。我们已经到了有人活动的区域了。她站住脚,似乎在辨别方向。她是本地人。我不问什么,等着她再动身。她指着不远处一条断墙。

"那,游泳池。那里……"

夜色朦胧,断墙里面一池碧波轻荡着,反射着微弱的光点,我不记得有更大的诱惑了。游泳池!一整天我喝光了多半瓶混浊的雨水,而我给她的只有一点唾液,这里……可是。

"你等等,等一下,我去去就来。"

我循着池边向前跑去,我知道,所有水源都已经被军管控制了,我要找到这里的负责人。我想只要讲明情况,要点水还是可能的。我顺着出入口跑到一条小街上,没有人;我又朝着一个方向往前,也没有人。那么,就再向前,应该有人啊。可是,周围出奇的安静。太静。我已经离游泳池很远了,大约有一里左右。我不放心她独自留在断墙边,开始往回走。

走近时,听到几声吆喝,接着枪响了。没有曳光飞起;那声音发闷,没有悸心的清脆。这是一整天第一次来自外部的声音,我不知为什么想起揉揉眼睛。我加快脚步穿过出入口。

在离她停留的断墙最近处的池边,她湿漉漉的倒在那。嘴里流出口涎,一动不动。旁边是两个持枪的军人。他们发愣地站着,一会儿看着我,一会儿看着她,一会儿又互相对看。我蹲下身。她的嘴唇不再发干,只是苍白了;结的痂和那粒小痣显得刺眼。她看上去那么平静,有种欲望得到满足的安详。我奇怪自己居然毫不激动。我知道这池水完了,她身上至少带着上百种传染疾病的病毒。那么她呢?胸右下方中了弹,衬衫本来很脏,弹洞附近又给烤焦了,并且给血浸透。

两个战士年龄都还小,突如其来的事变弄得他们不知所措。我知道她回去了,回到造物主那里去了。她不是第一个,也不是最后一个。那些趁火打劫的歹徒被当场击毙了,那些哄抢救援食品的被当场击毙,那些……她比那些人造成的危害更大,这池水也许是仅存的,关系成千上万人的生还。她只有回去一条路。

"有命令的……她破坏了水源……"

是的。但我没去理会他们的嘟囔,我只一味蹲在她旁边。这时我又听到了苍蝇的嗡嗡声。我替她赶苍蝇,最后一次赶开它们。两个战士还在低声嘟囔。

"她破坏了水源,有命令的……我们……"

十三

我看着他被海水打湿的面颊。

"刚才你说,你的故事是编的,你说不是真事。你重新告诉我,说这不是真事。你说!"

他扑向海水,在波涛里一起一伏。我回头望着白色的海岸,望着人头攒动的卵石海滩,望着蓝天,望着孤零零悬在天空的太阳。我知道我在欺骗自己,并且我要求他也来欺骗我。

　　这时,他回过身来,脸色像天空一样的明朗。她呢?他为什么笑?她呢?他忘了她吗?他为什么笑?她呢?天呐,他居然在笑!

　　"小君,这不是真事,是我编的。"

　　史小君的小说写到这里时,铅笔笔尖突然折断了。她找来削笔刀,重新削好了铅笔。可是,她觉得再没有情绪写下去了。

　　结果,小说只留下这不完整的十三节。在圣经故事里,十三是个不吉利的数字。

　　好在她不是个基督徒。